ELAINE

Windbrüder
Buch I

von
Karin Ann Müller

AF201376

Karin Ann Müller

ELAINE

Windbrüder

Buch I

Roman

Impressum

1. Auflage: September 2019
Copyright: © 2019 Karin Ann Müller
karinann@hotmail.de

Umschlaggestaltung:
Jaqueline Kropmanns: www.jaqueline-kropmanns.de
Covermotive: ©ersler – deposit/ ©faestock – deposit

ISBN: 978-3-749-47034-1

Herstellung und Verlag: BoD – Books on Demand,
Norderstedt

Bibliografische Information der Deutschen Nationalbibliothek:
Die Deutsche Nationalbibliothek verzeichnet diese Publikation
in der Deutschen Nationalbibliografie; detaillierte bibliografische
Daten sind im Internet über http://dnb.dnb.de abrufbar.

Für meinen Mann ...

... der mir jeden Tag zeigt, dass er mich liebt.
... der für jede meiner verrückten Ideen zu haben ist.
... der Smileys in mein Manuskript malt, wenn eine
Stelle ihn berührt.
... der behauptet, er liebt kalte Küche über alles,
wenn ich mal wieder nicht zum Kochen komme.
... der mir immer den Rücken stärkt.
... und der die Bretagne genauso sehr liebt wie ich.

Ich danke dir für deine Liebe!

Seine Hand streift ihr Gesicht.
Sie spürt es.
Doch sie sieht ihn nicht.

Er fährt durch ihr langes Haar.
Sie lächelt.
Das ist wunderbar.

Auf ihrer Haut sein warmer Hauch.
Sie blickt auf.
Fühlt ihr das auch?

Sein leises Flehen hört sie nicht,
sein Seufzen,
weil die Zeit verrinnt.
Er ahnt, dass er daran zerbricht,
bleibt er doch immer nur …

… der Wind.

Kapitel I

Es war einer dieser traumhaft schönen Tage im Frühsommer. Schon am Morgen leuchtete der Himmel in tiefem Blau und die Sonne fraß sich mühelos durch die Feuchtigkeit, die die Nacht zurückgelassen hatte. Später würde Marla sich an diesen Tag erinnern. Denn es war jener, an dem alles begonnen hatte. Das konnte sie jetzt natürlich nicht ahnen. Vielleicht wäre es anders gekommen, hätte Mama an diesem Morgen nicht verschlafen. Hätte sie eine erholsame Nacht gehabt und diese nicht vor ihrer Staffelei verbracht. Sie wäre ausgeruht zur Arbeit gefahren, und das Malheur wäre ihr vielleicht nicht passiert. Marla hätte nicht mit Rusty spazieren gehen müssen und so weiter. *Hätte, wäre und vielleicht, stehlen deine Lebenszeit,* würde ihre jüngere Schwester Henni jetzt sagen.

Marla sprang gutgelaunt die breite Treppe hinunter und warf ihren Rucksack auf die alte Couch. Seit sie denken konnte, stand das rote Ungetüm neben der Haustür und wachte darüber, wer das Haus betrat.

Wie immer um diese Uhrzeit herrschte Chaos. Der riesige Raum, der zugleich Küche, Wohnzimmer und Flur war, hallte wider von den Stimmen ihrer Schwestern, von Hundegebell und Musik. Durch die geöffneten Fenster konnte man Vögel zwitschern hören, und ein leichter Duft nach Holz und feuchtem Laub zog ihr in die Nase. Sie liebte den Geruch des angrenzenden Waldes, weil er sie, egal wo sie war, an ihr Zuhause erinnerte.

„Gib das sofort her!", fauchte Henni gerade und beugte sich über den Tisch, um nach dem Nutellaglas zu greifen, das ihre älteste Schwester entschlossen festhielt.

„Ich denke nicht daran! Du kannst nicht nur von Schokocreme leben!"

„Erstens kann ich das sehr wohl und zweitens geht dich das überhaupt nichts an! Nur weil du lieber gesund als lecker isst, brauchst du mir den Spaß am Essen nicht zu verderben. Außerdem bist du nicht meine Mutter!" Hennis Augen blitzten, und mit einer schnellen Bewegung schnappte sie das Objekt der Begierde aus Riekes Hand.

„Apropos Mutter", mischte sich Marla ein, während sie Kaffee aufsetzte. Dabei versuchte sie Rusty zu übertönen, der kläffend um den Tisch sprang. „Ist Mama schon weg?"

„Mama?" Erschrocken wandte sich Rieke von Henni ab. „Mist, der Termin! Ich hab Mama heute noch nicht gesehen. Henni, du?"

Hennis blonde Zöpfe flogen, als sie den Kopf schüttelte. Marla stöhnte, hetzte die Treppen wieder hoch und riss die Tür zu Mamas Schlafzimmer auf. Das Bett war unberührt, aus dem Radiowecker dudelte Musik. *Ausgerechnet heute!* Sie lief ein weiteres Stockwerk hinauf und öffnete die Tür zu Mamas Atelier. Licht flutete ihr entgegen. Der große Raum unter den Dachschrägen war immer hell, auch dann, wenn trübes Wetter herrschte und Wolken den Tag verdunkelten. Nicht umsonst hatte Mama diesen Ort als ihr Atelier gewählt, als sie und Papa vor vielen Jahren hier eingezogen waren. Noch während seines Studiums hatte Papas einzige Großtante ihm dieses Haus vermacht. Früher war es das Gemeindehaus des Dorfes gewesen. Ein viereckiges Gebäude aus rötlichem Backstein mit riesigen Räumen und einem wilden Garten, in dem sich die Natur austoben durfte.

Mama lag tief schlafend auf dem Sofa. Das Tuch, das ihr beim Malen das Haar aus der Stirn hielt, war über ihre Augen gerutscht und schützte sie wohlwollend vor dem jungen Tag. Sie trug ihre Arbeitskleidung, die voller bunter Farbkleckse war und ihr ein wenig das Aussehen eines exotischen Vogels gab. Auf der Staffelei mitten im Raum stand ein begonnenes Bild.

„Mama! Sollst du heute nicht um acht Uhr bei den Breuers sein und das Kinderzimmer streichen?"

„Was ist los?" Ihre Mutter zog das Tuch aus dem Gesicht und blinzelte.

„Dein Termin bei den Breuers ist los!", wiederholte Marla energisch und öffnete das große Fenster. Sofort strömte ein betörendes Duftgemisch von Wald und Blumen herein.

„Oh, Mist!"

„Ja, genau! Du könntest dir deinen Handywecker stellen, wenn du dich zum Schlafen auf die Couch legst."

„Ich wollte nur ganz kurz die Augen schließen", verteidigte ihre Mutter sich schuldbewusst und schielte auf Marlas Armbanduhr.

„Es ist kurz nach sieben."

„Dann schaffe ich es ja noch!" Erleichtert grinsend erhob sie sich und küsste Marla auf die Wange. „Danke, Schatz!"

Mit diesen Worten war sie verschwunden.

Als Marla sich mit Kaffee und Müsli an den Tisch setzte, war Ruhe eingekehrt. Henni kaute an ihrem Nutellabrot und hatte die Nase in ihrem geliebten Mathebuch vergraben, während Rieke ihre Teetasse in den Händen hielt und zum Fenster hinausblickte. Auf ihrem Schoß hatte sich Rusty zusammengerollt. Im Hof hörten sie Mama mit ihren Arbeitsgeräten hantieren, die sie mit Schwung auf den Pritschenwagen beförderte. Hin und wieder ertönte ein mit Mühe unterdrückter Fluch.

Es war ein Morgen wie jeder andere in ihrer kleinen, ein wenig verrückten Familie. Marla lächelte in ihren Kaffee. Es gab zwar Momente, da wünschte sie sich etwas mehr Ruhe in diesem Viermädelshaus, aber die Wahrheit war, dass sie es liebte, so wie es war. Leise summte sie das Lied aus dem Radio mit, als Riekes Handy vibrierte. Sofort blickte Henni von ihrem Buch auf.

„Na?", stichelte sie, als Rieke das Gerät in die Hand nahm. „Nachrichten von Voldemort?"

„Er heißt Waldemar", sagte Rieke gelassen und tippte eine Antwort.

„Wie kann man nur *Waldemar* heißen in der heutigen Zeit?"

Rieke sah belustigt auf. „Wie kann man nur *Henriette* heißen in der heutigen Zeit?"

Henni verstummte auf der Stelle. Dass ihre Eltern ihnen diese altmodischen Namen gegeben hatten, konnte sie bis heute nicht verstehen. Bevor sie eine passende Antwort parat hatte, flog die Tür auf und Mama stürmte herein. Sie goss sich einen Kaffee ein und lehnte sich an den Küchenschrank.

„Frederike, Liebes, könntest du mit Rusty …?"

„Klar, Mama, ich hab Zeit. Ich fange heute erst um neun Uhr an."

„Ich danke dir. Ich bin um die Mittagszeit wieder da und übernehme dafür den Hühnerstall."

Rieke nickte und streichelte Rusty, der sie dafür mit einem anbetenden Blick bedachte. Hastig kippte Mama den Rest des Kaffees hinunter.

„Ich bin jetzt weg! Wir sehen uns später, Mädchen."

Henni kicherte. „Hast du schon mal in den Spiegel gesehen? Das solltest du vielleicht tun, bevor du dich unter Menschen wagst."

Mama lief zum Wandspiegel neben der Garderobe und fuhr sich mit den Händen durchs Haar, das ihr dunkel und wirr vom Kopf abstand. Sie griff in die Tasche ihrer Latzhose, zog das Tuch heraus und band sich die Haare zurück.

„Übrigens", sagte sie, während sie das Ergebnis begutachtete, „ich glaube, wir haben eine Maus im Keller. Wäre eine von euch so lieb und stellt die Mäusefalle auf?"

„Igitt! Zerquetschte Mäuse sind ekelhaft!" Henni zog eine Grimasse.

„Ich kann vom Wildpark eine Lebendfalle ausleihen und stelle sie später auf."

„Ich habe gehört, Mäuse stehen auf Schokocreme. Mach am besten einen Klecks Nutella hinein, Rieke."

„Marla!" Henni sah sie entgeistert an. „Nicht das Nutella! Käse tut es sicher auch."

„Ist mir egal, mit was ihr sie fangt. So, aber jetzt!", lachte Mama und warf eine Kusshand zum Küchentisch hinüber, bevor die Haustür mit einem lauten Schlag hinter ihr ins Schloss fiel. Kurz darauf heulte der Motor des verbeulten Wagens auf, und sie war verschwunden.

„Ob unsere Mutter jemals erwachsen wird?", fragte Marla grinsend und löffelte ihr Müsli aus.

„Ich hoffe nicht." Henni klappte ihr Buch zu und verstaute es in der Schultasche. „Sonst wäre sie ja wie alle anderen Mütter. Ziemlich langweilig also."

„Mama wird erst dann richtig erwachsen, wenn etwas Schreckliches geschieht. Und das sollte sowohl ihr als auch uns erspart bleiben", meinte Rieke. Sie machte Anstalten aufzustehen, wurde aber von Rusty daran gehindert, der nicht von ihrem Schoß weichen wollte.

„Wann lernen wir denn deinen *Voldemort* – oh, Entschuldigung – Waldemar kennen?", wechselte Henni das Thema.

Rieke schubste den kleinen Hund hinunter und stand auf. „Wer weiß, ob ich ihn dir jemals vorstellen werde", entgegnete sie ungewohnt schnippisch und spülte ihre Tasse ab. Schließlich klatschte sie in die Hände. „Komm Rusty, wir gehen die Hühner füttern."

„Meinst du, Rieke ist ernsthaft verliebt?" Henni sah Marla mit großen Augen an. „Sie ist jetzt schon so alt, und bisher war sie noch nie verliebt."

„Jetzt mach mal halblang", widersprach Marla ihrer Schwester. „Mit 21 ist man nicht alt. Außerdem gibt es Menschen, die sich nicht schon im zarten Alter von 15 Jahren ständig in irgendwelche Jungs verlieben und ihnen sofort wieder den Laufpass geben. Vielleicht steht sie auch nicht auf langhaarige Typen mit Lederjacke, die eine große Klappe haben und denken, sie wären der Jackpot."

Henni errötete. Sie hatte nicht geahnt, dass ihre Schwärmerei für Darius so offensichtlich war.

„Wenn es zwischen Rieke und diesem Waldemar etwas Ernstes ist, werden wir ihn schon noch kennenlernen."

„Sie spricht ständig von ihm."

„Nun, er scheint ihr eben zu gefallen. Warten wir's ab. Ich würde es ihr gönnen."

„Hoffentlich findet er sie nicht langweilig", seufzte Henni. Mit Schwung beförderte sie einen Apfel in ihren Ranzen. „Denn mal ehrlich, sie sieht zwar toll aus, aber eine Stimmungskanone ist sie gerade nicht."

Marla, die soeben das Geschirr in die Spülmaschine räumte, stieß ihr den Ellenbogen in die Seite. „Sei nicht unfair. Rieke ist nicht so vorlaut wie du, aber das ist auch keine große Kunst. Ich finde sie kein bisschen langweilig. Sie ist ruhiger als wir beide, aber sie ist immer gut drauf und hat nie schlechte Laune. Außerdem ist sie sehr verlässlich." Sie drückte Henni, die zwar die Jüngste, aber zugleich auch Größte von ihnen war, einen Krug in die Hand. „Auf den Schrank, bitte."

„Erwachsen meinst du. Auf jeden Fall wirkt sie erwachsener und reifer als Mama", meinte Henni, beförderte den Krug zu den anderen und sah Marla plötzlich verschwörerisch an. „Ich wette, Mama hat vergessen, dass heute Elternabend ist."

„Das *hoffst* du wahrscheinlich."

Henni antwortete nicht. Als von draußen eine Fahrradklingel zu hören war, schwang sie sich die Schultasche auf den Rücken. „Fährst du mit?"

Marla schüttelte den Kopf. „Amelie holt mich ab."

***

„Ich würde was drum geben, in diesem Haus zu wohnen", schwärmte Amelie ein paar Stunden später, als sie mit ihren Rädern vorm Zaun standen. Dabei ruhte ihr Blick voller Sehnsucht auf dem roten Backsteinhaus, dessen grellgrüne Klappläden in der Sonne leuchteten. „Manchmal beneide ich dich schon ein wenig."

„Wegen dem Haus?" Marla hatte die Brauen ungläubig hochgezogen.

„Nein, nicht nur wegen *des Hauses*." Amelie imitierte mit breitem Grinsen den Ton ihrer Deutschlehrerin. „Dein ganzes

Leben ist so … unkonventionell. Bei euch ist nichts jemals spießig. Oder gewöhnlich. Und ja, das Haus ist großartig! Romantisch irgendwie. Sieh dir mal die Rosen an, die daran hochwachsen. Oder die uralten Bäume in eurem Garten. Es ist alles viel spannender als bei mir." Sie wandte sich wieder zu Marla, die sie überrascht ansah.

„Das meinst du nicht ernst, oder?"

Amelie nickte eifrig. „Doch, sehr ernst sogar. Ich habe noch nicht einmal Geschwister. Was meinst du, weshalb ich so gerne bei euch bin? Hier ist immer was los und es gibt immer was zu lachen."

Marla atmete tief durch. „Ich sag dir jetzt mal was: Ich liebe mein Zuhause, das kannst du mir glauben. Aber manchmal wünsche ich mir nichts sehnlicher, als dass wir eine ganz stinknormale Familie wären. Keine durchgeknallte Mutter zu haben, die regelmäßig verschläft, weil sie Künstlerin ist und die ganze Nacht vor ihrer Staffelei verbringt. Ich könnte mir auch einen Vater vorstellen, der mich nach meinen Vorbereitungen fürs Abi fragt und mit der Zeitung auf dem Sofa sitzt. Aber nein, was macht der Herr?" Marla holte weit mit dem Arm aus, bevor sie weitersprach. „Er gondelt irgendwo in der Welt rum, angeblich um sie zu verbessern, anstatt für seine Familie da zu sein. Wahrscheinlich würde ich ihn noch nicht einmal erkennen, wenn er direkt vor mir stünde. Wer weiß, vielleicht sehe ich ihn ja sowieso niemals wieder, weil er irgendwann vergessen hat, dass er eine Familie hat!"

Marla merkte erst jetzt, dass ihre beste Freundin sie betroffen anstarrte. „Ja", meinte sie bekräftigend und streckte ein wenig trotzig das Kinn vor. „So ist das. Wir sind in diesem Dorf die Exoten. Du selbst hast mir damals gesagt, wie sie uns nennen. *Die Mädchen aus dem bunten Haus!* Was ja kein Wunder ist, da unser Haus Pippis Villa Kunterbunt locker in den Schatten stellt." Ihr Blick streifte den bunt lackierten Lattenzaun, die grünen Klappläden und die hellblau gestrichene Haustür. In spätestens einem Jahr würde alles in anderen Farben leuchten, je nach dem, wann Mama beschloss, es sei Zeit dafür. Das konnte morgen sein, nächsten Monat oder eben nächstes Jahr.

„Aber all das ist doch nicht schlimm", sagte Amelie und erinnerte sich daran, dass sie sich zu Beginn des elften Schuljahres aus genau diesem Grund neben Marla gesetzt hatte. Sie hatte sie unbedingt kennenlernen wollen. Marla aus dem bunten Haus. „Sei froh, dass du in einem fröhlichen und bunten Haus wohnst. Immerhin hast du ja einen Vater, und deine Eltern sind nicht geschieden, wie so viele andere. Würdest du lieber in der Großstadt leben, wo alles grau ist? Wo ein Tag aussieht wie der andere und jeder gelangweilt seinem Job nachgeht?"

„Nein. Natürlich nicht", räumte Marla ein.

„Jetzt kennen wir uns bald zwei Jahre, aber dass du so empfindest, das hab ich nicht gewusst."

„Alles in allem ist es ja auch in Ordnung, so wie es ist." Marla zog eine Grimasse und warf ihr Haar hinter die Schultern. „Weiß nicht, was in mich gefahren ist, sorry." Sie beugte sich zu Amelie und umarmte sie versöhnlich. „Darf ich dich auf einen gemütlichen Abend ins *Bunte Haus* einladen? Sagen wir um halb acht? Wenn du magst, können wir für die Englischklausur lernen."

„Ja, klar! Wenn ich an Englisch denke, bekomme ich Bauchschmerzen. Daher nehme ich dein Angebot gerne an."

Hennis Fahrrad lehnte an der Hauswand, als Marla den gepflasterten Hof betrat. Ihr eigenes stellte sie in den Schuppen. Von Mamas Wagen allerdings war weit und breit nichts zu sehen. Sie schloss die Haustür auf und begrüßte Rusty, der begeistert an ihr emporsprang. Klaviergeklimper klang ihr entgegen, und Marla durchquerte den Raum. Vor den Bogenfenstern, die zum Garten hinausgingen, standen ein Ecksofa und ein großes Bücherregal aus Holz. Das Klavier diente als Raumteiler zum übrigen Wohnbereich und war nicht nur ziemlich verstimmt, sondern mit Sicherheit auch älter als die verstorbene Großtante, der es einmal gehört hatte.

„Hallo Henni. Ist Mama noch nicht da?"

„Nee." Henni hörte zu spielen auf. „Ich hab schon versucht, sie anzurufen, aber sie geht nicht dran."

„Hast du etwas zu Mittag gegessen?" Marla sah zur Wanduhr über dem Fernseher. Es war fast drei und ihr Magen knurrte, wie immer nach dem Nachmittagsunterricht.

„Ich hab mir den Rest von gestern warm gemacht. Sagte Mama nicht, sie wollte pünktlich hier sein?"

„Ja, eigentlich schon. Vielleicht hat es bei den Breuers länger gedauert." Sie ging zur Küche. Ein Brot wäre nicht schlecht.

„Dann hätte sie doch Bescheid gesagt", meinte Henni und lief hinter Marla her. „Schon wegen Rusty. Der muss ja noch Gassi gehen."

„Stimmt. Aber du weißt auch, dass Mama hin und wieder mal vergisst, was verabredet war." Marla schmierte sich großzügig Butter aufs Brot und biss hinein. Gleichzeitig nahm sie ihr Handy aus der Hosentasche und tippte auf Mamas Namen.

„Hallo, hier ist Grit Wiedemann. Leider kann ich diesen Anruf nicht persönlich entgegennehmen, meine Mailbox aber schon. Ich rufe sobald wie möglich zurück."

„Vielleicht ist ihr etwas dazwischengekommen", sagte sie kauend, steckte das Handy weg und setzte sich an den Tisch. „Gehst du eine Runde mit Rusty?"

„Oh, das geht leider nicht. Wir haben heute Probe mit der Schulband. Du weißt schon, unser Auftritt am Schulfest und so."

„Schon gut", seufzte Marla und dachte an den Berg Hausaufgaben, der noch vor ihr lag. „Ich mach das." Sie stand mit dem Brot in der Hand auf, schnappte ihren Rucksack und ging zur Treppe.

„Marla?"

„Was, Henni?"

„Meinst du, Mama würde mal das Klavier stimmen lassen? Es klingt mittlerweile so schräg, dass ich kaum noch darauf spielen kann. Als Keyboarderin der Band wäre es gut, wenn ich einigermaßen anständig üben könnte."

„Meinst du wirklich, dass das nötig ist?"

„Definitiv! Wir nehmen in Musik gerade Bach durch. Eigentlich dachte ich immer, dass klassische Musik total nervig ist. Aber die Art, wie Bach komponiert hat, ist der absolute Hammer. Seine Inventionen klingen richtig logisch und geradlinig. Manchmal denke ich, ich weiß schon vorher, wie es weitergeht. Unser Lehrer sagt, es hat ein bisschen mit Mathematik zu tun. Ich will versuchen, etwas davon bei uns in die Bandproben mit reinzubringen. Das würde sich sicher sehr cool anhören. Aber dazu müsste das Klavier auch klingen wie eines, sonst ist es irgendwie verfälscht." Hennis Augen leuchteten vor Begeisterung.

„Kein Wunder, dass du seine Musik magst." Marla verdrehte die Augen. Mathe war nicht ihr Ding. „Ich schätze, das ist der entscheidende Grund, weshalb ich mit Bach nicht so viel anfangen kann."

„Wie ist das jetzt mit dem Klavierstimmen?"

„Keine Ahnung. Ein Klavier zu stimmen kostet einiges, denke ich. Wenn es dir wirklich so wichtig ist, dann frag doch Mama danach, wenn mal wieder eine Überweisung von Lorenz kommt."

„Ich find's echt blöd, dass wir immer so knapp bei Kasse sind", maulte Henni und verzog das Gesicht. „Papa könnte ruhig öfter was schicken, wenn er selbst schon nie hier ist."

„Ach, hör auf, Henni. Es war schon immer so, und wir kommen auch ohne ihn ganz gut zurecht. Wir haben ein eigenes Haus, viel Platz und einen großen Garten. Das hat längst nicht jeder." Noch während sie redete, fiel ihr das Gespräch mit Amelie ein. Es war keine 15 Minuten her, da hatte auch sie sich darüber beschwert, dass ihr Vater nicht bei ihnen lebte. Es sah ganz danach aus, als würde sich jede von ihnen hin und wieder Gedanken über ihr außergewöhnliches Familienleben machen. Sie lief die Stufen hinauf, ging in ihr Zimmer und schlug die Tür hinter sich zu. Den letzten Bissen im Mund, zog sie ein Top und ihre Lieblingsjeans an, als das Telefon im Wohnzimmer klingelte. Marla wartete einen Moment, doch Henni schien nicht da zu sein. Zwei Stufen auf einmal nehmend rannte sie hinunter und riss den Hörer von der Station. Es war Mamas Nummer.

„Mama!" Sie warf sich aufs Sofa. „Wo steckst du denn?"

„Magdalena, Schatz", sagte Mama mit verhaltener Stimme und klang sonderbar fremd. „Entschuldige bitte, dass ich mich nicht früher gemeldet habe. Es ging nicht."

„Ist alles in Ordnung bei dir?"

„Ja, es ist nichts Schlimmes. Es ist nur … Ich bin heute Morgen von der Leiter gefallen, und die Breuers haben den Krankenwagen gerufen."

„Du bist *was*?", rief Marla ungläubig. Sie war aufgesprungen und durchmaß den Raum mit großen Schritten, wobei Rusty ihr dicht auf den Fersen folgte. Mama war von der Leiter gefallen? Das konnte sie sich einfach nicht vorstellen. Mama mochte nicht unbedingt super durchorganisiert sein, aber sie kletterte wie ein Wiesel die Bäume hinauf und bewegte sich dort, als wäre sie eine Katze. Das war so, seit Marla denken konnte, und bis heute hatte sich nichts daran geändert.

„Geht's dir gut? Hast du dir was gebrochen? Wo bist du?"

„Ich bin im Krankenhaus. Sie wollen mich über Nacht hierbehalten wegen Verdacht auf Gehirnerschütterung. Morgen früh untersuchen sie mich noch einmal. Ich wollte nicht bleiben, aber sie bestehen darauf. Sonst hab ich mir nichts getan."

„Ich komme zu dir!"

„Nein, Liebes, du kommst nicht!" Ihre Mutter klang sehr bestimmt. „Es geht mir wirklich nicht schlecht, und morgen bin ich wieder daheim. Es wäre sehr lieb, wenn du den Wagen bei den Breuers abholen würdest. Ich melde mich wieder. Am besten fährst du morgen mit dem Auto zur Schule und holst mich anschließend in der Stadt ab. Und der Hühnerstall muss unbedingt noch …"

„Ja, Mama, mach ich alles. Mach dir keine Gedanken."

„Danke, Schatz! Ihr seid tolle Mädchen und auf euch kann ich mich verlassen. Das ist andersrum nicht immer so."

Bevor Marla etwas einwenden konnte, sprach Mama schon weiter. „Magdalena, sei so lieb und ruf nicht gleich Frederike an. Sie soll in Ruhe arbeiten. Es reicht, wenn sie es heute Abend erfährt. Versprochen?"

„Ja gut, versprochen. Aber sie wird's blöd finden."

„Das macht nichts. Wir sehen uns morgen. Ich muss mich jetzt ausruhen; die Schwester hat schon zwei Mal reingeschaut und das Gesicht verzogen. Macht euch keine Sorgen, Liebes."

„Gute Besserung, Mama", sagte Marla und zögerte, bevor sie dann doch fragte: „Warum bist du überhaupt von der Leiter gefallen? Gerade du!"

„Das erzähle ich euch morgen", antwortete Mama, und Marla hörte an ihrer Stimme, dass sie grinste.

„Rusty, wir gehen spazieren!" Marla hängte sich für alle Fälle die Leine über die Schultern und trat vor die Tür. Der kleine Hund stürmte an ihr vorbei und war im nächsten Augenblick um die Ecke verschwunden. Von Henni war nichts zu sehen. Dann würde sie ihr eben später von Mamas Unfall erzählen. Eilig lief sie hinter Rusty her, der bereits den kleinen Pfad erreicht hatte, der hinter dem Garten direkt in den Wald führte. Die aufgescheuchten Hühner stoben gackernd aus dem Weg und flüchteten in ihr Gehege, das sie daraufhin verschloss.

„Rusty, warte!"

Der Wald empfing sie mit wunderbarer Kühle. Die Birken und Buchen wuchsen hoch und bildeten mit ihren Kronen aus jungem Laub ein hellgrünes Gewölbe über ihr. Irgendwo rief ein Kuckuck. Während sie Rusty folgte, dessen Geräusche sie hin und wieder vernehmen konnte, stellte sie wieder einmal fest, wie schön es hier war. Als Kind hatte sie ein wenig Angst vor dem riesigen Wald gehabt, der nicht überall so freundlich und licht war wie hier. Es gab auch düstere Ecken. Jene, die mit dichtem Nadelgehölz bewachsen waren, und wo es schon am frühen Nachmittag so finster war, dass man ungewollt zu frösteln begann. Außerdem war da noch das verfallene Haus auf dem Hügel. Der Ort besaß etwas Schauriges und es wurden eigenartige Dinge über ihn erzählt.

Rieke hatte sie oft ausgelacht. Für ihre ältere Schwester war der Wald ein riesiges Naturwunder, das es zu erkunden galt. Düstere Stellen? Rieke nannte sie spannend und interessant und hatte schon früh jeden Winkel des Waldes gekannt. Noch heute stand sie manchmal vor der ersten Dämmerung auf, schlich sich zu einem der Hochsitze und beobachtete das Treiben der Tiere. Zur Ruine aber hatte auch sie sich nie gewagt. Nicht, weil sie sich gruselte, wie sie behauptete, sondern weil sie nicht von herabfallenden Steinen erschlagen werden wollte.

Natürlich hatte Marla heute keine Angst mehr vor dem Wald. Sie kannte sich inzwischen aus und wusste, wohin die meisten der Trampelpfade führten. Man konnte sich kaum verlaufen, denn wo man auch landete: Man gelangte immer wieder auf einen der breiten Wege und fand von dort aus mühelos nach Hause.

Während sie versuchte, mit Rusty Schritt zu halten, musste sie an ihre Mutter denken. Sie stellte sich vor, wie Mama das Kinderzimmer der Breuers mit den fröhlichen Motiven aus dem Dschungelbuch bemalte, als sie von der Leiter stürzte. Wie von selbst wanderten Marlas Gedanken zu ihrem eigenen Zimmer, das Mama vor vielen Jahren mit den Figuren ihrer Lieblingsmärchen geschmückt hatte. Bei Rieke waren es Tiere gewesen. Ihre jüngere Schwester allerdings war ein spezieller Fall.

Henni weigerte sich nämlich bis heute, ihre Wände umzustreichen. Ihre eigenartige Vorliebe für Zahlen in jeder Form hatte sich schon früh gezeigt. Mit drei Jahren hatte sie beschlossen, dass Mond und Sterne entfernt und durch Zahlen ersetzt werden sollten. Als sie kurze Zeit später verstanden hatte, was es mit dem Datum auf sich hatte, musste Mama ihr Geburtsdatum auf die Wand malen. Es folgten alle Geburtstage der Familie und irgendwann sogar die Namenstage, obwohl die keinen Menschen jemals interessiert hatten. Noch heute schrieb Henni jedes für sie wichtige Datum an die

Wand. Bemerkenswert war, dass sie ohne zu zögern erklären konnte, was es mit diesen Tagen auf sich hatte. Eine Art Tagebuch ohne Text. Marla war gespannt darauf, was Henni tun würde, wenn kein freier Fleck mehr vorhanden war.

Als eine Baumwurzel sie beinahe zu Fall brachte, schob sie ihre Gedanken beiseite und lenkte ihre Aufmerksamkeit auf den unebenen Pfad, der sich durchs Dickicht schlängelte. Von Rusty war weit und breit nichts zu sehen.

„Rusty! Rusty, komm her!", rief sie und lauschte dem Hall ihrer Stimme nach. Nichts geschah. Sie hatte nicht die geringste Lust, auch noch nach dem kleinen Hund zu suchen. Nicht heute, wo sowieso alles nicht so lief, wie sie es gerne hätte.

„Rusty! Das ist nicht lustig, hörst du?"

Ärger regte sich in ihr, und sie begann zu laufen. Eigentlich hörte er ganz gut auf sie. Nicht immer, musste sie zugeben, aber meistens schon. Klar, bei Rieke würde er so etwas nicht tun. Ihr gehorchte er aufs Wort. Das war sicher der Dank dafür, weil sie ihn vor ein paar Jahren auf einem schrecklich verwahrlosten Bauernhof gefunden und mit nach Hause genommen hatte. Damals ging Rieke noch zur Schule und radelte jeden Nachmittag zum Helfen ins Tierheim. Das lag immerhin drei Orte weiter. Der bunt gescheckte Welpe, der halbverhungert und in einem schlimmen Zustand gewesen war, hatte ihre Herzen im Sturm erobert. Rieke musste nicht einmal darum betteln, dass er bleiben durfte. Er war sofort Mitglied der Familie gewesen.

Marla begann zu schwitzen und strich sich das feuchte Haar aus der Stirn. Ein Blick auf ihre Uhr zeigte ihr, dass der Nachmittag voranschritt. Sie musste noch Hausaufgaben machen und Mamas Auto holen. Außerdem sollte heute Abend etwas zum Essen auf dem Tisch stehen, und später würde Amelie kommen. Ach ja, der Hühnerstall …

Jäh schoss Rusty neben ihr aus dem Gebüsch, fiel über ihre Füße und überschlug sich. Marla erschrak fürchterlich. Sofort war der Hund wieder auf den Beinen, schüttelte sich und setzte sich vor sie, die blanken Augen erwartungsvoll auf sie gerichtet. Seine Nase war erdverkrustet und an seinem Fell klebten Laubreste. Marla hätte schwören können, dass er sie angrinste. Sie versuchte ernst zu bleiben.

„Wie? Du erwartest doch jetzt keine Belohnung, oder? Wo kommst du überhaupt her?" Zärtlich strich sie ihm übers Fell, nahm die Leine von der Schulter und band ihn an. „Das hast du jetzt davon, du Streuner!"

Als sie sich aufgerichtet hatte, sah sie sich um. Sie hatte keine Ahnung, wo sie sich befand. Nicht weit von ihr war eine Lichtung. Der Baum, der dort stand, war außerordentlich imposant. Es war eine Eiche. Eine knorrige, ziemlich eigenwillig gewachsene Eiche, der man ihre Jahre ansah. Hätte Marla diesen Baum schon einmal gesehen, so könnte sie sich mit Sicherheit daran erinnern. Er hatte einen mächtigen Stamm, der von gefurchter Rinde bedeckt und vom Alter gezeichnet war. Der Anblick erinnerte sie an das faltige Gesicht einer alten Frau. Teile der Wurzeln, die aus dem Boden ragten, bildeten mit Laub gefüllte Mulden, die weich und heimelig aussahen. Es war der perfekte Platz zum Ausruhen.

Marla überlegte nicht lange. Sie lief hinüber und setzte sich unter den Baum. Noch immer außer Atem lehnte sie ihren Kopf an das alte Holz und sah hinauf in das beeindruckende, dichte Geäst. Der leichte Wind ließ die Blätter tanzen und entlockte ihnen ein feines Säuseln. Hin und wieder gaben sie ein Stück vom Himmel frei. Blaue Flecken, die mit dem jungen Grün um die Wette leuchteten.

Als Rusty sich mit einem Seufzer neben sie legte und seinen warmen Körper an ihren Oberschenkel schmiegte, schloss sie die Augen. Träge kraulte sie den Hund hinter den Ohren und lauschte der Musik des Baumes. Die Eile, die sie eben noch gespürt hatte, fiel von ihr ab. Ihre Gedanken lösten sich auf und bewegten sich von ihr fort, weit hinaus nach oben, zwischen den Blättern hindurch ins Unendliche des Himmels.

Wozu beeilen, wenn es hier doch so schön war? Nichts von dem, was sie noch zu tun hatte, lief ihr davon. Es würde auf sie warten. Nur hier sitzen und horchen. Auf das fröhliche Gezwitscher der vielen Vögel. Auf die Blätter, die gemeinsam mit dem Wind ihr Lied sangen.

Dann hörte sie noch etwas anderes. Vielmehr spürte sie es. Anfangs ganz zart. Doch es wurde zunehmend deutlicher.

Es war, als würde der Baum hinter ihr leise summen. War sein Stamm hohl und voller Bienen? Oder eine Art Puls vielleicht? Hatten Bäume einen Puls, und die Menschen wussten es nur nicht? Das Summen wurde intensiver und sie hatte das merkwürdige Gefühl, dass es sich auf sie übertrug. Ein sanftes Vibrieren zog durch ihren Körper. Auf ihren Unterarmen stellten sich die Härchen.

Mit einem Mal sprang Rusty knurrend auf die Beine. Marla zuckte vor Schreck zusammen und riss die Augen auf. Benommen rieb sie sich die Arme und ließ ihren Blick umherschweifen. „Da ist nichts, Kleiner", wisperte sie. Sie glättete sein gesträubtes Fell und fragte sich, warum sie geflüstert hatte. Schließlich erhob sie sich schwerfällig und pflückte ein paar trockene Blätter von ihren Jeans.

„So etwas Verrücktes habe ich ja noch nie erlebt", murmelte sie verwirrt. Noch immer spürte sie den Nachhall des Summens in ihrem Bauch. Wahrscheinlich wurde es Zeit, dass sie etwas Anständiges in den Magen bekam. Bevor sie sich zum Gehen wandte, betrachtete sie den Baum etwas genauer. Die Eiche musste in der Tat sehr alt sein. Nicht weit über Marlas Kopf wuchsen dicke Äste wie ausgebreitete Arme aus dem Stamm und bildeten ein ausladendes Blätterwerk. Auch weiter oben ragten kräftige Zweige bis weit hinaus. Der Baum schien das Gewicht seiner Arme kaum tragen zu können, denn der Stamm neigte sich trotz seines Umfangs deutlich zur Seite. Es würde nicht mehr allzuviel Zeit vergehen, und er würde sich mit einem seiner Äste auf dem Waldboden abstützen.

„Wir gehen ja schon!", sagte sie, als Rusty bellte und ungeduldig an der Leine zerrte. Sie trat in den Wald und blickte erst nach rechts, dann nach links. Der Weg, auf dem sie normalerweise spazierte, war weit und breit nicht zu sehen. Doch das war kein Problem, denn Rusty war ja bei ihr.

„Rusty, wir gehen heim! Heim zu Rieke!"

Das verstand er sofort. Aufgeregt wedelte er mit seinem kleinen Schwanz und zog Marla zielstrebig durch das Dickicht.

Bevor ich sie sehe, höre ich ihre Stimme. Hell und aufgeregt. Obwohl sie in meinen Ohren zu laut klingt an diesem sonst so stillen Ort, kann ich mich ihrer Wirkung kaum entziehen. Irritiert verschmelze ich erst im letzten Moment mit dem Baum und kann gerade noch verhindern, dass mich die Besitzerin der Stimme sieht.

Eine junge Frau erscheint. Sie läuft so schnell, dass das lange Haar hinter ihr herweht. Einem dunklen Schleier gleich. Ihr Gesicht glänzt vor Schweiß, kleine Perlen funkeln auf ihrer Oberlippe. Ich kann sie nur bestürzt anstarren. Viel Zeit dafür bleibt mir nicht, denn einen Augenblick später setzt sie sich zu Füßen des Baumes. Fassungslos und völlig überrumpelt versuche ich, meiner Gefühle Herr zu werden. Sie ist es nicht, versucht mein Verstand mir zu versichern. Natürlich ist sie es nicht. Sie kann es nicht sein. Und doch ...

Wie nah sie mir ist. Ihr Duft raubt mir für einen Augenblick die Sinne, und mein Herz pocht wie wild. Pass auf, befehle ich mir selbst. Reiß dich zusammen!

Wie lange ist es her, dass mir ein Mensch so nah war? Wie lange lebe ich nun schon in diesem verhassten Körper? Irgendwann habe ich aufgehört, die Jahre zu zählen. Die Geburt dieses Mädchens lag damals noch in weiter Ferne.

Viel zu deutlich spüre ich ihren Rücken. Er drückt sich an den Stamm des Baumes, der mir Heimat und Zuflucht ist. Ihr Brustkorb hebt und senkt sich. Ich höre, wie die Luft in ihre Lungen strömt. Ihr Herz schlägt kraftvoll und gleichmäßig. Ich kann nicht verhindern, dass meines noch immer rast. Leise und beinahe heimlich winden sich Erinnerungen wie Schlangen durch meine Eingeweide. Ich dachte, sie wären längst vergessen. Für immer. Doch ich mache mir was vor.

Es vergeht kein Tag, ohne dass sie mich quälen. Jetzt aber treffen sie mich mit ihrer vollen Grausamkeit.

Die Stille ist zurückgekehrt und die Frau kommt zur Ruhe. Schlagartig jedoch schärfen sich ihre Sinne. Ihre Körperspannung verrät es mir. Ich könnte schwören, dass sie etwas spürt. Meine Anwesenheit? Unwahrscheinlich zwar, aber nicht undenkbar. Das habe ich bereits vor langer Zeit gelernt. Ein Schauder durchfährt sie. In diesem Augenblick wittert mich der Hund.

Bevor sie geht, ruht ihr Blick für eine Weile auf der alten Eiche. Interessiert und argwöhnisch zugleich. Ich wage kaum zu atmen und verharre regungslos, obwohl ich weiß, dass sie mich nicht sehen kann. Endlich dreht sie sich weg und verlässt diesen Ort. Weit öffne ich meine Nasenflügel, um den letzten Rest ihres Duftes einzufangen.

Ich hatte vergessen, wie Hoffnung sich anfühlt. Plötzlich ist sie da. Weshalb, das weiß ich nicht.

Marla lag im Bett, war zum Umfallen müde und konnte dennoch nicht einschlafen. Der Tag war aufregend gewesen. Und anstrengend. Nachdem sie von dem unerwartet langen Spaziergang heimgekommen war, hatte sie schnell und nicht sonderlich gewissenhaft ihre Hausaufgaben gemacht, den Hühnerstall gereinigt und war anschließend mit dem Fahrrad zu den Breuers gefahren. Der hochschwangeren Frau Breuer stand der Schreck von heute Morgen noch immer ins Gesicht geschrieben, und besorgt erkundigte sie sich nach Marlas Mutter. Ihr Mann hatte die Unglücksleiter bereits auf den Pritschenwagen gelegt, und auch Marlas Fahrrad hob er zuvorkommend hinauf.

„Grit soll sich richtig auskurieren", sagte er beim Abschied. „Die Wand kann sie nach der Geburt der Kleinen noch fertig malen. Es sieht jetzt schon toll aus. Sag ihr das bitte." Das fand Marla sehr freundlich von ihm.

Während sie kurze Zeit später gemeinsam mit Henni ein schnelles Essen kochte, rätselten sie über den geheimnisvollen Grund des Unfalls, den Mama noch nicht hatte verraten wollen. Wie Marla erwartet hatte, war Rieke nicht gerade begeistert, erst jetzt davon zu erfahren. Sie stürzte sofort ans Telefon und rief ihre Mutter an, die ihr versicherte, dass sie gut versorgt wurde und am kommenden Tag nach Hause kommen würde.

Am liebsten hätte Marla ihrer Freundin abgesagt, aber da sie Amelie versprochen hatte, mit ihr für die Englischklausur zu lernen, hatte sie es nicht übers Herz gebracht. Später war sie froh darüber, denn der Abend war noch richtig lustig geworden. Nach dem Lernen hatten sie sich zusammen mit Rieke an den großen Küchentisch gesetzt, Salzstangen geknabbert und Brettspiele gespielt. Henni hatten sie dazu nicht überreden können.

„Ich muss Bach üben", hatte sie wichtigtuerisch geantwortet und den restlichen Abend verschiedene Melodien auf dem Klavier hoch und runter gespielt. Marla musste anerkennend zugeben, dass es gar nicht so übel gewesen war, obwohl sich das Instrument wirklich sehr verstimmt anhörte. Ihre Schwester hatte zweifellos Talent. Marla wusste nicht, ob es gut sein würde, ihr das zu sagen, denn Henni besaß bereits ein ausgeprägtes Selbstbewusstsein. Und das machte das Zusammenleben mit ihr nicht immer ganz einfach.

Seufzend stand sie auf und öffnete beide Fensterflügel, um die duftende Frühlingsnacht hereinzulassen. Sofort strömte kühle Luft ins Zimmer. Wieder im Bett, zog sie sich die Decke unters Kinn und schloss die Augen. Sie dachte an das merkwürdige Summen in der alten Eiche. Morgen würde sie dasselbe bei einem anderen Baum ausprobieren. Sie hatte bereits ein Exemplar herausgesucht. Keine Eiche zwar, aber hinter dem Garten stand direkt am Waldrand eine große Erle. Sie bot sich geradezu dafür an.

Marla lauschte dem Wind, der die Vorhänge bauschte und ihr sanft übers Gesicht strich. Als Kind waren es die Finger ihrer Mutter gewesen, die ihr die Wangen gestreichelt hatten. Tröstend. Voller Liebe. Wie es Mama wohl gehen mochte? Ihre schmächtige Mutter in einem unpersönlichen Krankenhausbett, das Haar wie immer zerrupft, bunte Farbkleckse auf den Armen, in einen sterilen Krankenhauskittel gesteckt. Die Vorstellung schmerzte sie. Zum Glück war Mama morgen wieder da. Ohne sie war das Haus nicht so wie immer. Es fehlte etwas. Es war ein wenig so, als hätte es sein Herz verloren.

Ob Marla selbst auch mal das Herz eines Heims sein würde? Was mochte das für ein Gefühl sein? Familie. Kinder zum Versorgen. Ein Mann, mit dem sie ihr Leben teilte. Nun, von all dem war sie weit entfernt. Sie hatte bisher erst einmal einen Freund gehabt, aber das war schon eine Weile her. Mit Mika hatte sie sich wirklich gut verstanden. Sie waren immerhin ein halbes Jahr zusammen gewesen. Noch heute sprachen sie jedes Mal ein paar Worte miteinander, wenn sie sich in der Schule trafen. Das gehörte aber der Vergangenheit an, denn Mika hatte jetzt Abi gemacht und würde studieren.

Bei Henni war das anders. Seit dem Kindergarten liefen ihr die Jungs hinterher. Sie war hübsch, witzig und klug. Ein paar kindliche Tändeleien hatte sie mit ihren 15 Jahren schon hinter sich, jedoch nichts Ernstes. Unter ihren Verehrern war bisher keiner gewesen, der sie nicht nach kurzer Zeit schon gelangweilt hatte. Sie war schrecklich intelligent, womit die meisten der Jungs hoffnungslos überfordert waren.

Rieke wiederum hatte noch nie einen Freund gehabt. Sie war sehr zurückhaltend und Fremden gegenüber sogar etwas scheu, liebte vor allem Pflanzen und Tiere und konnte sich stundenlang in der Natur aufhalten. Mama sagte immer, Rieke genügte sich selbst.

Wenn sie jemanden finden würde, der zu ihr passte, so würde das für die Ewigkeit sein, davon war Marla überzeugt. Es konnte nur jemand sein, der ihre Neigungen teilte, alles andere war unvorstellbar. Daher wäre dieser Waldemar, ihr neuer Arbeitskollege im Wildpark, ein ziemlich geeigneter Kandidat, fand sie.

Wie auch immer, sie alle waren noch sehr jung. Marla gähnte. Mama und Lorenz waren erst 22 Jahre alt gewesen, als Rieke geboren wurde. Ein wenig mehr Reife war für eine Beziehung, die dauerhaft sein sollte, sicher nicht übel.

***

„Der Schokopudding schmeckt göttlich!"

„Ich hab ihn gleich nach der Schule für dich gemacht." Stolz beobachtete Henni, wie Mama genussvoll seufzend einen gehäuften Löffel in den Mund schob.

Sie saßen alle vier auf dem großen Ecksofa, Rusty mitten unter ihnen. Für Mama hatten sie dicke Kissen geholt, damit sie es bequem und gemütlich hatte. Sie war ein wenig blass um die Nase und sollte sich in den nächsten Tagen noch schonen.

„Wie schön, Frederike, dass du deinen Dienst geändert hast", sagte Mama und strich ihrer Ältesten über den Arm. „Das wäre nicht nötig gewesen, aber ich freue mich sehr darüber."

„Das war kein Problem. Waldemar hat sich sofort bereiterklärt, mit mir zu tauschen. Ich habe ihn gestern Abend noch angerufen." Leichte Röte flog über Riekes Wangen, und als Henni den Mund öffnete, um einen Kommentar abzugeben, stieß Marla sie verstohlen mit dem Fuß an und rief:

„Heute Abend gibt's Pizza! Couchpizza mit Film! Mama darf wählen."

„Oh, cool!", jubelte Henni. „Mama, welchen Film sehen wir an?"

Auf der Couch sitzen, Pizza essen und einen Film anschauen war immer ein ganz besonderes Erlebnis, das es nur in Ausnahmesituationen gab. Heute war definitiv solch ein Tag.

„Das ehrt mich aber, Mädchen", lachte Mama und überlegte einen Moment. „Ich entscheide mich für – *Sieben Jahre Tibet*."

Ihre Töchter sahen sie überrascht an. Sie hatten mit *Pretty Woman* gerechnet oder mit einem Jane Austen-Film. Das waren üblicherweise Mamas Wunsch-DVDs. Ihre Wahl fiel somit anders aus als erwartet.

„Du wolltest uns erzählen, warum du von der Leiter gefallen bist", erinnerte Marla sie. Sie war schon aufgesprungen und hatte die große Schublade unter dem Fernseher rausgezogen, um zwischen unzähligen Filmen den richtigen herauszusuchen.

„Ja, allerdings." Mama machte ein geheimnisvolles Gesicht. „Nach dem Film."

„So", sagte Mama, als der Film fertig, die Pizza restlos vertilgt und der Fernseher abgeschaltet war. Erwartungsvoll blickten die Mädchen sie an. Sie holte tief Luft.

„Als ich auf der Leiter stand, klingelte mein Handy. Es war euer Vater."

„Was?"

„Was wollte er denn?"

„Papa?"

Sie sprachen alle gleichzeitig, bis ihre Mutter eine Hand hob. Sofort verstummten sie. „Er ist seit einigen Monaten im Himalaya und hat gefragt, ob ich ihn besuchen möchte. Ich war so perplex, dass mir das Handy aus der Hand rutschte und ich beim Versuch, es aufzufangen, von der Leiter fiel."

Schweigen. Mama sah sie reihum an.

„So ist es passiert", bekräftigte sie, als ihre Töchter sie noch immer anstarrten und keine Worte fanden. Immerhin wussten sie jetzt, weshalb Mama ausgerechnet diesen Film ansehen wollte.

„Der spinnt doch!" Das war natürlich Henni.

„Sprich nicht so über deinen Vater", sagte Mama streng.

„Und?" Riekes Blick lag gespannt auf ihrer Mutter. Marla schwieg weiterhin.

„Das wollte ich mit euch besprechen. Ich würde sehr gerne nach Nepal fliegen und ein paar Wochen mit Lorenz verbringen. Allerdings fliege ich nur dann, wenn ihr alle drei einverstanden seid."

Bevor Rieke oder Marla sich äußern konnten, war es wieder Henni, die mit aufgeregter Stimme sprach.

„Ein paar Wochen? Und dann? Kriegen wir dann wieder eine Schwester? Seid ihr nicht inzwischen aus dem Alter raus?"

Ihre Mutter warf ihr einen verblüfften Blick zu.

„Naja, so war es doch fast immer, oder? Das hast du uns erzählt. Kaum warst du damals mit Rieke schwanger, hat er dich sitzengelassen. Als ihr euch nach Ewigkeiten wiedergesehen habt, wurde neun Monate später Marla geboren, und einer der nächsten Besuche von ihm endete mit mir. Vielleicht hofft er ja jetzt auf einen Sohn!" Ihr Gesicht glühte vor Zorn.

„Euer Vater hat mich nicht sitzengelassen, Henriette", versuchte Grit ihre Jüngste zu beschwichtigen. „Dass er ins Ausland gehen würde, hatte schon lange festgestanden. Wir konnten ja nicht ahnen, dass ich nach unserem Urlaub schwanger sein würde. Er wäre geblieben. Ich aber habe darauf bestanden, dass er ging. Ich wusste von seinem Fernweh. Er wäre hier nicht glücklich gewesen, egal, wie sehr wir uns darum bemüht hätten. Die Art unserer Beziehung, die zugegebenermaßen außergewöhnlich ist, war für uns beide immer in Ordnung. Lorenz ist die Liebe meines Lebens. Ich liebe ihn, weil er so ist, wie er ist. Ich wollte ihn nicht anders haben. Und ja, es hat Abschiede gegeben. Es wird sie auch wieder geben, und sie werden wieder wehtun. Aber wahre Liebe kennt keinen Abschied, mein Schatz." Sie strich zärtlich über Hennis Wange und nahm ihre Hand. „Wenn du irgendwann den Mann findest, den du wirklich liebst, wirst du mich verstehen." Dann gluckste sie amüsiert. „Obwohl ich mit 43 Jahren noch nicht zu alt für ein weiteres Kind wäre, so habe ich nicht vor, noch einmal schwanger zu werden."

Aber Henni war noch nicht fertig. „Vielleicht hat er ja noch andere Kinder überall auf der Welt verstreut. Wer kann das schon wissen? Offene Beziehung und so."

„Ach, du Süße." Mama küsste Hennis Hand und hielt sie umschlungen. „Du bist deinem Vater so unglaublich ähnlich, auch wenn du es – zumindest jetzt gerade – nicht gerne hörst. Nicht nur äußerlich siehst du aus wie er. Du hast auch sein Temperament." Sie musste über Hennis böse Miene lächeln. „Als wir vor vielen Jahren beschlossen haben, dieses Leben zu führen, war uns bewusst, dass wir uns gegenseitig viel Freiheit zugestanden. Ohne jede Kontrolle. Was wir daraus machen, ist unsere Sache. Ich weiß, dass er mich von ganzem Herzen liebt. Wenn ich von Kindern erfahren würde, die er noch hat, so würde es an meiner Liebe zu ihm nichts ändern."

„Warum habt ihr denn überhaupt geheiratet, wenn ihr doch frei sein wolltet?" Henni war nachdenklich geworden.

„Wäre es nach mir gegangen, so wäre ich auch ohne Trauschein glücklich gewesen. Aber als ich schwanger wurde, hat er darauf bestanden. Lorenz wollte, dass wir abgesichert sind, falls ihm etwas zustoßen würde. Kurz vorher waren wir in das Haus eingezogen, das er geerbt hatte. Es würde dann mir gehören."

„Ich finde es in Ordnung, wenn du zu Papa fliegst", verkündete Marla und lehnte sich nach vorne, die Ellenbogen auf die Knie gestützt.

„Ich auch", schloss sich Rieke an und zögerte, bevor sie weitersprach. „Wir können schauen, ob wir einen günstigen Standby-Flug für dich bekommen."

Ihre Mutter klatschte vergnügt in die Hände. „Lorenz bezahlt die Reise. Außerdem hat er Geld überwiesen, somit sollten wir fürs Erste versorgt sein."

„Ich werde dich vermissen, Mama. Aber es ist okay."

Grit schloss ihre Jüngste in die Arme. „Ich danke dir, mein Schatz. Ich weiß, dass es dir schwerfällt. Es sind nur drei Wochen, die gehen schneller rum, als du glaubst. Und lasst euch gesagt sein: Ich werde euch auch vermissen. Jeden Tag."

***

Die Zeit bis zu Mamas Abreise verging wie im Flug. Gemeinsam hatten sie beschlossen, dass es das Beste war, wenn Mama zu Beginn der Sommerferien in ihr großes Abenteuer starten würde. So konnte sie noch das Schulfest besuchen und Hennis Auftritt mit der Band erleben. Während der Ferien lief ohnehin nichts wie im Alltag, daher würde etwas mehr Chaos als sonst kaum auffallen.

Mama beendete ihre Malerei für Breuers Nachwuchs und erledigte einige weitere kleinere Aufträge. Das Bild, das sie in der Nacht vor ihrem Unfall begonnen hatte, hatte sie nicht wieder angerührt.

Marla und Henni mussten nicht nur für die letzten Klassenarbeiten lernen, sie halfen auch dabei, die reifen Früchte im Garten zu ernten und zu verarbeiten. So roch das bunte Haus tagelang nach süßer Marmelade und sauer eingelegtem Gemüse.

Zu aller Überraschung wurde Henni von Loreen und deren Eltern eingeladen, für eine Woche mit ihnen nach Griechenland zu fliegen. Darüber freute sie sich so sehr, dass mit ihr kaum noch ein vernünftiges Wort zu reden war.

Als wenige Tage vor dem Schulfest auch noch die Sängerin der Schulband erkrankte und Henni für sie einspringen sollte, war sie dermaßen aufgeregt, dass ihre Schwestern sie von allen Hausarbeiten entbanden, damit sie üben konnte.

So gesellten sich zu den betörenden Düften oft Hennis Klavierspiel und Gesang.

Kapitel 2

Endlich war es soweit.

Gemeinsam brachten die Mädchen zwei Tage vor Beginn der Sommerferien ihre Mutter zum Flughafen. Sogar Rusty hatten sie mitgenommen. Der kleine Hund war den ganzen Nachmittag über so außer sich gewesen, dass sie es nicht übers Herz gebracht hatten, ihn allein zu lassen. Seit Mamas Gepäck aufeinandergetürmt auf der alten Couch neben der Haustür stand, hatte er es mitunter böse angeknurrt und machte im nächsten Moment einen ängstlichen Bogen darum. Wahrscheinlich hatte er befürchtet, sie alle würden ihn für immer verlassen.

„Richte Papa liebe Grüße von mir aus", sagte Rieke, die den Hund an der Leine hielt und Mama mit ihrem freien Arm an sich drückte. „Und pass auf dich auf. Melde dich zwischendurch mal."

„Ich versuche es ganz bestimmt." In Jeans, Turnschuhe und Hemd gekleidet, mit einem Rucksack auf dem Rücken und dem bunten Tuch im Haar sah Mama aus wie eine Studentin. „Lorenz erzählt immer, dass es in den Gegenden, wo er sich aufhält, selten Internet gibt. Ich melde mich auf jeden Fall, sobald ich die Möglichkeit dazu habe. Ich muss ja wissen, dass es euch gut geht." Tränen schimmerten in ihren Augen.

„Mach dir keine Sorgen um uns, Mama." Marla legte ihre Arme um sie und küsste sie auf die Wangen. „Du weißt, dass wir zurechtkommen. Genieße einfach die Zeit mit Lorenz. Grüße ihn auch von mir ganz herzlich. Ich würde mich freuen, wenn er mal wieder zu Besuch kommt. Es ist schon so lange her, seit wir ihn gesehen haben."

Mama blinzelte tapfer ihre Tränen weg und wandte sich zu Henni, die sie fast um einen Kopf überragte.

„Meine Kleine."

Henni warf sich in ihre Arme. „Mama!", schluchzte sie. „Ich hatte mir ganz fest vorgenommen, nicht zu heulen. Aber jetzt …"

„Ist schon gut, mein Schatz, mir geht es genauso. Es ist völlig in Ordnung, wenn ein Abschied traurig macht." Sie drückte Henni fest an sich. „Ich werde deinem Vater die Bilder von deinem Auftritt zeigen. Er wird sehr stolz auf dich sein und sich wünschen, er wäre dabei gewesen."

Henni schniefte und nahm das Taschentuch, das Rieke ihr reichte.

„Meinst du wirklich?", fragte sie mit belegter Stimme, während sie sich die Nase schnäuzte. Ihre Mutter nickte überzeugt.

„Ja, du warst echt toll. Das fanden nicht nur wir, sondern alle, die euren Auftritt miterlebt haben."

Rieke und Marla nickten eifrig. Was Mama sagte, war die Wahrheit, und Henni war sich dessen durchaus bewusst.

„Meinetwegen kannst du ihn auch von mir grüßen", meinte sie und hörte sich schon etwas munterer an.

„Das mach ich, Kleines." Mama schloss die Arme um ihre Töchter. „Ich hab euch lieb, meine Mädchen. Ruft mich sofort an, wenn irgendetwas ist. Versprecht ihr mir das?"

Alle drei nickten.

„Klar, Mama."

„Versprochen."

„Das machen wir."

Ein paar Minuten blieben ihnen noch, dann war Grit nach vielem Winken und Handküssen hinter den Sicherheitskontrollen verschwunden.

„Und jetzt?"

Henni stand etwas verloren in der Küche und sah sich um.

„Lasst uns *Siedler* spielen", schlug Marla vor und holte den Marmorkuchen, den Mama gestern noch gebacken hatte. Rieke kochte Tee.

„Oh, wie cool. Kuchen zum Abendessen?"

„Es gibt Situationen, die Ausnahmen erfordern", meinte Rieke und lächelte, als Henni freiwillig den Tisch deckte und an den Schrank lief, um das Spiel hervorzukramen.

„Wie sieht eure Planung für die nächsten Tage aus? Erst mal Zeugnisse und dann?"

„Gleich am Montag kommt die Klavierstimmerin", strahlte Henni, die bereits am Tisch saß und das Spiel aufbaute. „Ich kann's kaum erwarten. Ich habe so viele Ideen für neue Lieder, mein Kopf ist total voll davon."

„Vielleicht könntest du dir zum Geburtstag ein Keyboard wünschen, dann wäre das mit dem Proben noch viel einfacher." Mit diesen Worten setzte Marla sich zu ihr und legte sich ein Stück Kuchen auf den Teller.

„Ja, daran habe ich auch schon gedacht. Das dauert zwar noch vier Monate, aber es wäre genial. Wenn ihr alle zusammenlegen würdet und ich das Geburtstagsgeld von den Großeltern beisteuere, dann könnte es sogar reichen."

„Und außer Klavierstimmen?", lenkte Rieke auf ihre ursprüngliche Frage zurück.

„Naja, Loreen und ich müssen unseren Griechenlandurlaub vorbereiten. Nur noch etwas mehr als eine Woche!", jubelte Henni und stieß gegen das Spielbrett. „Klamotten raussuchen, coole Musik aufs Handy laden, packen – da geht eine Menge Zeit drauf." Sie schob die verrutschten Spielfiguren auf ihren Platz zurück.

„Hühner füttern, Hund Gassi führen, abwaschen, Wäsche waschen – da geht auch eine Menge Zeit drauf. Ich mach ganz sicher nicht alles alleine", warf Marla ein.

„Nee, musst du nicht", versicherte Henni.

„Wenn ich zwischendurch ein wenig Luft habe, übernehme ich gerne was davon. Zumindest Rusty werde ich hin und wieder mitnehmen. Das Einkaufen kann ich auch erledigen."

„Wieso sind deine Schichten eigentlich in den nächsten Wochen so lang?" Die Jüngste runzelte die Stirn.

„Naja, es sind Sommerferien, also ist auch bei uns Urlaubszeit. Außerdem sind zwei Mitarbeiter krank geworden, dadurch müssen die, die übrig sind, eben länger arbeiten."

„Und wann machst du Urlaub?", wollte Marla wissen, die sich gerade die Krümel von den Händen strich.

„So wie es aussieht, im frühen Herbst. Wir wollen vielleicht für einige Tage in den Norden fahren."

„Na, super." Henni verzog spöttisch das Gesicht. „Im Herbst in den Norden fahren. Das hört sich nach tollen Ferien an. Herbststürme und Regen. War das Voldemorts Idee?"

„Ich mag Herbststürme und Regen", entgegnete Rieke sanft. „Du kannst dir kaum vorstellen, wie froh ich bin, dass auch Waldemar dieses Wetter liebt."

„Ich weiß ja, dass du den windigen Herbst liebst. So war es schon immer, und ich konnte das noch nie verstehen. In dieser Hinsicht sind wir beide sehr verschieden."

„Nur in dieser Hinsicht?", mischte sich Marla ein. „Ich finde, ihr unterscheidet euch in so ziemlich allen Dingen. Ich selbst bin dabei die goldene Mitte. Sagen wir, eher Mitte als golden", setzte sie hinzu. Bevor sie über ihren letzten Satz nachdenken konnte, der ohne zu überlegen hinterhergerutscht war, sprach Rieke.

„Du weißt, dass du nicht die ganze Hausarbeit machen musst, wenn Henni weg ist. Einen Teil davon erledige ich natürlich auch."

„Kein Problem, wir müssen es damit ja sowieso nicht übertreiben", meinte Marla. „Wenn Amelie aus dem Urlaub zurück ist, werden wir jeden Tag ins Schwimmbad fahren. Ich hab Mamas Wagen, damit können wir außerdem Ausflüge machen und Rusty mitnehmen. Und sonst ...", sie streckte sich genüsslich. „Sonst werde ich mich hauptsächlich der Entspannung widmen. Lesen, auf der Hängematte zwischen den Bäumen schaukeln, vor mich hinträumen ... mehr brauche ich nicht."

Marla hatte kaum das Wort *Bäume* ausgesprochen, als ihr einfiel, dass sie immer noch nicht ausprobiert hatte, ob sich das Erlebnis vom Wald an einem anderen Baum wiederholen ließ. Die letzten Wochen waren so turbulent gewesen, dass der eigenartige Spaziergang mit Rusty vollkommen in Vergessenheit geraten war. Sie beschloss auf der Stelle, dass sie genau das tun würde, sobald sich der Moment dazu bot.

Doch das sollte noch dauern.

***

Nach den beiden letzten Schultagen, denen die Zeugnisausgabe folgte, kam der Samstagmorgen, den die Schwestern bei schönstem Sonnenschein im Garten verbrachten. Nachmittags wurde Marmelade gemacht, und anschließend kochten sie gemeinsam überbackene Maultaschen mit Tomatensoße.

Erst am Sonntag kehrte Ruhe ein. Es war zehn Uhr und Marla war allein. Ganz allein. Henni hatte bei Loreen übernachtet und Rieke war schon früh morgens zur Arbeit aufgebrochen. Marla sah zu Rusty, der unterm Tisch lag und sie aufmerksam beäugte. Er wartete auf den Moment, da sie aufstand und mit ihm spazieren ging.

Der richtige Zeitpunkt war gekommen, beschloss sie. Gleich nach dem Frühstück würde sie ihren Versuch starten. Alles passte. Sie war allein, es war warm und trocken, und sie hatte nichts zu erledigen.

„Kannst ja mitgehen", sagte sie zu dem kleinen Hund und lauschte dem Klang ihrer Stimme nach. „Damals warst du auch dabei. Du musst nur still sein, sonst kann ich nichts hören."

Rusty betrachtete sie mit schiefgelegtem Kopf. Sein Schwänzchen schwang fröhlich auf den Holzdielen hin und her und machte dabei ein Geräusch, das sie noch nie bewusst wahrgenommen hatte. Ssst, ssst, ssst. Der Grund dafür war die Stille. Eine Stille, die es in diesem Haus üblicherweise nicht gab. Sonst hörte man meist irgendwo ein Radio, die Bässe von Hennis Musik oder Mamas Trällern, wenn sie in ihrem Atelier war und malte. Sogar von draußen drang heute Morgen kein Geräusch. Im Dorf war scheinbar noch niemand unterwegs, und auch die Vögel waren nach ihrem Frühkonzert bemerkenswert ruhig.

Immerhin waren die Hühner so normal gewesen wie immer, als Marla sie vor dem Frühstück gefüttert und die Eier eingesammelt hatte. Sie waren gackernd um sie hergelaufen und später, als sie ihnen die Tür geöffnet hatte, aus dem Gehege gestürmt.

Sie hatte sich auf das Alleinsein während der Ferien gefreut. Wenn Henni für eine Woche nach Griechenland verschwand, würde das Haus in eine himmlische Ruhe sinken. Wie oft hatte sie sich in der Vergangenheit danach gesehnt. Sie würde sich erst einmal daran gewöhnen müssen, aber sie würde die Zeit genießen. Sie erhob sich vom Stuhl und stellte das Geschirr zusammen. Sofort sprang Rusty auf die Beine und rannte zur Tür.

„Erst der Versuch, dann unser Spaziergang", sagte sie zu ihm. Eine kleine Melodie summend räumte sie das Frühstück ab und hängte sich die Hundeleine um.

Kurz darauf stand sie vor der Erle. Der Baum war zwar nicht so alt und knorrig wie die mächtige Eiche im Wald, aber sie war stattlich, und der Umfang ihres Stammes durchaus beachtenswert. Der kleine Wassergraben, an dessen Rand sie gewachsen war, war während der heißen Jahreszeit meistens ausgetrocknet. So auch jetzt.

Marla setzte sich an den Fuß der Erle, den Rücken an den Stamm gelehnt, und klopfte auf den Boden neben sich. Ohne zu zögern legte sich Rusty an ihre Seite. Sie streichelte mit geschlossenen Augen seinen Rücken und schob alle Gedanken weit von sich. Das Holz hinter ihr war warm und angenehm, und dieses Gefühl auskostend ließ sie einige Minuten verstreichen. Vor ein paar Wochen war es wie von selbst passiert. Jetzt aber geschah nichts.

Sie konzentrierte sich auf all ihre Sinne und versuchte, jede Empfindung wahrzunehmen, auch wenn sie noch so gering war. Ihren Rücken drückte sie ein wenig fester an die Rinde, und schließlich drehte sie sogar den Kopf zur Seite, damit sie ihr Ohr daran legen konnte.

Nichts. Kein Summen. Nur Stille. Wie vorhin im Haus. Noch wollte sie nicht aufgeben und blieb reglos eine Weile sitzen. Vergeblich. Enttäuscht stand sie auf.

„Komm, Rusty. Wir gehen in den Wald."

Aus Erfahrung klug geworden, leinte sie ihn an. Auf seinen vorwurfsvollen Blick bemerkte sie achselzuckend: „Du bist selbst daran schuld. Vielleicht erinnerst du dich."

Es stand außer Frage, welchen Weg sie einschlagen würde. So enttäuscht sie auch war, so sehr hoffte sie nun auf eine Wiederholung am Original selbst. Sie musste es nur finden. Das jedoch sollte kein Problem sein. Sie hatte Zeit, die Sonne schien warm vom Himmel herab, und sie war frei. Weit über ihr zogen luftige Wolken über das Blau, getrieben von einer unsichtbaren Kraft. Ein leichter Wind fuhr ihr durchs Haar, streifte die bloße Haut ihrer Arme und Beine. Es war ein wunderbares Gefühl. Marla breitete die Arme aus, während sie lief und genoss die Gewissheit, dass sie tun und lassen konnte, was sie wollte. Den ganzen Tag lang. Ach was! Den ganzen Sommer lang!

Beinahe wie von selbst gelangte sie schließlich zu der alten Eiche. Nur ganz am Ende musste sie ein wenig nach dem richtigen Pfad suchen. Dann hatte sie den Ort erreicht, den sie letztes Mal durch Zufall entdeckt hatte. Sie erkannte die Stelle sofort wieder und ließ ihren Blick aufmerksam über diesen Flecken Erde gleiten. Wie beim vorigen Mal spielte der Wind in den Laubkronen der Bäume, als wären sie Instrumente. Auf dem Boden hüpften Licht und Schatten umeinander, und die vertrockneten Blätter des Vorjahres, die den Waldboden bedeckten, flammten feuerrot auf, wenn Sonnenstrahlen sie trafen.

Marla empfand diesen Ort als ziemlich idyllisch. Als seelenwarm. Dieses Wort hatte sie vor einiger Zeit in einer Deutschklausur benutzt, obwohl sie keine Ahnung hatte, ob es überhaupt im Duden stand. Sie mochte es. Und für diese besondere Stelle mitten im Wald traf es zu.

Rusty bellte und sprang ungeduldig an ihren Beinen hoch, in der Hoffnung, sie würde ihn endlich laufen lassen. Doch damit würde er heute keinen Erfolg haben. Marla lief zur Eiche und legte vorsichtig ihre Rechte auf die Rinde. Es dauerte keine Sekunde.

Es begann als zartes Prickeln auf ihrer Handfläche. Wie ein feiner Strom zog dieses Kribbeln weiter, über ihr Handgelenk und den Unterarm bis hinauf zur Schulter.

Mehr überrascht als erschrocken zog sie ihre Hand zurück. Abwechselnd starrte sie auf den knorrigen Stamm und auf ihre Handfläche. Sie konnte nicht sagen, was sie erwartet hatte. Ob sie überhaupt etwas erwartet hatte. Mit Sicherheit aber hatte sie nicht damit gerechnet, dass es so jäh geschehen würde. Und so heftig.

Betroffen legte sie den Kopf in den Nacken und versuchte, die Spitze des Baumes zu sehen. Durch die kräftigen Äste und das dichte Laub war sie kaum zu erkennen. Was passierte hier? Konnte man sich Dinge so sehr einbilden, dass sie real schienen? Sie bückte sich zu Rusty, der gänzlich unbeteiligt neben ihr das Laub nach Käfern durchwühlte, und strich ihm übers Fell. Er hob den Kopf, leckte sich über die erdverkrustete Schnauze, und als Marla nichts sagte, schnüffelte er unbeeindruckt weiter. Er hatte demnach nichts Außergewöhnliches gewittert.

Marla trat dicht an den Baum heran. Während sie sich zu Boden sinken ließ, pochte ihr Herz aufgeregt. Ein Zurück gab es nicht, denn dafür war sie gekommen. Sie bedeutete dem Hund, sich zu ihr zu legen und schloss die Augen. Die Mulde zwischen den Wurzelarmen war sonnenwarm und weich. Sie überlegte nicht lange, lehnte sich an den Stamm und spürte, wie sich die Rinde in ihre Haut drückte.

Ohne Überraschung nahm sie das Vibrieren wahr. Ihr Rückgrat nahm es wie selbstverständlich auf und leitete es weiter, bis diese Empfindung sich über ihren gesamten Körper ausgebreitet hatte. Wie gebannt wartete sie, was geschehen würde. Doch es geschah nichts. Es änderte sich nur etwas. Anfangs war ihr das, was in ihrem Körper passierte, eigenartig erschienen. Nach einer Weile aber fühlte es sich gut an. Angenehm sogar und irgendwie … richtig. Neben ihr bewegte sich Rusty. Dann döste er wieder.

Auch ihr wurden die Glieder schwer. Nein, nicht wirklich schwer. Eigentlich wurden sie merkwürdig leicht. Alles an ihr wurde leicht. Ihr fielen die Wolken ein, die sie zu Beginn des Spaziergangs über den Himmel hatte ziehen sehen. Genauso fühlte sie sich. Wie eine Wolke, die über den Wald zog. Denn sie sah ihre kleine Welt plötzlich von oben. Immer schneller bewegte sie sich fort, und verzückt entdeckte sie unter sich den Bachlauf, der den ausgedehnten Wald in zwei Teile schnitt.

Nicht lange danach erkannte sie den Klagehügel. Die gruselige Ruine, die auf der Anhöhe stand und so viel Tragik unter sich begrub. Schon ging es weiter. Mit noch höherem Tempo zog sie über den Wald hinweg, über die Wiesen und bestellten Felder hinter ihrem Dorf.

Marla schnappte nach Luft, als sie abermals schneller wurde. Es war atemberaubend! Berauschend! Sie hörte sich vor Begeisterung laut lachen. Wie der Wind flog sie über die Landschaft, die ihr so vertraut war, und es schmerzte sie beinahe, dass sie ihre Schönheit erst jetzt erfasste, von hoch oben.

Wenn es nach ihr ginge, so sollte dieser Traum nie enden! Irgendwo in der Ferne bellte ein Hund. Sie suchte die Felder unter sich ab, aber sie konnte nichts sehen. Zu weit oben war sie inzwischen und sie hatte nicht das geringste Bedürfnis, etwas daran zu ändern. Ganz unerwartet machte sie eine Wendung und die Reise ging zurück.

Von weitem sah sie das kleine Dorf und ihr Haus, das sich an den Waldrand schmiegte. Ihre Höhe verringerte sich, und sie streifte die hohe Erle, deren Holz sie heute schon berührt hatte. Weiter ging es durch die Baumkronen des Laubwaldes. Sie spürte die Blätter, durch die sie hindurchrauschte und jauchzte glücklich auf, als sie ihre Arme ausbreitete und die Zweige streifte. Plötzlich befand sie sich im Sinkflug und bewegte sich auf die alte Eiche zu. Wieder bellte ein Hund.

Jäh kam Marla zu sich und öffnete benommen die Augen. Im ersten Augenblick wusste sie nicht, wo sie sich befand. Auf ihrem Schoß sprang Rusty bellend auf und ab und leckte ihr übers Gesicht. Sie saß keuchend unter den mächtigen Armen der Eiche und war nicht in der Lage, sich zu rühren. Ihr Körper fühlte sich taub an, und im Vergleich zu dem, was sie eben geträumt hatte, war das zarte Vibrieren hinter ihrem Rücken geradezu vertraut.

„Ganz ruhig", murmelte sie, ohne zu wissen, ob sie zu sich selbst oder zu dem kleinen Hund sprach, der sich hingesetzt hatte und sie besorgt betrachtete. Marla ließ ein paar Sekunden verstreichen und gab sich alle Mühe, sich zu sammeln. Als das Gefühl in ihre Glieder zurückgekehrt war, löste sie sich mit einem Ruck von dem Holz hinter ihr und zog Rusty an sich. Die Wärme seines Körpers brachte sie endgültig in die Realität zurück. Sie schüttelte den Kopf.

„Meine Güte aber auch. So intensiv habe ich in meinem ganzen Leben noch nicht geträumt. Ich bin geflogen. Es ist, als wäre ich eben richtig geflogen!" Sie stand auf und streckte sich. Ihr war klar, dass sie wiederkommen würde. Gleich morgen früh. Sie konnte es kaum abwarten und war sogar kurz versucht, den Baum noch einmal zu berühren. Da aber ihr Magen laut knurrte und sie zudem riesigen Durst hatte, machte sie sich auf den Heimweg.

Als sie wieder auftaucht, kann ich mein Glück kaum fassen. Der winzige Funke Hoffnung in mir explodiert zu einem gewaltigen Feuerwerk. Auch jetzt schaffe ich es erst in letzter Sekunde, mit der Eiche zu verschmelzen. In mir breitet sich etwas aus, das ich kaum zu bändigen vermag. Sie ist zurückgekommen!

Ich erschrecke erneut, als sie vor mir steht und ohne Vorwarnung ihre Hand auf die gefurchte Rinde legt. Mir ist bewusst, dass ich viel zu aufgewühlt bin. Selbstbeherrschung ist nicht meine Stärke. War es noch nie. Aber jetzt wäre sie dringend vonnöten.

Sie zuckt zurück, als hätte sie sich verbrannt. Das war zu erwarten. Verwirrt betrachtet sie ihre Hand. Mir ist klar, dass ich sie überfordere. Das zu verhindern ist mir im Augenblick unmöglich, zu sehr tobt in mir der Sturm. Ich will nicht, dass sie geht. Gleichzeitig habe ich Angst vor dem, was passieren wird, wenn sie bleibt.

Zu meiner Überraschung setzt sie sich nur kurze Zeit später hin und ruft den Hund zu sich. Als ihr Rücken den Baumstamm berührt, nehme ich ihre Neugier wahr. Ungestüm und furchtlos. Ihre Unerschrockenheit fasziniert mich. Auf der Stelle werfe ich alle Vorsicht über Bord und habe nur noch einen Wunsch: Ich möchte ihr etwas zeigen, das sie noch nie erlebt hat. Etwas, das sie niemals vergessen wird.

Als der Hund eine Energie wahrnimmt, die ihm fremd erscheint, streiche ich ihm in Gedanken mit meiner Hand über den Rücken. Im Nu beruhigt er sich und schließt schläfrig die Augen. Ich lasse ein paar Sekunden verstreichen, bis sich die Frau an meine Anwesenheit gewöhnt hat. An ihrer entspannten Körperhaltung und dem ruhigen Schlagen ihres Herzens merke ich, dass es ihr nicht unangenehm ist.

Dann nehme ich sie mit auf die Reise. Leise und sanft bewegen wir uns fort. Sie folgt mir ohne zu zögern. Ein übermütiges Flattern breitet sich in meiner Brust aus, und ich erweitere unseren Ausflug. Ich lasse sie auf dem Wind reiten und weide mich an ihren verzückten Ausrufen, die sie wie im Rausch ausstößt. Ihr Körper, der nach wie vor unter der Eiche sitzt, beginnt zu wogen. Ihre Arme bewegen sich, als würde sie fliegen. Schließlich wird es ihrem vierbeinigen Begleiter zu bunt und er fängt zu bellen an.

Unwillig mache ich mich auf den Rückweg. Würde es nach mir gehen, so würde ich mit ihr weiter über den Himmel ziehen. Einfach von hier verschwinden. So, wie ich es damals hätte tun sollen. Solange noch Zeit dazu war.

Als sie sich von diesem Ort verabschiedet, weiß ich, dass sie wiederkommen wird. Ich sehe es in ihren Augen, deren Farbe dieselbe ist wie die der Rehe, die mir tagtäglich Ge-

sellschaft leisten. Und die mich so sehr an ein anderes Augenpaar erinnern.

Noch immer aufgekratzt erreichte Marla das bunte Haus. Rusty, den sie schon einige Zeit zuvor von der Leine befreit hatte, rannte vergnügt vor ihr her und stand bereits wartend vor der Haustür. Ihr Kopf war voller Bilder. Das Grundstück von oben, die Erle, der Klagehügel. Nicht ganz bei der Sache drehte sie den Schlüssel im Schloss umher, ohne dass es aufspringen wollte.

Plötzlich wurde die Tür von innen aufgerissen, und eine völlig aufgelöste Henni stand vor ihr.

„Marla, endlich bist du zurück! Wo warst du denn so lange?"

„Ich – ich war mit Rusty ..."

„Ich hab schon ewig auf dich gewartet!"

„Wieso? Ist etwas passiert?"

„Ja! N-nein, nichts Schlimmes, aber doch! Ich muss dir unbedingt was erzählen!" Hennis Wangen waren gerötet und ihre blauen Augen strahlten.

„Sekunde", entgegnete Marla und stürzte in die Küche. Sie goss sich ein großes Glas Leitungswasser ein und kippte es in einem Zug herunter. Ein zweites folgte auf dem Fuß.

„Was ist denn mit dir los?", fragte Henni verwundert. „Warst du joggen?"

Marla schüttelte den Kopf, schnappte eine Banane aus dem Obstkorb und warf sich auf einen Stuhl. „Schieß los", forderte sie ihre Schwester auf, die sich das nicht zwei Mal sagen ließ.

„Du wirst mir nicht glauben, was heute passiert ist!", begann sie, während sie sich Marla gegenüber setzte. „Loreen und ich waren gerade mit dem Frühstück fertig, da klingelte mein Handy. Rate mal, wer dran war?"

„Keine Ahnung", meinte Marla. „Dein Klassenlehrer vielleicht, der dir gestanden hat, dass dein Einserzeugnis ein Irrtum war?" Sie grinste und biss ein großes Stück Banane ab.

Henni hatte immer tolle Zeugnisse, obwohl sie nichts dafür tat. Darüber zu sprechen war ihr peinlich, denn sie wollte nichts weniger sein als eine Vorzeigeschülerin.

„Quatsch! Darius! Darius Drechsler!" Sie überschlug sich beinahe vor Begeisterung.

„Darius Drechsler?" Marla tat, als überlegte sie. „Müsste ich ihn kennen?"

„Ach Marla! *Der* Darius!"

„Dein schöner langhaariger Typ? Der Schwarm aller Sechzehnjährigen?"

„Genau der! Und weißt du, was er wollte?"

„Du wirst es mir sicher gleich sagen." Marla steckte das letzte Stück Obst in den Mund und wischte sich über die noch immer verschwitzte Stirn.

„Als wir auf dem Schulfest mit der Band gespielt haben, da hat er mich singen gehört. Nun fragt er, ob ich Lust habe, als Sängerin in seine Band zu kommen. Als Sängerin! Ist das nicht irre? Ich habe gar nicht gewusst, dass er in einer Band ist! Er ist Gitarrist und singt. Darius meint, dass ich Keyboard spiele passt auch super, da ihr Keyboarder ab Herbst irgendwo weit fort ein Studium beginnt. Dienstag proben sie und ich soll kommen. Der Proberaum ist beim Schlagzeuger im Keller. Was sagst du dazu?" Sie sah ihre Schwester, die noch mit der Flut von Information kämpfte, erwartungsvoll an.

Ein kurzes Schweigen entstand, bevor Marla etwas sagte.

„Im Keller?"

„Im Keller von Leon. Du weißt schon, das ist der Bruder von Julia Heinze aus meiner Klasse. Die Eltern machen nebenher einen kleinen Catering-Service."

„Ah, stimmt. Am Dienstag sagtest du?"

Henni sah sie irritiert an. „Alles okay mit dir? Wiederholst du neuerdings alles? Ja, genau. Dienstagabend um 18 Uhr."

„Und du willst hingehen?"

„Marla! Natürlich werde ich dort hingehen! Eine richtige Band!"

„Und ein richtiger Frauentyp!"

„Du hörst dich schon wie Rieke an!" Genervt verdrehte Henni die Augen. „Dass ich ihn süß finde, ist für mich gerade ziemlich nebensächlich."

„Immerhin will er sich mit dir in einem Keller treffen. Wie alt ist er denn überhaupt? 15 ganz sicher nicht."

„Er ist 17 und kommt jetzt in die Elfte. Die anderen Jungs der Gruppe sind Lars Spengler und Mika Sasse. Mika ist der Keyboarder, der jetzt die Band verlassen wird, weil er fortgeht. Ihn kennst du ja wohl." Sie warf Marla einen vielsagenden Blick zu.

Dass Darius in Mikas Band war, hatte Marla nicht gewusst. Also war dagegen wohl nichts einzuwenden, befand sie, denn wenn Mika die Jungs kannte, dann mussten sie ganz in Ordnung sein. Musik zu machen war immerhin nicht die schlechteste Freizeitbeschäftigung.

„Meinetwegen, meinen Segen hast du. Aber sag auch Rieke Bescheid."

„Klar, mach ich!" Henni sprang auf, setzte der überraschten Marla einen Kuss auf die Wange und verschwand nach oben.

Ruhe kehrte ein. Außer den leisen Bässen aus Hennis Zimmer und dem Gackern der Hühner war nichts zu hören. Endlich konnte Marla wieder über das nachdenken, was vorhin geschehen war. Während des Gesprächs mit Henni waren ihre Gedanken ständig abgeschweift und dorthin gewandert, wo sie am liebsten wieder wäre. Bei der uralten Eiche nämlich, die ihr schon jetzt seltsam vertraut war und nach ihr zu rufen schien. Sie wünschte, es wäre schon morgen.

Kapitel 3

Am nächsten Tag erwachte sie trotz der Ferien schon zeitig. Henni lag noch im tiefen Schlaf, aber Rieke, die heute Spätdienst hatte, hörte sie bereits die Hühner füttern. Ihre ältere Schwester war eine ausgesprochene Frühaufsteherin, was Henni, die an Wochenenden und in den Ferien am liebsten bis in den Mittag schlief, oft belächelte. Marla aber bewunderte Rieke dafür. Wie auch für viele andere Dinge.

Sie stand auf und trat ans weitgeöffnete Fenster. Ihre Schwester, die von ihnen dreien am meisten ihrer Mutter ähnelte und sogar noch kleiner war als sie, saß mit ihrer Teetasse in der Hand unter dem Apfelbaum. Die fünf Hennen, denen sie bereits die Tür zur Freiheit geöffnet hatte, liefen zärtlich gluckernd um sie herum und buhlten um ihre Zuneigung. Riekes Hand strich abwechselnd über braunes und weißes Gefieder, darauf bedacht, dass keines zu kurz kam.

Marla war davon überzeugt, dass die Tiere in der kommenden Nacht besonders viele Eier legen würden. Es war unbegreiflich, wie Rieke das machte. Egal, ob Mensch oder Tier, alle schienen es ihr Recht machen zu wollen. Nicht, dass sie jemals wirklich schimpfen würde, dafür war ihr Wesen viel zu freundlich. Außer vielleicht mit Henni, die manchmal nur zu ertragen war, wenn man sie in die Schranken wies.

Rusty kam um die Ecke geschossen, mischte eifersüchtig die Hühner auf und warf sich der lachenden Rieke auf den Schoß. In diesem Moment musste Marla niesen. Ihre Schwester blickte zu ihr hoch und winkte. Wie immer, wenn Rieke zur Arbeit ging, trug sie ihr langes Haar zu einem Zopf geflochten und hochgesteckt. Marla fand das sehr schade, denn mit dem Haar, das ihr bis auf die Hüften fiel und den blaugrünen Augen, die an Smaragde erinnerten, war Rieke unbestritten schön.

In der Zeit, als sie noch Kinder waren und Mama ihnen Märchen vorgelesen hatte, war Marla fest davon überzeugt gewesen, dass ihre Schwester in Wirklichkeit das Schneewittchen war. Die Haut so weiß wie Schnee, die Wangen so rot wie Blut und das Haar so schwarz wie Ebenholz. Dass Rieke im Sommer braun wie eine Haselnuss wurde und das Haar eher dunkelbraun als schwarz war, sah sie damals nicht. Denn Marla fand sie nicht nur wunderschön, sie hatte auch wie Schneewittchen ein ausgesprochen sanftes Wesen. Zu Marlas Leidwesen liefen Katzen und Hunde immer gleich zu Rieke, um sich von ihr streicheln zu lassen, und sogar die Schmetterlinge flogen ihr freiwillig auf die Hand. All das bestätigte Marlas Theorie und brachte ihre Phantasie zum Brodeln. So kam es, dass sie schließlich ein ernsthaftes Problem mit sich herumtrug.

Bis heute erinnerte sie sich an das Gespräch, das eines Nachts, als sie nicht schlafen konnte, in aller Heimlichkeit stattgefunden hatte. Sie mochte zu der Zeit fünf oder sechs Jahre alt gewesen sein. Sie war zu Mama ins Bett geschlüpft und hatte sich an sie geschmiegt.

„Mama?"

„Hm?"

„Du bist schön."

Mama hatte sie an sich gedrückt. „Du bist auch schön, Schatz", hatte sie schläfrig gemurmelt. Darauf zu antworten befand Marla für unnötig, denn sie hatte ja Augen im Kopf und fand sich selbst nicht besonders hübsch. Aber sie war noch nicht fertig.

„Rieke ist ganz besonders schön, findest du nicht?"

Mama seufzte und fand sich damit ab, dass Marla mitten in der Nacht ein Gespräch mit ihr führen wollte. „Das stimmt. Frederike ist ein sehr hübsches Mädchen."

„Und Henni?" Marla musste kichern, als sie an die kleine Henni dachte, die nur einen Flaum blonder Haare hatte, dafür riesengroße Augen und einen breiten Mund. Marla fand, dass sie sehr lustig aussah und eher einem Frosch glich als einer Märchenprinzessin.

„Ich finde euch alle drei sehr hübsch. Weißt du, eine Mutter findet ihre Kinder immer schön, ganz egal, wie sie aussehen."

Marla überlegte ein paar Sekunden lang, wie sie ihr Anliegen formulieren könnte. „Und was machst du, wenn eine von uns schöner wird als du? Rieke vielleicht?"

Jetzt knipste Mama das Licht an und setzte sich auf. Sie sah Marla prüfend an. „Magdalena, um was geht es dir denn wirklich?"

Marla druckste ein wenig herum, sagte jedoch nichts.

„Es geht im Leben nicht darum, wie schön man ist, weißt du? Wichtig ist, wie es hier drinnen aussieht." Mama legte ihre Hand auf Marlas Herz und ließ sie dort liegen. „Wie es um unser Herz steht, das ist das Einzige, das zählt, meine Süße. Und wer von innen schön ist, der ist auch von außen schön."

Marla zögerte. Ihr Herz fühlte sich unter Mamas Hand wunderbar warm und geborgen an. Sie war ein bisschen beruhigt, trotzdem beschloss sie, ihre Frage zu stellen.

„Schneewittchens Stiefmutter wollte immer die Schönste sein. Als Schneewittchen dann schöner war als sie ..." Sie brach ab, als sie ihre Mutter nach Luft schnappen hörte.

„Ach du lieber Himmel, Magdalena!", rief Mama, zog Marla auf ihren Schoß und umfing ihr Gesicht mit beiden Händen.

Sie hatte Marla daraufhin erklärt, dass sie so etwas niemals denken durfte, und dass es für eine Mutter nichts Schöneres gab, als gesunde Kinder zu haben. Ob hübsch oder weniger hübsch, das spielte überhaupt keine Rolle. Sie hatte sich auch die Zeit genommen – und das mitten in der Nacht – Marla zu erklären, was es mit den Märchen auf sich hatte und weshalb es dort immer böse und gute Menschen geben musste.

Kurz darauf war Marla an Mamas Seite eingeschlafen, das Herz noch immer warm und um viele Steine leichter. Sie hatte sich über das Schönsein nie wieder den Kopf zerbrochen, denn sie hatte ja in dieser Nacht erfahren, dass nur die innere Schönheit wirklich zählte.

Wieder sah Rieke zum Fenster hinauf. „Komm runter, Marla! Ich hab dir schon einen Kaffee gekocht!"

Ihre große Schwester besaß definitiv beide Arten von Schönheit, dachte Marla, als sie in ihre Shorts schlüpfte und die Treppen hinunterlief. Kaffeeduft strömte ihr entgegen. Einen Moment später saß sie neben Rieke unterm Apfelbaum, den heißen Becher in den Händen. Rusty zwängte sich energisch zwischen sie und drehte sich auf den Rücken.

„So früh am Tag ist es draußen am schönsten. Alles ist so frisch und klar. Als wäre jeder Tag ein neuer Anfang", bemerkte Rieke und warf einen Blick zum Himmel. „Es wird wieder richtig heiß. Perfektes Ferienwetter, nicht wahr?"

„Besser geht's nicht." Marla kraulte Rustys Bauch. „Rieke", begann sie zögerlich und überlegte, ob sie ihrer Schwester diese Frage stellen sollte. Es war ein wenig so wie damals in der Nacht, als sie Mama die Schneewittchen-Frage gestellt hatte, die im Nachhinein ziemlich absonderlich gewesen war. Aber wenn nicht Rieke, wer sonst könnte ihr das beantworten?

„Rieke, hast du schon einmal das Gefühl oder den Eindruck gehabt, dass ein Baum atmet? Oder so etwas Ähnliches?"

Überraschung lag im Blick ihrer Schwester, als sie aufsah. „Nein, ehrlich gesagt noch nie." Eine Weile tranken sie schweigend Tee und Kaffee.

„Könntest du dir vorstellen – nein", korrigierte Marla sich, „könnte es eine Erklärung dafür geben, dass es einem so erscheint?"

„Dass er atmet?"

„Nicht unbedingt atmen. Vibrieren oder so etwas in der Art."

Rieke dachte nach. Schließlich schüttelte sie den Kopf. „Ich wüsste nicht, wie man das erklären könnte. Es sei denn, es wäre eine Baustelle in der Nähe, wo mit Großgeräten Erdarbeiten durchgeführt werden. Dann könnten sich Vibrationen sicherlich auch über größere Entfernungen auf einen Baum übertragen."

„Hm", machte Marla.

„Weshalb fragst du?"

„Ach", meinte sie ausweichend. „Hat mich nur mal interessiert. Nicht so wichtig."

„Du weißt, dass ich davon überzeugt bin, dass es in der Natur Dinge gibt, von denen wir nichts ahnen und nichts wissen. Sie sind da, aber wir finden keine logische Erklärung dafür." Als Marla darauf nichts sagte, fragte sie: „Gehst du heute ins Schwimmbad?"

„Später vielleicht. Heute Vormittag kommt die Frau, die das Klavier stimmt. Ich habe Henni versprochen, dass ich solange hierbleiben werde."

„Unsere verrückte, kleine Schwester", kicherte Rieke. „Sie ist immer für Überraschungen gut, oder?"

„Hat sie dir das mit der Band erzählt?"

„Ja, gestern Abend noch."

„Und? Was meinst du?"

„Mama würde es ihr erlauben. Ich möchte auch gar nicht wissen, was hier los wäre, wenn sie nicht gehen dürfte. Ich habe ihr gesagt, dass es in Ordnung ist und habe den Vorschlag gemacht, dass sie Loreen mitnehmen könnte. Damit war sie sofort einverstanden."

„Die Idee ist super!" Marla fragte sich, warum sie nicht selbst darauf gekommen war.

„Sie sieht glücklich aus, findest du nicht?"

Obwohl sie sich eben noch über Henni unterhalten hatten, wusste Marla sofort, von wem Rieke sprach. Ihre Mutter hatte ihnen ein Foto geschickt, worauf sie und Lorenz zu sehen waren.

„Ja, das stimmt."

„Seltsam, dass man sich für dieses Leben entscheidet, wenn man sich doch liebt."

„Wahrscheinlich würde eine normale Ehe bei ihnen gar nicht funktionieren", sagte Marla nachdenklich. „Sie sind beide auf ihre Weise so außergewöhnlich, dass es mir schwerfällt, mir mit ihnen ein ganz normales Familienleben vorzustellen."

„Ja, das mag wohl stimmen." Rieke kaute auf ihrer Unterlippe. Dann grinste sie. „Ich glaube, es würde hin und wieder ganz schön krachen. Krieg und Frieden im bunten Haus, sozusagen."

„Ist wohl ganz gut, dass es so ist, wie es ist. Solange Mama und Lorenz es für das Beste halten und sie damit glücklich sind, soll's mir recht sein." Marla lockte ein weißes Huhn zu sich und hob es auf ihren Schoß. Es sträubte sich nicht dagegen, schielte jedoch argwöhnisch zu Rusty, der nach wie vor seinen Bauch zum Himmel gewandt hatte und sich nicht rührte.

„Hallo Polli." Sie strich dem Tier über das flaumige Federkleid. „Ich weiß, dass du das nur zulässt, weil deine Legekollegin an Riekes Seite hockt." Polli gluckste vergnügt.

„Ich könnte es nicht aushalten", nahm Rieke den Faden wieder auf. Als Marla zu ihr hinübersah, waren die Wangen ihrer Schwester von zartem Rosa übergossen. „Wenn ich jemanden liebe, dann möchte ich bei ihm sein. Jeden Augenblick, solange ich lebe."

Marla war überrascht von der Wendung des Gesprächs. Rieke sprach selten über ihre Gefühle.

„Waldemar?", fragte sie vorsichtig.

Rieke nickte. Sie lächelte dabei so zärtlich, dass in Marlas Bauch ein warmer Knoten entstand.

„Schon am ersten Tag, als er bei uns anfing, habe ich gemerkt, dass er anders ist als alle Menschen, die ich kenne. Wie er sich bewegt, wie er mit den Tieren umgeht und mit ihnen spricht, so etwas habe ich noch nie erlebt. All unsere Kollegen sind tierlieb und man merkt ihnen an, dass ihnen ihre Arbeit Freude macht. Sonst hätten sie ja diesen Beruf nicht gewählt. Aber Waldemar hat eine ganz besondere Gabe. Das berührt mich sehr. Er hat mich mitten ins Herz getroffen."

„Ihr scheint euch ähnlich zu sein", stellte Marla fest und staunte einmal mehr über ihre Schwester. „Denn genau so, wie du ihn beschreibst, würde ich dich beschreiben. Du hast auch diese besondere Gabe. Das war schon immer so."

„Vielleicht verstehen wir uns deshalb so gut. Oft wissen wir voneinander, was wir denken und brauchen es nicht auszusprechen. Ich weiß, dass er genauso empfindet wie ich." Rieke sah Marla direkt in die Augen. Ihr Gesicht leuchtete vor Glück. „Ich habe nicht geahnt, dass es so etwas gibt."

Marla legte ihr eine Hand auf den Arm. „Ich kenne ihn nicht und bin schon sehr neugierig darauf, wie der Mann ist, in den du dich verliebt hast. Ich hoffe nur, dass er dich verdient, und dass er dich nie enttäuschen wird. Ich würde ihn umbringen."

Rieke umarmte sie. „Ich wusste gar nicht, dass in dir eine Kriegerin steckt", sagte sie belustigt und sah den Hühnern hinterher, die aufgesprungen waren. „Ich danke dir. Aber ich glaube nicht, dass das nötig sein wird." Sie stand auf. „Ich mache mich jetzt auf den Weg und nehme Rusty mit. Wir kontrollieren heute die äußeren Zäune, da kann er rumspringen, ohne dass ich ständig nach ihm schauen muss."

Marla erschrak. „Aber ..."

„Was?", fragte Rieke, als sie nicht weitersprach.

„Schon gut. Ich wollte eine Runde durch den Wald spazieren, da hätte er mitgehen können."

Rusty jedoch hatte Rieke seinen Namen nennen hören und klebte ihr bereits an den Fersen. Marla winkte ab. „Kann ich auf morgen verschieben."

Nicht lange darauf machten sich Rieke und Rusty auf den Weg. Marla saß inzwischen am Küchentisch und löffelte Müsli in eine bunte Schale. Sie dachte nach. Ihren Spaziergang würde sie natürlich nicht verschieben. Sie war schon jetzt gespannt und voller Erwartung. Aber ohne den kleinen Hund würde es nicht so sein wie die letzten beiden Male. Während sie grübelte, goss sie Milch über ihr Frühstück. Falls ihr Ausflug ohne Rusty nicht erfolgreich sein würde, müsste sie morgen eben noch einmal gehen. Kauend sah sie zum Fenster hinaus, als ihr Handy vibrierte.

Sie lachte über die Bilder, die Amelie ihr aus dem Urlaub geschickt hatte, und sie schrieb ihrer Freundin gleich darauf eine lange Nachricht. Anschließend betrachtete sie das Foto von Mama und Lorenz. Sie standen eng beieinander und lachten in die Kamera. Nicht nur ihre Mutter sah glücklich aus. Auch Lorenz, dessen blonde Locken unbedingt einen Frisör benötigten, wirkte, als sei er frisch verliebt.

Wieder stellte sich Marla vor, wie es wäre, wenn der große, schlanke Mann mit ihnen zusammenleben würde. Sicher, er war einmal im Jahr für ein paar Tage hier, aber es war jedes Mal aufs Neue eine merkwürdige Situation. Denn wenn man ehrlich war, kannten die Mädchen ihren Vater kaum. Für sie war er ein guter und vertrauter Bekannter, der nach ihren Hobbies fragte, mit ihnen Federball spielte oder schwimmen ging. Kam er im Winter, dann saßen sie oft vor dem Holzofen und lauschten den Geschichten, die er überall in der Welt gesammelt hatte.

Wenn sie das Gesicht ihres Vaters studierte, erkannte sie vor allem Henni darin. Das Eigenwillige, das aus seiner Miene sprach, kannte sie nur zu gut. Auch die lange, gerade Nase und das kräftige Kinn hatte er seiner jüngsten Tochter vererbt. Marla griff sich an ihre eigene Nase. Ein bisschen hatte sie vielleicht auch davon. Ansonsten war sie selbst eher eine Mischung aus beiden Eltern. Mal wieder die Mitte. Wie immer.

Missmutig steckte sie das Handy weg und beendete ihr Frühstück. Sie steckte eine Wasserflasche in ihren Rucksack, legte noch einen Apfel dazu und schlüpfte in ihre Turnschuhe.

„Wohin gehst du?", hörte sie Hennis verschlafene Stimme vom oberen Treppenabsatz. „Du bist doch wieder hier, wenn die Klavierstimmerin kommt, oder?"

„Klar bin ich dann wieder hier, hab ich ja versprochen. Ich bin nicht lange weg."

Ihr Herz pochte erwartungsvoll, als sie sich auf den Weg machte. Was würde heute passieren, wenn sie den alten Baum erreichte? Würde er wieder vibrieren? Würde sie wieder eindösen und träumen? Gedankenverloren zupfte sie eine Wildblume vom Wegrand und steckte die Nase in die vanillefarbene Blüte. Ihr Duft war wundervoll süß und aromatisch. Rieke hatte ihr letzten Sommer gesagt, wie der Name dieser Blume war, die wie eine kleine Wolke aussah. Aber Marla konnte sich nicht daran erinnern. Er hatte sehr hübsch geklungen, das wusste sie noch.

Zwei Jogger, die ihr entgegenkamen, grüßten freundlich. Sie waren kaum vorüber, als sie von einer Gruppe Rentnern überholt wurde, die mit ihren elektrischen Fahrrädern schnell um die nächste Kurve verschwunden waren. Ihre lauten Stimmen waren noch eine Weile zu hören. Endlich gelangte Marla auf den Pfad, der sie in die Stille und die Einsamkeit des Waldes brachte. Sie atmete auf.

Der Boden unter ihren Füßen war weich und federnd, die Luft strich warm über ihre Haut und es roch nach Erde und feuchtem Laub. Vereinzelt mogelten sich Sonnenstrahlen durch das Blätterdach und ließen den Dunst, der noch zwischen den Bäumen waberte, geheimnisvoll leuchten. Im dichten Unterholz standen dunkle Farne, die sich im sanften Wind wiegten. Marla dachte an die irischen Märchen, die sie so mochte. Dort wohnten in solchen Farnen kleine Wesen, nahezu unsichtbar für das menschliche Auge. Sie blickte sich um. Sie hätte wetten können, eine Bewegung wahrgenommen zu haben. Vielleicht gab es sie ja tatsächlich, diese Waldwesen, die mit den Menschen ihren Unfug trieben. Sie hätte keine Angst vor ihnen. Ganz im Gegenteil. Die Vorstellung, dass sie nicht nur Märchen, sondern Wirklichkeit wären, gefiel ihr.

Sie sprang über einen kleinen Bachlauf. Von hier aus war es nicht mehr weit. Der Pfad machte noch eine letzte Biegung, und dann sah sie auch schon den Baum. Aber sie sah noch etwas anderes. Und blieb erschrocken stehen.

Auf der untersten Astgabel, genau über der Stelle, wo sie schon zwei Mal gesessen hatte, saß ein Mann. Mit dem Rücken an den Stamm gelehnt, baumelte ein Bein lässig in der Luft, den anderen Fuß hatte er auf den Ast gestellt. Er schien etwas zu betrachten, das in seinen Händen lag.

Marla schnaubte verstimmt. Sie hatte geahnt, dass es ohne Rusty anders sein würde. Es war eine blöde Idee gewesen, ohne ihn herzukommen. Sie würde auf der Stelle verschwinden, leise und unbemerkt. Doch es war bereits zu spät. Der Fremde hatte sie entdeckt. Mit einer anmutigen Bewegung glitt er vom Baum, darauf achtend, dass das, was er in den Händen hielt, nicht beschädigt wurde.

„Hallo." Seine Stimme war tief und klang freundlich. Marla hatte nicht das Gefühl, dass ihn ihr Erscheinen sonderlich überrascht hatte.

„Hallo", sagte sie verunsichert. „Ich will nicht stören. Ich bin schon so gut wie weg!"

„Warte! Du störst nicht." Er kam auf sie zu, blieb jedoch einige Meter entfernt von ihr stehen. Als sie ihn aufmerksam musterte, fiel ihr als erstes seine Kleidung auf, die für einen heißen Sommertag viel zu warm schien. Seine schwarzen Hosen steckten in schweren Lederstiefeln, die nun wirklich nicht in diese Jahreszeit passten. Das Hemd aus grünem Flanell war bis über die Ellenbogen hochgekrempelt und entblößte kräftige, dunkel behaarte Unterarme. Der Mann war hoch gewachsen, und sein nahezu schwarzes Haar reichte ihm bis zu den Schultern. Das unrasierte Gesicht lag unter einem dunklen Schatten, und sie stellte überrascht fest, dass er viel jünger war als sie zunächst vermutet hatte. In ihr rang die Neugier mit dem Bedürfnis, das Weite zu suchen. Was machte dieser Mann mitten im Wald? Hier war noch nicht einmal ein richtiger Weg. Dass er sich dasselbe fragen könnte, darauf kam sie nicht.

„Ich denke ...", begann sie und merkte, dass sie viel zu durcheinander war, um überhaupt etwas zu denken.

„Schau mal", forderte er sie auf, bevor sie ihren Satz weiterspinnen konnte. Er hielt ihr seine Hände hin, in deren

Mulde ein winziges Fellknäuel lag. „Ganz langsam, sonst erschrickt sie."

Zögernd trat sie einen Schritt näher. Dann noch einen. „Was ist das?"

„Ein junges Eichhörnchen", erklärte er und öffnete seine Hände ein wenig. Ein winziges rotbraunes Köpfchen lugte heraus. Vom Körper des Tierchens konnte Marla nichts sehen, dafür aber einen sehr buschigen Schwanz.

„Oh, ist das süß!", quiekte sie und streckte unwillkürlich ihre Hand aus, um es zu streicheln. Erschrocken verdrückte sich das Eichhörnchen in den Schutz seiner menschlichen Höhle.

Marla zog bedauernd ihre Hand zurück. „Jetzt habe ich es erschreckt."

„Es beruhigt sich wieder. Nachher kannst du es sicher mal streicheln." Behutsam steckte er das Tier in sein Hemd. Als er eine Hand auf die ausgebeulte Stelle an seinem Bauch legte, meinte er: „Es dauert keine Minute, dann schläft sie."

„Sie? Kannst du denn erkennen, dass es ein Mädchen ist?"

„Ich habe nicht nachgesehen. Aber ich weiß, dass es eines ist. Ein wunderschönes Mädchen, das aus dem Nichts aufgetaucht ist."

In Marlas Magen hüpfte das Frühstück unanständig in die Höhe. Sie hatte das Gefühl, dass er sie völlig aus dem Konzept brachte. War ihm bewusst, was er eben gesagt hatte? Wie sie es verstehen musste? Er aber stand gelassen vor ihr und betrachtete sie mit Augen, deren Farbe an einen Gewitterhimmel im Sommer erinnerte. Ein leises Lächeln umspielte seine Mundwinkel.

Verlegen senkte sie ihren Blick auf die halbwelke Wildblume, die sie noch immer in der Hand hielt. Und weil ihr nichts einfiel, das sie sagen könnte, hob sie die Blüte schließlich an die Nase.

„In der Mittagssonne duftet es am stärksten."

„Wie bitte?" Verwirrt sah sie auf.

„Das Mädesüß! Es entfaltet seinen Duft vor allem in der Sonne."

Mädesüß! Wie hatte sie nur diesen hübschen Namen vergessen können? Es erstaunte sie, dass dieser Mann den Namen der Blume kannte und etwas über sie wusste. Noch immer streichelte er das Eichhörnchenbaby unter seinem Hemd. Verwundert stellte sie fest, dass seine Gegenwart ihr angenehm war und sie nicht die geringste Angst verspürte. Das war nicht besonders logisch, so mitten im Wald, allein mit einem Fremden. Und ganz bestimmt war es auch nicht besonders vernünftig.

Vielleicht lag es an der Tatsache, dass er so fürsorglich mit diesem winzigen Tierchen umging, das ihm so gänzlich zu vertrauen schien. Vielleicht aber war es auch deshalb, weil er unverkennbar darauf bedacht war, ihr nicht zu nahe zu kommen.

„Ich mag diesen Ort." Mit seinem freien Arm machte er eine ausholende Bewegung. Erst jetzt fiel Marla wieder ein, weshalb sie gekommen war. Sie sah über die Schulter des jungen Mannes zu der mächtigen Eiche, die seit gestern ihre Gedanken beherrschte. Sie wusste nicht, was sie sich mehr wünschte: Das Gespräch mit diesem Mann fortzuführen oder sich endlich in Ruhe an den Stamm des Baumes zu setzen. Der Mann war ihrem Blick gefolgt. Ein sanfter Ausdruck trat in seine Miene, als seine Augen den Baum erfassten.

„Beeindruckend, nicht wahr?"

Marla nickte. „Wie alt er wohl sein mag?"

„Schätzungsweise 750 Jahre, vielleicht ein paar mehr oder weniger. Sie hat in ihrem Leben schon vieles gesehen, die alte Dame. Heimliche Treffen von liebenden Paaren, Kriege, Hungersnöte und schreckliche Stürme. Nehme ich mal an", schob er hinterher, als Marla ihm einen verblüfften Blick zuwarf. Schweigend wandte er sich um und lief zum Baum. Sie folgte ihm. Als er seine Hand auf die zerklüftete Rinde legte, hielt sie den Atem an.

„Und?", fragte sie. Sie musste unbedingt wissen, ob auch er etwas spürte. „Wie fühlt es sich an?"

„Sie fühlt sich gut an. Sie fühlt sich immer gut an." Seine Stimme klang beinahe zärtlich. Er legte auch seine zweite

Hand an den Baum. „Ihr Alter und ihre Lebenskraft flößen mir Ehrfurcht ein."

Marla sah ihn verstohlen von der Seite an. Außer Rieke hatte sie noch nie jemanden so von einem Baum sprechen gehört. Sie empfand es nicht einmal als merkwürdig, denn irgendwie passte es zu ihm. Er verhielt und bewegte sich, als wäre er ein Teil dessen, was um sie herum war. Als wäre seine Zuneigung zu einem Baum das Selbstverständlichste auf der Welt. Ein wenig fühlte sich Marla wie ein Eindringling, aber ihre Anwesenheit schien ihn nicht zu stören.

Wenn mit diesem Baum etwas nicht stimmte, dann würde er es wohl am ehesten wissen, überlegte sie und verwarf den Gedanken, abermals ihre Hand an den Baum zu legen. Was, wenn sie tatsächlich das Vibrieren wahrnahm? Könnte sie es vor ihm verbergen?

„Sonst merkst du nichts?", hakte sie noch einmal nach.

In seinen Augen erschien ein Ausdruck, den sie nicht zu deuten vermochte. Amüsierte er sich? Erschien ihm die Frage seltsam? Nun, das war sie ja auch. Als Antwort schüttelte er den Kopf.

Wieder versuchte sie, sein Alter zu schätzen. Er mochte ein paar Jahre älter sein als sie, Mitte 20 vielleicht. Ihr brannte die Frage auf der Zunge, was er hier machte. Sie war sicher, dass sie ihn noch nie gesehen hatte. Daran könnte sie sich erinnern.

„Bist du öfter hier?"

„Hin und wieder, ja", meinte er nach kurzem Zögern und schloss erneut die Hände um die winzige Beule unter seinem Hemd. Das Tier schien friedlich zu schlafen. „Und du?"

Marla lächelte. „Hin und wieder, ja", sagte sie heiter. „Aber jetzt muss ich gehen, sonst komme ich zu spät nach Hause."

„Kommst du wieder?" Seine Augen waren voller Erwartung.

„Vielleicht." Natürlich würde sie wiederkommen. Aber das musste er nicht wissen. Sie drehte sich um und war schon einige Schritte gelaufen, als sie seine Stimme hörte.

„Wie ist dein Name, schönes Mädchen?"

Sie blieb stehen und sah über die Schulter. Noch immer stand er neben dem knorrigen Baum, groß und dunkel. Licht und Schatten huschten über sein Gesicht und ließen sein Mienenspiel nicht erkennen.

„Ich heiße Marla!"

„Ich bin Arvid! Das Eichhörnchen und ich, wir warten auf dich."

Leichtfüßig lief sie um die erste Biegung und sprang über den Bach. Als sie sicher war, dass er sie nicht mehr sehen konnte, hielt sie an. Sie legte eine Hand auf ihr jagendes Herz und horchte nach den Vogelstimmen, die den Wald erfüllten. Der Sommer versprach wunderschön zu werden.

Kurz nachdem der erste Sonnenstrahl dem Tag Leben eingehaucht hat, erreiche ich meine Baumgefährtin, lege meine Hände auf ihre zerfurchte Haut und berühre sie mit der Stirn. Ich begrüße sie und danke ihr dafür, dass sie mir von Sonnenaufgang bis Sonnenunter-gang Zuflucht gewährt. Seit vielen Jahren zelebriere ich Morgen für Morgen dieses Ritual der Demut, denn nach all dem, was passiert ist, ist es nicht selbstverständlich, dass sie es zulässt. Vielleicht hat sie die Hoffnung noch nicht aufgegeben, dass sich alles zum Guten wendet und ich wieder der sein darf, der ich bin. Als Antwort auf meine stille Botschaft knarzt es in ihrem alten Holz.

Ich tauche nicht wie sonst in das uralte Innere der Eiche, um mich nach durchwachter Nacht zur Ruhe zu begeben. Heute Morgen setze ich mich auf ihre unterste Astgabel und warte. Sie wird kommen. Wenn nicht heute, so doch morgen oder an einem anderen Tag. Um meinen Nerven ein wenig die Anspannung zu nehmen, bitte ich die Eichhörnchenmutter, mir eines ihrer Kinder zu überlassen. Sie weiß, dass ihm bei mir nichts geschehen wird, und so greife ich mit ihrem Einverständnis in die tiefe Nisthöhle weit oben im Baum.

Das winzige Tierchen schmiegt sich vertrauensvoll und arglos in meine Hand. Vertrauensvoll und arglos. Das war

auch sie gewesen. Meine Liebe. Mein Ein und Alles. Wie je-
des Mal, wenn ich bei diesem Gedanken ankomme, verliere
ich mich in Erinnerungen. Sie und ich. Im Nachhinein habe
ich mich oft gefragt, ob es ein Sie und Ich jemals gegeben
hat. Ja, versuche ich mich dann zu trösten. Bis zu dem Au-
genblick, da er erschienen ist. Hätte ich es verhindern kön-
nen? Wer wäre ich jetzt, hätte ich sie nicht an ihn verloren?
Wie quälend ist doch der Schmerz dieses Verlustes, der mich
Tag für Tag aufs Neue in den bodenlosen Abgrund stürzt und
mich in Stücke reißt.

Doch dann erscheint ausgerechnet hier eine junge Frau,
die der anderen so sehr gleicht. Noch weiß ich nicht, wie ich
es deuten soll. Ein leises Ahnen zieht durch die Tiefe meines
Seins, dass sie meine Bestimmung ist. Ist es für Hoffnung je-
mals zu früh?

Obwohl ich sie erwarte, durchfährt mich ein Beben, als
sie endlich auf die Lichtung tritt. Ich lasse ihr ein paar Se-
kunden Zeit, um die Erkenntnis zu verkraften, dass sie heute
nicht allein an diesem Ort ist. Wie angewurzelt bleibt sie ste-
hen, in der Hand eine halbwelke Blume. Als ich das Mädesüß
erkenne, schnappe ich nach Luft. Der Pflanze entströmt der
liebliche Duft von Vanille und Honig. Wie ist er mir vertraut!
Ist er doch ein Teil dessen, der ich einst war! Er passt so gut
zu dieser Frau, dass ich es als Zeichen deuten muss. Noch
immer ist sie unschlüssig. Bevor sie die Entscheidung trifft zu
gehen, springe ich vom Ast und gehe auf sie zu. Ich will
nichts weniger, als sie zu erschrecken. Aus diesem Grund
bleibe ich in einiger Entfernung stehen und lasse mich in al-
ler Ruhe von ihr mustern. Ihrer Miene entnehme ich, dass ihr
gefällt, was sie sieht.

Ich dagegen hasse, was sie sieht. Ich hasse diesen Körper.
Unzählige Male habe ich versucht, ihn zu zerstören. Immer
vergebens. Noch mehr hasse ich das Gesicht, das sie voller
Wohlgefallen betrachtet. Dennoch will ich, dass sie genau
das empfindet und hülle mich daher in Gleichgültigkeit. Es
gibt nur diesen einen Weg.

Um ihre Verwirrung zu mildern, zeige ich ihr das Tierbaby. Sofort entfährt ihr ein entzückter Schrei. Ihr Gesicht strahlt wie die Sonne, und ich muss an mich halten, dass ich nicht meine Hand an ihre Wange hebe, um über die weiche Haut zu streichen. Der intensive Geruch der Wildblume benebelt meine Sinne, und ich lasse mich zu einer unbedachten Äußerung hinreißen. Sie starrt mich daraufhin an, als überlegt sie, ob ich es so meine, wie es sich anhört. Verunsichert senkt sie den Blick. Ich könnte mich ohrfeigen wegen dieser Unvorsichtigkeit.

Kurze Zeit später stehen wir gemeinsam vor der Eiche. Natürlich weiß ich, dass der Baum ihr ursprüngliches Ziel ist. Ich spüre ihre Sehnsucht, ihn zu berühren und fühle mich wie ein störender Faktor. Sie wird es nicht tun, solange ich neben ihr stehe. Beinahe übermächtig ist die Versuchung, ihre Hand in die meine zu nehmen und ihr zu zeigen, dass sie den Baum nicht braucht, um das zu empfinden, weswegen sie gekommen ist. Sie braucht lediglich mich. Aber das weiß sie nicht. Noch nicht.

Wir verabschieden uns. In der Sommerluft liegt wie ein Flimmern das Versprechen von Wiedersehen. Ihr Name ist Marla. Was machst du mit mir, Marla? Warum bist du gekommen? Und wohin wirst du mich führen?

Marla lag im Bett und fand keinen Schlaf. Es war nicht so, dass sie etwas anderes erwartet hatte. Die Begegnung mit Arvid hatte sie aufgewühlt.

Arvid. Ein seltsamer Name. Ein außergewöhnlicher Mann. Seine Augen verrieten ihr, dass sein Herz nicht frei von Schmerz war. Sie erzählten von Trauer und Schwermut, was er vielleicht lieber verborgen wüsste. Welche Schatten mochten seinen Tag verdunkeln? *Schönes Mädchen* hatte er sie genannt. Sie selbst war weit davon entfernt, sich schön zu nennen. Er aber gab ihr das Gefühl, dass sie es war. Seine Gestalt, die weiten Hosen in die Stiefel gesteckt, die Ärmel hochgekrempelt und die Hände schützend um das Eichhörnchen gelegt, wirkte sowohl stark als auch verletzlich. All das wollte nicht aus ihrem Kopf weichen.

Sie hatte wirklich alles versucht, um sich abzulenken. Sie hatte mit Henni zusammen zugehört, wie die Dame, die mit ihrem dicken Arbeitskoffer erschienen war, das alte Klavier gestimmt hatte. Beinahe zwei Stunden hatte es gedauert, bis sie zufrieden gewesen war. Vom ständigen Anschlagen der einzelnen Tasten hatten Marla die Ohren geklingelt, und sie war heilfroh, als die Arbeit endlich getan und die Frau verschwunden war.

Henni jedoch hatte aufmerksam jeden Handgriff der Stimmerin verfolgt und konnte am Ende kaum noch stillsitzen. Sobald sie alleine waren, setzte sich die Jüngere ans Klavier und begann zu spielen. Es klang wunderbar, das hörte sogar Marla. Sie musste über Henni lächeln, die immer wieder begeisterte Rufe ausstieß, weil sich die Melodien endlich so anhörten, wie sie sollten.

Marla räumte indessen ihr Zimmer auf. Als sie fertig war, setzte sie sich mit einem Brot in der Hand aufs Ecksofa, blätterte lustlos in der Fernsehzeitung und überlegte, was sie noch anstellen konnte. Sie vermisste Amelie, die immer einen guten Vorschlag auf Lager hatte. Aber ihre beste Freundin tummelte sich ja gerade an der Nordsee.

Als Henni schließlich fragte, ob sie zum Schwimmen mitfahren wollte, sagte Marla sofort zu. Alles war besser, als die Zeit bis zum kommenden Morgen mit Nichtstun totzuschlagen. Sie packten ihre Rucksäcke, schwangen sich auf die Räder und fuhren zum Nachbarort. Wie an einem sonnigen Ferientag zu erwarten, war das Freibad übervoll. Allerdings trafen die Mädchen auf jede Menge junger Leute, die sie kannten. Dadurch wurde der Nachmittag sehr kurzweilig, und Marla war froh, dass sie Henni begleitet hatte.

Später am Abend waren Rieke und Rusty müde vom Wildpark heimgekommen. Der kleine Hund fraß gierig seinen Napf leer, warf sich mit letzter Kraft in seinen Korb und war innerhalb von Sekunden eingeschlafen. *Schlaf dich nur gut aus*, sprach Marla im Stillen zu ihm. *Morgen musst du munter sein.*

Schon lange war Ruhe ins bunte Haus eingekehrt. Nur Marla lag nach wie vor wach. Wie sollte sie auch schlafen, wenn ihre Gedanken sich ausschließlich um den kommenden Tag drehten? Entweder sie würde erneut auf Arvid treffen, oder aber sie würde sich an den Baum setzen und abwarten, ob etwas passierte. *Alte Dame* hatte er die Eiche genannt. Wie zärtlich er von ihr gesprochen hatte. Beinahe so, als wäre sie ein lebendiges Wesen. *Nun ja*, sagte sie sich, *immerhin habe ich selbst auch den Eindruck gehabt, dass in dem Baum Leben steckt.*

Wieder warf sie sich auf die andere Seite und schob die Decke von sich. Obwohl sie Fenster und Tür geöffnet hatte, war es warm im Zimmer. Sie stellte sich vor, wie es sein würde, in aller Frühe durch den kühlen Wald zu laufen. Vorbei an den geheimnisvollen Farnen und Dickichten. Die Phantasie begann mit ihr zu spielen. Schwarze Augen starrten sie aus den Tiefen der Pflanzen heraus an. Wispernde Stimmen, von denen sie kein Wort verstand, drangen an ihr Ohr. Gänsehaut kroch ihr über die Arme und machte erst im Nacken Halt. An der Schwelle zum Schlaf zog sie die Decke über ihren fröstelnden Körper und lächelte, als die Nachtluft zärtlich ihr Gesicht berührte.

Kapitel 4

Sie musste schließlich doch eingeschlafen sein, denn sie erwachte vom Schlagen einer Autotür. Es war bereits hell. Während sie versuchte, das wirre Gefühl des Tiefschlafs abzustreifen, hörte sie den Motor von Riekes Wagen starten. Rusty! Mit einem Satz sprang Marla aus dem Bett und rannte die Treppen hinunter. Durch das Fenster sah sie gerade noch einen roten Schimmer, dann war das Auto samt Rieke verschwunden.

Doch sie hätte sich nicht so beeilen müssen. Rusty lag in seinem Korb in der Küche und hatte neugierig den Kopf gehoben. Erleichtert atmete Marla auf und fuhr sich über das verschlafene Gesicht. Sie hatten zwar gestern Abend noch darüber gesprochen, dass Marla den Hund mit in den Wald nehmen wollte, aber man konnte nie so genau wissen. Hätte Rusty heute Morgen darum gebettelt, Rieke begleiten zu dürfen – und betteln konnte er wirklich gut – dann hätte er sie vielleicht überzeugen können. Marla strich ihm über den Kopf, worauf er freudig mit dem Schwanz wedelte.

„Nur noch schnell frühstücken, dann geht's los!"

Als sie in Sandalen und ihrem dunkelroten Lieblingskleid durch den Wald lief, war alles genau, wie sie es sich letzte Nacht ausgemalt hatte. Das Kleid schwang fröhlich um ihre Beine, während die Frische des jungen Tages ihre Haut benetzte. Lange würde sich der Dunst nicht mehr vor der Sonne verstecken können, denn der Sommer schenkte ihnen auch heute wieder einen wolkenlosen Tag. Rusty lief übermütig um sie herum und entdeckte alle paar Schritte eine Stelle, die er ausgiebig beschnüffeln musste. Auf die Leine hatte sie großzügig verzichtet.

Wie schon gestern pflückte Marla ein Mädesüß vom Wegrand und hielt es an die Nase. Der Geruch erinnerte sie an Arvids Worte: *Das Mädesüß entfaltet seinen Duft vor allem in der Sonne.* Ja, das mochte so sein, dachte sie. Aber auch an diesem Morgen im schattigen Wald roch die Wildblume schon so wunderbar, dass es ihr unwillkürlich ein Lächeln entlockte. Ihre Augen wanderten über die hohen Farne, die nicht weit von ihr wuchsen. In einiger Entfernung entdeckte sie eine bizarr geformte alte Wurzel, die mit etwas Phantasie auch ein hässliches Männlein sein könnte. Von Moos bedeckt sah es aus, als trüge das Wesen einen Mantel aus grünem Pelz. Marla erinnerte sich an letzte Nacht und suchte nach weiteren Anzeichen von geheimnisvollem Leben zwischen all dem Grün. Über ihr flogen kleine Vögel von Ast zu Ast und riefen einander allerhand zu. Die Waldwege waren leer. Sie traf heute weder Jogger noch Radler und genoss die Einsamkeit.

Je näher sie der Lichtung mit der Eiche kam, desto schneller pochte ihr Herz. Die körperliche Bewegung hatte damit nichts zu tun. Was erwartete sie dort? Arvid? Saß er wieder auf der Astgabelung? In ihrer Unachtsamkeit stolperte sie über eine Wurzel, fiel hin und schlug sich das Knie blutig.

„Na toll", murmelte sie und besah sich den Schaden. Wann hatte sie zuletzt ein aufgeschlagenes Knie gehabt? Das mochte vor zehn Jahren gewesen sein, als sie unerschrocken auf die Obstbäume im Garten geklettert war, um an die obersten Früchte zu gelangen. Wer aber hatte mit 18 Jahren aufgeschürfte Knie? Sie schüttelte den Kopf über ihre Ungeschicktheit und säuberte die Wunde so gut es ging.

Es war nicht mehr weit. Sie überquerte den Bachlauf und achtete darauf, dass sie nicht noch einmal ausglitt. Endlich erreichte sie die letzte Biegung und sah sich um. Er war nicht da. Noch einmal ließ sie ihre Augen suchend über das Gelände schweifen. Arvid saß weder auf dem Baum, noch war er irgendwo in der Nähe zu sehen. Sie war alleine.

Als sie zur Eiche lief sagte sie sich, dass es so besser war. Denn immerhin war sie ja wegen des Baumes gekommen und würde nun endlich ihr Experiment durchführen können, ohne dass jemand sie daran hinderte. So sehr sie allerdings auch versuchte, sich selbst davon zu überzeugen: Letztendlich musste sie sich eingestehen, dass sie grenzenlos enttäuscht war. Erst jetzt wurde ihr bewusst, wie sehr sie gehofft hatte, Arvid wieder anzutreffen.

Sie stand vor der Eiche und sah ehrfürchtig an ihr empor. 750 Jahre sollte sie alt sein? Sich vorzustellen, dass sie schon so viele Generationen hatte kommen und gehen sehen, fiel ihr schwer. Nicht, dass sie es bezweifelte. Der mächtige Umfang des Stammes, die dicken Wurzeln, die unter dem Baum aus dem Waldboden ragten und das dunkle, breite Laubdach, das sich schützend über ihr ausbreitete, waren Beweis genug dafür. Hoffentlich würde sie noch viele Jahre die Kraft haben, ihre dicken Äste zu tragen.

„Hallo, alte Dame", flüsterte sie und fand, dass ein wenig Ehrerbietung durchaus angebracht war. Sie streckte vorsichtig eine Hand aus und hielt inne, bevor sie den Stamm berührte. Was würde sie spüren? Würde sie überhaupt etwas spüren? Hatte Arvid etwas empfunden, als er seine Hände daraufgelegt hatte? Sie merkte nicht, dass sie den Atem anhielt, während sie ihre Hand langsam auf das alte Holz senkte. Nichts. Da war gar nichts.

Nachdem sie tief Luft geholt hatte, nahm sie die zweite Hand dazu, schloss die Augen und legte beide Hände an den Baum. Angestrengt richtete sie all ihre Sinne auf ihre Handflächen. Immer noch nichts. Niedergeschlagen öffnete Marla die Augen. Warum konnte sie nichts fühlen? Es war zweifellos dagewesen, sie war ja nicht blöd.

Resigniert ließ sie sich zu Boden sinken und rief Rusty zu sich. Eine Möglichkeit gab es noch. „Leg dich zu mir", befahl sie und klopfte auf den Boden neben sich. Der Hund legte sich gehorsam nieder. Wieder schloss sie die Augen und lehnte sich an den Baum. Kein Vibrieren. Kein Summen.

Frustriert blieb sie sitzen. Ihre Stimmung war schlagartig auf null gesunken und sie grübelte, wer daran schuld war. Noch gestern schien das Leben spannend und unterhaltsam.

Ja, sogar bis vor ein paar Minuten war es so gewesen. Jetzt aber saß sie mitten im Wald an einen uralten Baum gelehnt und merkte, dass Missmut und Enttäuschung die Finger nach ihr ausstreckten. Ihr war zum Heulen zumute. Gleichzeitig aber machte es sie wütend, dass sie sich so aus der Fassung bringen ließ.

Würde sie jetzt einfach aufstehen, nach Hause gehen und so tun, als hätte es diesen Ort nie gegeben? Das Erlebte als idiotischen Traum abtun und sich selbst zur Vernunft zwingen?

Ist wohl besser, als schlechtgelaunt rumzusitzen und mich über mich selbst zu ärgern, sagte sie sich. Immerhin war sie erwachsen, also sollte sie sich auch so benehmen.

Zum Abschied zog sie die Waldluft noch einmal tief in die Nase. Mit geschlossenen Augen roch sie noch viel intensiver als sonst. Marla konnte das Holz des Baumes riechen, an dem sie lehnte. Den würzigen Geruch nach Moos und feuchtem Laub, und sogar Fichtenduft erkannte sie, der sie vage an Weihnachten erinnerte. Und dann ... roch sie das betörende Mädesüß. Aber das konnte gar nicht sein, denn sie hatte es ja fallen gelassen, als sie gestolpert war. Sie öffnete die Augen. Und erschrak fürchterlich.

Vor ihr stand Arvid, in der Hand einige Stängel der duftenden Blume. Marla sprang auf, gleichzeitig mit Rusty, der zu bellen begann und beinahe sofort wieder damit aufhörte.

„Meine Güte, hast du mich erschreckt!", rief sie keuchend und spürte ihr Herz bis zum Hals schlagen.

„Entschuldige, das wollte ich nicht. Sieh mal, was ich gefunden habe." Er hielt ihr die Blumen hin. Marla jedoch beachtete sie nicht, sondern sah sich verwundert um.

„Wie bist du so leise hergekommen? Ich hätte dich doch hören müssen." Sie war froh, dass es Arvid war, der vor ihr stand und nicht sonst wer, der sie hier überrascht hatte.

„Ich bin es gewöhnt, mich leise zu bewegen, da ich darauf achte, die Tiere nicht zu verscheuchen. Ich habe nicht darüber nachgedacht, dass du dich erschrecken könntest. Es tut mir wirklich leid, Marla", wiederholte er und sah zerknirscht aus. Er trug dieselbe Kleidung vom Vortag. Etwas an der Art, wie er vor ihr stand, die Blumen in der Hand und das schlechte Gewissen im Gesicht, rührte sie. Sie bedauerte bereits, ihn angefahren zu haben.

„Schon gut. Wahrscheinlich war ich kurz vor dem Einschlafen und hab aus diesem Grund nichts mitbekommen."

Arvid kniete sich auf den Boden und streichelte Rusty, der ihn verzückt ansah und sich schwanzwedelnd an ihn presste.

„Du bist verletzt?" Mit gerunzelter Stirn betrachtete er ihr Knie.

„Nichts Schlimmes", sagte sie schnell. „Nur ein bisschen aufgeschürft, weil ich zu dumm war, darauf zu achten, wohin ich trete."

Arvid erhob sich und reichte ihr die Blumen ein weiteres Mal. „Ich musste eine Weile nach ihnen suchen, sonst wäre ich schon früher hier gewesen."

Diesmal griff sie danach. „Danke."

„Ich habe dir etwas versprochen", fuhr er fort. Als sie ihn fragend ansah, deutete er zum Baum hinauf. „Das Eichhörnchen. Du wolltest es streicheln."

Marla nickte. „Ja. Aber du hast es nicht dabei. Oder?" Sie suchte nach der Beule unter seinem Hemd. Er schüttelte den Kopf.

„Ich kann es holen", sagte er eifrig, und ehe Marla wusste was geschah, war er behände auf den untersten Ast der Eiche geklettert und von dort aus weiter hinauf.

„Arvid!", rief sie erschrocken. „Langsam! Du musst das nicht tun, hörst du?" Sie beobachtete, wie er Ast um Ast erklomm und sich weit oben auf einen Zweig setzte. Seine Lippen bewegten sich, als würde er sprechen, doch außer einem unverständlichen Wispern konnte sie nichts hören. Schließlich streckte er die Hand aus und griff in eine Höhle im Stamm.

Als er vor ihren Füßen auf dem Boden landete, erkannte sie verblüfft das Eichhörnchenkind in seiner Hand. Es streckte eher neugierig als ängstlich seinen winzigen Kopf hervor und sah Marla mit schwarzen Knopfaugen an. Diesmal hielt sie sich zurück und quiekte nicht auf. Vorsichtig näherte sie sich dem Tierchen und strich ihm mit dem Finger über den Kopf.

„Oh, wie ist das süß", flüsterte sie entzückt. „Ich kenne keinen Menschen, der einfach so in eine Eichhörnchenhöhle greifen und sich ein Baby herausnehmen kann. Wie machst du das?"

Er antwortete nicht.

Einige Zeit später, als er das Tierchen zurückgebracht hatte und aus gewagter Höhe vom Baum gesprungen war, deutete er auf die Mulde unter dem Stamm.

„Wollen wir uns setzen?"

Marla sank zu Boden. Arvid, der sich neben ihr niederließ, ohne sie zu berühren, schlug seine langen Beine übereinander. Seit sie ihn gestern zum ersten Mal gesehen hatte, war sie ihm noch nicht so nah gewesen. Er roch wie der Wald selbst. Das dunkle Haar kringelte sich im Nacken, sein Gesicht zierte noch immer ein Bart, der mehrere Tage alt sein musste. Ohne zu zögern hatte sich Rusty an seine Seite gelegt und ließ sich von ihm zwischen den Ohren kraulen.

„Tiere fürchten sich nicht vor mir. Sie vertrauen mir."

Das glaubte sie ihm aufs Wort. Rusty war der lebende Beweis dafür. Der kleine Hund mochte Menschen, aber derart unvoreingenommen wie bei Arvid war er sonst nicht.

Sie nickte. „Ich kenne das. Bei meiner Schwester ist es genauso. Die Tiere lieben sie, und auch Pflanzen gedeihen unter ihren Händen viel besser als unter meinen oder anderen."

„Magische Hände."

„Magische Hände?", fragte sie verdutzt.

Arvid schmunzelte und warf einen Blick auf Marlas Hände, die auf ihren Knien lagen und mit den Blumen spielten.

„Jeder Mensch trägt seine eigene Magie in sich. Genau diese macht ihn zu etwas Besonderem. Nur wissen es die meisten nicht."

„Ich ganz sicher nicht", widersprach Marla überzeugt. „Bei Rieke könnte ich es mir vorstellen. Schon als Kind fand ich, dass sie ganz besonders ist."

„Jeder besitzt Magie, Marla. Der eine mehr, der andere weniger. Das war früher so, und wieso sollte es heute nicht mehr so sein? Die Menschen von heute haben bedauerlicherweise den Glauben an ihre Fähigkeiten verloren."

Marla sah ihn von der Seite an. „Du meinst Handauflegen und so?"

„Warum nicht?"

„Es fällt mir schwer, das zu glauben."

„Genau. Die Menschen wollen ja nur das glauben, was sie sehen."

In dem Schweigen, das darauf folgte, hatte Marla Zeit, über das Gesagte nachzudenken. Plötzlich wurde ihr die Bedeutung bewusst.

„Du willst damit doch nicht sagen, dass du …?" Sie brach ab und überlegte, ob sie das Absurde überhaupt aussprechen sollte.

„Dass ich mit meinen Händen dein Knie heilen könnte?" Mit hochgezogenen Brauen betrachtete er die Wunde. „Kann ich", behauptete er mit fester Stimme. Ungeduldig schüttelte sie den Kopf. Sie kam sich ein wenig auf den Arm genommen vor.

„Ich denke, es ist besser, wenn ich jetzt gehe", sagte sie kühl und machte Anstalten aufzustehen. Sie war sicherlich nicht gekommen, um sich zum Besten halten zu lassen.

„Warte, Marla! Bitte warte!" In seiner Miene war sanfte Reue. „Ich würde mich nie über dich lustig machen, glaub mir. Bitte bleib." Marla sank zurück.

„Ich habe dich nicht angelogen. Darf ich?" Sein Blick glitt zu ihrem Knie. „Ich werde deine Haut berühren. Anders geht es nicht."

Sie presste die Lippen zusammen und zog den Saum ihres Kleides ein wenig höher. Dann nickte sie. Arvid beugte sich vor, legte die Hand auf die Wunde und strich über ihr Knie. Die Berührung war so sanft, dass sie kaum mehr spürte, als einen kühlen Windhauch, der über ihre Haut fuhr. Ein wohliger Schauer wanderte durch ihren Körper, und sie schloss für einen Augenblick die Augen. Als sie sie wieder öffnete, saß Arvid lässig an den Baum gelehnt. Als wäre nichts geschehen.

Sie sah auf ihr Knie und schnappte nach Luft. Ungläubig legte sie ihre Hand auf die Stelle, die bis eben noch aufgeschürft und blutig gewesen war. Jetzt waren dort noch der Schmutz und ein Rest getrockneten Blutes, von der Verletzung aber war nichts mehr zu sehen.

„Aber das – das ...", stotterte sie verblüfft. „Das kann nicht sein! So etwas gibt es nicht! Wie – was hast du ...?" Sie starrte abwechselnd von ihrem Knie zu Arvid und wieder zurück. „Das ist Zauberei!"

„Nein, ist es nicht." Er klang ruhig und gelassen. Die Freude aber darüber, dass er sie in diesem Maße zum Staunen gebracht hatte, stand ihm ins Gesicht geschrieben. „Es gibt viele Dinge zwischen Himmel und Erde, die man nicht sehen kann, die aber trotzdem da sind. Das hat mit Zauberei nichts zu tun."

Marla rückte ein wenig von ihm ab und musterte ihn.

„Das ist trotzdem vollkommen verrückt", sagte sie mit rauer Stimme. Erneut betastete sie ihr Knie, ohne eine wunde Stelle zu entdecken.

„Ach", meinte er jovial, „das war noch gar nichts." Kleine Fältchen erschienen in seinen Augenwinkeln, als er sie spitzbübisch angrinste. Er lächelte nicht oft. Aber wenn er es tat, stand es ihm ungemein gut und ließ sein Gesicht weniger melancholisch aussehen.

„Was soll das jetzt schon wieder heißen?", fragte sie argwöhnisch und überlegte, ob sie noch mehr solcher Dinge verkraften konnte.

„Ich könnte dir noch einiges zeigen, was du nicht für möglich halten würdest."

„Das wäre zum Beispiel?"

„Gib mir deine Hand und schließ die Augen." Er hielt ihr seine Hand hin und wartete.

„Und dann?"

„Dann nehme ich dich mit auf eine Reise."

„Wohin?"

„Du wirst sehen."

„Wohin?", bohrte sie beharrlich und überlegte, ob es nicht vernünftiger war, aufzustehen und zu gehen.

„Du warst schon einmal dort", flüsterte er. „Vertrau mir."

Sie würde später nicht sagen können, weshalb sich ihre Hand plötzlich in seiner befand. In dem Moment, als sich ihre Hände berührten und sie ihre Augen schloss, verlor sie den Boden unter den Füßen. Es zog sie in die Lüfte, durch das dichte Blätterdach der Eiche und durch die Kronen vieler anderer Bäume hindurch. Sie streifte gleichzeitig Tausende von Blättern, die unter ihrer Berührung bebten, als wäre sie der Wind. Endlich befand sie sich über dem Wald. Das Déjà-vu war so plötzlich da, dass sie laut aufschrie und bereits wusste, wohin der Weg gehen würde. Der Wind trug sie über eine kleine Ansammlung von Häusern hinweg, worunter sich auch ihres befand. Sie kreischte vor Begeisterung und hatte das Gefühl, nicht mehr Mensch zu sein. Sie war Wind, sie war Sturm, sie war Naturgewalt. Es war, als hätte ihr Körper sich in Millionen kleiner Teile aufgelöst, die vom Wind getrieben über die Landschaft jagten.

Sie wünschte, es würde niemals enden. Das berauschende Gefühl der Geschwindigkeit, der Leichtigkeit, mit der sie sich fortbewegte, war überirdisch. Sie wusste jedoch von ihrer letzten Reise, dass es nicht mehr lange dauern würde, bis sie zurückkehrte. Unweigerlich fuhr ein Ruck durch ihren Körper und sie fand sich schwer atmend unter dem Baum wieder. Genau wie voriges Mal. Nur saß heute Arvid neben ihr und hielt noch immer ihre zitternde Hand.

Marla entzog sie ihm und bemühte sich, ihre Fassung wiederzugewinnen. Ihr Brustkorb hob und senkte sich, als hätte sie einen unmenschlichen Spurt hinter sich. Ja, unmenschlich. Das Wort umhüllte sie wie ein Ballon. Das, was sie eben erlebt hatte, ging komplett an der Realität vorbei.

Sie hatte keine Ahnung, was es war, aber mit Menschsein hatte es ganz sicher nichts zu tun.

„Wie hast du das gemacht?", wollte sie wissen, als sie sicher war, dass ihre Stimme wieder funktionierte. Arvid betrachtete schweigend seine Hände.

Marla fragte sich, ob sie noch alle Sinne beisammen hatte. Diese Situation war so absurd, dass sie kaum wirklich sein konnte. Und doch saß sie hier mit einem Mann, den sie bis gestern noch nicht gekannt hatte. Allein durch die Berührung seiner Hände hatte er sie etwas erleben lassen, das über alle denkbaren Grenzen hinausging. Was hatte es außerdem zu bedeuten, dass sie genau dieses Erlebnis vor zwei Tagen schon einmal hatte? Ohne Arvid. Aber an derselben Stelle, nämlich hier unter der alten Eiche. Die er so gut zu kennen schien. Träumte sie gerade einen verrückten Tagtraum? Vorsichtshalber zwickte sie sich kräftig in die Wange und zuckte vor Schmerz zusammen.

„Ich wollte dir keine Angst machen", hörte sie ihn leise sagen.

„Ich habe keine Angst", sagte sie, wobei sie noch nicht einmal log. Angst hatte sie wirklich keine. Hätte er ihr Böses gewollt, so wäre dafür gestern schon Zeit gewesen.

„Hat es dir gefallen?" Er klang wie ein Junge, der auf sein Lob wartete.

„Es war einfach unglaublich! Ich bin geflogen, weißt du das? Es war, als würde ich auf dem Wind reiten! Am liebsten würde ich gleich noch einmal … Wäre das möglich?" Sie starrte dabei nahezu begierig auf seine Hände, die ineinander verschränkt auf seinem Schoß lagen.

„Ein andermal vielleicht. Jetzt nicht."

„Willst du mir nicht sagen, wie du das gemacht hast? Wer bist du? *Was* bist du? Warum habe ich dasselbe vor zwei Tagen schon einmal erlebt? Und woher wusstest du das? Hat es mit diesem alten Baum zu tun?" Die Fragen sprudelten aus ihr heraus.

„So viele Fragen?"

„Ja, und noch tausend weitere."

„Um dir zu erklären, wer und was ich bin, reicht dieser Tag nicht aus. Und der nächste auch nicht", bekannte er geheimnisvoll.

„Das macht nichts. Ich habe Ferien und ich habe viel Zeit."

„Du wirst also wiederkommen?"

Sie sah ihn erstaunt an. Wie konnte er daran zweifeln? In ihrem ganzen Leben hatte sie sich nicht so lebendig gefühlt wie jetzt gerade. Und wie es sich anhörte, fing das Abenteuer eben erst an.

„Natürlich werde ich wiederkommen! Du hast mich so neugierig gemacht, dass ich am liebsten über Nacht bleiben und deine Geschichte anhören würde."

Für den Augenblick eines Wimpernschlages glitt ein Schatten über sein Gesicht. Gleich darauf hatte er sich wieder gefangen.

„Du bist ein ganz besonderes Mädchen."

Marla schüttelte energisch den Kopf. „Oh, nein. Das bin ich nicht. Ich habe zwei Schwestern, Rieke und Henni. Die eine ist älter als ich, die andere jünger. Sie sind beide ziemlich außergewöhnlich. Ich bin eher so das Mittelding."

Arvid sprang auf die Füße und reichte ihr seine Hand, um ihr aufzuhelfen.

„Das *Mittelding*? So solltest du niemals über dich sprechen!" Er schien aufgebracht, und sie blinzelte überrascht.

„Naja", begann sie und überlegte, wie sie es ihm erklären sollte. „Es ist ja nicht so, dass das schlimm wäre. Ich bin zufrieden damit. Mein Leben ist schön und meistens ganz lustig. Meine Familie ist wunderbar, und …"

„*Du* bist wunderbar", unterbrach er sie. „Wunderbar und einzigartig. Ich werde es dir beweisen!" In seinen Augen glänzte kaum beherrschte Leidenschaft, und wieder wurde ihr klar, dass sie nichts über diesen Mann wusste. In ihrem Nacken stellten sich die Härchen. Es war besser, wenn sie jetzt ging. Und doch wollte sie ihn nicht verlassen, ohne zumindest auf eine ihrer Fragen eine Antwort erhalten zu haben.

Sie bückte sich nach den traurig aussehenden Blüten. Irgendwo in der Nähe stob Rusty durch trockenes Laub. Sie rief ihn zu sich.

„Wer bist du?" Sie sah Arvid dabei direkt in die Augen.

„Ich habe doch gesagt, dass ich das auf die Schnelle nicht beantworten kann."

„Wenigstens eine Andeutung", forderte sie beharrlich. „Eine kleine nur."

Er sah über ihre Schultern hinweg zur Eiche. Schließlich hob er ergeben die Achseln. „Nehmen wir mal an, ich wäre der Wind …"

Entgeistert starrte sie ihn an.

„Der Wind also", sagte sie kühl und entschied, dass er einen ernsthaften Schaden haben musste.

„Ich hab's dir ja gesagt", entschuldigte er sich leise und hob abermals die Schultern.

Ohne ein weiteres Wort drehte sich Marla um und ging.

Das flatternde Rot ihres Kleides ist das Letzte, was ich von ihr sehe. Lange noch stehe ich reglos da und starre auf die Biegung, hinter der sie verschwunden ist. Die Einsamkeit ist zurück und umhüllt mich wie ein Mantel aus Nebel. Undurchdringlich und beklemmend.

Das habe ich nicht gewollt. Wieso habe ich es so weit kommen lassen? Weshalb habe ich mich dazu hinreißen lassen ihr zu antworten? Hätte ich der Frage nicht geschickt ausweichen können? Habe ich damit ein Ende heraufbeschworen, das auch meines sein wird?

Mir ist nicht entgangen, dass die Ader an ihrem Hals schneller pocht, wenn sie bei mir ist. Ich fasziniere sie und mache sie neugierig. Noch kämpft sie gegen die Anziehung, die ich auf sie ausübe, aber sie wird sich ihr nicht entziehen können. Vielleicht war es ein wenig zu früh für diese Antwort, aber ich habe mir geschworen, diesmal alles richtig zu machen. Sie muss wissen, auf wen sie sich einlässt.

Niedergeschlagen und müde kam sie zu Hause an. Sie war so schnell gelaufen, dass ihr Kleid am Rücken durchgeschwitzt war. Das Haar klebte ihr an der Stirn und im Nacken, Schweiß bedeckte ihr Gesicht. Zwei Stufen gleichzeitig nehmend rannte sie die Treppe hinauf, schlug wütend die Zimmertür hinter sich zu und streifte das feuchte Kleid über den Kopf. Sie ließ es auf dem Boden liegen und warf sich aufs Bett.

Was dachte er sich eigentlich? Erzählte ihr was vom Wind und … sonst irgendwas. Hielt er sie für komplett unterbelichtet?

Nehmen wir mal an, ich wäre der Wind …

Sie schnaubte verächtlich durch die Nase. *Der Wind!* Wer weiß, wie vielen Menschen er dieses Märchen schon aufgebunden hatte, dort draußen in der Einsamkeit des Waldes. Sie hatte ihn interessant gefunden, ja. Sympathisch und nett. Er sah gut aus und hatte etwas an sich, das sie wie magisch anzog. Etwas Rätselhaftes.

Aber jetzt … hatte er den Bogen definitiv überspannt. *Mit mir nicht*, beschloss Marla und sprang aus dem Bett. Sie hob ihr Kleid auf und hängte es zum Trocknen über einen Stuhl. Wenige Minuten später stand sie unter der Dusche und wusch sich den Schweiß vom Körper. Als sie ihre Beine mit Duschgel einseifte, fuhr sie über ihr verletztes Knie und hielt inne. Auch nachdem sie Erde und Blut weggewaschen hatte, war von der Wunde nicht mehr das Geringste zu sehen.

Das hat nichts zu bedeuten, versicherte sie sich und drehte das Wasser kalt, um dem Prickeln zu entkommen, das ihr schon wieder den Nacken hinaufkroch. Hände, die solche Dinge konnten, hat es schon immer gegeben. Das hatte er selbst gesagt. Nichts Besonderes also. Und das mit dem Tagtraum war sicherlich nur Zufall gewesen. Kein vernünftiger Mensch würde anders darüber denken. Haken dran und fertig.

Das Duschen hatte ihr gutgetan. Sie fühlte sich nicht nur erfrischt und sauber, sie hatte auch das Gefühl, wieder klar denken zu können. Mit einer Schüssel Müsli ging sie in den

Garten und setzte sich unter den Apfelbaum. Rusty hatte sich längst unter einem dichten Busch verkrochen und schlief. Während sie kaute, las sie die Nachrichten von Amelie. Sie hatte sich unsterblich in einen Dänen verliebt, der Torben hieß und ein Jahr jünger war als sie. Jetzt überlegte sie, wie sie die Zeit mit ihm genießen sollte, wenn sie ständig daran denken musste, dass sie in zweieinhalb Wochen wieder abreisen würde. Dann wollte sie wissen, wie es Marla ging und ob sie sich nicht zu Tode langweilte, wo doch fast alle ihrer Freunde im Urlaub waren.

Nein, schrieb ihr Marla zurück, sie langweilte sich kein bisschen. Ganz im Gegenteil, denn sie würde eine sehr verrückte Geschichte zu erzählen haben, wenn Amelie wieder hier war. Sie hatte nämlich auch jemanden kennengelernt. Er nannte sich *der Wind*. Als sie die Nachricht weggeschickt hatte, musste sie lachen. Amelie würde sie zweifellos für ziemlich durchgeknallt halten, aber das würde sie wenigstens von trübsinnigen Trennungsgedanken ablenken.

Marla legte sich unter den Apfelbaum und verschränkte die Arme unter dem Kopf. Inzwischen konnte sie gar nicht mehr verstehen, weshalb sie auf Arvids Worte so heftig reagiert hatte. Im Nachhinein fand sie ihre Reaktion ziemlich kindisch. Er war immer nur freundlich gewesen. Vermutlich hatte er einen Spaß machen wollen, um sie zum Lachen zu bringen, und sie hatte es nicht erkannt. Was dachte er jetzt von ihr? Dass sie eine humorlose junge Frau war, die jedes Wort auf die Goldwaage legte?

Sie würde zu gerne wissen, wie er das mit ihrem Knie gemacht hatte. Ob sie das auch lernen konnte, wenn doch jeder Mensch diese Magie besaß? Außerdem interessierte es sie brennend, was er tat, wenn er sich nicht im Wald herumtrieb. Er schien oft dort zu sein, soviel hatte sie begriffen. Vielleicht war er Förster? Das würde zumindest zu seiner Kleidung passen. Wer sonst trug solche weiten Hosen, die in Stiefeln steckten? Außerdem würde das seine Verbindung zu den Tieren erklären, die seine Anwesenheit nicht fürchteten. Andererseits hatte sie noch nie einen so jungen Förster gesehen. In der Regel waren sie alt, trugen Bart und Hut. Grüne Kleidung, wie ein Jäger. Oder irrte sie? Nun gut, sein Hemd war grün, immerhin. *Grün, grün, grün sind alle meine Kleider* ... An dieses alte Kinderlied hatte sie schon ewig nicht mehr gedacht. Sie begann die Melodie zu summen, während sie sich vorstellte, dass Arvid morgen auf sie warten würde. Wäre er sehr enttäuscht, wenn sie nicht käme? Wie lange würde er warten?

Über ihr schaukelten die Äpfel wie unzählige kleine Laternen in der sanften Sommerbrise. Bis sie reif waren, dauerte es noch ein paar Wochen. Um sie herum hörte Marla die Hühner scharren und zufrieden vor sich hin glucksen. Das Gras unter ihr fühlte sich an wie ein weicher, kühler Teppich. Einzelne Halme, die sich im Wind bewegten, kitzelten sie an den Beinen. Die Vögel hatten sich vor der Hitze des Tages verzogen und saßen schweigend in ihren Verstecken.

Wie herrlich es war, einfach nur hier zu liegen und vor sich hin zu dösen ...

„Marla! Marla, bist du im Garten?"

Marla schreckte aus dem Schlaf. Im nächsten Moment standen Henni und Loreen vor ihr.

„Da bist du ja!", rief Henni.

„Hallo, Marla", begrüßte Loreen sie.

Marla setzte sich auf. „Hallo, ihr beiden. Ich glaube, ich war eingeschlafen."

„So wie du aussiehst, ist es zweifellos wahr." Henni kicherte und kniete sich neben ihre Schwester.

„Danke auch", murmelte Marla. Sie beschloss, sich Henni demnächst mal vorzuknöpfen und ihr zu erklären, was Taktgefühl war.

„Wir gehen jetzt Eis essen und anschließend zur Bandprobe."

„Loreen geht also mit zur Probe?"

„Ja", sagten die Mädchen gleichzeitig.

„In Ordnung. Du weißt ja, dass du um zehn Uhr daheim sein sollst. So ist es mit Mama verabredet."

Henni verzog das Gesicht. „Keine Ahnung, ob die Probe dann schon fertig ist. Sehen wir mal."

„In eine Band reinzuschnuppern dauert ja wohl keine vier Stunden, oder?"

„Weiß ich nicht. Ich komm danach heim, versprochen."

Kapitel 5

„Es sieht ganz danach aus, als hätte unsere kleine Schwester ihre Berufung gefunden", meinte Rieke gutgelaunt, als sie zusammen mit Marla am Küchentisch saß.

Marla nickte und goss sich Kaffee nach. Henni war am vorigen Abend gegen 21 Uhr ins Haus gestürmt und hatte ihnen erzählt, dass die Bandmitglieder geschlossen dafür gestimmt hatten, sie als Sängerin aufzunehmen. Nach ihrem Urlaub mit Loreen würde sie sich zwei Mal wöchentlich zur Probe einfinden, wobei die richtigen Proben, wie Henni es nannte, erst nach den Sommerferien beginnen würden. Sie gestand ihren Schwestern, dass sie es sogar vorziehen würde, hierzubleiben und die Songs zu üben, anstatt mit Loreen nach Griechenland zu fliegen. Was natürlich nicht möglich war, da Flug und Urlaub bereits gebucht waren und sie Loreen dies nie antun würde.

Marla und Rieke hatten sich bedeutungsvoll angesehen. Sie hatten Henni schon viele Male im Ausnahmezustand erlebt, aber so wie jetzt hatte sie sich noch nie für etwas begeistert.

„Sie hat sogar davon gesprochen, von ihrem Taschengeld Klavierstunden zu nehmen und später Musik zu studieren", erzählte Marla. „Warten wir mal ab, was in einem halben Jahr ist. Vielleicht hat es ja auch mit diesem Darius aus der Band zu tun. Den findet sie ziemlich cool."

„Warum bist du eigentlich in den Ferien so früh auf?", wechselte Rieke das Thema. Sie steckte sich einen Apfelschnitz in den Mund. „Hast du was vor?"

„Och, nein, nicht wirklich. Ich finde es nur schade, die schönen Sommertage zu verschlafen. Vielleicht gehe ich nachher ins Freibad. Außerdem müsste ich mein Zimmer mal ausmisten."

„Ich könnte Rusty mit zur Arbeit nehmen."

„Ach, lass ihn ruhig hier. Ich geh mit ihm."

Rieke sah sie neugierig an. „Ich hatte bisher nie den Eindruck, dass du gerne spazieren gehst. Das hat sich wohl geändert."

„Dinge ändern sich manchmal", bestätigte Marla heiter.

Als Rieke aufgebrochen war, räumte Marla das Frühstück weg und fütterte die Hühner. Kaum zu glauben, dass ihre Mutter schon eine ganze Woche weg war. Sie nahm sich vor, Mama heute noch zu schreiben und ihr zu erzählen, dass daheim alles prima funktionierte, und dass sie ganz beruhigt Urlaub machen konnte.

Sie nahm sich sogar die Zeit, ihr Zimmer zu staubsaugen und ihr verschwitztes Kleid auszuwaschen. Nachdem sie es zum Trocknen in den Garten gehängt hatte, lief sie ins Badezimmer und stellte sich vor den Spiegel. *Ein besonderes Mädchen* hatte er sie genannt. Und *wunderbar*. Sie versuchte zu sehen, was er sah. Eine junge Frau mit einem schmalen Gesicht und mittelbraunem Haar, das ihr über die Schultern fiel. Sowohl ihre Wangenknochen als auch der Unterkiefer waren ausgeprägt, und ihre braunen Augen, die einen Ton dunkler waren als Mamas, standen weit auseinander. Ihr Mund, fand sie, war ein wenig zu breit um wirklich hübsch zu sein. *Kleine Indianerin*, hatte ihr Vater sie früher genannt, wenn er zu Besuch war. Sie wäre viel lieber Schneewittchen gewesen oder wenigstens Cinderella und hatte *kleine Indianerin* nicht als besonders schmeichelhaft empfunden. Aber ihr Vater hatte sie gesehen, wie sie war. Das hatte Marla erst viel später verstanden.

Sie fuhr mit ihrem Finger über die breiten Augenbrauen. Wie gerne würde sie sie in eine feinere Form zupfen. Einmal hatte sie es probiert und daraufhin beschlossen, dass kräftige Brauen auch interessant waren. Nur zu gut erinnerte sie sich an den Schmerz und an die Tränen, die ihr in die Augen geschossen waren.

Marla kämmte ihr Haar und fasste es zu einem Pferdeschwanz zusammen. Schließlich schminkte sie ihre Augen mit ein wenig Kajal. Ganz akzeptabel, entschied sie, schlüpfte in ihre Sandalen und lief die Treppen hinunter.

„Rusty, kommst du mit?"

Sie sah ihn unter der Eiche sitzen und atmete erleichtert auf. Auf dem langen Weg durch die Mittagshitze hatte sie viel Zeit zum Nachdenken gehabt. Mehr und mehr hatte sie befürchtet, dass er vielleicht gar nicht kommen würde. Als Arvid sie entdeckte, sprang er auf und ging ihr entgegen. Auch heute trug er Hemd, Hose und Stiefel, das vertraute Bild. Lange, bevor sie ihn erreichte, war Rusty bereits bei ihm und begrüßte ihn stürmisch.

„Tut mir leid, dass ich mich gestern so dämlich benommen habe", entschuldigte sich Marla, bevor er etwas sagen konnte. „Ich denke, ich war ein wenig überfordert von all dem, was du mir gezeigt hast."

„Ich habe dir nichts vorzuwerfen, Marla." Seine Augen glänzten dunkel und warm. „Ich hätte andere Worte wählen sollen. Es war meine Schuld."

Marla fühlte sich leicht und beschwingt, als sie nebeneinander unter der alten Eiche Platz nahmen. Sie nahm ihren Rucksack ab und trank ein paar Schlucke Wasser. Als sie ihm davon anbot, schüttelte er den Kopf. „Noch führt der Bach ausreichend Wasser, um meinen Durst zu stillen."

„Und was ist, wenn er ausgetrocknet ist? Bei der Hitze wird es nicht mehr lange dauern. Wo stillst du dann deinen Durst?"

Er sah sie fragend an.

„Soll heißen: Wo lebst du?" Sie grinste. „Du wusstest, dass ich dir Fragen stellen werde."

„Ja, ich habe damit gerechnet. Und ich werde versuchen, sie so gut es geht zu beantworten."

„Also: Woher kommst du?"

„Wo ich lebe und wo ich herkomme ist nicht ein und dieselbe Frage. Deshalb beantworte ich dir die erste. Ich lebe an verschiedenen Orten. Tagsüber bin ich hier. Bei der alten Eiche. Während der Nacht bin ich an einem anderen Ort."

„An welchem? In einem der Dörfer?"

„Ich lebe im Wald."

„Im Wald also. Ist es weit von hier?", bohrte Marla weiter, die sich nicht vorstellen konnte, dass jemand tags und nachts an verschiedenen Orten lebte. Noch dazu im Wald.

„Nein, weit ist es nicht."

„Wirst du es mir zeigen?"

„Marla, ich weiß nicht, ob …"

„Du hast gesagt, du erzählst von dir", unterbrach sie ihn energisch. „Dann kannst du mir genauso gut *zeigen*, wo du wohnst. Wenn es doch nicht weit ist."

„Wenn das dein Wunsch ist, meinetwegen. Ich halte es allerdings für keine gute Idee, da ich befürchte, dass es dir dort nicht gefallen wird."

„Das werde ich beurteilen, wenn ich es gesehen habe." Sie stellte sich ein kleines Haus am Waldrand vor, inmitten eines verwilderten Gartens. Wahrscheinlich hatte er Bedenken, weil er nicht gerne aufräumte und es im Haus chaotisch aussah, aber das war sie gewöhnt. Es würde sie nicht stören. Arvid schien über diese Wendung nicht besonders glücklich zu sein, aber das war ihr gleichgültig. Bevor er sein Versprechen nochmals überdachte, sollten sie sich auf den Weg machen, entschied sie und machte Anstalten aufzustehen.

„Jetzt sofort?" Begeisterung klang anders.

„Klar, warum nicht? Es macht mir nichts aus, wenn es unordentlich ist. Du hast ja keine Ahnung, wie es bei uns manchmal aussieht. Mach dir also darüber keine Gedanken, ehrlich." Sie stand bereits vor ihm und schwang sich den Rucksack auf den Rücken. Seufzend erhob er sich. Marla dachte einen Augenblick lang, einen Anflug von Verzweiflung in seinem Gesicht zu erkennen. Als er jedoch neben ihr stand, war er wieder der junge Mann, den sie seit ein paar Tagen kannte. Ein angedeutetes Lächeln umspielte seine Mundwinkel und der Ausdruck seiner Augen war freundlich und gelassen. Vielleicht hatte sie sich geirrt.

Wortlos liefen sie durch den Wald, wobei Marla sorgfältig darauf achtete, nicht zu straucheln. Rusty stob freudig voraus und erkundete das Terrain auf seine Weise. Sie gelangten an Stellen im Wald, von denen Marla nicht gewusst hatte, dass sie existierten. Einmal fanden sie sich vor einer Ansammlung riesiger Basaltbrocken wieder, die zum größten Teil von Moos überwachsen waren und auf den ersten Blick wie Menschen aussahen. Als sie sie passiert hatten, gelangten sie in eine kleine Schlucht, deren steile Wände von Wurzelgeflecht überzogen waren. Obwohl die heiße Jahreszeit bereits viele Bäche trockengelegt hatte, glänzte hier alles vor Nässe, und kalte Tropfen fielen von überhängenden Wurzelteilen auf sie hinunter. Marla fröstelte und atmete die feuchtigkeitsschwangere Luft tief in ihre Lungen. Sie musste unbedingt Rieke fragen, ob sie diese Schlucht kannte.

Als sie das Ende der Erdspalte erreicht hatten, lichtete sich der Wald und das Gelände stieg an. Wie aus dem Nichts tauchte vor ihnen ein verrosteter Zaun aus Stacheldraht auf und schien auf den ersten Blick den Weg zu versperren. Vor vielen Jahren mochte er tatsächlich ein Hindernis gewesen sein. Heute aber würde er niemanden mehr davon abhalten, ihn zu überwinden. Marla ließ ihren Blick an dem Zaun entlanggleiten. An einigen Stellen war er durch umgestürzte Bäume zerstört worden. Stellenweise aber waren klaffende Löcher darin, als hätten sich Menschen mit Hilfe von Drahtzangen einen Durchschlupf verschafft.

Soviel sie wusste, gab es in diesem Wald nur einen solchen Ort. Unvermittelt hielt sie an.

„Wir gehen zum *Klagehügel*?", fragte sie bestürzt.

Arvid war stehen geblieben und wandte sich um. „Heißt er so?"

„Keine Ahnung. Er wird zumindest so genannt."

„Kein besonders ansprechender Name."

„Er trägt diesen Namen, weil sich dort angeblich eine schreckliche Tragödie zugetragen hat. Allerdings weiß niemand genau, was geschehen ist. Oder wann das war. Vielleicht ist es auch nur eine erfundene Geschichte, was weiß ich. Auf jeden Fall steht da ein schauriges, altes Haus. Laut dieser Legende soll es früher ein Forsthaus gewesen sein. Seit Jahren ist es total zerfallen und einsturzgefährdet, deswegen auch der Zaun. Die meisten Menschen machen einen großen Bogen darum. Es soll dort nämlich spuken."

Arvid hörte ihr aufmerksam zu.

„Was ist das für eine Legende?", wollte er wissen und setzte sich auf einen Felsbrocken. Marla ließ sich auf einen weiteren sinken.

„So ganz genau kenne ich sie nicht", gab sie zu. „Man hört sie immer mal wieder ein wenig anders. Es heißt, dass sich vor vielen Jahren eine Frau in den Wildhüter verliebt hat, der dort lebte. Eines Nachts aber kam ganz unerwartet ein schreckliches Unwetter auf, begleitet von einem Sturm, der innerhalb kürzester Zeit etliche Bäume fällte. Einer davon fiel direkt auf das Haus des Wildhüters, brach durch das Dach und tötete ihn. Die junge Frau verkraftete den Verlust nicht und wurde verrückt. Als man sie in ein Irrenhaus stecken wollte, lief sie zum Haus ihres Liebsten und nahm sich das Leben. Man sagt, dass ihr Geist in der Nacht dort umgeht und noch immer nach ihm ruft."

Marla fröstelte, als sie an das Schicksal der Frau dachte. Sie hatte keine Ahnung, ob oder welcher Teil dieser Geschichte wirklich passiert war. Allein aber die Vorstellung, es könnte so ähnlich gewesen sein, war grauenvoll.

Arvid hatte sich über seine Knie gebeugt und die Stirn in die Hände gelegt. „Das ist schrecklich", stieß er hervor.

„Nun, es ist eine Legende", meinte Marla leichthin, obgleich ihr nicht so zumute war. Es erstaunte sie, dass ihn die Tragödie so berührte. „Wer weiß schon, ob davon überhaupt etwas wahr ist."

„Ja. Wer weiß das schon?" Als er aufsah, spiegelte sich das helle Grün der Baumkronen in seinen Augen. „Schau", sagte er und wies mit dem Kinn auf einen Schmetterling, der um ihre Köpfe flatterte und sich schließlich auf Arvids Arm niederließ. Er war prächtig gezeichnet und klappte seine hauchzarten Schwingen auf und zu. Als Arvid den Arm anhob, um das Tierchen genauer zu betrachten, öffnete es seine Flügel und zeigte seine herrlichen Farben.

„Wie machst du das?", wisperte Marla, die den Falter nicht verscheuchen wollte.

„Ich tu gar nichts. Manchmal kommen sie einfach und ruhen sich aus. Vielleicht mögen sie den Waldgeruch, der an mir haftet." Nachdem er sich ausreichend hatte bewundern lassen, erhob sich der Schmetterling in die Lüfte und machte sich auf und davon.

Marlas Blick streifte den Stacheldrahtzaun, und ihre Gedanken kehrten schlagartig wieder zu dem Grund zurück, weshalb sie hier waren. „Wollen wir?"

„Du willst tatsächlich weitergehen?"

Sie nickte entschlossen und erhob sich. Arvid folgte ihr. Er drückte den Stacheldraht hinunter, sodass Marla mit Rusty auf dem Arm vorsichtig darübersteigen konnte. Das Unterholz war dicht gewachsen, und immer wieder mussten sie den Dornen der Brombeerhecken ausweichen, die alles überwucherten. Es war, als hätten sie den Auftrag, unwillkommene Eindringlinge abzuschrecken. Hier und da allerdings zeugten Hinterlassenschaften wie Plastikflaschen oder leere Chipstüten davon, dass menschlicher Besuch nicht ganz so selten war, wie man es annehmen würde.

Das Gelände wurde steiler, und endlich erschien vor ihnen, zur Hälfte bedeckt von wildwachsendem Wein und Brombeerhecken, die traurige Ruine eines alten Hauses. Marla blieb in sicherem Abstand stehen und betrachtete es voller Neugier. Der Sockel aus roten Ziegelsteinen war noch vollständig erhalten. Von den Mauern allerdings standen nur noch Bruchstücke. Das nackte Dachgebälk sah aus, als hätte es gebrannt. Vielleicht aber war es auch nur verrottet. Teile davon lagen zerbrochen zwischen den verfallenen Mauern. Fenster oder Türen waren nicht mehr vorhanden. Gut erhalten war einzig und allein der gemauerte Schornstein, der sich stolz und kerzengerade in seiner ursprünglichen Höhe präsentierte. Am meisten erschütterte sie der Anblick des mächtigen Baumstammes, der auf das Haus gestürzt war und es zerstört hatte. Teilweise war sein Holz bereits verfallen. Aber das, was von ihm zu erkennen war, ruhte besitzergreifend auf den Resten des Gebäudes, als wollte er es noch immer nicht freigeben. Falls die Geschichte stimmte, dann hatte dieser Baum den schlafenden Wildhüter unter sich begraben und ihn getötet.

Marla erschauerte und schlang die Arme um ihren Körper. Wie oft war sie unterhalb des Klagehügels vorbeigeradelt und hatte versucht, durch die Bäume und Sträucher einen Blick auf dieses Gebäude zu erhaschen? Sie hatte nie versucht, auf die andere Seite des Zaunes zu gelangen. Viel zu groß war ihre Angst gewesen, erwischt zu werden oder etwas Schreckliches zu entdecken. Nun aber, da sie vor dem zerfallenen Gemäuer stand, spürte sie vor allem Traurigkeit.

Das Haus musste in seinen besten Zeiten richtig hübsch gewesen sein. Auf einem Hügel mitten im Wald, umgeben von Wein und Brombeeren, war es eine Oase der Ruhe. Sicher hatten bunte Läden einst die Fenster geschmückt, und vielleicht hatte sich sogar jemand die Mühe gemacht, einen kleinen Garten anzulegen. Bei dem trostlosen Anblick jedoch, den es nun bot, wurde ihr die Brust eng.

Marla rief Rusty zu sich, nahm ihn auf den Arm und näherte sich der Ruine. Arvid folgte ihr. Hinter dem Haus entdeckte sie ein weiteres verfallenes Gebäude. Es war kleiner und mochte der Wirtschaftsbereich gewesen sein oder ein Stall. Hier standen nur noch die Grundmauern. Hüfthohes Unkraut wuchs im Inneren, und aus dem Steinschutt, der auf dem Boden verstreut lag, sah Marla alte Kacheln hervorschimmern. Zwischen den Gebäuderesten wuchs struppiges Gras, und die dunklen Ecken, die die Sonne nicht erreichte, hatten sich Farne erobert. Wenn man genau hinsah, fand man auch hier Spuren von Besuchern, die die Neugier hergetrieben hatte.

Falls es den Wildhüter und diese Frau tatsächlich gegeben hatte, dann waren sie hier umhergelaufen, genauso wie Marla jetzt. Sie stellte sich die beiden vor, in vertrautem Miteinander vor dem Haus, im kleinen Gärtchen oder in einem der

Räume, die verfallen vor ihr lagen. Wo mochte wohl die Küche gewesen sein, wo das Wohnzimmer? Das Schlafzimmer musste sich im oberen Stockwerk befunden haben. Gestohlene Küsse, heimliche Treffen. Vielleicht sogar mehr, auch wenn das in der damaligen Zeit undenkbar schien. Sie waren miteinander glücklich gewesen, und ihr frohes Lachen hatte den Wald erfüllt. Soviel Hoffnung. Soviel Schmerz. Das unglückliche Ende des Mannes, später der Freitod der jungen Frau.

Laut schimpfend flog ein Vogel aus einem Mauerloch des Wohnhauses und kleine Steine und Staub rieselten auf den Boden. Marla zuckte erschrocken zusammen. Ihr war, als hätte sie für einen Augenblick die Geister der Vergangenheit geweckt.

„Lass uns gehen", bat Arvid, der geduldig hinter ihr stehengeblieben war.

Sie räusperte sich und atmete tief die klare Waldluft ein. Als sie sich zu ihm umdrehte, sagte sie:

„Du hast Recht, es wird spät. Lass uns weitergehen."

„Weitergehen? Wohin?"

„Du wolltest mir zeigen, wo du wohnst. Schon vergessen?"

Arvid wies mit seinem Kinn auf das Haus. „Ich wohne hier."

„Was?" Sie starrte ihn an. „Das ist jetzt ein Witz, oder?"

„Es ist kein Witz. Ich wohne tatsächlich hier."

„Aber – aber … wie kann man an einem solchen Ort leben?" Sich das vorzustellen war ihr unmöglich. Abermals ließ sie ihre Augen über die Ruinen wandern, über die abweisenden Dornenhecken, die alles überwucherten und über den Schutt aus Steinen und Ziegeln, die jeden Schritt behinderten. Verzweiflung griff nach ihrem Herzen. „Das ist das Schaurigste, was ich jemals gehört habe."

„Es gibt Dinge, die kann man sich nicht aussuchen." Seine Worte hörten sich bitter an.

„Das klingt, als müsstest du hier sein, obwohl du nicht willst?"

„So in etwa. Ich würde jeden anderen Ort auf der Welt vorziehen."

Wie so oft sprach er in Rätseln. Vielleicht war das der Grund, weshalb sie von ihm fasziniert war. Er schien undurchschaubar und manchmal ein wenig finster. Was er auch tat oder sagte, sie wurde das Gefühl nicht los, dass sie sich mit jedem Treffen mehr von der Realität entfernte. Ob er das wusste? War es sogar Absicht?

„Was ist mit der alten Eiche, wo wir uns getroffen haben? Musst du dort auch sein, obwohl du nicht willst?"

Die Bitterkeit in seinem Gesicht wich einem zärtlichen Lächeln. „Dorthin laufe ich, sobald dieser düstere Ort mich gehen lässt", sagte er mit weicher Stimme.

„Warum ausgerechnet dieser Baum?" Sie hatte Mühe, ihre Neugier zu zügeln. „Und was passiert, wenn du einfach nicht hierher zurückkommst? Keiner kann dich dazu zwingen."

„Während der Nacht bin ich an diesen Ort gebunden. Ich habe keine Wahl. Sobald aber am Morgen die Sonne aufgeht, fliehe ich dorthin, wo wir beide uns getroffen haben. Denn in dem Maße, wie ich diesen Ort hasse, liebe ich den anderen. Du wirst es verstehen, wenn du meine Geschichte kennst."

Das, was er erzählte, klang so befremdend, dass Marla nicht den Versuch machte, es zu begreifen. Dann musste er eben ganz von vorne anfangen. Am besten jetzt sofort.

„Wir können uns auf den Mauerrest dort drüben setzen", schlug sie vor und zeigte auf den Sockel des Hauses, der einigermaßen stabil aussah. Rusty wand sich unruhig in ihren Armen und wollte runter. „Und dann erzählst du."

Arvid schüttelte den Kopf.

„Nicht hier und auch nicht heute", erwiderte er. Er hatte die Hände in die Hosen gesteckt und kickte mit seinem Fuß einen Stein fort. „Wenn du möchtest, komm morgen wieder zur Eiche."

„Dann erfahre ich diese merkwürdige Geschichte?" Marla setzte den zappelnden Hund auf den Boden.

„Ich werde sie dir erzählen."

„Die *ganze* Geschichte?", fragte sie vorsichtshalber.

Er zögerte nur unmerklich. Nickte dann und versicherte: „So weit, wie wir kommen."

„Ich werde ganz bestimmt da sein."

Verschwitzt und müde trat sie durch das Gartentor und lief direkt zur Regentonne, um die verbeulte Blechwanne daneben mit Wasser zu füllen. Kaum war der Boden bedeckt, sprang Rusty auch schon hinein und warf sich in das kühle Nass.

Während sie ihm beim Planschen zusah und sich vom Spritzwasser die Beine benetzen ließ, kam Henni in den Garten gelaufen. Ihr Haar war feucht, unter dem Arm trug sie ihre Badesachen.

„Puh, war das voll heute", stöhnte sie und warf Strandtuch und Bikini über den Wäscheständer. „Sei froh, dass du nicht mitgekommen bist. Das Wasser war brühwarm, und die Liegewiese war so voll, dass wir kaum einen Platz gefunden haben. Ich dachte, fast alle sind im Urlaub! Aber ich hab mich wohl geirrt! Wir haben eine Menge Leute getroffen, auch Darius war mit einigen Kumpels dort."

Sie schrie auf, als Rusty sich schüttelte und die Tropfen nach allen Seiten stoben. „Wo warst du überhaupt? Ich habe dich heute Morgen gesucht und wollte fragen, ob du mitgehst."

„Ich war mit Rusty spazieren."

„Bis jetzt?" Henni sah auf ihre Uhr. „Es ist gleich fünf!"

„Oh, echt?" Marla war überrascht. Die Zeit war schneller vergangen, als sie gedacht hatte. Kein Wunder, dass ihr Magen Hunger meldete.

„Hat Rieke spät oder früh?", wollte Henni wissen und wich dem Hund aus, der an ihr hochspringen wollte. „Rusty, lass das! Du bist total nass."

„Rieke kommt spät, wir haben zusammen gefrühstückt. Bist du zum Essen da? Ich koche jetzt was."

„Ich helfe dir dabei. Um halb acht treffen wir uns mit den anderen bei der Eisdiele. Und ja, ich weiß: Ich bin pünktlich wie immer zu Hause."

Marla lachte.

„Ich bin echt froh, wenn ich endlich 18 Jahre alt bin."
Henni zog eine Grimasse.

„Werde erstmal 16", gab Marla grinsend zurück und lief
ins Haus.

Kapitel 6

Während Marla am nächsten Morgen ein schnelles Frühstück zu sich nahm, packte sie nebenbei ihren Rucksack. Wasser, Müsliriegel und zwei Äpfel. Bevor sie ging, zerknäulte sie die Notiz, die Rieke ihr auf dem Tisch hinterlassen hatte und warf sie in den Abfalleimer.

Hallo Marla, ich nehme Rusty heute mit zur Arbeit. Wir fahren nach Feierabend noch an einen See. Wartet heute Abend nicht auf mich. Rieke

Wir? War das Riekes erstes Date mit Waldemar? Soviel Marla wusste, hatten sich die beiden bisher nur bei der Arbeit gesehen. Wie schön, dass ihre Schwester verliebt war! Sie hoffte von ganzem Herzen, dass der Mann Rieke nicht enttäuschen würde. Andererseits hatte ihre ältere Schwester schon immer ein sicheres Gespür für die Richtigkeit der Dinge. Also lag die Wahrscheinlichkeit nah, dass es für die Ewigkeit sein könnte.

Einer plötzlichen Eingebung folgend riss auch Marla ein Blatt vom Notizblock und schrieb eine Nachricht:

Hallo Henni, ich bin im Wald spazieren. Denkst du an deine Urlaubswäsche? Sehen uns später. Marla

Sie zog die Tür hinter sich zu und atmete die Morgenluft ein. Sie war gespannt auf das, was sie von Arvid erfahren würde. Was sie *über* ihn erfahren würde. In ihrem Bauch kribbelte es ein wenig. Sie war davon überzeugt, dass es keine alltägliche Geschichte sein würde, denn er war anders als alle Menschen, die sie bisher kennengelernt hatte. Sollte er die Sache mit dem Wind nochmal erwähnen, so wollte sie nichts dazu sagen. Jeder Mensch hatte seine kleine Marotte. Vielleicht war dies ja seine. Unwillkürlich griff sie nach einem Mädesüß, um es abzuzupfen, überlegte es sich dann aber anders. Sie wollte nicht, dass die hübsche Blume später verwelkt auf dem Boden liegen würde. So steckte sie nur die Nase in die Blütenwolke und nahm eine Prise des süßen Duftes.

Summend lief sie in den Wald und fand, dass er selten so schön gewesen war wie heute früh. Das Laufen auf dem federnden Waldboden fühlte sich herrlich an und das junge Grün, das den Weg säumte, strich ihr liebkosend über die Arme. Der frische Morgenwind fuhr ihr ins Haar und kühlte ihre bloße Haut. Ein warmer Strom der Vorfreude strömte durch ihre Adern. Das Leben war großartig und voller Überraschungen!

Sie sah ihn sofort. Breitbeinig stand er wenige Meter von der Eiche entfernt und starrte wie gebannt auf die Stelle, wo sie erscheinen musste. In dem Moment, als er sie entdeckte, wich die Spannung aus seinem Körper. Wie lange hatte er so gestanden? Wartete er seit dem Sonnenaufgang auf sie? Denn – so hatte er gestern erwähnt – ab Sonnenaufgang war er immer hier. Jeden Tag. Und sie würde heute erfahren, weshalb.

Als Marla ihm fröhlich zuwinkte, hob er grüßend die Hand.

„Wo ist dein kleiner Begleiter?"

„Meine Schwester nimmt ihn manchmal mit zur Arbeit. Rusty liebt sie abgöttisch und begleitet sicher viel lieber sie als mich."

„Das kann ich nicht verstehen. Ich bin lieber mit dir zusammen als mit jemand anderem." In seinem Blick lag unverhohlene Zuneigung.

„Du hast Rieke noch nicht kennengelernt", sagte sie verlegen. „Jeder sucht ihre Gesellschaft. Ich habe dir ja bereits erzählt, dass sie ein ganz besonderer Mensch ist."

„Du erwähntest es. Dann ist sie sicher schon lange vergeben, nicht wahr?"

„Nein, das nun gerade nicht. Aber es scheint fast, als hätte sie jetzt den Richtigen gefunden. Ein Arbeitskollege. Sie erzählt nicht viel über ihn. Aber das, was ich bisher weiß, hört sich an, als würden sie zueinander passen."

Sie schlenderten zu dem mächtigen Baum hinüber, der seine Schattenkrone über sie ausbreitete. Bevor Marla sich setzte, nahm sie den Rucksack von den Schultern und legte ihn neben sich.

„Eine jüngere Schwester hast du auch?"

Sie nickte und versuchte, sich ein Aufeinandertreffen von Arvid und Henni vorzustellen. Die unverblümte Art ihrer jüngeren Schwester würde auf den geheimnisvollen jungen Mann befremdlich wirken. Hennis direkten Fragen auszuweichen war schier unmöglich. Sicher wüsste sie nach dieser kurzen Zeit schon viel mehr von ihm als Marla, die wesentlich zurückhaltender war.

„Henni ist ein Wildfang mit Haaren auf den Zähnen", beschrieb sie ihre Schwester. „Sie ist ziemlich vorlaut und hat immer das Bestreben, ihren Willen durchzusetzen. Ich wusste nicht, dass Schwestern so verschieden sein können wie Rieke und Henni. Trotzdem ist auch sie sehr liebenswert und eine gute Freundin, wenn es drauf ankommt. Ich glaube, es ist nicht immer leicht, die Jüngste zu sein", setzte sie zu Hennis Verteidigung hinzu.

„Rieke, Marla und Henni also", fasste Arvid zusammen und streckte die langen Beine aus. „Eure Eltern haben außergewöhnliche Namen gewählt."

„Das sind nicht unsere Taufnamen. Mama und Papa waren der Meinung, dass alte Namen schön sind. Deshalb nannten sie Rieke nach Frederike, der Oma meiner Mutter. Ich heiße Magdalena, wie die Oma meines Vaters. Und Hennis Taufname ist Henriette. So hieß die Großtante meines Vaters, die ihm das Haus vererbt hat, in dem wir wohnen."

„Aber ihr werdet nicht so gerufen?"

Marla seufzte. „Oh, doch! Unsere Eltern nennen uns so. Aber sie sind glücklicherweise die Einzigen."

„Magdalena ist ein schöner Name."

„Ja, ich finde ihn auch ganz in Ordnung. Aber", sie warf ihm einen Blick von der Seite zu, „jetzt hören wir auf, von mir zu reden."

„Meinst du nicht, es ist nur fair, wenn ich auch was über dich erfahre?"

„Hast du ja nun."

„Und du bist sicher, dass du nicht auch ein paar Eigenschaften deiner Schwester Henni besitzt?" Ein amüsiertes Lächeln zuckte in seinen Mundwinkeln. „Aber nein, du bist nur ein wenig ungeduldig."

„Ja, so könnte man sagen", gab sie vergnügt zu. „Und jetzt bin ich ganz Ohr."

Augenblicklich wurde Arvid ernst.

„Was ich dir erzählen werde, ist eine traurige Geschichte. Da ich aber möchte, dass du weißt, wer und was ich bin, musst du erfahren, was geschehen ist. Bitte verurteile mich nicht. Die schlimmsten Dinge passieren bisweilen aus Liebe."

„In Ordnung", murmelte sie und nahm sich vor, seinem Wunsch nachzukommen.

Die Geschichte begann vor mehr als 100 Jahren. Ich lebte damals seit langer Zeit schon in dieser Gegend und erfüllte meine Aufgabe. Ich war gut darin, ebenso gut wie meine Brüder. Ein harter und langer Winter lag hinter uns. Der ersehnte Frühling, der plötzlich über das Land zog, war allen willkommen. Die Menschen feierten Feste und freuten sich über die Wärme, die nicht nur endlich ihre Häuser, sondern auch ihre Herzen erfüllte. Der eisige Nordwind, der während der kalten Monate unsere Aufgaben übernimmt, hatte sich letztendlich zurückgezogen. Jetzt war ich wieder derjenige, der über Felder und Wiesen streichen durfte, durch den Wald und zwischen den Häusern hindurch. Jedes Frühjahr ist für mich wie eine Wiedergeburt, aber nach diesem Winter war es anders. Ich konnte nicht genug davon bekommen, über die jungen Halme zu gleiten oder durch die ausschlagenden Bäume, deren Knospen prall und grün wurden. Ich war beseelt von meiner wiedergewonnenen Freiheit, und die Menschen waren glücklich über den Wind, der ihnen endlich wieder freundlich gesinnt war und milde Luft übers Land trieb.

Auf der anderen Seite des Waldes liegt ein Dorf. Zu dieser Zeit lebten dort etwa 20 Familien. Eines Tages im Mai nahm eine der Familien eine junge Verwandte bei sich auf. Elaine war 14 Jahre alt. Sie stammte aus einem französischen Dorf in der Nähe von Brest. Ihr Vater, ein Geschäftsmann und meistens auf Reisen, war nach vielen Wochen aus Übersee wiedergekommen und hatte ein unbekanntes Fieber mit nach Hause gebracht. Nur wenige Tage nach seiner Ankunft starb er daran. Seine Frau folgte ihm bald darauf. Elaine selbst überlebte das Fieber. Sie war jung, und ihr Körper hatte ausreichend Kraft, sich gegen die Krankheit zu wehren. Doch das Fieber hatte seinen Tribut verlangt. Sie war völlig ausgezehrt und war zudem nun Vollwaise.

Ferne Verwandte ihrer Mutter erklärten sich bereit, Elaine bei sich aufzunehmen und für sie zu sorgen, bis sie selbst entscheiden konnte, wie ihre Zukunft aussehen sollte. Vielleicht war es nicht ganz so selbstlos, wie es sich anhört, denn Elaines Vater hatte sie als wohlhabende Erbin zurückgelassen. Davon würde auch die Familie profitieren. So engagierte man für das Mädchen, das kein Wort Deutsch sprach, einen Privatlehrer, der es unterrichtete. In der Familie lebten drei Kinder, die das zehnte Lebensjahr noch nicht erreicht hatten. Elaine kümmerte sich um sie, wenn die Eltern keine Zeit hatten. Sie tat es gerne, aber sie tat es vor allem aus Dankbarkeit. Sie wusste, dass sie in einem Waisenhaus gelandet wäre, hätte ihre Tante sie nicht aufgenommen.

Obwohl ihre Verwandten sich sehr darum bemühten, dass sie sich bei ihnen wohlfühlte, erholte sich Elaines geschwächter Körper niemals gänzlich. Ihr Herz schmerzte vor Sehnsucht nach ihrer Heimat und die Trauer um ihre Eltern fraß an ihrem Gemüt. Sie vermisste die Bretagne, das raue Klima und das Meer. Fremde Menschen konnten ihr die eigene Familie nicht ersetzen. Zudem verbrachten sie die Zeit, die ihnen vom Tag blieb, in der Regel mit ihren Kindern, wodurch Elaine häufig sich selbst überlassen war.

Sie begann, ausgedehnte Spaziergänge in den Wald zu machen und die Gegend zu erkunden. Auf einem ihrer Streifzüge entdeckte sie das Forsthaus. Dort traf sie auf Wilhelm, den alten Wildhüter. Den Posten als Wild- und Waldhüter besetzte er schon seit vielen Jahren. Er war ein Eigenbrötler und fühlte sich in der Einsamkeit am wohlsten. Nur selten verließ er den Wald, meist erst dann, wenn er keine Lebensmittel mehr besaß und ein Einkauf im Dorfladen unumgänglich war. Er liebte die Natur; auf den Umgang mit Menschen aber konnte er gut verzichten. Anfangs war er von Elaines Besuchen nicht sonderlich begeistert. Ihre Zartheit allerdings, ihr sanftes Wesen und die Melancholie, die wie ein Schatten über ihr lag, rührten ihn. So kam es, dass diese beiden so unterschiedlichen Menschen eine tiefe Zuneigung zueinander entwickelten. Jeden Tag machte sich Elaine auf den langen Weg zu ihm, ob es nun regnete oder stürmte. Er nahm sie mit auf seine Waldgänge, erklärte ihr, was sie wissen wollte, und ließ sie mit anpacken, wenn sich die Gelegenheit bot. Elaine sprach noch kaum Deutsch, was beide aber nicht daran hinderte, mit Händen und Füßen zu kommunizieren. Er nannte sie Helene, da er Schwierigkeiten hatte, den Namen auf Französisch auszusprechen.

Bevor ich Elaine persönlich kennenlernte, sah ich sie zuweilen mit dem alten Mann zusammen über die Wildwechsel schleichen, um Tiere zu beobachten. Er überließ ihr sogar ein kleines Stück des Beetes vor seinem Haus, das sie bepflanzte und leidenschaftlich pflegte. Wie oft machte sie sich am späten Nachmittag auf den Weg nach Hause, das Kleid voller Erde und grüner Flecken. Die wächserne Blässe wich aus ihrem Gesicht, und es geschah, dass Menschen, die unterhalb des Hügels vorüberliefen, unbekümmertes Lachen vernahmen. Das war erstaunlich, denn man hatte weder den alten Wilhelm noch die junge Französin jemals lachen gesehen.

Es war bereits Herbst, als wir uns zum ersten Mal trafen. Um diese Jahreszeit habe ich viel zu tun und komme kaum zum Durchatmen. Doch auch ein Herbststurm legt sich von

Zeit zu Zeit, und so kam es, dass ich mich zum Ausruhen dorthin zurückgezogen hatte, wo ich auch dann verweile, wenn Winter ist und der Nordwind meine Aufgabe übernimmt. Nämlich genau hier, in meiner Baumgefährtin, der Eiche.

Der alte Wilhelm musste für einige Tage fort. Im Herbst fanden überall im Umkreis Jagden statt, und seine Kenntnisse als erfahrener Jäger und Wildhüter waren gefragt. So erkundete Elaine auf eigene Faust den Wald und gelangte durch Zufall an diesen Ort. Sie konnte mich nicht sehen, als sie vor den Baum trat und ihn aufmerksam betrachtete. Staunend lief sie um den dicken Stamm und bewunderte den Wuchs der alten Dame, die sich schon damals stark zur Seite neigte. Plötzlich trat Elaine dicht an die Eiche heran und legte ihre Arme um den Baum.

„In der Bretagne", hörte ich sie flüstern, „gibt es einen großen Zauberwald. Er heißt Brocéliande. Da gibt es viele solcher Bäume, wie du einer bist. Als ich klein war, fuhren Maman und Papa mit mir dorthin. Ich liebte den Wald so sehr, dass wir viele Male dort waren. Maman ..." Ihre Stimme brach und wurde zum Schluchzen. Sie sank zu Boden und klammerte sich an die raue Rinde des Stammes. Ihr Körper wurde vom Weinen und von Trauer geschüttelt.

Jemand wie ich ist für gewöhnlich unempfänglich für die Nöte und Sorgen der Menschen. Empathie kennen wir nicht. Der aufrichtige Schmerz dieses Mädchens aber fuhr wie ein Schwert durch meinen Wesenskern und setzte Besonnenheit und Gleichmut außer Kraft. Ich wollte nur eines: ihren Schmerz lindern. Niemals zuvor hatte ich ein solches Gefühl erlebt. Ich war erschrocken. Mehr noch. Schockiert.

Ich focht einen inneren Kampf. Einerseits wollte ich das Mädchen von seinem herzzerreißenden Schmerz ablenken, andererseits hatte ich mich noch nie einem Menschen gezeigt. Bis heute weiß ich nicht, ob ich mich bewusst dazu entschieden habe. Plötzlich hatte ich den Baum verlassen und stand in meiner menschlichen Gestalt neben Elaine.

„Du brauchst nicht zu weinen." Das waren die ersten Worte, die ich zu ihr sagte. Sie erschrak fürchterlich und sprang auf. Ich hätte mich wegen meiner Unbedachtheit ohrfeigen können. Natürlich musste sie sich erschrecken. Aber mit Menschen umzugehen war ich nicht gewöhnt.

„Was weißt du schon?", rief sie auf Französisch und funkelte mich böse an. „Was machst du hier? Bist du mir gefolgt?"

Du musst wissen, dass es für uns keine Sprachen gibt. Wir verstehen euch, und wenn wir mit euch sprechen, versteht ihr uns.

„Ich bin dir nicht gefolgt. Ich habe dein Weinen gehört und wollte sehen, ob ich helfen kann."

„Mir kann man nicht helfen. Du kannst also wieder gehen."

Elaines Tränen waren versiegt, somit hatte ich mein erstes Ziel bereits erreicht. Doch ich hatte noch viel mehr zu bieten. „Soll ich dir etwas zeigen, was du noch nie erlebt hast?"

Sie betrachtete mich misstrauisch und neugierig zugleich. Ihre Augen waren noch immer trüb vor Kummer, der dunkle Kranz ihrer Wimpern tränennass. Sie trug ihr Haar zu einem seitlichen Zopf gebunden, der ihr bis weit über die Brust reichte.

„Du wirst es mögen", versicherte ich ihr. „Falls nicht, dann kannst du auf der Stelle gehen. Oder nein, ich werde gehen und du wirst mich nie wieder sehen." Dass ich sie trotzdem sehen würde, verschwieg ich.

Am Ende siegte ihre Neugier. Elaine wischte sich mit dem Handrücken die nassen Wangen ab und stellte sich vor mich. Ich fand sie bezaubernd, wie sie mit verweintem Gesicht und doch mutig in ihrem knöchellangen Kleid vor mir stand. Du erinnerst mich sehr an sie. Die Farbe deiner Augen und deiner Haare, die Zartheit deiner Gestalt. Ihr könntet Schwestern sein, würde nicht mehr als ein ganzes Jahrhundert zwischen euch liegen. Um die Schultern hatte sie ein warmes Tuch geschlungen. In der damaligen Zeit war es nicht üblich, dass Frauen und junge Damen ohne Begleitung unterwegs *waren. Über diese Regel hatte sie sich freilich schon lange hinweggesetzt.*

Ich sah mich um und suchte nach einer geeigneten Stelle. Ein umgestürzter Baum bot sich an, und ich bedeutete ihr, ein paar Schritte mitzugehen und sich auf den Stamm zu setzen. Vorsichtig ließ ich mich neben ihr nieder. Ich hatte Angst, einen Fehler zu machen, denn ich wollte unbedingt, dass sie blieb.

„Schließ die Augen", wies ich sie an und wusste, dass das viel verlangt war, wenn man bedachte, dass wir ganz alleine waren. Elaine zögerte. In ihrem Blick flackerte Argwohn.

„Es geht nicht anders", versuchte ich sie zu ermutigen. „Du wirst gleich erfahren, weshalb. "

Ergeben schloss sie die Augen. Ich hatte den Eindruck, dass ihr beinahe gleichgültig war, was mit ihr geschehen würde.

„Ich nehme jetzt deine Hand", kündigte ich an. Ich hatte noch nie einen Menschen berührt und wusste nicht einmal, ob das, was ich vorhatte, funktionieren würde. Die Energie in mir wirbelte wild und unkontrolliert umher. Eine Weile starrte ich auf die schmale, weiße Hand, die sie mir entgegenhielt. Endlich ergriff ich sie. Von einem Moment auf den anderen wurde ich zu dem, der ich bin und trug sie auf meinen Armen fort. Um sie nicht zu ängstigen, riss ich mich zusammen und bezwang den Sturm in mir. Wie ein sanfter Sommerwind glitten wir zwischen den Bäumen hindurch, bis zum Ende des Waldes und weiter über die längst abgeernteten Felder. Elaine gab keinen Laut von sich, doch es machte nicht den Anschein, als würde sie sich fürchten.

Als ich sie zurückbrachte, hielt ich sie einen Augenblick fest, damit sie das Gleichgewicht wiederfand. Denn sie würde das Gefühl haben, als wäre nicht nur ihr Geist, sondern auch ihr Körper geflogen. Du selbst hast es erfahren und weißt, was sie empfunden haben muss. Begierig wartete ich auf ihre Reaktion. Das Leuchten, das mir entgegensprang, als sie ihre Augen öffnete, zeigte mir, dass ich alles richtig gemacht hatte.

„Was hast du mit mir gemacht?", rief sie und packte meine Hände. Obwohl sie erst 14 Jahre alt war und ihr Körper zart und zerbrechlich, war ihr Griff überraschend kraftvoll.

„Mein Name ist Arvid. Ich bin einer der Windbrüder und habe dich eben auf eine Reise mitgenommen."

„Arvid." Es klang fremdartig, wie sie meinen Namen aussprach, denn sie betonte die zweite Silbe und zog das I merkwürdig in die Länge. „Was bedeutet das: einer der Windbrüder?"

Einen Moment lang war ich überfordert. Noch nie hatte ich jemandem erklären müssen, wer ich bin. Was ich bin. Ich bezweifelte außerdem, dass sie mir glauben würde. Doch ich hatte aus freien Stücken damit angefangen, also musste ich von mir erzählen.

„Auf jedem Kontinent der Erde gibt es mehrere Windbrüder. Wir sorgen dafür, dass Winde und Stürme über die Erde ziehen. Wir jagen die Wolken über den Himmel, nehmen den Steinen die Kanten und lassen in der Wüste Sandstürme entstehen. Wir treiben euch den Regen ins Gesicht, zupfen im Herbst die Blätter von den Bäumen und bringen die Wäsche an der Leine zum Flattern."

Elaine dachte über meine Worte nach.

„Treibt ihr auch die Segelschiffe übers Meer?", wollte sie wissen, ganz ein Kind der Küste.

Ich schüttelte den Kopf. „Nicht auf hoher See. Wir sind Landwinde. Auf dem offenen Meer wirken die Winde der Ozeane. Dann gibt es noch den Nordwind, der im Winter das Zepter übernimmt und obendrein der Fürst aller Windbrüder ist."

Sie sah mich ernst an. Ich hatte den Eindruck, als würde sie das, was ich erzählte, für möglich halten und nicht für dummes Zeug.

„Jeder von uns Windbrüdern hat seinen Zuständigkeitsbereich", fuhr ich ermutigt fort. „Die Grenzen allerdings sind fließend, sodass ich dort jederzeit auf einen anderen Wind stoßen kann."

„Aber du siehst wie ein Mensch aus."

Ich konnte mir ein Lächeln nicht verkneifen. "Wir alle können menschliche Gestalt annehmen. Die meisten von uns haben sogar einen Baum- oder Tiergefährten."

"Was heißt das?"

"Das heißt, dass derjenige mit einem Baum oder einem Tier verschmelzen kann."

"Hast du auch so einen Gefährten?"

Ich nickte und wies mit dem Kinn zu der Eiche, die sie kurz zuvor umarmt hatte. "Sie ist meine Baumgefährtin und lässt mich jederzeit in sich wohnen."

"Warst du mit ihr verschmolzen, als ich zu ihr sprach?"

Wieder nickte ich.

Lange Zeit schwieg sie. Ihre Hände strichen in einem fort über die Rinde des Stammes, auf dem wir saßen. Plötzlich stand sie auf und stellte sich vor mich. Strähnen ihrer Haare hatten sich aus dem Zopf gelöst und lagen wirr um ihre Schultern. Zartes Rosa floss über ihre Wangen.

"Diese Reise, die du mit mir gemacht hast", sagte sie mit vor Aufregung bebender Stimme, "ist es möglich, dass – könntest du ...?"

Ich wusste sofort, was sie wissen wollte.

"Ob ich mit dir deine Heimat besuchen kann?"

"Ja", hauchte sie kaum hörbar.

"So glaubst du mir?"

"Wie sollte ich dir nicht glauben? Ich bin ein Kind der Bretagne. Bei uns gibt es Feenfelsen, Zauberwälder und unendlich viele mystische Orte. Wir glauben an Magie, denn wo man auch hinsieht, kann man ihre Spuren erkennen. Als ich den alten Baum berührte, spürte ich etwas, das sich wie Leben anfühlte. Er erinnert mich an die Bäume in meiner Heimat. Natürlich glaube ich dir."

Sie glaubte mir! Ich konnte sie nur sprachlos anstarren, denn damit hatte ich nicht gerechnet.

Es war nicht das einzige Mal, dass sie mich überraschte. Es sollte in den nächsten Jahren noch oft geschehen. Das mag einer der Gründe sein, weshalb ich mich so stark zu ihr hingezogen fühlte.

Wir freundeten uns an. Nach wie vor ging Elaine so oft sie Zeit hatte zum Forsthaus und besuchte den alten Wildhüter. Häufig begleitete ich sie ein Stück und ging anschließend wieder meiner Arbeit nach. Manchmal kam sie zur Eiche gelaufen und wartete dort auf mich.

Obwohl ihre Heimat nicht in meinem Bereich lag, trug ich sie viele Male dorthin und flog mit ihr über die Küsten der Bretagne. Über gigantische grau und rosafarbene Felsen hinweg, die wie Hüter an den breiten Sandstränden standen und aufs Meer hinausblickten. Manche von ihnen hatten sich in Gruppen zusammengesellt und glichen hünenhaften Kriegern, die ein mächtiger Zauberer zu Stein verwandelt hatte. Auf Elaines Wunsch hin besuchten wir die sagenumwobene Brocéliande, wo Merlin gelebt haben soll. Gemeinsam stürmten wir über all das hinweg, was sie so schmerzlich vermisste. Wenn wir zurückkehrten, strahlten ihre Augen, und ein seliges Lächeln hatte sich auf ihre Lippen gestohlen.

Gleichwohl war es immer nur ihr Geist, den ich mitnehmen konnte. Einen Fuß auf ihre Heimat zu stellen oder gar Spaziergänge zu machen, diesen Wunsch konnte ich ihr nicht erfüllen.

So verging die Zeit. Elaine reifte vom Mädchen zur jungen Frau heran. Längst trug sie keinen mädchenhaften Zopf mehr, sondern hatte ihr Haar zu einem weichen Knoten im Nacken aufgesteckt. Noch immer teilte sie ihre freien Stunden zwischen dem alten Wilhelm und mir auf. Im Haus ihrer Verwandten hielt man sie inzwischen für absonderlich, da sie sich am liebsten im Wald aufhielt und sich mehr für die Wildnis als für ihre Familie interessierte. Für die Kinder wurde ein Mädchen angestellt, weil man Elaine nicht mehr für geeignet hielt. Die jungen Männer, die sie umwarben, beachtete sie kaum. So ließ man sie schließlich in Ruhe. Nur der Unterricht, der zwei Mal wöchentlich stattfand, war für sie Pflicht.

Es schien ihr dabei nicht schlecht zu gehen. Durch die tägliche Bewegung an der Luft kam ihr Körper zu Kräften, und mit der Zeit nahm ihr Gesicht eine gesunde Farbe an.

Der Wildhüter lehrte sie alles, was sie wissen wollte. Bald konnte man ebenso Elaine fragen, wenn man etwas über den Forst oder das Wild erfahren wollte.

All das konnte jedoch nicht darüber hinwegtäuschen, dass tief in ihrem Herzen eine Schwermut wohnte, der nicht beizukommen war. Sah man ihr in die Augen, ohne dass sie damit rechnete, entdeckte man einen Schleier von Trauer und Verzweiflung. Sie verbarg diese Gefühle, und nie sprach sie darüber. Wenn sie dachte, sie könnte es nicht länger aushalten, bat sie mich, sie mitzunehmen und die Sehnsucht nach ihrer Heimat mit dem Wind zu stillen. Ich erfüllte ihre Wünsche, so gut ich konnte. Torin, der Wind der Bretagne, duldete es, warf mir aber jedes Mal aufs Neue fragende Blicke zu.

Von Tag zu Tag ergriff sie mehr Besitz von mir. Als Elaine 16 Jahre alt war, liebte ich sie so sehr, dass ich alles für sie getan hätte. Ich wusste, dass Windbrüder sich verlieben können. Allerdings geschieht dies nicht allzu häufig, und ich kannte keinen Einzigen, dem es widerfahren war. Dass ausgerechnet ich einmal etwas für einen Menschen empfinden würde, damit hatte ich nicht gerechnet. Mein einziges Bestreben war, sie zum Lächeln zu bringen und ihr das Herz leichter zu machen. Tagsüber fand ich mich hin und wieder am Forsthaus ein, strich ihr zärtlich durchs Haar und umfing ihre Gestalt, sodass ihr Kleid um ihre Beine flatterte. Der Ablauf war immer derselbe. Sie kicherte und sah sich um. Sehen konnte sie mich nicht, aber sie wusste genau, dass ich die leichte Brise gewesen war.

„Arvid", sagte sie dann, „was machst du hier? Geh auf deine Felder und Wiesen und mache deine Arbeit. Du kannst nicht den ganzen Tag um mich herumstreichen."

Als Antwort blies ich ihr das Haar ins Gesicht, und sie kicherte erneut. Es geschah schon mal, dass aus einer Ecke des Grundstücks Wilhelms alte Männerstimme erklang: „Mit wem sprichst du, Helene? Haben wir Besuch?"

„Aber nein, Wil'elm", gab sie dann lachend zurück. „Ich spreche mit dem Wind."

Dass er ihre Antwort für einen Scherz hielt, liegt auf der Hand.

Ich zerbrach mir den Kopf und suchte ununterbrochen nach Möglichkeiten, sie aufzuheitern. Und plötzlich – es war im Winter, bevor sie 17 Jahre alt wurde – hatte ich die zündende Idee. Was ich vorhatte, war verrückt. Aber es war Winter, und Borg, der Nordwind, hatte für einige Wochen die Aufgaben der Landwinde übernommen. Diese Pause dient dazu, dass wir uns legen und Energie tanken, bis es im Frühjahr wieder losgeht. Ich hatte also Zeit, und anstatt den ganzen Tag mit Nichtstun zu verbringen, stellte ich mich jetzt der Herausforderung meines Lebens.

Ihr Menschen habt einen Ausdruck geprägt: Steter Tropfen höhlt den Stein. Steter Wind tut genau dies. Unter Aufbietung all meiner Kräfte begann ich damit, etwas für Elaine zu erschaffen, das all ihre Träume erfüllen würde.

Arvid hörte zu sprechen auf. Es dauerte einen Moment, bis es Marla auffiel. Das Kinn auf die angezogenen Knie gelegt, war sie tief in Arvids Erzählung eingetaucht. Ihr Kopf war voller Bilder, und vor ihren Augen spulte sich ein Film ab. Der nun plötzlich aufhörte. Sie richtete sich auf und atmete einige Male die würzige Waldluft ein. Als sie das Gefühl hatte, vollständig in der Gegenwart angekommen zu sein, wandte sie sich zu dem jungen Mann, der neben ihr saß. Sein Blick war auf einen Punkt in der Ferne geheftet, als schwelgte er noch immer in der Erinnerung an Elaine, die er einst so geliebt hatte.

„Es ist die Legende des Klagehügels, nicht wahr?", fragte Marla voller Ehrfurcht, und eine Gänsehaut wanderte ihr über den Rücken. Sie hatte sich so oft ausgemalt, wie die Geschichte tatsächlich gewesen sein könnte. Nun steckte sie mittendrin.

Arvid nickte schweigend.

„Erzählst du weiter?"

„Es reicht für heute. Es wird spät, und morgen ist auch noch ein Tag."

„Was hast du für sie gebaut? Hat es ihr gefallen?"

„Wie war das mit der Ungeduld?"

„Ach bitte", bettelte sie und schenkte ihm ein strahlendes Lächeln. „Sonst werde ich bis morgen nichts anderes tun als herumzurätseln, was es sein könnte. Ich werde unausstehlich sein und meine Schwestern werden darunter leiden, bestimmt."

„Hm", brummte er und gab sich geschlagen. „Bis zum Frühling hatte ich einen Tunnel gegraben. Er führte vom alten Forsthaus bis in ihre Heimat. Es war ein hartes Stück Arbeit, denn der Frost erschwerte das Vorankommen ganz beträchtlich. Aber ich war fest entschlossen und hätte alles in meiner Macht stehende für Elaine getan."

Das letzte Mal, als sie so gebannt einer Geschichte gelauscht hatte, war sie noch ein Kind gewesen. Damals hatte Mama ihnen abends Märchen erzählt, und Marla war in eine fremde, faszinierende und oft auch grausame Welt eingetaucht. Genauso empfand sie jetzt. Nur hatte diesmal nicht Mama, sondern Arvid ein Märchen erzählt. Das Märchen vom Wind und dem Mädchen. Noch verbat sie es sich, darüber nachzudenken, was davon wahr sein konnte und was nicht. Denn so oder so: Es war ungeheuerlich. Eine Welt, in der die Natur zu menschlichen Wesen wurde, mit denen man sprechen konnte. Eine Gemeinschaft von Windbrüdern, die über die Erde stürmten und sich in Menschen verliebten. Wie gerne würde sie an all das glauben!

„Kennst du alle deine Windbrüder? Und wer sagt euch, wann ihr Sturm und wann ihr ein sanfter Wind sein sollt? Gibt es eine Art Plan? Eine To-Do-Liste?" Sie sah ihn gespannt an und hoffte, dass er sie nicht für allzu neugierig hielt. Sie hätte auf der Stelle noch zehn weitere Fragen stellen können.

Ihr Interesse allerdings schien ihm zu schmeicheln, denn er sprach weiter.

„Einige meiner Brüder kenne ich beim Namen. Es sind die, deren Windbereich an meinen grenzt. Die meisten jedoch kenne ich nicht. Es wäre auch schwierig, da immer mal ein Wechsel stattfindet. Der eine geht, ein anderer kommt. Kontakt gibt es kaum unter uns. Es sei denn, es fällt etwas vor und eine Art von Besprechung oder Unterredung ist notwendig. Das geschieht selten, und meistens auf Geheiß unseres Windfürsten. Einen Plan für unser Wirken haben wir nicht. Es ist eine Art Intuition. Wir wissen einfach, was wir zu tun haben."

Marla hörte ihm fasziniert zu. „Was heißt Wechsel? Ihr habt keine Lust mehr auf euer Umfeld und tauscht mit einem anderen, der auch mal einen Tapetenwechsel braucht, den Bereich?"

„Nicht ganz. Es gibt im Universum unzählige Planeten, auf denen wir wirken können. Manche von uns gehen freiwillig. Wir können mit unserem Anliegen zu unserem Fürsten gehen. Der regelt es für uns. Es gibt aber auch jene, die das Gesetz gebrochen haben und ins Exil geschickt werden. Die werden sozusagen strafversetzt."

Marlas Mund war vor Staunen geöffnet. „Strafversetzt? Das hört sich an wie bei uns. Wer macht denn eure Gesetze? Und wer entscheidet, ob ein Windbruder gehen muss?"

„Unser Fürst, der Nordwind. Er ist das Gesetz. Es gibt Regeln, an die wir uns halten müssen. Hat ein Windbruder zum zweiten Mal eine Regel gebrochen, so muss er gehen."

„Was ist, wenn euer Fürst das Gesetz bricht? Legt er sein Amt dann freiwillig nieder?"

Arvid sah sie verwundert an. Marla überlegte, ob sie eine dämliche Frage gestellt hatte, aber sie wüsste nicht, weshalb.

„Borg, unser Fürst, ist die Verkörperung aller Gesetze. Diese sind seit Urzeiten festgelegt und unveränderlich. Er wäre nicht in der Lage, auch nur eines von ihnen zu brechen. Er kann nicht anders, als gesetzestreu zu handeln. Das liegt in der Natur seines Fürstendaseins."

Sie sah ihn ungläubig an.

„Also ein Fürst ohne die Fähigkeit, das Gesetz zu brechen oder zu verändern. Auch dann nicht, wenn er wollte?"

„Auch dann nicht."

Sie dachte eine Weile über Arvids Worte nach. Es war eine seltsame soziale Struktur, aber es schien ja irgendwie zu funktionieren. Ihr Wissensdurst jedoch war noch nicht gestillt, denn er hatte etwas Weiteres, sehr Interessantes erwähnt. „Du sprachst von unzähligen anderen Planeten. Gibt es dort Leben?"

„Es gibt Dinge, über die wir nicht sprechen dürfen. Deine Frage gehört bedauerlicherweise dazu, Marla. Ich denke, wir sind für heute fertig. Der Tag war lang."

„Nur eine einzige Frage noch, bitte Arvid", bettelte sie. „Dieser Tunnel, den du für Elaine gebaut hast …" Sie versuchte, sich einen unterirdischen Gang von hier bis nach Frankreich vorzustellen. „Gibt es ihn noch?"

„Ich weiß es nicht. Mag sein. Ich habe ihn später nie wieder betreten."

Marla sprang auf die Beine. Sie fühlten sich nach dem langen Sitzen steif an, und sie massierte sich die Oberschenkel.

„Wollen wir nachsehen, ob er noch da ist?" Gespannt wartete sie auf seine Antwort. Arvid erhob sich ebenfalls und schien darüber nachzudenken.

„Wir könnten es versuchen", meinte er endlich und Marlas Herz machte vor Aufregung einen Satz.

„Jetzt sofort?"

„Morgen. Wir treffen uns bei der Ruine."

Ich sehe ihr an, dass sie enttäuscht ist, und es tut mir leid. Mehr Schmerz halte ich heute jedoch nicht aus. Die Erinnerung an Elaine hat mich aufgewühlt. Ihr Erscheinen in dieser Gegend, die Spaziergänge in den Wald und unser Kennenlernen, all das habe ich seit damals tief in mir verborgen, um es nie wieder hervorzuholen.

Konnte ich ahnen, dass eines Tages eine junge Frau auftaucht, der ich all das erzählen würde? Eine Frau, die mich mit Elaines Augen ansieht und mit ihrem unbeschwerten Wesen eine lang vergessene Leichtigkeit in mir weckt. Wie sehr wünsche ich mir, Elaine hätte ein wenig dieser Heiterkeit besessen.

Ich kann es schon jetzt kaum erwarten, Marla wiederzusehen. Sie ist Balsam für mein blutendes Herz. Das Sehnen nach ihrer Gegenwart, das wie ein Geflecht von Wurzeln mein ganzes Sein durchzieht, legt sich lindernd über all das Elend von damals. Werde ich jemals ganz davon geheilt sein?

Vielleicht muss es so sein. Die Erinnerungen sollen zum Leben geweckt werden, um sie anschließend auf immer und ewig zu begraben. Ich werde frei sein. Frei sein für das, was die Zukunft mir bestimmt hat.

Marla konnte sich, als sie das bunte Haus erreichte, an kein Stück des Weges erinnern, das hinter ihr lag. Ihre Gedanken drehten sich ausschließlich um Elaine und das Forsthaus. Um den alten Wilhelm und um Arvid, der behauptete, ein Windbruder zu sein. Ein *Windbruder*. In ihrem ganzen Leben hatte sie dieses Wort noch nicht gehört. Wie würde die Geschichte weitergehen? Es hörte sich an, als hätte sich Arvid unsterblich in Elaine verliebt. Und Elaine? Hatte sie den betagten Wildhüter vorgezogen? Kaum vorstellbar, wenn man bedachte, dass Arvid ein junger und gut aussehender Mann war und alles dafür tat, sie froh zu machen. Marla schnaubte durch die Nase. Sie selbst hätte sich jedenfalls in Arvid verliebt und nicht in den alten Wilhelm. Soviel stand fest.

Sie trat in die Kühle des Hauses und lief die Treppen hoch. Nachdem sie sich Hände und Gesicht gewaschen hatte, zog sie ihre verschwitzten Klamotten aus und warf sie in den Wäschekorb. Als ihr Blick in den Spiegel fiel, sah sie eine junge Frau mit braunen Haaren und ebensolchen Augen. Hatte Elaine ähnlich ausgesehen wie sie? Ihr Körper war schlank, aber sicherlich nicht so grazil wie Elaines.

Marla fasste sich ins Haar und formte es an ihrem Hinterkopf zu einem Knoten. Die Frisur würde ihr stehen, stellte sie überrascht fest. Gleichzeitig fiel ihr ein, dass sie Riekes Haarknoten immer ein wenig altmodisch fand. Trotzdem zog sie eine Schublade auf, nahm einige Haarnadeln heraus und hatte nach wenigen Handgriffen den Knoten auf dem Kopf befestigt. Es war ein ungewohntes Bild. Der Spiegel allerdings zeigte ihr auch, dass sie sehr hübsch aussah.

Wieder im Erdgeschoss machte sie sich etwas zu essen und entdeckte einen Zettel auf dem Tisch.

Sind bei der Eisdiele. Bin zum Abendessen nicht da. Würdest du bitte, bitte die Wäsche raushängen, liebe Marla? Hast dafür was gut bei mir! Danke! Bis heute Abend, Henni

Na super. Vielen Dank auch, Henni, dachte sie. Wenigstens hatte ihre Schwester die Wäsche nicht ganz vergessen. Mit einem Teller voller Käsebrote machte sie es sich auf der Couch bequem und kontrollierte ihr Handy nach neuen Nachrichten. Als sie Amelie eine Antwort geschrieben hatte, sah sie sich die neuesten Fotos von Mama an, die offenbar viel öfter Internetverbindung hatte als vermutet. Sie erkannte auf den ersten Blick, dass ihre Mutter sich in der Hochlandsonne die Nase verbrannt hatte. Es war wieder typisch Mama, dass sie vergaß, ihre Sonnencreme zu benutzen.

Die Landschaftsbilder aus Nepal waren beeindruckend und Mama schrieb, dass sie die Menschen zu verstehen begann, die unter Fernweh litten. Wenn man wusste, was die Welt zu bieten hatte, so meinte sie, schien es unmöglich, sein Leben ausschließlich in einem Haus in einem winzigen Dorf zu verbringen. Ja, auch das war typisch Mama. Sie konnte sich innerhalb von kürzester Zeit für etwas begeistern und eine glühende Leidenschaft dafür entwickeln.

Marla schickte ihrer Mutter ein paar Zeilen und steckte das Handy ein. Unweigerlich schwirrten ihre Gedanken zu Arvids Geschichte. War es nicht eher Elaines Geschichte? Wie mochte es sein, wenn man mit 14 Jahren seine Eltern verlor und zu fernen Verwandten in die Fremde geschickt wurde? Elaine musste fürchterlich gelitten haben. Es war kein Wunder, dass sie einsam und unglücklich und dadurch absonderlich geworden war. Sie hatte ja nicht einmal die Sprache ihrer neuen Familie verstanden.

Wenn man selbst anders war als die Gemeinschaft, freundete man sich offenbar mit Menschen an, die ebenfalls seltsam waren. Wie Wilhelm, der Eigenbrötler. Oder wie Arvid, der – Wind? So wie er es erzählte, klang es, als wäre es real. Als gäbe es diese Welt der Windbrüder wirklich. Es hörte sich alles so plausibel und vorstellbar an.

Was sie erlebt hatte, vor – wie lange war das her? Zwei Tage, drei Tage? Irgendwie ging ihr die Zeit verloren. Was sie erlebt hatte, als sie seine Hand hielt, war sensationell gewesen. Sie hatte es nicht geträumt, das fühlte sie. Sie war, genau wie die junge Französin, mit Arvid durch den Wald gefegt, als wäre sie mit dem Wind geflogen. Ihr Verstand indessen sträubte sich noch immer, es zu glauben.

Anders Elaine. Sie hatte ihm ohne zu zögern geglaubt. Marla wusste nicht viel von Elaines Heimat. Sie wusste, wo die Bretagne lag, und dass das Klima dort rau und unwirtlich war. War dieser Teil von Frankreich tatsächlich so sagenumwoben und geheimnisvoll?

Um sich auf andere Gedanken zu bringen, räumte sie ihr Geschirr weg und setzte sich ans Klavier. Als Kind hatte sie manchmal auf dem Instrument geklimpert. Sie tippte einige Tasten und versuchte, ihnen eine Melodie zu entlocken. Was sie zustande brachte war nichts Besonderes, aber es klang hübsch. Von Rastlosigkeit getrieben erhob sie sich wenig später, schaltete das Radio ein und drehte die Lautstärke auf.

Lustlos lief sie die steinernen Stufen in den Keller hinunter, beförderte die Wäsche von der Waschmaschine in den Korb und trug sie in den Garten. Zur Musik summend, die durch die Terrassentür herausschallte, hängte sie die Kleidung an die Leine. *Komm du nur nach Hause, kleine Schwester*, dachte sie angesäuert, als sie ausschließlich Klamotten von Henni in den Händen hielt. Hätte sie ihr heute Morgen nicht den Zettel geschrieben, so würde Henni in zwei Tagen mit leerem Koffer nach Griechenland fliegen.

Bevor sie überlegen konnte, mit welchen wirksamen Worten sie ihrer Schwester darlegen konnte, was sie davon hielt, vibrierte ihr Handy. Diesmal waren es Fotos von Rusty.

Rusty an einem Seeufer tobend, Rusty im Wasser und Rusty vor einem jungen Mann sitzend. Neugierig vergrößerte Marla das Bild, um einen Eindruck von Riekes Freund zu bekommen. Da es jedoch gegen die untergehende Sonne aufgenommen war, erkannte sie nicht viel. Einen schlanken Körper und ein feines Profil mit langer, gerader Nase. Der kleine Hund schien von ihm angetan, denn er saß aufmerksam vor Waldemar und hatte ihm einen großen Stock vor die Füße gelegt. Enttäuscht ließ Marla das Gerät sinken. Sie hätte gerne mehr von ihm gesehen. Rieke wusste ganz genau, warum sie gerade dieses Bild geschickt hatte.

Marla seufzte. Es würde ein ruhiger Abend werden, so ganz alleine. Ohne Schwestern und ohne Rusty, der wenigstens ab und zu seine Streicheleinheiten einforderte und einem das Gefühl gab, gebraucht zu werden, war mit Ablenkung nicht zu rechnen. Zum Weggehen allerdings hatte sie schon gar keine Lust. Also beschloss sie, sich mit einer Tüte Chips auf die Couch zu kuscheln und eine Serie anzusehen.

Sie wachte auf, als die Türglocke durchs Haus tönte und sah sich benommen um. Sie war tatsächlich auf dem Sofa eingenickt. Lange konnte sie nicht geschlafen haben, denn es war noch nicht vollständig dunkel.

Wieder ging die Klingel. Sie stand auf und rieb sich über die Augen. Es wäre nicht das erste Mal, dass Henni ihren Schlüssel vergessen hatte. Auf dem Weg zur Haustür warf sie einen Blick auf die Uhr. Kurz vor zehn. Unwillig riss sie die Tür auf. Vor ihr stand ein junger Mann. Erst auf den zweiten Blick erkannte sie Darius. Neben ihm stand Henni, um die er stützend seinen Arm gelegt hatte. Sie sah Marla mit glasigen Augen an und grinste dabei ziemlich idiotisch.

„Was …?" Marla versuchte zu begreifen.

„Hallo, Marla", sagte Darius. „Du heißt doch Marla, nicht wahr?"

Sie antwortete nicht und starrte weiterhin auf ihre Schwester, deren Atem unangenehm nach Alkohol roch. Wieder öffnete der junge Mann den Mund, aber Marla kam ihm zuvor.

„Was hast du mit ihr gemacht?"

„Ich habe nichts ... ich wollte sie nur ..."

„Halt die Klappe und hau ab!", fuhr sie ihm über den Mund und nahm ihm Henni ab, die zu kichern begann.

„Malla, wie siehssn du aus? Dussiehssja luss ... lussdig aus", lallte sie.

„Marla, ehrlich, ich habe sie nicht ..."

„Du gehst jetzt am besten und lässt sie von nun an in Ruhe. Kapiert? Sei froh, dass du noch keine 18 bist, sonst würde ich dich auf der Stelle anzeigen. Und das mit der Band kannst du auch vergessen!" Marla sah ihn kalt an. Innerlich zitterte sie vor Wut.

„Dassis Dajus ..." Henni hickste. „Er isso lieb, Malla, echt."

Marla hatte den Arm um Henni gelegt und zog sie ins Haus. Mit dem Fuß versetzte sie der Tür einen Tritt und es tat einen Schlag, als sie vor Darius Nase zuknallte.

Ihre Schwester war nicht nur größer als sie, sondern auch schwerer. Marla keuchte unter ihrem Gewicht.

„Komm mit nach oben, Henni. Schaffst du das?"

„Ja, schaffich. Mir ... isso schlecht. Schl ... schlimm schlecht ..." Fast auf der Stelle erbrach sie sich.

Marla setzte sie auf das rote Sofa neben dem Eingang und holte Küchentücher. Nachdem sie die wimmernde Henni notdürftig gesäubert hatte, half sie ihr die Treppen hinauf. Im Badezimmer zog sie sie aus und wusch ihr das Gesicht. Von Henni kam weiter nichts außer hin und wieder ein kleiner Hicks. Als sie endlich im Bett lag, fing sie an zu weinen.

„Nich Mama erzählen, bitte Malla ..."

„Nein, ich werde Mama nichts erzählen."

„Dubiss lieb." Zwischen den Tränen gluckste sie belustigt. „Du siehss immer noch lusdig aus. Ein Dutt ..."

Marla fiel ein, dass sie ja ihr Haar noch immer zum Knoten aufgesteckt trug. Sie strich Henni zärtlich über das Gesicht.

„Warum hast du denn so viel getrunken, Kleines? Du bist nicht einmal 16. Hat Darius dir den Alkohol gegeben? Dann kriegt er nämlich gewaltigen Ärger."

„Dajus isso nett. Hassu auch die Bilder von Mama gesehn?"

„Hab ich. Sie sind toll, nicht wahr? Und jetzt versuch zu schlafen."

Henni brummte etwas Unverständliches in ihre Decke und war innerhalb von Sekunden fest eingeschlafen. Marla blieb noch eine Weile auf dem Bett sitzen und horchte dem gleichmäßigen Atmen ihrer Schwester. Schließlich stand sie auf, ließ die Tür einen Spalt geöffnet und tappte hinunter. Aus der Besenkammer holte sie den Putzeimer und beseitigte die Bescherung, die Henni hinterlassen hatte.

Danach warf sie sich auf die Couch. Sie hatte Ablenkung gebraucht? Nun, die hatte sie ja bekommen. Noch immer überlegte sie, weshalb sich Henni dazu hatte überreden lassen, Schnaps oder was auch immer zu trinken. Dass sie schon mal Alkohol getrunken hatte, davon ging Marla aus. Aber es dermaßen aus dem Ruder laufen zu lassen, sah ihr gar nicht ähnlich.

Ihre Gedanken schweiften wieder zu Elaine, die in Hennis Alter bereits auf sich selbst gestellt gewesen war, alleine und ohne vertraute Personen. Mitleid überkam sie, und wieder hatte sie die junge Frau vor Augen, wie sie auf dem Hügel vor dem Forsthaus stand, das damals sicher noch gepflegt und heimelig ausgesehen hatte. Was sie wohl sagen würde, wenn sie sähe, was heute davon übrig war?

Marla versuchte gerade, sich den alten Wildhüter vorzustellen, als die Haustür geöffnet wurde. Schon kam Rusty ins Haus geschossen, sprang zu ihr auf die Couch und leckte ihr erfreut übers Gesicht.

„Hallo Marla." Rieke stellte ihre Tasche ab. Das Haar lag wie ein dunkler Fächer über ihrem Rücken und war noch nicht ganz getrocknet. Das Türkis ihrer Augen leuchtete und ihr sonnengebräuntes Gesicht strahlte vor Glück. Spätestens heute musste sich dieser Waldemar für immer in sie verliebt haben, davon war Marla überzeugt.

„Vielleicht ist sie zu viel sich selbst überlassen, nun, da Mama nicht hier ist", überlegte Rieke leise, als sie und Marla auf Hennis Bett saßen und ihre Schwester betrachteten, die süß und selig ihren Rausch ausschlief. „Ich werde versuchen, morgen etwas früher Schluss zu machen. Es müsste funktionieren, da unsere neuen Auszubildenden recht gut sind und ich schon Massen an Überstunden gesammelt habe. Ich habe Henni während der ganzen Woche kaum gesehen. Dann helfe ich ihr, den Koffer für Samstag zu packen, und abends kochen wir zusammen was Leckeres. Was hältst du davon?"

„Das klingt gut." Marla hatte ein schlechtes Gewissen. Sie hätte in den vergangenen Tagen genügend Zeit gehabt, war jedoch nie auf den Gedanken gekommen, dass ihre jüngste Schwester sich einsam fühlen könnte. Zudem war sie viel zu sehr damit beschäftigt gewesen, in den Wald zu gehen und spannende Dinge zu erleben. Wenn Henni aus Griechenland zurück war, so nahm Marla sich fest vor, dann würde sie sich bis zu Mamas Rückkehr mehr um ihre Schwester kümmern.

Als sie endlich todmüde ins Bett fiel und hoffte, dass sie nach diesem Tag überhaupt ein Auge würde zu tun können, hörte sie den Wind, der durch die Obstbäume im Garten fuhr und die Blätter zum Seufzen brachte. Sie stand auf, öffnete das Fenster weit und schlüpfte wieder unter die Decke. Die Augen geschlossen, wartete sie. Es dauerte nicht lange. Ein Windstoß bauschte die Vorhänge und strich ihr zärtlich übers Gesicht.

„Bist du das, Arvid?", flüsterte sie und wandte sich dem Fenster zu. „Geh deiner Arbeit nach und lungere nicht in meinem Zimmer herum." Sie lächelte, als der Wind sie abermals streifte.

Kapitel 7

Marla erwachte, als ihr die Sonne ins Gesicht schien. Sie fuhr hoch und sah auf die Uhr. Fast neun! Eilig sprang sie aus dem Bett und zog sich an. Hatten sie eine Uhrzeit verabredet? Wie lang brauchte sie bis zum Klagehügel? Mit dem Fahrrad 30 Minuten, schätzte sie. Zu Fuß eine gute Stunde. Mindestens.

Nach einer Katzenwäsche schloss sie die Badezimmertür und wollte hinunterlaufen, als sie Hennis Stimme hörte, die ungewohnt dünn durch den Türspalt drang.

„Marla?"

Marla schob die Tür auf. Ihre Schwester lag im Bett, die Augen geschlossen und kreideweiß im Gesicht.

„Guten Morgen, Henni. Ist dir wieder übel?" Sie setzte sich zu ihr aufs Bett. Henni öffnete die Augen einen winzigen Spalt und stöhnte.

„Ich habe solche Kopfschmerzen", piepste sie und griff nach Marlas Hand. „Marla, es tut mir so leid. Ich habe Scheiße gebaut. Das wollte ich nicht."

„Schon gut." Marla strich ihr übers Gesicht. „Soll ich dir einen Tee kochen?"

„Oh Gott, nein. Wenn ich nur daran denke …" Sie beäugte Marla, die bereits fertig angezogen war. „Gehst du weg?"

„Nach dem Frühstück gehe ich weg, ja."

„Ach bitte, bleib doch hier. Ich mag nicht alleine sein. Geht das?"

Marla seufzte schwer. Hierbleiben und nicht zum Klagehügel gehen? Arvid warten lassen und riskieren, dass er vielleicht nicht wieder kam? Der Tunnel, die Geschichte, die unerklärliche Faszination, die sie verspürte, wenn sie mit ihm zusammen war, all das für heute aufgeben?

„Seid ihr mir sehr böse?" Henni wischte sich eine Träne aus dem Augenwinkel.

„Nein, wir sind dir nicht böse", beruhigte Marla sie. „Aber wir würden gerne wissen, was passiert ist und weshalb es soweit kommen musste."

„Bleibst du da?"

„Meinetwegen", presste sie hervor und versuchte, sich die Enttäuschung nicht anmerken zu lassen. „Ich bleibe bei dir. Rieke hat versprochen, heute früher aufzuhören, wenn es möglich ist. Dann machen wir uns noch einen schönen Nachmittag, bevor du in die Ferien fliegst."

Henni schlug die Hand vor den Mund. „Ach, herrje! Daran habe ich gar nicht mehr gedacht. Meine Wäsche ..."

„Dafür haben wir noch den ganzen Tag Zeit", unterbrach Marla sie und erhob sich. „Bis morgen haben wir deinen Koffer gepackt, und bis dahin wirst du wieder du selbst sein. Ich bringe dir jetzt ein Aspirin, dann wird's bald besser werden."

Sie wollte das Zimmer gerade verlassen, als Henni sagte: „Ich hab dich lieb, Marla. Und ich danke dir."

„Ich hab dich auch lieb."

Noch immer focht sie einen inneren Kampf. Am liebsten hätte sie auf der Stelle losgeheult. Sie hatte sich so sehr auf die Stunden mit Arvid gefreut. Aber Henni ging jetzt vor.

Sie warf die Kaffeemaschine an und löste ein Aspirin in Wasser auf. Nachdem ihre Schwester das Glas mit angeekeltem Gesicht ausgetrunken hatte, befahl Marla ihr, noch etwas zu schlafen. Anschließend machte sie sich eine Schüssel Müsli zurecht, nahm ihren Kaffee und ging in den Garten. Mit der Tasse in der Hand lief sie zu den Himbeeren und zupfte einige davon ab. Auf dem Weg zum Hühnerstall erntete sie reife Brombeeren, die sie ebenfalls gleich in den Mund steckte. Die Früchte schmeckten wunderbar nach Sommer.

Erst, als sie den Verschlag geöffnet hatte und die fünf Hennen gackernd auf die Wiese liefen, fiel Marla auf, dass sie Rusty noch gar nicht gesehen hatte. Er war wohl auch heute mit Rieke unterwegs.

Nachdem ihr Frühstück aufgegessen war, streute sie den Hühnern Futter hin und beobachtete, wie sie die Körner aus dem Gras pickten und sich wie kleine Kinder um die besonders dicken zankten.

Marla verdrängte ganz bewusst alles, was mit ihrem ehemaligen Vorhaben zu tun hatte. Vielleicht würde die Enttäuschung sie auf diese Weise nicht ganz so bedrücken. Sie lief in die Küche und holte eine Schüssel. Um sich abzulenken konnte sie ebenso gut Marmelade kochen. So zupfte sie die saftigen Früchte ab und steckte hin und wieder eine davon in den Mund. Himbeermarmelade war das Beste überhaupt. Besser noch als jene aus Erdbeeren, die Henni so liebte. Marla wusste, dass auch ihr Vater Erdbeeren mochte. Was wieder einmal zeigte, dass Henni und er sich mehr ähnelten, als Henni lieb war.

Die Schüssel füllte sich, und Marlas Gedanken mogelten sich trotz aller Bemühungen zu Arvid. Sie sah ihn mit baumelnden Beinen auf dem Mauersockel sitzen, vergeblich auf sie wartend. Vielleicht sah er wie beim letzten Mal gebannt in die Richtung, aus der sie kommen würde. Nur dass sie heute nicht kam. Würde er ebenso enttäuscht sein wie sie selbst?

Unvermutet durchfuhr sie ein ganz neuer Gedanke. Hatte sie sich in ihn verliebt? Ihre Wangen wurden heiß, was ganz sicher nicht an der Sonne lag. Arvid war ein gutaussehender und interessanter Mann. Sie mochte ihn, obwohl er mitunter düster und auch etwas sonderbar war. Sie konnte nicht leugnen, dass er eine beinahe unwiderstehliche Anziehungskraft auf sie ausübte. Aber verliebt?

Marla schüttelte den Kopf. Nein, verliebt in ihn war sie ganz sicher nicht. Sie war fast ein wenig enttäuscht über diese Erkenntnis, denn es hätte so gut zu dem Märchen gepasst, das sie gerade erlebte. Verliebt in den Wind …

Was hatte Elaine für ihn empfunden? Hatte sie von Arvids Liebe zu ihr gewusst? Vom Wind geliebt. Wie mochte das sein? Schön und ein wenig schaurig zugleich, vermutete Marla.

„Marla!"

Erschrocken drehte sie sich um. Henni kam barfuß durch den Garten gelaufen, in ihr Gesicht war ein wenig Farbe zurückgekehrt.

„Du erntest Himbeeren?" In der Hand hielt sie einen dampfenden Becher Tee. Der Duft von Pfefferminze zog in Marlas Nase.

„Ich werde Marmelade kochen. Es sind so viele Beeren reif, es wäre schade, wenn sie herunterfallen."

„Sobald ich den Tee ausgetrunken habe, helfe ich dir", schlug Henni vor.

„Das brauchst du nicht. Du solltest versuchen, ein Stück Brot zu essen und dann könntest du duschen. Du riechst ziemlich streng." Marla rümpfte die Nase.

„Ich kann nichts essen, mein Magen fühlt sich nicht danach. Außerdem ist mir schwindelig."

„Das gibt sich", tröstete Marla ihre Schwester kühl. „Der erste Rausch ist meistens mit Unannehmlichkeiten verbunden. Vielleicht soll es davon abhalten, sich wieder zu betrinken."

Henni schluckte. In ihren Augen glänzten Tränen. „Du hast doch sicher auch Mamas Bilder gesehen. Und die Nachricht, die sie geschickt hat?"

„Klar." Marla sah auf. Die Verzweiflung in Hennis Gesicht verblüffte sie. „War damit etwas nicht in Ordnung?"

Henni begann auf der Stelle zu weinen. „Verstehst du es denn nicht? Sie wird vielleicht nie wieder hier leben wollen? Ihr wird es im Dorf viel zu eng und zu klein sein. Was ist, wenn jetzt auch Mama das Fernweh gepackt hat und sie lieber mit Papa zusammen durch die Welt zieht? Es ist nicht zu übersehen, wie verliebt sie sind!"

„Ach, Henni!" Bestürzt stellte Marla die Schüssel ab und schloss ihre Arme um Henni, die sich sofort an sie klammerte. „Hatten wir dieses Gespräch nicht vor ein paar Tagen schon mal? Du kennst doch Mama! Sie kann sehr euphorisch sein, wenn ihr etwas gefällt. Das heißt aber nicht, dass sie vergisst, wohin sie gehört. Wir sind ihre Familie, und sie wird uns niemals verlassen! Hörst du?" Sie schüttelte ihre Schwester sanft.

„Irgendwie weiß ich das ja auch. Aber als ich es gelesen habe, da …"

Sie schniefte und machte sich von Marla los.

„Hast du dich deshalb von Darius zum Trinken überreden lassen? Damit du auf andere Gedanken kommst?"

„Darius hatte damit nichts zu tun. Er hat uns zufällig getroffen und gesehen, wie es um mich steht. Da hat er mich einfach geschnappt und Mika angerufen. Der kam mit seinem Wagen. An viel mehr kann ich mich nicht erinnern. Nur, dass mir schlecht wurde und ich …" Sie brach beschämt ab.

„Wo war denn Loreen?"

„Sie hatte Bauchschmerzen und war schon heimgegangen. Ich war mit Julia und ein paar Leuten auf dem Spielplatz hinter der Schule. Einer von den Jungs hatte eine Flasche Schnaps dabei", erzählte Henni und verzog angeekelt das Gesicht. „Das Zeug hat grässlich geschmeckt, und ich habe überhaupt nicht viel davon getrunken."

„Naja", meinte Marla trocken, „es kommt drauf an, wieviel man verträgt. Und Darius hatte wirklich nichts damit zu tun?"

„Nein, gar nichts. Warum meinst du?"

„Weil ich ihn einigermaßen angefahren habe." Sie schnitt eine Grimasse. „Ich habe gesagt, er soll sich zum Teufel scheren, und dass er das mit der Band jetzt vergessen kann."

Henni sah sie entgeistert an. „Das hast du zu ihm gesagt?"

„So ziemlich genau das. Ich dachte ja immerhin, dass er dich abgefüllt hat."

„Hat er es nicht erklärt?"

„Das wollte er", gab Marla zu. „Aber ich war echt sauer und habe ihn nicht zu Wort kommen lassen. Mach dir keine Sorgen, ich werde mich bei ihm entschuldigen. Er wird es verstehen."

Henni äußerte sich nicht dazu. „Wollen wir nachher spazieren gehen?", fragte sie stattdessen. „Luft und Bewegung würden mir gut tun", ergänzte sie, als Marla sie verdutzt ansah. „Du läufst doch schon die ganze Woche in den Wald. Nimm mich halt einfach mit. Ich bin auch ruhig und störe nicht."

„Hm", meinte Marla zweifelnd. Klar konnte sie mit Henni spazieren gehen. Aber ganz sicher nicht dorthin, wo sie Arvid treffen würde.

„Na gut", sagte sie schließlich.

Als eine Stunde später die Marmelade fertig war und Henni geduscht hatte, machten sie sich auf den Weg. Der Wald strömte wie immer Ruhe und Frieden aus. Anfangs plapperte Henni trotz ihres Versprechens ununterbrochen. Marla ließ sie erzählen. Je tiefer sie in den Wald hinein liefen, desto stiller wurde ihre Schwester.

Als sie sich – Marla wusste gar nicht, wie es geschehen war – dem Klagehügel näherten, warf sie immer häufiger verstohlene Blicke ins Unterholz. Konnte es sein, dass Arvid sich in der Nähe des Weges herumtrieb? Vielleicht suchte er nach ihr, da sie nicht am vereinbarten Treffpunkt erschienen war. Wie würde er reagieren, wenn Henni an ihrer Seite war? Würde er sich überhaupt blicken lassen? Doch es war nichts von ihm zu sehen.

„Wir sind nicht weit vom Klagehügel entfernt", stellte Henni fest, als der Waldweg eine Biegung machte. Sie reckte ihren Hals und versuchte, einen Blick auf das verfallene Gebäude zu erhaschen.

„Oh, das stimmt!" Marla tat überrascht.

Henni blieb stehen. „Ich wollte schon immer mal dorthin. Was meinst du, sollen wir ...?" Sie sprach mit gesenkter Stimme.

„Nein", unterbrach Marla sie, bevor der Satz beendet war.

„Aber warum denn nicht? Nur mal gucken!" Noch immer starrte Henni auf die Stelle, wo die Ruine stehen musste.

Bäume und dicht belaubtes Unterholz jedoch verhinderten jeden Blick darauf.

„Ich will aber nicht!"

Henni sah sie verwundert an.

Wieso mussten wir auch hier entlang gehen? Marla ärgerte sich über sich selbst und lief weiter.

Henni folgte ihr. „Warst du schon mal dort?"

Sie zögerte. Sollte sie lügen? „Es ist schlimm genug, dass an diesem Ort etwas Schreckliches passiert ist. Das sollte man respektieren."

„Das war keine Antwort auf meine Frage", bemerkte Henni spitz.

In diesem Moment fuhr ein Windstoß durch die Bäume und wehte den Mädchen die Haare aus dem Gesicht. Marla blieb wie angewurzelt stehen und schloss die Augen. Abermals streifte der Sommerwind ihre Haut und sie lächelte beseelt.

„Was ist?" Henni klang ungeduldig.

„Achte mal darauf, dann spürst du es." Sie breitete die Arme aus.

„*Was* soll ich spüren?"

„*Es ist der Wind, der Wind, das himmlische Kind!*", sang Marla versonnen und blickte sich suchend um. Arvid? War er hier?

Henni hob die Augenbrauen. „Alles in Ordnung mit dir? Wer von uns hat gestern Drogen zu sich genommen? Du oder ich?"

Marla antwortete nicht und spähte noch immer in den Wald.

„Irgendwie bist du anders als sonst", stellte Henni befremdet fest und schüttelte den Kopf. „Lass uns heimgehen. Ich glaube, mein Magen meldet sich zurück."

***

Pünktlich um halb acht wurde Henni am nächsten Morgen abgeholt. Loreens Vater wuchtete den Koffer ins Auto, während die Freundinnen sich in die Arme fielen und außer Gekicher nichts zustande brachten. Henni war schon längst wieder ganz die Alte und war vor Freude und Aufregung völlig aus dem Häuschen. Nach vielem Winken und Rufen waren die Urlauber schließlich außer Sicht. Schlagartig war es ruhig.

Marla ging ins Haus und ließ sich aufs Sofa sinken. Rieke rief Rusty herein, schloss die Tür und setzte sich zu Marla. Der kleine Hund drängte sich sofort zwischen sie.

„Sie kann manchmal wirklich anstrengend sein", sagte Rieke kopfschüttelnd. „Ich hoffe, sie tobt sich in Griechenland richtig aus, dann ist sie nachher vielleicht etwas ruhiger."

„Das glaubst du ja wohl selbst nicht", erwiderte Marla voller Zweifel. Henni hatte ihre Schwestern seit gestern ununterbrochen auf Trab gehalten. Als sie aus dem Wald gekommen waren, war Rieke bereits daheim gewesen. Gemeinsam hatten sie zu Mittag gegessen und anschließend mit Henni den Urlaubskoffer gepackt. Es musste noch einiges gebügelt werden, und als Henni plötzlich die Idee hatte, die alten Flossen mitzunehmen, durchforsteten sie zu dritt sämtliche Kellerräume, nur um festzustellen, dass sie nicht mehr da waren. So fuhren Rieke und Henni später noch zum Einkaufen, während Marla das Abendessen kochte. Schon beim Essen war Henni – dank des vorigen Abends – so müde, dass ihr die Augen zufielen. Anstatt jedoch schlafen zu gehen, bestand sie darauf, mit ihren Schwestern Karten zu spielen. Da sie in einem fort verlor, war sie schließlich dermaßen ungenießbar, dass Rieke sie kurzerhand ins Bett schickte. Selten hatte Henni so schnell gehorcht.

„Ich werde heute einfach mal gar nichts tun", verkündete Rieke jetzt. „Die Woche war echt anstrengend. Und du? Wann kommt denn Amelie zurück?"

„In zwei Wochen erst. Mal sehen, vielleicht gehe ich später ins Schwimmbad. Wenn ich Darius dort antreffe, werde ich mich wohl bei ihm entschuldigen müssen und ihm stattdessen danken. Er scheint ja ganz in Ordnung zu sein."

„Ja, du hast Recht. Dank Henni wissen wir das jetzt. Nicht jeder junge Mann hätte so gehandelt wie Darius. Ich hoffe, sie hat daraus gelernt. In den nächsten Tagen auf jeden Fall", bei diesen Worten streckte sich Rieke genüsslich, „werden wir ohne unsere kleine Schwester auskommen müssen. Ich denke, das kriegen wir hin."

Marla lachte. „Trotzdem werden wir sie vermissen und froh sein, wenn wir sie wieder in die Arme schließen können."

Sie hatte sich heute besonders hübsch gemacht. Das Haar trug sie offen, und zu ihrem Lieblingskleid hatte sie ihre neuen Turnschuhe angezogen. Im letzten Moment war sie noch mal ins Badezimmer zurückgekehrt und hatte den dunkelroten Reif ins Haar gesteckt.

Als sie kurze Zeit später ihr Fahrrad aus dem Schuppen schob, hatte sie noch nicht entschieden, wohin sie nun fahren würde. Für gestern hatten sie sich auf dem Klagehügel verabredet. Arvid hatte ihr erzählt, wie sehr er diesen Ort hasste. Trotzdem hatte sie ihn vergeblich warten lassen. Ob er heute wieder dort war? Oder sollte sie vielleicht doch erst zur alten Eiche radeln? Zu seiner *Baumgefährtin*.

Unschlüssig fuhr sie auf den Waldweg. Heute hatte sie keinen Blick für die Schönheit, die sie umgab, zu sehr waren ihre Gedanken bei dem, was sie in den nächsten Stunden erwarten würde. Falls sie ihn antraf. Hoffentlich war er nicht böse auf sie, weil sie nicht gekommen war. Sie wollte unbedingt wissen, ob es diesen Tunnel wirklich gab. Auch war die Geschichte noch nicht zu Ende. Wie sie wohl weitergehen mochte? Was war geschehen, dass sie so dramatisch enden musste? Marla hatte noch so viele Fragen.

Als sie die Abzweigung erreichte und sich für eine Richtung entscheiden musste, schlug sie den Weg zum Klagehügel ein. Unterhalb des Forsthauses verbarg sie ihr Fahrrad in einem Gebüsch nahe des Weges. Mit klopfendem Herzen lief sie auf den Pfad, der auf die Anhöhe führte und einige Meter weiter durch den Stacheldraht versperrt war. Vorsichtig stieg sie darüber und achtete darauf, dass sie sich nicht an dem rostigen Metall verletzte. Sie musste nicht mehr weit laufen, bis sie den Schornstein sah, der einem Mahnmal gleich aus den Haustrümmern emporragte.

In der Nähe des Wohnhauses blieb sie stehen. Weit und breit keine Spur von Arvid. Schritt für Schritt trat sie vor und warf einen Blick in das verfallene Haus. Dort, wo der Kamin stand, musste einst das Wohnzimmer gewesen sein. Dann war der kleine Raum gegenüber sicher die Küche gewesen. Marla lief über knirschende Mauerreste und betrat die Küche. Mit den Füßen scharrte sie den Schutt beiseite. Und richtig, auch hier kamen Fliesen zum Vorschein, wie draußen im Nebengebäude. Kleine blaue Rechtecke mit weißem Muster.

Aufmerksam betrachtete sie das, was von den Wänden übriggeblieben war. Hier fand sie Teile von hellen Kacheln, die noch immer an den Mauern klebten. Zwischen den Trümmern unter ihren Füßen entdeckte sie weitere Bruchstücke.

Sie trat zurück in den schmalen Raum zwischen Küche und Wohnzimmer. Am hinteren Ende führte eine schmale, nur teilweise erhaltene Steintreppe in das Obergeschoss, von dem heute kaum noch etwas vorhanden war. Ihr Blick fiel auf den dicken Baumstamm, der quer darüber lag. Dort hinaufzugehen wäre lebensmüde. Jetzt gerade stand sie im Flur des Hauses. Für einen Augenblick sah sie eine Garderobe an der Wand hängen, bestückt mit grünen Jacken und einem Hut. Die Vision verflüchtigte sich auf der Stelle, als es über ihr knackte. Erschrocken blickte sie zu den verwitterten Balken hinauf. Doch es war nur ein großer Vogel, der auf einem Ast in der Nähe gelandet war und nun sein Gefieder ordnete. Er fixierte sie mit geneigtem Kopf, als wägte er ab, ob sie eine Gefahr darstellte.

Das Wohnzimmer war der größte Raum des Erdgeschosses. Im unteren Teil des Schornsteins war ein Kamin eingelassen. Marla vermutete, dass von hier aus das ganze Haus beheizt wurde. Ihre Phantasie zauberte ein prasselndes Feuer, das in kalten Winternächten eine gemütliche Stube aus dem Raum machte. Auch hier konnte man nur erahnen, dass einstmals Tapeten dieses Zimmer geschmückt hatten. Heute fielen warme Sonnenstrahlen durch die zerstörte Außenwand direkt in den Raum und machten ein Freilichtmuseum daraus.

Sie verließ das Wohnzimmer und trat auf den Vorhof. Dass sie gestern mit Henni unterhalb des Hügels vorbeispaziert war, kam ihr unwirklich vor. Wenn ihre jüngere Schwester wieder hier war, würde sie sie mitnehmen und ihr die Ruine zeigen. Sie selbst kannte nur zu gut das Gefühl der Neugier, das sie immer erfasst hatte, wenn sie an den Klagehügel dachte.

Marla hatte gerade beschlossen, ihr Fahrrad zu holen und zur Eiche zu fahren, als es abermals knackte. Diesmal kam das Geräusch nicht von oben.

„Arvid?", rief sie leise und sah sich um.

Wie aus dem Nichts stand er plötzlich vor ihr. Ein erleichtertes Lächeln im Gesicht.

„Da bin ich!"

Marla hatte erschrocken einen Satz nach hinten gemacht. „Wie kommt es, dass ich dich nie kommen höre?"

„Hätte ich mich mit einem Rauschen in den Baumkronen ankünden sollen?", fragte er ungewohnt vergnügt.

„Tut mir leid, dass ich gestern nicht kommen konnte", entschuldigte sie sich, ohne auf seine Bemerkung einzugehen. „Hast du lange gewartet?"

„Solange, wie ich diesen Ort ertragen konnte. Ich dachte mir schon, dass du verhindert warst. Umso mehr freut es mich, dass du heute gekommen bist." Er schien sehr aufgeräumt. „Ich bin von Zeit zu Zeit vorbeispaziert und habe nachgesehen. Und jetzt", seine Augen blitzten übermütig, „bin ich fündig geworden. Du siehst schön aus."

Warme Zuneigung flutete ihr Herz. Sie erkannte keine Spur von Vorwurf in seiner Miene, sondern nur Freude darüber, dass sie erschienen war.

„Ich freue mich auch, dich zu sehen", sagte sie ein wenig verlegen.

„Was hatten wir heute noch mal vor?", wollte er wissen und zog die Stirn in Falten. Seinem Gesicht entnahm sie allerdings, dass er es genau wusste.

„Wir wollten nachsehen, ob der Tunnel noch da ist", erinnerte sie ihn trotzdem und spürte, dass seine gute Laune sich auf sie übertrug.

„Ah, stimmt. Der Gang ..." Er wandte sich um und lief zum Nebengebäude. „Dies hier", er zeigte auf das, was vom Nebenhaus noch stand, „war damals eine Wirtschaftsküche. Hier hat der alte Wilhelm das erjagte Wild enthäutet und zerlegt. Eine ziemlich blutige Sache."

Marla erschauerte. „Das hört sich nicht sehr schön an."

„Nun, wo Fleisch gegessen wird, kommt man in der Regel nicht um blutige Angelegenheiten herum. Das Leben der Menschen von heute unterscheidet sich sehr von jenem zu der Zeit, als Elaine lebte. Ihr geht in die Supermärkte und greift in die Regale. Das mit dem Blut erledigen andere für euch."

„Hm", brummte Marla. Sie war nicht hier, um sich über das Ess- und Kaufverhalten der modernen Gesellschaft zu unterhalten. Dennoch musste sie zugeben, dass Arvid Recht hatte.

Er lief an der Rückseite des Gebäudes entlang und stampfte hin und wieder mit dem Fuß auf. Als ein dumpfes Geräusch erklang, schob er mit der Stiefelspitze Laub und Schutt beiseite. Marla hielt den Atem an. Es dauerte einige Minuten, bis er ein kleines Stück einer rostigen Platte freigelegt hatte.

„Da haben wir dich ja", murmelte Arvid, sah sich um und griff nach einem flachen Stein. Auf den Knien begann er, die Eisenplatte von Schutt und Erde zu befreien. Kurz darauf lag vor ihnen eine quadratische Metallplatte.

Verwundert trat Marla näher. „Was ist das?"

„Hier geht es zum Keller. Dort wurden damals verderbliche Nahrungsmittel gelagert, denn Strom hat es hier nie gegeben. Also auch keinen Kühlschrank." Erfolglos versuchte er, die Finger unter die Platte zu schieben. „Wenn du spürst, wie kalt es dort unten ist, weißt du, dass zum Kühlhalten nichts anderes nötig war." Er suchte nach einem flachen Stück Holz und schlug es mit Hilfe des Steins unter das Metall. Als er die Platte einen Spaltbreit vom Boden gestemmt hatte, klappte er sie mit den Händen mühelos nach oben.

Nebeneinander blickten sie in das schwarze Loch, das sich vor ihnen aufgetan hatte. Schmale Stiegen führten in die Tiefe.

„Müssen wir da runter?", erkundigte sich Marla mit gemischten Gefühlen. Sie war alles andere als begeistert.

„Ein Tunnel hat es so an sich, dass er unterhalb der Erdoberfläche verläuft."

„Ja, das stimmt schon." Sie hatte keine Ahnung, was sie sich vorgestellt hatte. Der Klagehügel selbst war schon schaurig genug. Jetzt noch ein dunkler Gang? Schwerer, modriger Geruch zog von unten herauf. Marla fröstelte.

Arvid machte Anstalten, die Falltür wieder zu schließen.

Alarmiert sah sie auf. „Was machst du?"

„Wir müssen da nicht runter. *Du* wolltest es, nicht ich. Lass uns zur Eiche gehen."

„Kommt gar nicht in Frage!", rief sie und wollte in die Tasche ihrer Shorts greifen, um ihr Handy herauszuholen und Licht zu machen. Doch sie griff ins Leere, denn sie trug ja ihr Kleid, und das hatte keine Taschen.

„Sind die Stufen sicher?" Skeptisch schielte sie auf die ausgetretenen Holzbretter.

„Ich werde vorangehen und sie ausprobieren. Unten sind Kerzen. Wenn wir eine davon anzünden, können wir etwas sehen. Du willst wirklich?"

„Ja! Auf jeden Fall will ich deinen Gang sehen." Sie war fest entschlossen.

Arvid zuckte ergeben die Achseln und stieg Stufe für Stufe in den dunklen Raum hinab. Marla wartete. Als er sie aufforderte, ihm zu folgen, warf sie einen letzten Blick auf die Bäume, deren Grün freundlich in der Sonne glänzte, und tauchte in das Dunkel der Erde. Mit beiden Händen hielt sie sich an den feuchten Wänden fest und konzentrierte sich darauf, dass sie auf den ausgetretenen Brettern nicht ausglitt. Als Arvid ihr die Hand entgegenstreckte, ergriff sie sie dankbar und sprang die letzten Stufen hinunter.

Ihre Augen brauchten ein paar Sekunden, bis sie sich an die Dunkelheit gewöhnt hatten. Sie schlang die Arme um ihren Körper. Es war in der Tat kühl hier im Vergleich zu dem sommerlichen Tag an der Oberfläche. Den unangenehmen Geruch ignorierte sie, so gut es ging. Während sie versuchte, etwas zu erkennen, hörte sie Arvid umhertappen. Ein Streichholz flammte auf. In seinem Schein leuchtete das Gesicht des jungen Mannes golden. Nach kurzem Suchen hatte er eine Kerze gefunden und entzündete sie. Sofort war ein Teil des Raumes in warmes Licht getaucht.

Neugierig sah Marla sich um. Zwei Wände waren mit Regalen vollgestellt. Zu ihrem Erstaunen lagen darauf noch Dinge, die von der Vergangenheit übriggeblieben sein mussten. Zusammengelegte Tücher, leere Gläser und verbeulte Töpfe. Mehr konnte sie nicht erkennen. Auf einem Hocker neben der Treppe lagen in einer Kiste mehrere Kerzenstummel. Verborgen in einer Ecke des Raumes, im Düsteren kaum zu sehen, entdeckte sie eine schwere Truhe aus Holz, worauf ein fünfarmiger Kerzenleuchter aus Bronze stand. Er schien hier völlig fehl am Platz und war mit Abstand das Wertvollste in diesem Keller. Bis auf den großen Spiegel vielleicht, der gegenüber an der Wand hing und einen aufwändig verzierten Holzrahmen besaß. Daneben stand ein wackeliger Tisch, unter dessen Platte sich eine breite Schublade befand.

„Gemütlich, nicht wahr?" Arvids Stimme hallte dumpf durch den Raum.

„Warum sind all diese Dinge noch hier?"

„Weil kaum jemand von dem Keller wusste. Als das Unglück passiert war, traute sich lange Zeit niemand her. Und später, als die Neugierigen kamen, war der Eingang schön längst unter Laub und Erde verborgen. Zudem fielen immer wieder Steine des maroden Gebäudes darauf. Auf die Idee, dass es noch einen Keller geben könnte, ist bisher keiner gekommen.

„Woher weißt du das alles?" Marla sah ihn mit großen Augen an.

„Ich wohne hier, hast du das vergessen?" Er lächelte schief und musterte den Reif in ihrem Haar. Das Flackern der Kerze ließ Licht und Schatten auf seinem Gesicht tanzen. Seine Augen waren schwarz. Verwirrt strich sie sich eine Strähne hinters Ohr. Sie hatte tatsächlich nicht mehr daran gedacht, dass er hier lebte. Was sicher daran lag, dass man es sich schwerlich vorstellen konnte.

„Und wo ist jetzt der Tunnel?" Angestrengt suchte sie im Dämmerlicht nach einem Anzeichen für einen Gang. „Oder gibt es ihn gar nicht?"

Arvid trat auf den Spiegel zu und hängte ihn ab. Marla starrte auf das, was zum Vorschein kam. Auf den ersten Blick sah es aus wie eine Tür aus Schmiedeeisen. Sie war überzogen von raffiniert ineinander verschlungenen Mustern. Marla hatte so etwas noch nie gesehen. Das Merkwürdige an dieser Tür war jedoch, dass sie weder Griff noch Schloss besaß und ohne jede Funktion schien. Eine Tür ohne Griff war keine Tür, fand sie.

„Es sieht nicht so aus, als könnte man sie öffnen", bemerkte sie zweifelnd.

„Das war meine Absicht", entgegnete Arvid und fuhr mit seiner Hand über das Muster. Ein konzentrierter Ausdruck erschien auf seinem Gesicht, als er immer wieder über die sich windenden Ranken strich.

Marla wusste nicht, was sie erwartet hatte. Auf jeden Fall nicht das, was nun passierte. Zuerst hörte sie ein Geräusch, ähnlich einem verhaltenen Seufzen oder Stöhnen. Unmittelbar danach glitt die Tür zur Seite.

Neben ihr erscholl ein leiser Triumphschrei. Arvid drehte sich zu ihr. „Es hat funktioniert! Ich war mir nicht sicher, ob es ihn tatsächlich noch gibt, aber da ist er! Er ist zwar ein bisschen enger geworden, aber es reicht aus."

Marla atmete tief durch. Nein, sie träumte nicht. Das alles geschah wirklich. Vor ihr lag die Öffnung zu einem Gang. Am Anfang war er recht breit. Wenige Meter weiter aber verengte er sich und war gerade groß genug für einen Menschen. Für einen zierlichen Menschen, wohlbemerkt. Ein stark gebauter Mann wie Arvid dürfte seine Probleme haben. Verblüfft stellte sie fest, dass es im Tunnel nicht einmal stockfinster war. Erklären konnte sie es sich nicht, denn eine Beleuchtung war nirgendwo zu sehen.

„Und dieser Gang führt bis nach Frankreich?", fragte sie ungläubig. „Wie ist das möglich? Man wäre doch Tage oder Wochen unterwegs. Hat Elaines Familie sie denn nicht vermisst?"

„Es ist nicht einfach nur ein Gang", klärte Arvid sie stolz auf. „Während ich den Tunnel erschaffen habe, sind Kräfte am Werk gewesen, die für einen Menschen unvorstellbar sind. Du musst wissen, dass wir Windbrüder eine gewisse Macht besitzen, die uns zu Dingen befähigt, die ihr nicht einmal ahnt."

„Aha", sagte Marla, die keine Ahnung hatte, worauf er hinaus wollte. „Und das heißt?"

„Das heißt, dass man, wenn man den Gang betritt, in kürzester Zeit auf der anderen Seite ist. Genau das macht ihn so besonders. Ich habe, seit ich auf eurer Erde weile, nie etwas Grandioseres geschaffen als ihn."

„Wir könnten jetzt also einfach hineinspazieren und kämen bald darauf in ein anderes Land?" Noch immer fiel es ihr schwer, das zu glauben. Er nickte eifrig und streckte ihr seine Hand hin.

„Wollen wir?"

Was für eine Frage! Und ob sie wollte! Gleichwohl zögerte sie. „Ich muss heute Abend zu Hause sein."

„Du wirst pünktlich zurück sein, ich verspreche es dir."

Entschlossen griff sie nach seiner Hand und gemeinsam betraten sie den Gang. Es war wie jedes Mal, wenn sie ihn berührte. Das Vibrieren, das sich sofort auf sie übertrug, fühlte sich an, als würde ein gewaltiger Bienenschwarm durch seine Adern rauschen. Als der Tunnel sich verschmälerte, ließ Arvid sie los. Er ging voran und hatte sichtlich Mühe, sich durch die Enge zu winden. Für Marla dagegen war es kein Problem. Sie berührte die Wände kaum, als wäre der Durchgang für sie gemacht. Aber er hatte ihn für Elaine gemacht, das hatte sie trotz aller Aufregung nicht vergessen.

„Ist der Gang wirklich nur *ein bisschen* enger geworden? Warum hast du ihn nicht breiter gemacht? Dann wäre es für dich einfacher. Du passt ja kaum durch." Sie sprach im Flüsterton.

„Ich hatte damals keine Probleme damit", erwiderte er in normaler Lautstärke. Damit gab sie sich vorerst zufrieden.

Die Wände waren aus dunkler, feuchter Erde. Stellenweise liefen Wasserrinnsale an den Seiten hinunter und versickerten, sobald sie auf den Boden trafen. Immer wieder waren ihnen Wurzeln im Weg, die in den Gang gewachsen waren. Für Marla war es ein Leichtes, ihnen auszuweichen oder darüberzusteigen. Arvid dagegen murmelte hin und wieder einen Fluch, wenn er sich mühsam vorbeizwängen musste.

Sie mussten sich direkt unter dem Wald befinden. Es roch nach Feuchtigkeit und ein wenig modrig, ähnlich wie in dem Keller. Trotzdem empfand sie den Geruch und die belebende Frische als angenehm und in keiner Weise beängstigend.

Nach einiger Zeit veränderte sich die Farbe der Wände. Sie wurden heller und schienen mehr aus Sand zu bestehen als aus Erde. Schon lange gab es keine störenden Wurzeln mehr, dafür nahm Marla jetzt ein leises, weit entferntes Rauschen wahr. Je weiter sie liefen, desto öfter donnerte es gewaltig.

„Was ist das?"

„Nicht mehr lange, und du wirst es sehen. Es hört sich schlimmer an, als es ist." Er war stehengeblieben und drehte sich zu ihr. Feuchte Erde klebte an seinem Hemd, und auch auf seinem Gesicht hatte der enge Tunnel Spuren hinterlassen.

„Du bist voller Erde", kicherte sie. Es war das erste Mal, dass sie ihn in einer Lage erlebte, die er nicht würdevoll im Griff zu haben schien.

„Ich habe befürchtet, dass es so sein wird", meinte er trocken und sah an sich hinunter. Wieder donnerte es über ihnen, und Marla sah erschrocken auf.

„Wir sind hier sicher", beruhigte er sie und griff über ihre Schulter hinweg an die Tunnelwand. Als er ihr die Hand hinhielt, lag darin eine kleine Muschel. Sie war weiß und hatte die Form eines winzigen Hutes. Marla nahm sie, und sie setzten ihren Weg fort. Die Muschel war fest und kühl. Vor allem aber war es ein Stück Wirklichkeit, das sie in der Hand hielt, auch wenn sie nie eine Muschel dieser Form gesehen hatte.

Wieder veränderte sich der Charakter des Tunnels. Aus dem Boden ragten nun Steine. Über die meisten von ihnen konnten sie drübersteigen, aber jenen, die ihnen bis zur Hüfte reichten, mussten Marla und Arvid geschickt ausweichen. Während das Donnern über ihnen lauter und lauter in ihren Ohren dröhnte, wurden die Steine vor ihnen höher. Schließlich mussten sie sich zwischen mannshohe Felsen hindurchzwängen, nur um festzustellen, dass vor ihnen weitere zu überwinden waren.

Als Arvid jäh stehenblieb, lief sie beinahe in ihn hinein. Erst im letzten Moment konnte sie abbremsen. Sie reckte sich und versuchte, über seine Schulter zu spähen, um den Grund zu erkennen. Vor ihnen stand wie aus dem Boden gewachsen ein Stein, der jegliches Weiterkommen verhinderte.

Marla stieß enttäuscht die Luft aus. „Und jetzt?"

„Hörst du das?" Arvid hatte den Kopf schiefgelegt und lauschte. Wieder krachte es über ihnen.

„Natürlich höre ich es. Ich bin ja nicht taub."

„Das meine ich nicht", sagte er und horchte noch immer angestrengt auf etwas, das Marla nicht wahrnehmen konnte.

„Welcher Tag ist heute?", wollte er wissen und legte eine Hand auf den Felsen vor ihm.

„Samstag. Samstag, der 14. Juli", antwortete sie wie aus der Pistole geschossen. Hennis Abreisedatum hatte sie seit Wochen im Kopf.

„Samstag", wiederholte er nachdenklich. „Es könnte ein Fest sein."

„Ein Fest?"

„Nehme ich an." Er berührte den Stein auch mit der anderen Hand.

„Komm", forderte er sie auf, und erstaunt erkannte sie einen Spalt, der definitiv eben noch nicht dagewesen war. Nach Arvid schob auch sie sich hindurch. Nun vernahm sie es ebenfalls. Es war eine leise, fremdartige Musik, die von weither zu kommen schien.

„Ich höre es", flüsterte sie.

Sie drückten sich an grauen, kantigen Felsen vorbei. Dabei wuchs mit jedem Meter die Decke in die Höhe. Die Klänge der Musik wurden lauter und deutlicher. Und ganz unvermittelt glaubte sie, dass …

Augenblicklich blieb sie stehen. Tageslicht! Zweifellos. Außerdem roch es ganz deutlich nach – nach Meer.

„Wir sind da!", verkündete Arvid.

Sie befanden sich in einer Art Labyrinth aus Steinen. Nicht weit von ihnen lichteten sich die Felsen, bevor sich die Höhle zu einem breiten Ausgang öffnete. Dahinter wartete ein strahlendes Blau. Marla war unfähig, sich zu rühren. Menschen liefen vor dem Eingang umher, alleine oder mit Kindern an den Händen. Um sie herum erschienen Leute, die hinter Steinriesen hervortraten und abenteuerlustig durch das Felsenlabyrinth streiften.

„Mama!", rief ein Junge in ihrer Nähe. „Ich will noch tiefer in die Höhle gehen. Kommst du mit?"

„Ja, aber bleib an meiner Hand. Ich habe keine Lust, dich nachher zu suchen."

Sie hatten Deutsch gesprochen. Eine andere Familie, die an ihnen vorüberging, unterhielt sich auf Französisch. Niemandem schien aufgefallen zu sein, dass Marla und Arvid aus dem Bauch der Erde gekommen waren.

Zusammen traten sie aus der Höhle. Marla kniff die Augen zusammen, als das Sonnenlicht auf ihr Gesicht traf. Das Blau vor ihnen hatte sich in Himmel und Meer geteilt, während der Horizont dazwischen zu einer nahezu unsichtbaren Linie verschwamm. Sie befanden sich auf einer Düne, die mit rauem Gras bewachsen war. Ein paar Meter weiter fiel sie steil hinab und öffnete den Blick auf einen breiten Strand. Kräftige Wellen schlugen auf den hellen Sand und zerschellten mit Getöse an den unzähligen Felsen, die im Meer standen.

Marla merkte, dass ihr Mund offenstand. Nur mit Mühe gelang es ihr, ihn zu schließen.

„Das ist nicht möglich", flüsterte sie und schüttelte den Kopf. „So etwas gibt es nicht."

Neben ihr stand Arvid und betrachtete sie. In seinen Augen glänzte stiller Triumph.

„Du bist ein Zauberer." Voller Ehrfurcht griff sie nach seiner Hand.

„Ich freue mich, dass es dir gefällt", entgegnete er leise.

„Es ist wunderschön hier. Ich habe nie etwas Schöneres gesehen."

Sie wandte sich um und sah zu der Öffnung zurück, aus der sie herausgetreten waren. Sie lag unterhalb eines großen Felsenmassivs, das sich aus mächtigen teils rundgewaschenen, teils gefurchten Steinen zusammensetzte. Auf dem Felsenberg entdeckte sie ein Gebäude, das zwischen die imposant geformten Steine gebaut war. Es sah wie eine kleine Kapelle aus, die sich aufgrund ihrer Form deutlich vom Massiv abhob.

Überall auf dem Felsenmassiv kletterten Menschen. Einige blieben stehen und nahmen sich die Zeit, ihre Augen über Strand, Meer und Brandung wandern zu lassen. Noch immer konnte man die Musik hören, die von der anderen Seite des Hügels kam.

„Wollen wir nachsehen, was das für ein Fest ist?"

Ohne Arvids Antwort abzuwarten lief Marla los und zog ihn mit. Ein sandiger Pfad, von Dünengras gesäumt, führte an dem Felsenhügel vorbei. Windböen, schwer vom Geruch nach Salz und Meer, fegten an ihnen vorbei und beugten die dürren Gräser.

„Hallo Torin", hörte sie Arvid murmeln und sie drehte sich überrascht um. Hatte er jemanden getroffen, den er kannte? Doch er grinste nur schief.

„Darf ich vorstellen: Torin, mein bretonischer Windbruder."

Es dauerte einen Augenblick, bis sie verstand. Diesen Windbruder hatte er erwähnt, als er von Elaine erzählte. Ohne etwas darauf zu entgegnen ging sie weiter. Sie war noch nicht bereit, ihm diese ungeheuerliche Geschichte mit den Windbrüdern abzunehmen, auch wenn vieles dafür sprach, dass er tatsächlich die Wahrheit sagte. Denn es musste eine Erklärung geben für all diese Dinge. Und dass diese nichts mit dem normalen Menschenverstand zu tun haben konnte, lag ziemlich nah. Aber darüber würde sie ein anderes Mal nachdenken. Morgen zum Beispiel, wenn sie mehr von seiner Geschichte erfahren hatte.

Unter die Musik hatte sich inzwischen lautes Stimmengewirr gemischt, und Marla war überaus neugierig, was sie sehen würden. Hinter dem Felsen tauchten nach und nach Häuser auf, die um ein Zentrum gebaut waren. Der Platz in der Mitte war voll von tanzenden Menschen jeden Alters. Eine Gruppe von Musikern spielte auf Instrumenten, während ringsumher Zuschauer standen und fröhlich den Rhythmus mitklatschten.

Die Tänzer hielten sich an den Händen, formierten sich zu verschiedenen Figuren und fanden sich wieder im Kreis. Marla ließ Arvids Hand los und näherte sich dem Treiben. Als sie sich dem Kreis der Zuschauer angeschlossen hatte, hörte die Musik auf und die Festbesucher applaudierten. Einer der Musiker sprach ins Mikrofon. Eigenartigerweise verstand Marla kein Wort davon, obwohl sie im Französischunterricht recht gut war. Es klang sonderbar anders. Bald darauf begann ein neuer Tanz. Einige der Tänzer verließen den

Kreis, andere wiederum schlossen sich ihm an. Wieder fassten sie sich an den Händen und fingen zu tanzen an.

„Welche Sprache war das denn? Doch nicht Französisch, oder?", raunte sie Arvid ins Ohr, der dicht hinter sie getreten war.

„Das war Bretonisch. Es wird hier immer noch gesprochen. Neben dem Französischen natürlich."

„Ich habe keine Silbe davon verstanden."

„Da es eine keltische Sprache ist, hört sie sich sehr fremd an."

Auch der Gesang, der nun folgte, war demnach bretonisch. Marla beobachtete die Tänzer und stellte fest, dass längst nicht alle die richtigen Schrittfolgen kannten. Viele von ihnen stolperten anfangs unbeholfen mit, bis sie nach und nach das Muster des Tanzes erkannt hatten und sich dem gleichmäßigen Fluss der Bewegungen anschließen konnten. Es gab aber auch jene Tänzer, denen man ansah, dass sie schon viele Male mitgetanzt hatten. Das war schnell offensichtlich, entsprechend orientierten sich die weniger Geübten an ihnen.

Wieder endete die Musik, und Marla wurde bewusst, dass sie mit dem Fuß den Takt mitgewippt hatte. Begeistert klatschte auch sie Beifall. Ein neuer Kreis Tanzender entstand, und als die Musik einsetzte, öffnete einer der Tänzer in ihrer Nähe den Reigen und hielt Marla auffordernd die Hand hin. Er rief ihr etwas zu und sah von ihr zu Arvid. Sie warf einen fragenden Blick über die Schulter.

„Geh nur!", ermunterte Arvid sie. „Für mich ist das nichts."

Mit gemischten Gefühlen griff sie nach der Hand des jungen Mannes und schloss den Kreis, indem sie nach der Hand des Mädchens neben ihr fasste. Sofort wurde sie mitgezogen und versuchte angespannt, sich die Schrittfolge des Tanzes zu merken.

Der Mann neben ihr rief ihr etwas zu. Als sie nicht darauf reagierte, fragte er:

„Deutsch?"

Marla nickte.

„Nicht so viel nachdenken", sagte er mit französischem Akzent. „Es passiert von ganz allein."

Er hat gut reden, dachte sie, denn er war einer der besten Tänzer. Dennoch versuchte sie, seine Worte zu beherzigen und nicht zu verbissen dreinzusehen. Immerhin war Arvid unter den Zuschauern. Er sollte sehen, dass sie Spaß daran hatte.

„Wohnst du in einem der Ferienhäuser?", fragte ihr Nachbar, dessen Hand sich warm und fest anfühlte. Zu seinem weißen Baumwollhemd trug er eine dunkle Weste, dazu Jeans und Turnschuhe. Sein Gesicht war braungebrannt und man sah ihm an, dass das Fest ihm Freude machte.

Sie schüttelte den Kopf.

„Dein Freund? Will er nicht tanzen?"

Wieder verneinte sie und konzentrierte sich auf die Schrittfolge, um nicht plötzlich über ihre oder seine Füße zu stolpern.

„Ist er von hier?", wollte der junge Mann wissen und zog sie mit sich, als die Richtung sich änderte.

„Nein", antwortete sie verwundert. „Warum?"

Er zuckte die Achseln. „Ich dachte, ich hätte sein Gesicht schon einmal gesehen. Aber wahrscheinlich täusche ich mich. Hier trifft man auf so viele Menschen ..."

Er johlte fröhlich zur Musik und rief einer jungen Frau, die ihnen gegenüber tanzte, etwas zu. Sie warf lachend den Kopf zurück und rief eine Antwort.

„Warum sprichst du so gut Deutsch?" Marla musste ziemlich laut rufen, da sie an der Kapelle vorüberliefen.

„Ich habe ein Jahr lang in Deutschland gearbeitet. In Hamburg. Ist das in deiner Nähe?"

Lachend verneinte sie.

Als der Tanz endete, applaudierte sie mit vielen anderen ausgelassen den Musikern. Anschließend wollte sie gehen. Doch ihr Nachbar griff nach ihrer Hand.

„Ein Tanz noch! Bitte! Ich habe nicht oft eine so hübsche Tänzerin neben mir", setzte er hinzu und zupfte der überraschten Marla etwas aus dem Haar. Als er es ihr hinhielt, erkannte sie ein Büschel feiner Wurzelhärchen, das aus dem unterirdischen Gang stammen musste. Seine Augen, die so blau waren wie das Meer, das hinter dem Hügel lag, sahen sie bittend an.

„Okay, ein Tanz noch", sagte sie geschmeichelt und gleichzeitig etwas befangen. Sie versuchte Arvid zu entdecken, um ihm mit einer Geste anzudeuten, dass sie nach dem folgenden Tanz kommen würde. Sie suchte vergeblich.

„Merci beaucoup, Mademoiselle. Ich bin Kelian", stellte ihr Tanzpartner sich mit einem strahlenden Lächeln vor und machte eine angedeutete Verbeugung. Sie war so perplex, dass sie ihn anstarrte und völlig vergaß zu antworten.

„Und du? Hast du auch einen Namen?" Er betrachtete sie amüsiert.

„Marla", murmelte sie, und da gerade in diesem Moment die Musik einsetzte, wiederholte sie laut: „Marla!"

„Beides sehr hübsch. Das Mädchen und der Name." Er ergriff ihre Hand zum Tanz, und sie reihten sich in den Kreis ein.

„Kommst du morgen auch zum Fest?" Er machte einen kleinen Hüpfer und landete weich auf dem Boden.

„Was ist das denn für ein Fest?", wollte Marla von ihm wissen und überlegte, dass es schön wäre, morgen wieder hier zu sein.

„In den Sommermonaten feiern wir hier jeden Sonntag das Fest-Deiz. Das ist ein bretonisches Tanzfest, das über den ganzen Tag geht. Nicht nur wir Einheimischen lieben es, auch die Touristen kommen aus diesem Grund gerne zu uns. Und da heute französischer Nationalfeiertag ist, wird das Fest Samstag und Sonntag gefeiert."

Diesmal gelang es ihr, rechtzeitig in die Höhe zu springen und Kelian nickte ihr anerkennend zu.

„Du bist ein Naturtalent. Ich wusste es!"

„Und den Leuten, die in diesem Dorf hier leben, ist das nicht zu viel Trubel?"

Kelian sah sie verblüfft an. Dann verstand er und schüttelte lachend den Kopf. „In diesem alten Fischerdorf lebt schon lange niemand mehr. Es sind Souvenirlädchen darin und Ateliers. Das Haus da hinten", er deutete mit dem Kinn auf ein Gebäude mit Holzbänken vor dem Eingang, „ist ein Restaurant. Dort gibt es leckere bretonische Spezialitäten."

Sein Griff um ihre Hand wurde fester, und ein angenehmes Kribbeln rieselte durch ihren Körper. Leichtfüßig bewegte sie sich inmitten der Tänzer und staunte darüber, wie schnell sie sich die Schritte angeeignet hatte. Als der Tanz endete, war die euphorische Stimmung, die sie beflügelt hatte, schlagartig dahin. Enttäuscht zog sie ihre Hand zurück.

„Ich würde gerne noch einen dritten Tanz mit dir tanzen", bemerkte Kelian leise, als sie sich von ihm abwandte. „Und einen vierten …"

„Das geht nicht", erwiderte sie.

„Natürlich, ich verstehe. Dein Freund …"

„Er ist nicht mein Freund", gab sie hastig zurück.

„Aber dann …"

„Salut, Kelian." Sie lief los, ohne ihn noch einmal anzusehen.

„Adieu, Marla! Ich werde mir morgen die Füße wundtanzen, weil ich den ganzen Tag im Kreis umherspringen und auf dich warten werde."

Seine Worte hallten noch immer in ihr nach, als sie Arvid gefunden hatte. Er stand abseits des Treibens an die Wand eines Fischerhäuschens gelehnt. Sein Blick ruhte auf dem Gebäude auf dem Hügel, das sich zwischen die bizarren Felsen schmiegte und gelassen über Meer und Land wachte.

Als Marla ihn erreichte, war sie außer Atem. Inzwischen war die Sonne über den Zenit gewandert, und es war trotz des kräftigen Windes angenehm warm. Sie strich sich feuchte Strähnen aus der Stirn.

„Fest-Deiz heißt das Fest", erzählte sie voller Eifer und versuchte, die fremden Worte so auszusprechen, wie Kelian es getan hatte. „Es ist ein Tanzfest, das eigentlich nur sonntags stattfindet, aber da heute Nationalfeiertag ist, sind es diesmal zwei Tage. Es macht richtig Spaß, und man kann auch mittanzen, wenn man die Schritte nicht kennt. So schwierig ist es gar nicht ..." Sie brach keuchend ab. Ihr wurde bewusst, dass sie ohne Luft zu holen gesprochen hatte.

„Dann gefällt es dir hier?" Er musterte sie aufmerksam.

„Es ist traumhaft! Ich danke dir dafür, dass du es mir gezeigt hast." Sie hatte die Worte kaum ausgesprochen, als ihr etwas einfiel. „Elaine, kam sie von hier?"

Arvid nickte. „Nicht weit von hier liegt eine kleine Stadt. Dort lebte sie."

„Wie herrlich muss es sein, in dieser Umgebung aufzuwachsen", schwärmte sie. „Und wie schrecklich, sie als Waisenkind verlassen zu müssen. Arme Elaine."

Arvid schwieg.

„Willst du morgen nicht doch tanzen?" Sie drehte sich um und sah dem Tanz zu, der vor wenigen Sekunden begonnen hatte.

„Morgen?" Arvid klang verdutzt.

Sie sah ihn mit glänzenden Augen an. „Es wäre wunderbar, wenn wir noch mal herkämen. Die Atmosphäre ist unglaublich. Das Meer und der breite Strand, die Fischerhäuschen mit ihren Reetdächern, die Musik, die kleine Kapelle ..."

„Es ist ein Wachhaus", korrigierte er sie.

„Echt? Ein Wachhaus also. Schade, eine Kapelle wäre viel romantischer. Alles an diesem Ort ist einfach bezaubernd. Auch das Wachhaus, das wie eine kleine Kapelle aussieht. Und das Fest ..."

„Wir werden sehen", entgegnete er zurückhaltend. „Jetzt sollten wir uns auf den Rückweg machen."

Sie zogen sich zurück und spazierten in die Höhle unter den Felsen. Wie vorhin liefen Menschen im Labyrinth umher. Sie mischten sich unbeachtet darunter. Arvid führte sie zielstrebig durch das Gewölbe, bis sie um einen hochragenden Stein bogen und offensichtlich in einer Sackgasse gelandet waren. Er aber streckte eine Hand aus und ließ sie zärtlich über die gefurchte Oberfläche des Granits gleiten.

Wie von Zauberhand erschien ein Spalt und sie zwängten sich hindurch.

„Es ist ein wenig wie *Sesam öffne dich*", kicherte Marla und spürte Hysterie in sich aufkeimen. Vielleicht würde sie gleich aus einem total verrückten Traum erwachen.

„Was ist *Sesam öffne dich?*", wollte Arvid wissen, der vor ihr durch den Gang lief und sich immer wieder an Steinen vorbeidrückte.

„In einem Märchen – es heißt *Ali Baba und die 40 Räuber* – geht es um einen Berg, worin die Schätze der Räuber verborgen sind. Man kann ihn nur mit einem Zaubersatz öffnen. Und dieser Satz lautet: *Sesam öffne dich!*"

„Nur, dass es hier keinen Zaubersatz gibt."

„Dafür aber Zauberhände. Deine Zauberhände. Und einen gewaltigen Schatz am anderen Ende des Tunnels. Das ist noch viel besser." Sie fühlte sich leicht beschwipst und kämpfte gegen das Bedürfnis an, abermals zu kichern. Er würde sie für durchgedreht halten. Was sie vermutlich auch war. Zumindest fühlte es sich so an.

Der Rückweg erschien ihr viel kürzer. Sie erreichten die schmiedeeiserne Tür, die auch auf dieser Seite das gewundene Muster aufzeigte. Arvid öffnete sie, und sie traten in den Raum unter der Arbeitsküche. Durch die Eisenklappe fiel ein Bündel Tageslicht in den Keller, und da Marlas Augen an den düsteren Tunnel gewöhnt waren, konnte sie ohne Kerzenlicht sehen.

Sie stiegen die schmale Treppe hinauf und Arvid verschloss den Eingang. Mit dem Fuß schob er Erde und Geröll auf die Platte, und schon bald war nichts mehr von dem Kellerzugang zu sehen. Marla strich über ihr Kleid und fuhr sich durchs Haar, falls sich wieder Überbleibsel aus dem wurzelgespickten Gang darin befinden sollten.

„Lass uns morgen noch einmal zum Fest gehen", bat sie erneut, als sie sich verabschiedeten. „Bitte, Arvid! Ich habe so etwas Wunderbares noch nie erlebt."

Er antwortete nicht. Seine Augen wirkten dunkler als sonst, als er ernst ihren Blick erwiderte. In seiner Miene spiegelte sich etwas, das sie nicht zu deuten vermochte, und von seiner ungewöhnlich guten Stimmung, die ihr früher am Tag aufgefallen war, war nichts mehr zu spüren.

„Nun gut, wenn du unbedingt möchtest", sagte er seufzend. „Wir treffen uns wieder hier."

„Ich danke dir!" Sie stellte sich auf die Zehen und küsste ihn auf die Wange. „Ich komme so früh es geht."

Damit drehte sie sich um und lief den Pfad hinunter, der sie zu ihrem Fahrrad und dem Waldweg führte.

Ich sehe ihr hinterher, betrunken von Gefühlen, von denen sie nicht einmal etwas ahnt. Die Stelle, wo sie mich geküsst hat, brennt wie Feuer. Geschöpfe wie ich kennen kein körperliches Begehren und Berührungen bedeuten lange nicht das, was sie den Menschen bedeuten. Und doch entfacht dieser Kuss einen Vulkan unter meiner sonst so kühlen Oberfläche. Vielleicht rührt es daher, weil mir durchaus bewusst ist, dass der Kuss eines Menschen ein Zeichen der Zuneigung ist.

Der Sturm, der seit Tagen in mir tobt, gepaart mit brodelnder Lava, bringt diesen Körper, der nicht der meine ist, allmählich an seine Grenzen. Wie lange bietet er noch genügend Raum? Auf welche Art und Weise wird er bersten, wenn es soweit ist? Noch dazu fürchte ich, die Kontrolle über meine Gedanken zu verlieren und bin sowohl erleichtert, als auch grenzenlos enttäuscht darüber, sie gehen lassen zu müssen. Ich wiege mich in der Hoffnung, dass sich diese Empfindungen bis morgen verflüchtigt haben, sonst bin ich weder Herr meiner Worte, noch Herr meiner Taten.

Jede Stunde, die ich mit ihr verbringe, erweckt mich mehr zum Leben. Stück für Stück weicht meine Verzweiflung einer Zuversicht, an die ich mich mit aller Kraft klammere. Welch ein süßes Wesen! Wie sehr sie mir vertraut.

Wenn sie bei mir ist, möchte ich der Wind in ihrem Haar sein, das Quellwasser, das durch ihre Finger fließt und das kühle Moos unter ihren bloßen Füßen.

Niemals habe ich für möglich gehalten, dass es noch einmal passieren könnte. Nimmt sie mich bei der Hand, so berühren sich innerhalb von Augenblicken unsere Seelenwesen und verbinden sich mit einer Intensität, die ich bisher nicht kannte. Sie fühlt es. Vielleicht in einem Maße, wie Elaine es nie tat.

Was aber wird sie tun, wenn sie erkennt, was ich getan habe? Wenn sie das ganze Ausmaß meiner Tat erfährt und gewahr wird, zu was ich imstande bin? Wird sie mich verstehen und mit ihrem Licht die Schwärze vertreiben, die mich umhüllt? Ich muss ihr die Wahrheit erzählen. Nur so haben wir die Chance, für immer eins zu werden. Ich werde behutsam vorgehen müssen, damit ich sie nicht erschrecke.

Der gestrige Tag war einer der schlimmsten meines Daseins. Qualvolle Stunden verbrachte ich an diesem verhassten Ort. Ich begann mir auszumalen, was ich tun würde, wenn sie für immer fortbleiben würde. Zerbrechen würde ich. Ein zweites Mal. Ich würde mich dem erbarmungslosen Nordwind an den Hals werfen und ihn anflehen, mich zu zerstören.

Doch seit ich sie heute Morgen bei der Ruine antraf, erhellt Licht mein dunkles Gemüt. Ich fühle mich so leicht wie seit Zeiten nicht mehr. Ich darf sie nicht verlieren, denn sie ist meine Erlösung. Meine Zukunft. Ich spüre es von Tag zu Tag mehr.

Ihren Wunsch, noch einmal durch das Portal zu gehen, erfülle ich nur widerwillig. Zum einen erinnern mich das Meer und dieser Küstenstreifen schmerzhaft an die glücklichen Stunden, die ich mit Elaine hier verbrachte. Zum anderen bleibt mir nicht verborgen, wie die Männer Marla ansehen, wenn ihr Haar beim Tanzen fliegt und ihr frohes Lachen wie heller Glockenklang die Luft erfüllt. Eifersucht regt sich in mir, und ich muss mich entfernen, um es nicht mit ansehen zu müssen.

Ihr den Wunsch abzuschlagen bringe ich nicht über mich. Es ist ein Liebesdienst, den sie hoffentlich als solchen versteht.

Kapitel 8

Atemlos lief Marla am nächsten Morgen den gewundenen Pfad zum Klagehügel hinauf. Sie hatte sich verspätet.

Rieke war zeitig aufgestanden und hatte für sie beide zum Frühstück gedeckt. Marla, die nur schnell einen Kaffee und ein Müsli zu sich hatte nehmen wollen, um direkt anschließend zum Klagehügel zu radeln, hatte es nicht übers Herz gebracht, ihre Schwester zu enttäuschen. So kam es, dass sie viel mehr Zeit als geplant am Frühstückstisch verbracht und sich mit Rieke unterhalten hatte. Unter anderem über Henni, die sich noch gestern Abend aus Griechenland gemeldet hatte. Sie musste ihren Schwestern unbedingt mitteilen, dass das Ferienhaus direkt am Strand lag und sie vom Bett aus die Wellen rauschen hörte. Außerdem bat sie zum wiederholten Male darum, dass Marla und Rieke Mama nichts von ihrem unrühmlichen Erlebnis erzählten. Gleichzeitig versprach sie, von jetzt an die Finger vom Alkohol zu lassen, da sie es entsetzlich fand, sich nicht mehr unter Kontrolle zu haben. Mit ihrer Nachricht hatte sie wunderschöne Bilder des griechischen Sonnenuntergangs geschickt.

„Ich glaube eher, Henni fand es entsetzlich, dass Darius sie so gefunden hat", hatte Marla trocken bemerkt, worauf Rieke verständnisvoll gelächelt hatte. Natürlich würden sie Mama nichts erzählen, das war Ehrensache.

Als Marla sich endlich anschickte zu gehen, überraschte Rieke sie mit den Worten: „Hast du etwas dagegen, wenn Waldemar heute Nachmittag zum Grillen kommt?"

„Äh, nein – natürlich nicht", stotterte Marla perplex. „Ich muss aber nicht unbedingt dabei sein, wenn ihr lieber ungestört sein möchtet."

„Es wäre schön, wenn du dabei bist. Er möchte dich kennenlernen. Sagen wir um 17 Uhr?"

„Okay, bis dahin bin ich ganz sicher wieder hier."

Nachdenklich hatte sie sich angezogen. Bevor sie das Haus verließ, suchte sie noch einmal nach Rieke. Sie fand sie zusammen mit Rusty bei den Hühnern.

„Warum will Waldemar mich kennenlernen?"

Rieke blickte auf, die Hände voller Eier. „Ich habe ihm von dir erzählt und er meinte, du hörst dich nach einer interessanten Person an."

„Aha", sagte Marla ratlos und überlegte, ob irgendwer sie jemals interessant genannt hatte.

Wie der Wind war sie durch den Wald gesaust. Sie schmunzelte bei diesem Gedanken. Der Wind schien sie inzwischen ständig zu begleiten. Ihr Fahrrad hatte sie wie gestern unter das Gebüsch gelegt. Ein Fluch sprang ihr von den Lippen, als sie sich in einem dornigen Brombeertrieb verfing und sich das Schienbein zerkratzte. Wenigstens hatte er nicht den Stoff ihres Rockes erwischt.

Arvid saß bereits auf dem Sockel des Forsthauses. Sein Blick war starr auf die Steine zu seinen Füßen gerichtet. Die Einsamkeit, die er ausstrahlte, tat ihr weh. Ob er wirklich niemanden sonst hatte?

Wenn er das war, was er vorgab zu sein, nämlich ein Windbruder, so hatte er doch einen Job zu verrichten. Aber so wie er erzählte, war er zumindest in der Nacht an die Ruine gebannt. Und bei Tag? Wie konnte er der Wind sein, wenn seine Tage aus nichts anderem zu bestehen schienen, als bei der alten Eiche zu sein oder – wie seit beinahe einer Woche – auf sie, Marla, zu warten? Wehte er zwischendurch einfach mal so durch die Gegend? Spätestens am Ende seiner Erzählung würde sie es wissen. Bis dahin musste sie sich eben gedulden, wenn es ihr auch schwerfiel.

Gestern Abend, als sie im Bett lag, war sie zu dem Schluss gekommen, dass sie ihm glaubte. Wie sonst sollte sie sich all das erklären, was geschehen war? Dass sie mit dem Wind über Wald und Wiesen geflogen war und die Blätter der Bäume gestreift hatte. Dann ihr Knie, das er geheilt hatte.

Und nun dieser Tunnel, der unverkennbar nicht von Menschenhand gemacht sein konnte.

Sie *wollte* ihm glauben. Er war ihr Märchen. Ihr ganz eigenes Märchen, von dem keine Menschenseele etwas wusste. Von dem kein Mensch jemals erfahren sollte. Denn dann würde man sie in der Tat für übergeschnappt halten.

Keuchend war sie stehengeblieben und beobachtete Arvid, der noch immer mit ernster Miene den Boden fixierte, als wollte er ein Loch hineinstieren. Als Marla beim Weitergehen auf einen Zweig trat, blickte er auf. Sein Gesicht, das eben noch verschlossen gewirkt hatte, erhellte sich. Er rutschte von der Mauer und lief ihr entgegen.

„Es ging nicht früher", schnaufte sie und hielt sich die Seiten.

„Hauptsache, du bist da." Er musterte sie prüfend. Ob er ahnte, dass sie sich heute besonders sorgfältig angezogen hatte? Die helle Bluse betonte ihre braungebrannten Arme, und der Jeansrock, der bis zur Mitte ihrer Oberschenkel reichte, umschmeichelte in fröhlichem Hellblau ihre Haut. Endlich verzog er den Mund zu einem Lächeln. „Die jungen Männer werden sich beim Tanzen um dich reißen."

„Nicht, wenn *du* mit mir tanzt", schlug Marla gutgelaunt vor. Arvids Lächeln schien ihr ziemlich schiefgeraten, denn seine Augen erreichte es nicht.

„Ich tanze nicht", entgegnete er knapp. „Menschenansammlungen beklemmen mich. Daher werde ich mich abseits halten."

„Also gehst du wirklich nur mir zuliebe noch einmal durch den Tunnel?"

Er nickte. „Ein letztes Mal und dann nicht wieder. Niemals wieder." Entschlossen wandte er sich ab und lief zum Nebenhaus.

Diesmal war die rostige Platte rasch freigelegt, und als Arvid sie öffnete, ließ er ihr den Vortritt. Marla kletterte die Stiege in den Keller hinunter und tappte, sobald ihre Augen etwas erkennen konnten, zu den Kerzenstummeln. Sie ergriff die uralte Schachtel mit den Streichhölzern und versuchte, eines davon anzuzünden. Doch es passierte nichts. Wie auch? Viele Jahrzehnte in diesem feuchten Raum unter der Erde hatten sie unbrauchbar werden lassen. Auf einmal stand Arvid neben ihr, nahm ihr das Hölzchen aus der Hand und hatte es im Nu entzündet. Für einige Sekunden hielt er die kleine Flamme zwischen ihre Gesichter, und Marla sah sie in seinen Augen flackern.

„Es hat seine Vorteile, kein Mensch zu sein", murmelte er. Diesmal war sein Lächeln echt.

Marla hätte sich gerne in aller Ruhe den Keller angesehen, die Regale genauer betrachtet und vielleicht sogar mal den Deckel der schweren Truhe angehoben. Arvid aber schien ihr heutiges Vorhaben schnell hinter sich bringen zu wollen und hob, ohne lange zu warten, den Spiegel von der Wand. Alles geschah wie am Tag zuvor. Nach ein paar fließenden Bewegungen seiner Hand sprang die geheime Tür auf und öffnete den Zugang zum Tunnel.

Arvid verlor kein Wort, sondern lief zügig voran. Nur dann und wann verlangsamte er seine Schritte, um eine enge Passage zu überwinden oder einem Hindernis auszuweichen. Marla folgte ihm so schnell sie konnte, wobei sie den Eindruck hatte, trotz ihrer kleineren Gestalt weniger wendig zu sein als er. Wieder und wieder streiften herabhängende Wurzelspitzen ihr Haar, wenn sie sie zu spät erkannte und nicht mehr ausweichen konnte. Einmal stolperte sie über einen Stein, der aus dem Boden ragte und fiel gegen die erdige Tunnelwand.

„Hast du dir was getan?" Arvid war stehengeblieben.

„Nein, schon gut. Ich war nur unachtsam." Vielleicht war es ihr Schnaufen, das ihn veranlasste, das Tempo ein wenig zu drosseln. Sie war ihm dankbar dafür.

Als sie ein leises Rauschen vernahm, wusste sie, dass es nicht mehr lange dauern würde, bis sie das Ende des Ganges erreichten. Schließlich drückten sie sich durch den Felsspalt, und sie befanden sich im Steinlabyrinth unter dem großen Felsen. Noch bevor sie Tageslicht sehen konnte, hörte sie leise Musik. Auf der Stelle fühlte sie sich beschwingt und leicht.

Auch heute wurden sie von den Menschen, die im Halbdunkel der Höhle umherliefen, nicht beachtet. Im selben Moment, als Marla von weitem das Blau von Himmel und Meer erkannte, mischte sich salzige Seeluft unter den feuchten Geruch des Gewölbes. Die Klänge der heiteren Melodie wurden lauter, und als sie aus dem Felsen heraustraten, war Marla überrascht von der Menge der Menschen, die das Areal bevölkerten. Der Strand, auf den sie blickten, war gut besucht und von allen Seiten strömten Menschen auf das kleine Fischerdorf zu. Gebannt sah Marla dem Treiben zu, ein erwartungsvolles Lächeln auf den Lippen.

Arvid beobachtete sie. Seine Stirn war gerunzelt, sein Blick dunkel. Sie begann zu bezweifeln, dass es eine gute Idee gewesen war, ihn zu überreden, ein zweites Mal herzukommen. Ihn so bedrückt zu sehen und zu wissen, dass sie daran schuld war, machte sie traurig. Denn genau das wollte sie nicht. Sie mochte es viel lieber, wenn er lächelte. Aber es war ja nur noch dieses eine Mal. Von nun an würde sie ihm nie wieder etwas aufdrängen. Das nahm sie sich fest vor.

„Und du willst wirklich nicht tanzen?", fragte sie und überlegte gleichzeitig, welche Antwort sie sich erhoffte. Er schüttelte den Kopf.

„Geh nur! Ich warte am Wasser auf dich."

Voller Vorfreude lief sie um das Massiv. Vor ihr lagen die reetgedeckten Fischerhäuschen, geschmückt mit bunten Holzläden und Blumenkästen. Davor hatten Künstler ihre Schätze ausgelegt und boten sie den Touristen zum Kauf. Auf dem Vorplatz des größten Gebäudes standen Tische und Stühle, und Marla war sich sicher, dass nirgendwo auch nur ein einziger Platz frei war. Die Musikkapelle stand an derselben Stelle wie gestern, und die Menschen tanzten, während die Zuschauer den Takt mitklatschten. Als der Geruch von frischgebackenem Brot an ihr vorüberwaberte, bahnte sie sich den Weg durch die Festbesucher und fand bald darauf einen steinernen Backofen, der zur Feier des Tages befeuert wurde und weiße Teigkugeln in duftende Brote verwandelte.

Bedauernd stellte sie fest, dass sie kein Geld eingesteckt hatte. Vielleicht hätte Arvid sich über eines der Brote gefreut und sie hätte damit seine Stimmung heben können. So ließ sie sich von der Menge zum Dorfplatz treiben und reckte den Hals, um einen Blick auf die tanzenden Menschen zu erhaschen.

„Marla!"

Ihr Herz machte einen Satz. Kelian war an ihrer Seite erschienen und schenkte ihr ein freudestrahlendes Lächeln. „Marla! Wie schön, dass du hier bist!" Er sah sich um. „Wo ist dein Begleiter?"

„Er wartet am Strand auf mich", erklärte sie und spürte, wie ihr Herz zu einer Feder wurde.

„Dann darf ich das schönste Mädchen vom Fest zum Tanz führen?" Ohne ihre Antwort abzuwarten fasste er sie bei der Hand und zog sie auf den Festplatz. Sofort öffneten die Tanzenden den Kreis und nahmen sie auf. Hin und wieder sah Marla verstohlen zu Kelian, der sie wie selbstverständlich an der Hand hielt und ihr das Gefühl gab, genau am richtigen Ort zu sein. Seine dunkelblonden Locken glänzten in der Sonne und wippten im Rhythmus seiner Schritte vergnügt mit. Von Zeit zu Zeit warf er ihr einen Blick zu, in dem sie lesen konnte wie in einem Buch. Sie mochte, was sie darin las: Dass er sie gerne an der Hand hielt, dass er es mochte, mit ihr zu tanzen und dass er das Leben liebte.

Heiterkeit erfüllte sie, als sie leichtfüßig die Schritte mittanzte und sich als Teil dieser fröhlichen Gemeinschaft empfand. Das Glück, das in ihr aufwallte, ließ sie unvermittelt auflachen. Der Druck von Kelians Hand wurde kräftiger und sie erwiderte ihn. Die Lebensfreude, die er ausstrahlte, sprudelte wie ein glühender Strom durch ihren Körper und erfüllte sie mit nie gekanntem Übermut.

Wie sehr unterschied er sich doch von Arvid, dessen melancholische Ausstrahlung immer das Bedürfnis in ihr weckte, ihn aufzuheitern. Natürlich wusste sie noch nicht genug über ihn, um zu wissen, warum er so war. Von Kelian allerdings wusste sie noch viel weniger. Er verbarg nichts, das mochte der ausschlaggebende Unterschied sein. Seine Freude, dass sie heute wieder hier war und die Wärme in seinen Augen, wenn er sie ansah, entfachten etwas in ihr, das sie nicht in Worte fassen konnte. Sie genoss seine Anwesenheit ebenso wie seine Unbeschwertheit und hätte viel darum gegeben, den ganzen Tag mit ihm verbringen zu können. Als die letzten Takte des Liedes verklungen waren, verneigte er sich vor ihr und küsste ihr die Hand.

„Ich kann einfach nicht begreifen, dass dein Begleiter dich alleine umherlaufen lässt", bemerkte er. „Nicht dass ich ihm deshalb böse wäre. Ganz im Gegenteil: Ich bin ihm dankbar dafür, denn es ist mein Glück."

Marla errötete wie ein Schulmädchen. „Er fühlt sich unter so vielen Menschen nicht wohl", versuchte sie Arvid zu verteidigen und sich selbst wieder auf den Boden zu bringen. „Ich finde es sehr großzügig von ihm, dass er mitgekommen ist, obwohl er Feste nicht mag."

„Excusez moi, Mademoiselle. Ich wollte nichts Schlechtes über ihn sagen. Habt ihr auf dem großen Parkplatz neben dem Dorf geparkt?"

Marla schüttelte den Kopf.

„Also seid ihr zu Fuß hier", folgerte er. „Oder mit dem Fahrrad?"

Marla schwieg und hoffte, die Musiker würden bald wieder loslegen.

„Willst du mir nicht sagen, wo du wohnst, geheimnisvolles Waldmädchen?", fragte er leise. Seine Augen wanderten von den erdverkrusteten Spitzen ihrer dünnen Schuhe zu den zerkratzten Schienbeinen und schließlich zu ihrer rechten Schulter. Auf ihrer Bluse waren dort, wo sie im Tunnel gegen die Wand gestolpert war, deutliche Flecken von Moos und Erde.

In diesem Augenblick setzte die Musik ein und Marla begann erleichtert und ohne ein Wort sagen zu müssen, zu tanzen. Kelian bohrte nicht weiter nach. Als der dritte Tanz geendet hatte, machte sie sich von ihm los. Sie hatten während der letzten beiden Tänze nicht mehr gesprochen.

„Nur drei Tänze?", fragte er betrübt, und wieder wünschte sie, sie hätte den ganzen Tag Zeit.

„Ich muss jetzt gehen."

Alle Fröhlichkeit war aus seinem Gesicht gewichen. Es schmerzte sie, das zu sehen. Plötzlich griff er erneut nach ihrer Hand und zog sie mit sich. Abseits der vielen Besucher, hinter einem der Fischerhäuschen, blieb er stehen.

„Sehe ich dich wieder, Marla? Oder verschwindest du so schnell aus meinem Leben, wie du erschienen bist?"

Marla starrte auf seine Hände, die ihre Rechte umschlungen hielten. Wie gut es sich anfühlte! Sie würde ihm so gerne sagen, dass sie wiederkommen würde. Aber wie sollte das gehen? Es war unmöglich.

„Wir werden uns nicht wiedersehen", antwortete sie gepresst.

Er schwieg einen Augenblick. Unvermutet blitzten seine Augen auf, als wäre er nicht gewillt, die Hoffnung so schnell aufzugeben.

„Hör zu, Waldmädchen", sagte er eifrig. „Wenn du eines Tages doch wieder hier sein solltest, so findest du mich bei meinem Fischerboot. Es ist die *Louise*. Sie liegt unten in der kleinen Bucht neben dem Strand. Ich fahre jeden Tag bei Dämmerung zum Angeln hinaus und komme am späten Vormittag zurück. Ab morgen werde ich Ausschau nach dir halten. Tag für Tag. Mein Leben lang, wenn es sein muss." Bei diesen Worten entblößte er zwei Reihen ebenmäßiger Zähne und sah sie erwartungsvoll an.

„Klar, dein Leben lang", wiederholte Marla mit erhobenen Brauen und musste wider Willen lächeln. Ein Mann wie Kelian konnte alle Mädchen haben, die er wollte.

Seine Miene wurde seltsam ernst. „Ich würde solche Worte niemals sagen, wenn ich sie nicht so meinte."

Marla seufzte. Wieso machte er es ihr so schwer? Kelian hob mit der Hand ihr Kinn, sodass sie ihn ansehen musste.

„Wenn das Boot in der Bucht liegt, dann bin ich in dem kleinen Fischlokal, das du auf dem Weg zum nächsten Dorf findest. Es ist nicht weit von hier und heißt *Chez Louise*."

„*Chez Louise*", wiederholte sie mechanisch, obwohl es keine Bedeutung hatte.

„Genau." Er strich ihr eine Strähne hinters Ohr und senkte zögernd den Kopf. Bevor sich ihre Lippen berührten, trat sie einen Schritt zurück.

„Leb wohl, Kelian", flüsterte sie und wandte sich ab.

„Marla!" Er lief ihr hinterher und griff in die Tasche seiner Jeans. Auf seiner Hand lag ein flacher Stein. Er war nahezu schwarz und hatte am Rand ein Loch. „Heute früh habe ich ihn am Strand gefunden. Schau …" Er zog ein Band aus Leder unter seinem Hemd hervor, woran neben einem silbernen Kreuz ein ähnlicher Stein hing. „Auch diesen hier hat die Flut vor einiger Zeit angespült." Er nahm ihre Hand, legte den Stein hinein und schloss ihre Finger darüber. „Damit du mich nicht vergisst, Waldmädchen."

Arvid stand breitbeinig in seinen dunklen Hosen und den Lederstiefeln vor der Brandung und sah zum Horizont. Die Arme hatte er vor dem Körper verschränkt. Das einzige Lebendige an ihm schienen die Haare zu sein, die der starke Wind um seinen Kopf wirbelte. Wenige Meter hinter ihm blieb Marla stehen. Er schien merkwürdig fehl am Platz und sah so abweisend aus, dass sie sich kaum traute, ihn anzusprechen.

Drei Tänze waren es gewesen. Mehr nicht. Dabei hätte sie so gerne noch viel länger getanzt. Mit *ihm*. Der Kloß in ihrem Hals war noch immer viel zu dick, und sie wusste nicht, ob ihre Stimme klar sein würde. Den Stein hielt sie fest in der Faust.

„Arvid?"

Er drehte sich zu ihr. Sein Gesicht war verzerrt von Schmerz.

„Was ist mit dir?", rief sie erschrocken und vergaß ihren eigenen Trübsinn.

„Schon gut, Marla. Es hat nichts mit dir zu tun." Er fuhr sich mit den Händen durchs Haar und bemühte sich um eine heitere Miene. „Es ist nur – es ist die Erinnerung an die vielen Stunden, die ich hier einst verbrachte. Es war eine glückliche Zeit für mich."

„Vielleicht sollten wir gehen?", schlug sie vorsichtig vor und deutete auf den Felsen hinter ihnen. Das alte Wachhaus war belagert von Touristen, die von allen Seiten hinaufkletterten. Unterhalb gähnte ihnen dunkel und wenig einladend die Öffnung zum Steinlabyrinth entgegen.

„Hast du getanzt?"

„Ja."

Sein Blick hatte sich geklärt und er betrachtete sie aufmerksam. Sie hoffte, dass sich das Rot ihrer Wangen verflüchtigt hatte.

„Du leuchtest", stellte er fest. „Es hat dir Spaß gemacht."

„Ja, ich tanze für mein Leben gern. Außerdem ist dieses Fest wunderschön. Ich habe so etwas noch nie gesehen. Die Menschen hier sind so fröhlich, und die Musik hat einen ganz besonderen Klang. Dazu kommen der Geruch des Meeres und das Geräusch der Wellen, die an den Strand schlagen. Mein Herz ist voll von all dem", schwärmte sie und breitete die Arme aus, als wollte sie all das, was sie eben beschrieben hatte, umfassen. „Elaine muss dir für dieses unglaubliche Geschenk grenzenlos dankbar gewesen sein", fügte sie hinzu und legte ihm eine Hand auf den Arm.

„Dankbar. Ja, das war sie", meinte er mit unüberhörbar bitterem Unterton. Marla sah ihn verständnislos an. „Sie war mir sehr dankbar dafür, es stimmt", räumte er ein. „Aber ich möchte jetzt nicht von Elaine reden. Ich habe heute schon zu viel an sie gedacht. Lass uns gehen."

Bevor sie in die Höhle traten, warf Marla einen letzten Blick auf das steinerne Wachhaus. Ihr Herz schlug schneller, als sie auf einem der Felsen einen Mann in Jeans und weißem Hemd stehen sah. Er bewegte sich nicht. Sie war sich nicht einmal sicher, dass er zu ihnen schaute. Für einen Augenblick war sie versucht, stehenzubleiben und sich zu den

Booten umzudrehen, die gemächlich auf den Wellen schaukelten. Würde sie die *Louise* entdecken? In diesem Moment nahm Arvid sie wie selbstverständlich bei der Hand und zog sie mit ins Innere des dunklen Schlunds.

Sie waren schon eine Weile unter der Erde unterwegs, als ihr bewusst wurde, dass sie ununterbrochen in fröhlichem Ton plapperte. Sie erzählte ihm von Henni, die jetzt gerade in Griechenland am Strand lag, und auch von Mama, die seit Jahren nicht mehr so viel Zeit mit ihrem Ehemann verbracht hatte wie in diesem Urlaub. Vielleicht war es das schlechte Gewissen, das sie verspürte. Ihr gemeinsamer Ausflug hatte ihn in eine seltsam niedergeschlagene Stimmung versetzt, wogegen sie selbst sich noch nie so lebendig und leicht gefühlt hatte und ihr Herz wie ein warmer Ball in ihrer Brust schwebte.

Ihre Rechnung schien aufzugehen, denn Arvid hörte ihr aufmerksam zu und machte die eine oder andere Bemerkung. Als sie am Klagehügel angelangt waren, verschloss er den Zugang zum Keller und bedeckte ihn sorgfältig, sodass niemand ahnen würde, was sich an dieser Stelle befand.

„Das war's", verkündete er aufatmend. Die Erleichterung in seiner Stimme war nicht zu überhören.

„Wirst du ihn eines Tages zerstören?" Marla konnte den Blick nicht von dem verborgenen Eingang abwenden.

„Er hat mich so viel Kraft und Energie gekostet, warum sollte ich ihn zerstören?"

„Weil er dich an Elaine erinnert."

„Jetzt habe ich ja dich." Kleine Fältchen bildeten sich in seinen Augenwinkeln, als er ein Lächeln andeutete. „Wenn du bei mir bist, bin ich glücklich und kann sie vergessen."

„Erzählst du morgen ihre Geschichte weiter? Eure Geschichte", fügte sie hastig hinzu, da ja Arvids und Elaines Geschichte miteinander verwoben waren.

„Wenn du möchtest."

Sie nickte eifrig. „Natürlich. Ich kann es kaum erwarten."

„Du findest mich bei der Eiche." Mit diesen Worten sank er vor ihr auf den Boden und sie machte erschrocken einen

Schritt zurück. Doch er legte nur seine Hand über die Kratz-
spuren der Brombeerdornen. Eine kaum spürbare Berührung
und er erhob sich.

„Bis dann, Marla.“

Von der Verletzung war nichts mehr zu sehen.

*Die letzten Stunden waren eine unsagbare Qual für mich.
Fast schon bereue ich, ihr den Tunnel gezeigt zu haben. Ihre
Begeisterung für das, was sich auf der anderen Seite befindet, ist nicht zu übersehen. Doch ich bin nicht bereit, sie zu
teilen. Mit nichts und mit niemandem. Eifersüchtig auf einen
Landstrich? Ist das möglich? Oh ja. Und dass ich so empfinde, zermürbt mich.*

Sie ist meine Schwäche. Mehr noch als Elaine.

*Ich höre ihren leichten Schritt, als sie den Hügel hinab zu
ihrem Fahrrad läuft. Sie ist wie beflügelt. Ich sollte mich
freuen. Denn immerhin bin ich der Grund, weshalb sie so
beschwingt ist. Und doch stehe ich noch immer an der Stelle,
wo sie mich verlassen hat. Sehe ihr mit gemischten Gefühlen
hinterher.*

*In den wenigen Tagen, da wir uns kennen, hat sie sich
verändert. Sie erblüht. Einer Knospe gleich, die unerwartet
aufbricht und sich zu einer Blüte entfaltet, wie ich sie schöner nie sah. Gleichwohl bin ich hin- und hergerissen. Wie
gerne möchte ich glauben, dass es an mir liegt, was mit ihr
passiert. Doch was das angeht, bin ich ein gebranntes Kind.*

*Mein Schmerz ist ihr nicht entgangen. Die Worte, die un-
ablässig aus ihrem süßen roten Mund perlen, lenken mich
ab. Die Erkenntnis, dass es ihr wichtig ist, wie es mir geht,
hüllt mich ein wie ein schützender, warmer Mantel und hält
die Gedanken an den eisigen Nordwind auf Distanz.*

*Den Tunnel werde ich nie wieder betreten. Das habe ich
mir in dem Moment geschworen, als ich ihn verschloss. Ein
letztes Mal. Mit den Jahren wird er vollends in sich zusam-
menschrumpfen, und irgendwann wird es sein, als hätte es
ihn nie gegeben. Das Gestern wird mit ihm vergehen und*

Platz machen für ein Morgen, so strahlend hell und vielversprechend wie ein neuer Tag. Ein Morgen für mich und sie. Marla.

Gemächlich radelte Marla durch den Wald. Sie hatte es nicht eilig mit dem Heimkommen. Denn sie brauchte Zeit. Zum Nachdenken.

Irgendetwas stimmte nicht. Das befremdliche Gefühl hatte sich ihrer bemächtigt, noch bevor sie sich von Arvid verabschiedet hatte. Doch anstatt zu verschwinden, wuchs es weiter und breitete sich unangenehm in ihrem ganzen Körper aus.

Dabei waren die letzten Stunden so schön gewesen! Das Tanzen mit den fröhlichen Festbesuchern hatte ihr solchen Spaß gemacht. Ganz besonders das Tanzen an der Seite von Kelian. Sie musste sich eingestehen, dass sie ihn überaus anziehend fand. Anziehend und begehrenswert. Sicherlich gab es jede Menge junger Frauen, die in ihn verliebt waren. Aber er – er hatte nur Augen für sie gehabt.

Kelian. Unwillkürlich schlich sich ein Lächeln auf ihre Lippen. In ihrem Umfeld gab es keinen, der annähernd so war wie er. Er gefiel ihr. Viel zu gut, dafür, dass sie ihn nie wiedersehen würde. In ihn könnte sie sich verlieben. Sie versuchte, dem wohligen Gefühl, das sie verspürte, wenn sie an ihn dachte, nicht zu viel Bedeutung beizumessen. Er war ein Traum. Nicht nur unerreichbar, sondern in einer gewissen Weise auch unwirklich.

Nein, nicht unwirklich, denn es gab ihn tatsächlich. Sie tastete nach dem Stein, der in ihrem Jeansrock steckte und fand erleichtert seine Umrisse. Zweifellos real.

Natürlich gäbe es die Möglichkeit, nach Frankreich in die Bretagne zu reisen und Kelian zu suchen. Wie das kleine Fischerdorf hieß, wusste sie. Das dürfte also kein Problem sein. Aber konnte sie dort einfach auftauchen? Vielleicht war es Kelians Lieblingsbeschäftigung, mit jungen Touristinnen zu flirten. Auch wenn seine Worte das Gegenteil beteuert hatten. Und überhaupt. Wie sollte sie dort hingelangen? Mit dem Zug? Mit dem Auto?

Am Samstag würde Henni wiederkommen. Marla konnte nicht einfach so mir nichts, dir nichts auf Reisen gehen. Mit einem halb belustigten und halb enttäuschten Schnauben verwarf sie diesen Gedanken. Ihr gesunder Menschenverstand, von dem sie annahm, dass sie ihn noch besaß – obwohl sie einem Wildfremden glaubte, dass er ein Windbruder war – hinderte sie daran, einen Mann zu suchen, den sie erst zwei Mal und zudem unter äußerst merkwürdigen Umständen getroffen hatte.

Sie ächzte, als sie ein Schlagloch übersah und zusammen mit ihrem Fahrrad einen Hüpfer machte. Erst im letzten Augenblick konnte sie verhindern, dass sie im Graben landete. *Konzentrier dich*, ermahnte sie sich und schob alle Gedanken an Kelian energisch zur Seite. Kaum aber war sie nicht mehr abgelenkt, meldete sie sich wieder. Diese vage Ahnung, die durch ihren Körper geisterte wie ein unheilvoller Nebel. Hand in Hand mit Arvids Worten.

Jetzt habe ich ja dich. Wenn du bei mir bist, bin ich glücklich und ich kann sie vergessen.

Sie war sich nicht ganz im Klaren, was das genau bedeutete. Vielleicht wollte sie es gar nicht wissen. Sie versicherte sich, dass er damit hatte ausdrücken wollen, dass er sich wohlfühlte, wenn sie zusammen waren. In diesem Fall ging es ihm genauso wie ihr selbst. Sie mochte ihn und war gerne bei ihm. Er war etwas Besonderes und berührte sie auf eine rätselhafte Weise. Als gäbe es eine unerklärliche Verbundenheit zwischen ihnen, die sie nicht verstand. Außerdem war er der verkörperte Wind und hatte ständig eine neue Überraschung für sie parat. Jedes Treffen mit ihm war spannend und aufregend. Zugleich düster und geheimnisvoll. Er war ihr ein guter Freund. Und genau das wollte sie auch für ihn sein. Eine gute Freundin. Mehr nicht. Sie hoffte innig, dass sich seine Vorstellung ihrer Freundschaft nicht von der ihren unterschied.

Als Marla ihr Fahrrad in den gepflasterten Hof schob, stand Riekes Auto vor dem Haus. Sehr gespannt darauf, wie der Freund ihrer Schwester wohl sein mochte, räumte sie ihr Rad in den Schuppen und lief durch den Garten. Bevor sie um die Hausecke bog, zog sie Kelians Stein aus der Tasche. Er fühlte sich glatt an. Rundgewaschen von den Urgewalten der Ozeane.

Vielleicht würde sie ihn so wie Kelian an ein Lederband hängen und um den Hals legen. Er würde sie für immer an das verrückteste Abenteuer ihres Lebens erinnern. Irgendwo in ihren Schubladen müsste noch ein passendes Band liegen, überlegte sie, während sie weiterging und den Stein betrachtete.

„Hallo", erklang plötzlich eine fremde Stimme. Als sie überrascht aufsah, blickte sie in ein Paar eisblaue Augen.

„Marla, nehme ich an?"

Sie nickte. Der Mann, der vor ihr stand, war kaum größer als sie selbst und der außergewöhnlichste Mensch, den sie je gesehen hatte. Neben ihm stand Rusty, einen Tennisball zwischen den Kiefern, und wartete geduldig. Sein kleiner Schwanz pendelte fröhlich hin und her.

„Ich bin Waldemar."

Das also war der Mann, in den sich ihre Schwester verliebt hatte. Sie hatte sich nie Gedanken darüber gemacht, wie er aussehen würde. Jetzt aber, da er vor ihr stand, konnte sie ihn nur anstarren.

In vielem war er genau das Gegenteil von Rieke. Trotzdem glichen sie sich. Sein blasses Gesicht wirkte beinahe ätherisch. Nicht der zarteste Hauch von Rosa zierte seine Wangen. Das weißblonde Haar fiel ihm weich auf die Schultern. Es war das hellste Weißblond, das Marla bisher gesehen hatte. Alles in ihr sträubte sich jedoch dagegen, das Haar des Mannes *weiß* zu nennen. Weiße Haare hatten nur alte Menschen.

Die ausgewaschenen Jeans und das dunkelblaue T-Shirt unterstrichen seinen schmächtigen Körperbau. Wie Rieke war auch er sehr feingliedrig und hatte etwas ungewöhnlich

Zartes an sich, wenn man das von einem Mann behaupten konnte. Das blasse Gesicht mit der langen, geraden Nase war schmal und spitz. Das Auffälligste an seiner Erscheinung aber war der Mund. Die blutroten Lippen leuchteten auf dem farblosen Hintergrund wie ein Signalfeuer, sodass man unweigerlich hinstarren musste. Entsetzt wurde Marla bewusst, dass sie genau das tat.

„Entschuldige", stieß sie hervor, riss ihre Augen los und suchte seinen Blick, der die Farbe von Gletschereis hatte.

„Schon gut." Seine Stimme klang nachsichtig. „Wie du dir sicher denken kannst, bin ich an diese Reaktion gewöhnt." Er streckte ihr die Hand entgegen. „Ich freu mich, dich kennenzulernen."

„Hallo Waldemar. Ich freu mich auch." Zu ihrer Überraschung war seine Hand warm, beinahe heiß. Irgendwie hatte sie nicht damit gerechnet. Es widersprach seinem Aussehen. Nicht nur seine Hände und seine Stimme waren warm. Bemerkenswerterweise auch der Blick aus den eisblauen Augen, die sie eingehend musterten. Es machte ihr nichts aus. Es waren Augen, denen man vertraute, ohne zu wissen warum. Sie verweilten auf ihrer Schulter. Marla fiel der unschöne Fleck ein, der auf ihrer Bluse prangte. Unwillkürlich senkte sie den Blick auf ihre Schuhe, die ebenfalls voller Erde waren. Wenigstens hatte sie keine Kratzer mehr auf dem Schienbein. Er würde sie für eine Wilde halten. Waldemar war ihren Augen gefolgt.

„Wie ich sehe, hat der Wald seine Spuren hinterlassen."

Als sie ihn verwirrt ansah, verzog er seinen außergewöhnlichen Mund zu einem freundlichen Lächeln. „Rieke erzählte, dass du während der Ferien deine Leidenschaft für den Wald entdeckt hast."

„Äh – ja. Das stimmt. Ich mag die Ruhe dort."

„Das verstehe ich gut. Ich mag den Wald auch." Hilflos sah er sich um. „Deine Schwester hat mir aufgetragen, die Auflagen für die Stühle zu holen. Ich habe allerdings keine Ahnung, wo ich suchen muss."

Bevor Marla sich zum Gehen wandte, deutete sie auf die Kiste an der Hauswand. „Sie sind dort drinnen."

„Wie schön, da bist du ja!", rief Rieke, als Marla ins Haus trat. Sie stand in der Küche und putzte Gemüse. Erwartungsvoll sah sie ihre Schwester an. „Ich habe eure Stimmen gehört. Du hast Waldemar also schon kennengelernt?"

Marla nickte. „Hab ich."

„Und?" Riekes Gesicht glühte.

„Er ist … apart, würde ich sagen. Außerdem ist er sehr nett. Ich mag ihn."

Rieke trat zu ihr und umarmte sie. „Ich bin froh, dass du so empfindest. Oft starren ihn die Menschen an und kriegen kaum ein Wort über die Lippen. Nur weil sein Äußeres sich von der Allgemeinheit abhebt. Dabei ist er der gütigste Mensch, den ich kenne. Die Tiere lieben ihn. Und Tiere irren sich nicht."

Marla betrachtete ihre Schwester zärtlich. „Ich weiß, dass *du* dich nicht irrst, Rieke."

Als Marla später am Abend im Bett lag, ließ sie den Abend revuepassieren. Es war ein angenehmes Beisammensein gewesen. Es hatte bereits damit begonnen, dass sie darüber lachen mussten, weil sie grillten, ohne ein einziges Stück Fleisch auf den Rost zu legen. Denn nicht nur Rieke ernährte sich vegetarisch, auch Waldemar aß kein Fleisch. Marla hatte ihrerseits darauf verzichtet, weil sie ja heute eingeladen war und es für das Einfachste hielt, sich anzuschließen.

„Wer lange Zeit intensiv mit Tieren arbeitet, der wird früher oder später keines von ihnen mehr essen wollen", bemerkte Waldemar und legte für einen Augenblick eine helle Hand auf Riekes sonnengebräunten Unterarm. „Eins der vielen Dinge, die uns verbinden." Er sah Rieke dabei an, als hätte er noch nie etwas Schöneres gesehen. Sie schenkte ihm ein strahlendes Lächeln.

Nach dem Essen erzählte Waldemar witzige Anekdoten, über die sie herzlich lachen mussten. Er arbeitete schon seit vielen Jahren als Tierpfleger und hatte einige verrückte Geschichten erlebt.

Marla ertappte sich hin und wieder dabei, dass sie dem Gespräch nur oberflächlich folgte. Viel spannender war es, Rieke und Waldemar zuzusehen. Das Band, das zwischen ihnen entstanden war, konnte man fast körperlich spüren. Die Vertrautheit in ihren Blicken und die Art, wie sie miteinander sprachen, all das geschah so selbstverständlich, als würden sie sich seit langer Zeit kennen. Mit einem Male kam Marla sich wie ein Eindringling vor, der sich in einem Raum bewegte, wo er nichts zu suchen hatte. Sie nahm sich zusammen und hörte auf, die beiden zu beobachten. Was sie wissen wollte, wusste sie. Es gab nicht den geringsten Zweifel daran, dass er ihrer Schwester ebenso innig zugetan war wie sie ihm.

Sie waren so offensichtlich füreinander bestimmt, dass es kein Zufall sein konnte, dass sie sich gefunden hatten. Davon war Marla überzeugt. Die sanfte Heiterkeit, die Riekes hervortretender Charakterzug war, war auch ihm zu eigen. Die Vorstellung, dass Waldemar jemals die Stimme erheben könnte, schien abwegig. Alles in allem ergänzten sie sich in einzigartiger Weise.

Mehrmals versuchte Marla, sein Alter zu schätzen, kapitulierte aber jedes Mal. Es war geradezu unmöglich. Es gab Momente – wenn er vergnügt lachte – da hielt sie ihn für höchstens 25 Jahre. Wenige Minuten später jedoch, in ein Gespräch vertieft, das ihm wichtig und ernst war, mochte er ebenso gut 40 Jahre oder gar älter sein. Er war auf eine merkwürdige Weise alterslos. Das verwirrte sie.

Als sie später noch einige Scheite Holz auf die Glut legten und die Funken gen Himmel stoben, sprang Rusty auf Waldemars Schoß und rollte sich zusammen. Aus der offenen Terrassentür klang Musik, und der laue Abendwind strich ihnen durchs Haar. Marla gab sich Mühe, nicht an Kelian zu denken. Es schien schon so lange her, dass sie an seiner Hand getanzt hatte und die Welt hätte umarmen können.

Kaum zu glauben, dass es erst heute früh gewesen war. Es fühlte sich an, als wäre es aus einem anderen Leben.

Sie schreckte aus ihren Gedanken, als Waldemar sich danach erkundigte, ob sie schon Pläne für die Zukunft hatte. Außerdem wollte er wissen, wie sie ihre Ferien verbrachte und ob sie sich nicht fürchtete, wenn sie allein im Wald unterwegs war. Sie musste lachen, als sie seine besorgte Miene sah. Es war ein wenig, als hätte sie plötzlich einen großen Bruder.

Nein, hatte sie geantwortet. Sie empfand den Wald als friedlich und beruhigend nach den letzten Wochen vor den Ferien, die mit den Klassenarbeiten und der Aufregung um Mamas Reise turbulent gewesen waren. Außerdem würde ihre Freundin Amelie in zwei Wochen wieder zurück sein, da hatte sie noch ausreichend Gelegenheit, andere Dinge zu unternehmen.

Der Mond hatte bereits hoch am Himmel gestanden, als Waldemar sich verabschiedete. Rieke und Marla räumten die letzten Reste weg.

„Es war ein sehr schöner Abend", sagte Marla, als sie fertig waren und sie sich nach ihrem Bett sehnte. Sie küsste Rieke auf die Wange. „Waldemar ist ein ganz besonderer Mensch. Genau wie du. Ihr beide … ihr gehört zusammen. Wer das nicht merkt, muss blind sein."

Rieke hatte daraufhin Marlas Hand genommen, die Augen schimmernd vor Glück. „Marla", hatte sie geflüstert. „Ich bin so glücklich, dass es beinah weh tut."

Nun lag Marla im Bett und konnte, wie so oft in den vergangenen Tagen, mal wieder nicht einschlafen. Ob sie die versäumten Stunden jemals aufholen würde? Und wie lange würde das noch so gehen? Dabei fühlte sie sich tagsüber nicht einen Deut müde.

Wie hatte sich nur innerhalb von so kurzer Zeit so viel verändern können? Ihr Leben hatte sich bisher in verhältnismäßig geregelten Bahnen bewegt. Natürlich, da war ihre kleine, ein wenig chaotische Familie. Aber ihr Alltag war ebenso Routine wie der vieler anderer Menschen auch. Plötzlich jedoch hatte Rieke, die sich noch nie zuvor für Männer interessiert hatte, einen Freund, der so außergewöhnlich war, dass Marla ständig sein Gesicht vor sich sah. Sie dachte an seine eisblauen Augen, die manchmal nachdenklich auf ihr geruht hatten. So, als würde er überlegen, ob da etwas sein könnte, das sie ihm vorenthielt. In dieser Hinsicht hatte er sogar Recht. Aber sie hatte nicht die Absicht, ihr Geheimnis preiszugeben.

War es nicht Waldemar, an den sie denken musste, so waren es Arvid oder Kelian. Zwei weitere Männer, die sich in ihr Leben geschlichen hatten und beide auf ihre Weise ebenso wenig gewöhnlich waren wie Waldemar. Denn der eine von ihnen war ein Windbruder, der durch die Wipfel der Bäume fuhr und ihnen im Herbst ihr Blätterkleid nahm. Jemand, den man nur berühren musste um zu spüren, dass anstelle von Blut eine gewaltige Energie durch seine Adern rauschte und den ganzen Körper zum Vibrieren brachte. Er hatte die Macht, sie auf die Arme zu nehmen und mit ihr über Wiesen und Felder zu fegen, was ihr das Gefühl gab, einen total abgefahrenen Rausch zu erleben. Außerdem konnte er Dinge zaubern, die sie niemals für möglich gehalten hätte. Einen Tunnel zum Beispiel, der bis zu einem anderen Land reichte. Waren es seine Finger gewesen, die ihr vorhin am Feuer sanft über die Wangen gestrichen hatten? *Aber jetzt hab ich ja dich.* Ein leiser Schauer rieselte ihr über den Nacken und sie zog ihre Decke ein wenig höher. Vor ein paar Tagen noch hätte ihr diese Vorstellung kein solches Unbehagen bereitet.

Schnell schob sie die Gedanken an Arvid beiseite und wandte sich dem dritten Mann zu, der so unerwartet in ihre Welt getreten war. Nein, das stimmte so nicht, denn genaugenommen war sie in Kelians Welt getreten. Wie durch Zauberei. Und in diese wunderschöne Welt hatte sie sich verliebt. Wahrscheinlich – ein angenehm warmes Gefühl strömte durch ihren Bauch – auch ein wenig in Kelian selbst. Noch immer befürchtete sie, dass das alles nur ein Traum gewesen war, da ihre Vernunft ihr erzählte, dass nichts an diesem Erlebnis wahr sein konnte. Sie schob eine Hand unters Kopfkissen und tastete klopfenden Herzens nach dem flachen Stein. Erleichtert atmete sie auf, als sie ihn mit der Faust umschloss. Der Stein war der Beweis dafür, dass es die Welt auf der anderen Seite des Tunnels tatsächlich gab. Dass Kelian wirklich existierte und ein Mensch aus Fleisch und Blut war. Ob er morgen tatsächlich nach ihr Ausschau hielt? Würde er sie wirklich gerne wiedersehen? Sie selbst würde etwas darum geben, ihn wiederzusehen. Sein lachendes Gesicht, die fröhlichen Augen. Seine gute Laune, die scheinbar nichts erschüttern konnte. Beinahe hätte er sie geküsst! Inzwischen wünschte sie sich, sie hätte es zugelassen.

Von weit entfernt meinte sie ein leises Donnergrollen zu vernehmen. Sie stand auf und trat ans Fenster. Ein Windstoß bauschte die Vorhänge und fuhr durchs Zimmer. Abermals grollte es kaum vernehmbar, und ein stummes Wetterleuchten zuckte über den Horizont. Vielleicht war es morgen vorbei mit dem guten Wetter.

Wie mochte es an der bretonischen Küste sein, wenn ein Gewitter darüberzog? Wenn Sturmböen das Wasser peitschten und die Wellen sich zu Bergen türmten? Sie würden sicher mit ohrenbetäubendem Getöse an den Felsen zerschellen. Das Boot von Kelian würde auf dem Meer schaukeln wie ein Kinderspielzeug. Wieso hatte sie sich nicht noch einmal umgesehen und nach der *Louise* gesucht? Sie hätte wenigstens einen Eindruck von seinem Schiff bekommen. Und weshalb hatte sie ihm nicht einfach zugewinkt, als er weit über ihnen auf dem Felsenberg gestanden hatte? Was wäre schon dabei gewesen?

Wieder streifte der Wind ihre Haut, strich durchs Zimmer und ließ das Mobile mit den bunten Perlen klirrend tanzen.

„Arvid?", murmelte sie beklommen. „Bist du hier?"

Das Laub der Obstbäume seufzte. Mit einer schnellen Bewegung schlug Marla die Fensterflügel zu und schob den Vorhang davor. Sie hatte keine Ahnung, ob *er* es war. Sie wusste nur, dass sie nicht wollte, dass er sie beobachtete. Vermochte er vielleicht Gedanken zu lesen? Er sagte, Windbrüder hätten Kräfte, von denen die Menschen nur träumen konnten.

Sie legte sich ins Bett und zog die Decke über sich. Bevor sie einschlafen konnte, war ihr so warm, dass sie sie gereizt wieder von sich schob. Im Zimmer war es viel zu stickig. Kurz überlegte sie, ob sie das Fenster nicht doch lieber öffnen und die kühle Nachtluft hereinlassen sollte. Nein, sie würde diese Nacht keinen Wind ins Zimmer lassen. Entschlossen warf sie sich auf die andere Seite und schloss die Augen.

In ihrer Faust lag noch immer Kelians Stein.

Kapitel 9

Ihre Vermutung war richtig gewesen. Es hatte zwar in der Nacht kein Gewitter gegeben und auch geregnet hatte es nicht, aber in aller Heimlichkeit war eine dicke Wolkendecke heraufgezogen und hatte die Sonne verbannt. Der Wald sah aus, als wäre er über Nacht in Trauer versunken. Von den freundlichen Farben, die sie jeden Tag in Empfang genommen hatten, war heute nichts zu sehen. Alles wirkte düster und traurig. Ein wenig unheimlich. Marla war froh, dass Rusty sie begleitete.

In ihrem Rucksack gluckerte das Wasser in der Flasche, und sie dachte an das kleine Picknick, das sie noch im letzten Moment hineingesteckt hatte. Frisch geerntete Tomaten aus dem Garten, ein paar Scheiben Brot, ein Stück Käse und einige Haferkekse. Sie hatte Arvid noch nie etwas essen gesehen. Aß er überhaupt? Vielleicht mussten sich ja die Windbrüder nicht ernähren und sie lebten von Luft.

Wie erwartet stürmte der kleine Hund auf Arvid zu, sobald er ihn entdeckt hatte. Er sprang an dem großen Mann hoch, ließ sich von ihm auf den Arm nehmen und wurde abgesetzt, als Marla hinzutrat. Lachend klopfte Arvid die Erde ab, die Rustys Pfoten auf seinem Hemd hinterlassen hatten. Seine Laune schien sich gebessert zu haben, stellte Marla erleichtert fest und ihr wurde leichter ums Herz. Sie hatte ihn gerne zum Freund.

„Schön, dass du ihn mitgenommen hast!" Er bückte sich und warf einen Zapfen, dem der kleine Hund außer sich vor Freude folgte.

„Heute bin ich dran mit Hundehüten." Marla setzte ihren Rucksack ab. „So wie es aussieht, möchte er allerdings viel lieber von dir gehütet werden", bemerkte sie trocken, als

Rusty den Zapfen vor Arvids Füße fallen ließ und sich erwartungsvoll setzte. Arvid warf ihn erneut.

„Gestern war Waldemar bei uns. Ihn hat Rusty auch so angehimmelt. Bisher hat er das immer nur bei Rieke gemacht. Wahrscheinlich hat er jetzt erst gemerkt, dass in unserer Familie Männer fehlen."

„Waldemar?"

„Riekes Freund."

„Ist er nett?"

Marla sah ihn verdutzt an. „Ja, schon. Er ist ein netter Kerl. Ich kann verstehen, dass Rieke sich in ihn verliebt hat." Sie löste die Picknickdecke vom Rucksack und legte sie unter die Eiche.

„Du rechnest mit schlechtem Wetter?", wollte Arvid wissen, als sie sich darauf niederließen.

„Naja …" Sie versuchte, durch das Blätterdach den Himmel zu erkennen. „Man kann nie wissen. Es sieht so aus, als würde der Regen nur darauf warten, dass wir uns hingesetzt haben."

Ein angedeutetes Lächeln huschte über sein Gesicht. „Es wird heute nicht regnen. Glaub mir."

„Ich glaube dir", sagte sie ohne zu zögern. Wer sollte es wissen, wenn nicht er? „Dann müssen wir uns ja nicht beeilen. Ich habe was zum Essen mitgebracht. Ein kleines Picknick für nachher."

Er nickte. „Du möchtest demnach zuerst hören, wie es weitergeht?"

„Ja. Jetzt, da ich weiß, woher Elaine kommt und wo sie aufgewachsen ist, habe ich das Gefühl, ich würde sie kennen. Was hat sie zu dem Tunnel gesagt? Sie muss sehr glücklich über das Geschenk gewesen sein." Marla klopfte auf ihren Oberschenkel, worauf Rusty angelaufen kam und sich zwischen sie und Arvid legte. Der junge Mann schloss die Augen und sammelte sich. Endlich begann er zu erzählen.

Elaine sollte mein Geschenk genau an ihrem 17. Geburtstag erhalten. Nie wieder habe ich so oft geflucht wie während dieser Arbeit! Ausgerechnet in diesem Jahr war der Winter besonders hart. Die klirrende Kälte hatte die Erde gefrieren lassen, und ein Weiterkommen war nur in kleinen Schritten möglich. Wieso hatte ich diese Idee nicht früher gehabt?

Ein Zurück gab es nicht. Der Termin musste eingehalten werden. In einem Moment der Schwäche nämlich hatte ich Elaine verraten, dass ich an ihrem Geburtstag eine ganz besondere Überraschung für sie haben würde. Ein Geschenk, wie es noch nie zuvor ein Mensch erhalten hatte. Je näher der Tag rückte, desto aufgeregter wurde sie.

Ich arbeitete Tag und Nacht gegen den Frost an. An Ausruhen war nicht zu denken. Ich beschwor Borg, etwas sanfter mit der Natur umzugehen und sie nicht bis ins Mark erstarren zu lassen. Er erhörte mich nicht. Jeder habe seine Aufgabe, meinte er, und er tue nur seine Pflicht. Er sei schon sehr neugierig darauf, wie ich ab dem Frühjahr die meine erfüllen würde. Ich ahnte, dass er mein Tun nicht befürwortete. Aber er hinderte mich nicht daran.

Ende März war es endlich vollbracht. Es war der Abend vor ihrem Geburtstag. Ich war so erschöpft, dass ich mich kaum auf den Beinen halten konnte. Aber das war es mir wert. Elaines Geschenk war fertig, das allein zählte. Alles war bis ins kleinste Detail so geworden, wie ich es beabsichtigt hatte.

Ich wagte nicht, mich zur Ruhe zu legen, da ich wusste, dass ich, wenn ich endlich die Gelegenheit hatte zu schlafen, vorerst nicht mehr aufwachen würde. So wartete ich bei der Eiche auf den neuen Tag. Elaines Geburtstag fiel auf einen Dienstag, also hatte sie vormittags Unterricht. Ich schleppte mich durch die Stunden, immer gegen die Versuchung ankämpfend, für kurze Zeit mit der Eiche zu verschmelzen und mich meiner grenzenlosen Müdigkeit hinzugeben.

Es war sonnig und kalt. Einer dieser Tage, an denen sich der Winter noch ein letztes Mal aufbäumte, bevor er geschlagen dem Frühling wich. Ich fror bis ins Innere meines

Wesens, was nichts mit den Temperaturen zu tun hatte. Während ich an den Baum gelehnt ausharrte, überlegte ich, wie ich es schaffen sollte, in den nächsten Tagen meine eigentliche Tätigkeit aufzunehmen. Der Nordwind hatte Recht. Wenn er gehen würde, hätte ich ein Problem.

Nicht einen Augenblick zu früh hörte ich Elaines Stimme.

„Arvid!"

Erschrocken riss ich die Augen auf. Ein paar Sekunden später, und ich wäre im Stehen eingeschlafen.

„Arvid, sieh her, was ich mitgebracht habe!"

In Mantel und Mütze eingehüllt stand sie vor mir. Das Laufen hatte sie erhitzt. Ihre Wangen glühten und ihre Augen leuchteten vor Aufregung. Sie sah wunderschön aus. Das Lachen, das mir entgegensprang, strahlte bis in den Kern meines Seins und entfachte dort ein Feuer, dessen Wärme auf der Stelle die lähmende Erschöpfung verdrängte.

Noch immer überwältigt von ihrer Wirkung auf mich, spähte ich in den Korb, den sie mir entgegenhielt. Darin lagen ein Kuchen, eine Flasche Saft und zwei Gläser.

„Ich habe einen Kuchen gebacken. Nur für uns beide. Nun brauchen wir noch eine geschützte Stelle, wo uns der eisige Nordwind nicht so zwickt. Und wenn wir den Kuchen gegessen haben", sagte sie eifrig und ihre braunen Augen wirkten vor Erwartung einen Ton heller als sonst, „zeigst du mir die Überraschung."

„Welche Überraschung?", scherzte ich übermütig und zu neuem Leben erwacht. Sie ließ sich nicht beirren.

„Das weißt du ganz genau! Ich konnte vergangene Nacht vor Aufregung gar nicht schlafen."

Anstatt darauf einzugehen, fragte ich: „Wie geht es dem alten Wilhelm?"

Der Wildhüter hatte sich eine schwere Erkältung zugezogen, von der er nicht so recht genesen wollte. Die meiste Zeit verbrachte er im Bett oder im Wohnzimmer vor dem wärmenden Kaminfeuer. Elaine sah täglich nach ihm und sorgte dafür, dass er regelmäßig etwas Warmes zu essen bekam.

„Er hustet fürchterlich. Ich habe ihm gesagt, dass ich diese Woche den Doktor hole. Aber Wil'elm will davon nichts wissen. Heute war ich noch nicht bei ihm."

„Das trifft sich gut", sagte ich. „Du besuchst ihn jetzt, und anschließend bringe ich dich an einen Ort, wo wir deinen Geburtstagskuchen essen werden."

„Und die Überraschung?"

Ich antwortete nicht, sondern ging einfach los.

Elaine sah nach dem alten Mann, kochte ihm Tee aus Kräutern, die sie selbst getrocknet hatte, und ließ ihm ein Stück von ihrem Kuchen da. Als sie aus dem Haus trat, schaute sie mich mit hochgezogenen Augenbrauen an. „Und jetzt?"

„Komm", forderte ich sie auf und lief zu der Klappe, die den Kellerabgang verdeckte. Wir stiegen hinab. In mir wirbelte plötzlich eine Energie, von der ich nicht geglaubt hatte, dass ich sie jemals wieder verspüren würde. Was würde sie sagen? Wie würde sie reagieren? Ich konnte vor Erregung kaum einen klaren Gedanken fassen.

Als ich Kerzen angezündet und den Aufgang wegen der Kälte wieder geschlossen hatte, stellte Elaine den Korb auf den Boden und sah sich um. Es war schon eine Weile her, seit sie hier unten gewesen war. Im Winter brauchte Wilhelm den Keller nicht und es gab selten einen Grund, in den ungemütlichen Raum unter der Erde hinabzusteigen.

„Hast du den Spiegel an die Wand gehängt?", wollte sie wissen. Ich nickte. Das alte, halbblinde Möbelstück hatte ich hinter den Regalen entdeckt und es für geeignet befunden, den Eingang des Tunnels zu verbergen. Nicht, dass Wilhelm etwas mit der Tür hätte anfangen können. So aber blieb es ihm erspart, sich darüber Gedanken zu machen.

„Weshalb?", hakte Elaine nach. Das warme Licht der Kerzen gab ihrem Gesicht einen samtenen Glanz. Sie streifte die Mütze ab und legte sie auf einen eingestaubten alten Stuhl. Ihr Haar hatte sich aus dem Knoten gelöst und stand wie ein goldener Kranz um ihren Kopf. Sie sah aus wie ein Engel, der nur für mich auf die Erde gekommen war. Ich musste mich von ihrem Anblick losreißen, ging zum Spiegel und hob ihn von der Wand. Als Elaine die merkwürdige Tür sah, trat sie schweigend neben mich. Nachdem ich den Zugang geöffnet hatte und wir den Tunnel dahinter sehen konnten, schnappte sie nach Luft.

„Was ...?"

Ich nahm den Korb in die eine, Elaine bei der anderen Hand. Gemeinsam gingen wir den Weg, den auch du kennengelernt hast. Sie sagte kein Wort, aber ihre Augen waren groß und ungläubig. In dem Augenblick, als das ferne Donnern zu vernehmen war, blieb sie stehen und horchte.

„Das hört sich ein wenig an wie ... Aber das ist unmöglich."

„Bald sind wir da." Ich zog sie weiter. Wir waren kaum in das Labyrinth mit den Felsen getreten, da legte sie ihre Hände auf einen der Steine. Sie schüttelte den Kopf, als würde sie ihren Sinnen nicht trauen. Ohne mich zu beachten, begann sie zu laufen und stürmte dorthin, wo sie den Ausgang der Höhle vermutete. Mit einem spitzen Schrei war sie stehengeblieben und starrte auf das, was vor ihr lag. Es war der winterliche, fast schwarze Atlantik, der seine Wellen schäumend auf den Strand spülte. Kein Mensch war zu sehen.

Ich stellte mich neben Elaine und ließ ihr Zeit, zu verstehen. Ihr Körper bebte, ihre Wangen waren nass von Tränen. Aber ihr Gesicht! Ich hatte diesen Ausdruck noch nie gesehen. Es war reine Glückseligkeit. Ihre Finger tasteten nach meiner Hand. So standen wir lange einfach da und betrachteten das Wasser, mit dem der Wind spielte, Berge und Täler baute und es schließlich an Land warf. Ohne dass ich es hatte kommen sehen, drehte sich Elaine zu mir, schlang die Arme um meinen Hals und küsste mich.

„Ich danke dir, Arvid, dass du mir diesen Moment schenkst. Dafür werde ich dich immer lieben. Solange ich lebe." Sie fuhr sich mit den Händen übers Gesicht. Plötzlich rief sie:

„Meine Heimat! Siehst du, wie wundervoll sie ist?"

174

Bevor ich verstanden hatte, was sie tat, hatte sie ihre Schuhe und Strümpfe ausgezogen, schob die lange Unterwäsche über die Knie und lief auf das Wasser zu. Ihr Kuss, ihre Umarmung und ihre Worte hatten mich an Ort und Stelle festgeschweißt. Bis ich in der Lage war zu reagieren, stand sie bereits bis über die Knöchel im eiskalten Meer.

„Elaine! Komm raus da! Du wirst dir den Tod holen!", rief ich und rannte hinterher. Ich war davon überzeugt, dass ihr zarter Körper es nicht verkraften würde und hatte sie nicht hergebracht, um sie wegen einer Lungenentzündung zu verlieren. Doch sie lachte nur. Ich glaube tatsächlich, sie lachte mich aus.

„Kaltes Wasser kann einem bretonischen Mädchen nichts anhaben, du besorgter Windbruder!" Mit diesen Worten schürzte sie Kleid und Mantel und watete ein wenig tiefer ins Wasser. Ich konnte kaum glauben was ich sah. Noch nie hatte ich sie so ausgelassen erlebt.

„Mon Dieu, ist das kalt!" Die Wellen schwappten ihr bis zu den Knien.

„Elaine, es reicht jetzt! Wenn du nicht sofort rauskommst, gehe ich nie wieder mit dir durch diesen Tunnel."

Erleichtert sah ich sie auf mich zukommen. Als sie vor mir stand, griff sie nach meinen Händen und senkte ihren Blick in meine Augen.

„Heißt das, wir können noch einmal herkommen?"

„Wir können so oft hierher kommen, wie du möchtest. Dieser Tunnel ist mein Geschenk für dich. Voraussetzung ist nur, dass wir zusammen hindurch gehen."

Abermals schrie sie auf. Diesmal vor Freude.

Wir spazierten ein wenig umher. Sie zeigte mir das alte Wachhaus auf dem Felsen und das winzige Fischerdorf, das dahinter lag. Zu dieser Zeit lebten dort noch Fischer mit ihren Familien, meist sehr arme Menschen in den einfachsten Verhältnissen, die vom Leben in der rauen Natur gezeichnet waren. Elaine erzählte mir von langen Spaziergängen am Strand gemeinsam mit ihren Eltern, von Picknicks und Festen, und dass die kleine Stadt, aus der sie stammte, nicht weit fort von hier lag. Schließlich erklommen wir die Felsen. Von dort oben hatte man einen majestätischen Blick auf das Meer und über einige kleine Dörfer, die nicht weit von der Küste entfernt lagen. Elaine deutete auf eine Ansammlung von Häusern.

„Dort wohnt Florence. Sie war meine Freundin und hat schrecklich geweint, als wir uns verabschiedet haben. Wir schreiben uns noch immer Briefe. Was meinst du, könnte ich sie besuchen?"

„Ich glaube nicht, dass das eine gute Idee wäre, Elaine. Es würde zu viele Fragen aufwerfen." Ich hoffte, dass ich sie nicht zu sehr enttäuschte. Sie schien die Problematik zu verstehen, denn sie fragte nie wieder danach. Im Schutz eines überhängenden Felsens aßen wir den Kuchen und tranken Apfelsaft. Mit leuchtendem Gesicht versicherte mir Elaine, dass sie noch niemals einen schöneren Geburtstag erlebt hatte.

Von da an besuchten wir regelmäßig ihre Heimat. Die Wochenenden mieden wir, da die Wahrscheinlichkeit dann am größten war, auf Menschen zu treffen, die Elaine hätten erkennen können. Während der Woche aber machten die Einheimischen selten Spaziergänge am Meer. Sie tobte ausgelassen am Strand, und ich konnte gar nicht genug davon bekommen, ihr dabei zuzusehen.

Sie liebte mich! Es waren nicht nur ihre Worte, die es ausdrückten. Es war auch die Art, wie sie mich ansah. Wie sie mich berührte. Nicht, dass es zwischen uns jemals etwas anderes gab als unschuldige Berührungen. Sie selbst hätte nie gewagt, mir etwas anderes zu schenken als unschuldige Küsse auf die Wange. Nur dieses eine Mal an ihrem Geburtstag, als sie von meinem Geschenk überwältigt war, hatte sie mich auf den Mund geküsst. Für mich waren nicht die Berührungen wichtig. Es war deren Bedeutung. Da sie das ausdrückten, was sie für mich empfand.

Zwei Jahre vergingen. Es waren die zwei schönsten Jahre meines Windbruderseins, und ich war davon überzeugt, es würde so weitergehen, bis Elaine steinalt und weißhaarig *sein würde. Alles, was danach kommen sollte – wenn sie mal nicht mehr war – verdrängte ich.*

Der alte Wildhüter hatte sich nie wieder ganz von seiner schweren Erkältung erholt. Zwar versuchte er, seinen Pflichten nachzukommen, war aber kaum dazu imstande. Die meiste Zeit verbrachte er auf dem Sofa liegend. Sein Atem ging schwer, und sein Körper, einstmals stark und kräftig, war nun ausgezehrt und schwach.

Elaine versuchte alles, damit er wieder zu Kräften kam. Vergebens jedoch. Kurz nachdem sie 19 geworden war, bekam er eine schwere Lungenentzündung. Bis zu seinem letzten Atemzug saß sie bei ihm und hielt seine Hand. Als man ihn fortgebracht hatte, befürchtete ich, dass sie diesen erneuten Verlust nicht verkraften würde. Doch ich hatte mich geirrt.

Sie übernahm kurzerhand jene Aufgaben des Wildhüters, die sie sich zutraute. Sie kümmerte sich um das Haus auf dem Hügel, pflegte weiterhin den Garten, bestellte die Beete, und sie lief durch den Wald um nach den Tieren zu sehen. Damals stellten Wilderer Fallen auf, um sich mit Fleisch und Fellen zu versorgen. Mit Wilhelm zusammen hatte Elaine nach diesen Fallen gesucht und oftmals verletzte Tiere befreit und gesund gepflegt. Auch dies tat sie weiterhin. Ich leistete ihr Gesellschaft und half ihr, sobald meine Aufgabe es zuließ. Wir waren ein einzigartiges Paar und glücklich miteinander. Der Wind und das Mädchen.

Diese Idylle sollte nicht lange anhalten. Eines Tages im Sommer – der Himmel war tiefblau und die Hitze lag flimmernd über dem Land – kam ein Mann zum Forsthaus gelaufen. Ich war in Windbrudermanier durch den Wald gezogen, um nach Fallen zu suchen und kehrte soeben zurück. Als der Mann Elaine entdeckte, die ein Lied singend im Beet kniete und Unkraut jäte, blieb er überrascht stehen. Sie war barfuß und hatte ihren Rock über die Knie geschoben. Anfangs bemerkte sie den Fremden nicht. Ich wollte sie warnen, blies ihr ins Gesicht und durchs Haar. Doch sie kicherte nur, wie immer, wenn ich das tat. Als sie ihn endlich sah, sprang sie auf. Ich hätte am liebsten eine Decke aus dem Haus geholt und sie ihr um die Schultern gelegt. Sie sah reizend aus, mit den erdigen Füßen, dem verschmutzten Kleid und den aufgelösten Haaren. So reizend, dass ich keinem Mann diesen Anblick gönnte.

Der Fremde aber kam zögernd näher. Schweigend musterten sie sich. In den Augen des Mannes las ich, dass ihm gefiel, was er sah. Ihm schienen die Worte zu fehlen, denn es war schließlich Elaine, die sprach.

„ 'ast du dich verirrt?" Ihr französischer Akzent war deutlich zu hören. Der Mann strich sich verlegen das dunkle Haar aus der Stirn. Er war jung und von großer, kräftiger Statur. Inzwischen hatte er sich gefangen und verbeugte sich höflich.

„Entschuldigen Sie bitte, dass ich einfach so hier auftauche. Man hat mir nicht gesagt, dass das Forsthaus bewohnt ist. Mein Name ist Johann. Ich bin der neue Wildhüter."

Natürlich hatte Elaine damit gerechnet, dass irgendwann ein neuer Wildhüter Wilhelms Aufgaben übernehmen würde. Aus diesem Grund war sie keineswegs überrascht, ihn zu sehen.

„Bonjour, Jo'ann. Nein, ich wohne nicht 'ier. Ich 'abe mich nur solange um den Garten gekümmert, bis wieder jemand ins 'aus zieht."

Während die beiden sich unterhielten, strich ich missgelaunt zwischen den Gebäuden umher und wirbelte trockenes Laub auf. Von Zeit zu Zeit fuhr ich Elaine ins Gesicht und blies ihr Strähnen vor die Augen. Sie schien es nicht einmal zu bemerken. Ich wollte, dass dieser Mann wieder verschwand. So schnell wie möglich.

Das geschah nicht. Johann blieb. Innerhalb von wenigen Tagen war er ins Forsthaus gezogen und übernahm die Aufgaben des ehemaligen Wildhüters. Er wäre sehr froh, wenn Elaine sich weiterhin um den Garten kümmern wollte, meinte er und versicherte, dass sie jederzeit ungehindert bei ihm ein- und ausgehen konnte. Elaine, für die dieser Ort zur Heimat geworden war, hatte fest damit gerechnet, ihn mit dem Auftauchen eines neuen Wildhüters aufgeben zu müssen. Nun war sie überglücklich.

Anfangs hielt sie sich zurück. Die meiste Zeit verbrachte sie nach wie vor mit mir. Jeden Tag kam sie zur alten Eiche, und ich sah meine Befürchtungen bereits in alle Winde verstreut. Nur zwei oder drei Mal während der Woche lief sie zum Forsthaus und sah nach ihrem Beet. Wenn wir wussten, dass Johann für einige Stunden unterwegs war, unternahmen wir einen Ausflug in ihre alte Heimat.

Eines Morgens traf Elaine auf Johann, der ein verletztes Reh gefunden hatte und es zum Haus brachte, um es zu versorgen. Sie half ihm dabei und erzählte von den Tieren, die sie und Wilhelm aus den Fallen befreit hatten. Von da an verbrachten sie immer mehr Zeit miteinander. Ich hatte vom ersten Moment an geahnt, was geschehen würde und konnte es nicht verhindern. Die Tage, an denen ich vergeblich auf sie wartete, häuften sich.

Bei all dem war sie so glücklich wie nie zuvor. Ich hörte sie gemeinsam lachen, wenn sie bei ihm war. Wie sie seinen Namen aussprach, wie sie ihn ansah, all das ließ in mir einen Sturm toben, den ich kaum kontrollieren konnte. Johann vergötterte sie und tat alles, um sie zum Lachen zu bringen. Er liebte ihren französischen Akzent und bat sie, ihm einige Worte ihrer Muttersprache beizubringen. Das brachte Elaine nicht nur einmal an den Rand der Verzweiflung, denn Johann war alles andere als ein Sprachgenie. Es war nicht so, dass es sie störte.

Die Wochen vergingen. Unsere Ausflüge durch den Tunnel wurden seltener. Sie schienen ihr nicht zu fehlen. In meiner Verzweiflung blieb ich – außer wenn sie nachts bei ihrer Familie war – immer in ihrer Nähe. Ich musste wissen, was sie tat, wie oft sie ihn sah, was sich zwischen ihnen entwickelte. Es gefiel mir nicht. Ich begann, den jungen Wildhüter zu hassen.

Es war wie ein Geschenk, als Elaine eines Tages bei der alten Eiche erschien, um mich zu sehen. Der Herbst war schon längst ins Land gezogen und der Wald glich einer Sin-

fonie aus roten, braunen und gelben Farbklängen. Blätter segelten sanft zu Boden und bildeten ein weiches Bett aus Laub. Ich half ihr auf die Eiche hinauf. Dort saßen wir, wie schon unzählige Male zuvor, hoch über dem Boden im Geäst der alten Dame. Nachdem wir eine Weile miteinander geschwiegen hatten, was sich wunderbar anfühlte und mich an frühere Zeiten erinnerte, begann sie zu sprechen.

„Ich vermisse dich, Arvid."

Ich glaubte, nicht recht zu hören. „Ich bin immer für dich da, das weißt du, Elaine. Ich warte Stunde um Stunde auf dich. Wenn es sein muss, bis in alle Ewigkeit."

Sie sah mich ernst an. Von Glück war in ihrem Gesicht nichts mehr zu erkennen. In ihren Augen schimmerten Tränen.

„Das meine ich nicht", entgegnete sie. „Du hast dich verändert. Du bist nicht mehr der, der du warst. Ich vermisse diesen Arvid, der mein bester Freund ist und den ich wie einen Bruder liebe."

„Du liebst mich wie einen Bruder?" Ich weiß nicht, ob sie das Entsetzen in meiner Stimme hörte.

„Nach dem Tod meiner Eltern war mir nie jemand so nah wie du. Du bist ein Teil von mir, und ich möchte dich nicht verlieren. Ich würde es nicht verkraften, denn ich habe schon so vieles verloren. Ich brauche dich, Arvid. Bitte versprich mir, dass ich dich nicht verlieren werde."

Ich brauchte einige Zeit, bis ich verstand, was sie meinte.

„Du liebst mich wie einen Bruder?", wiederholte ich etwas dümmlich, da mein Verstand noch immer nicht begreifen wollte. „Und ihn?" Sie wusste sofort, wen ich meinte.

„Jo'ann?"

Wie sehr wünschte ich mir, das strahlende Leuchten in ihren Augen hätte mir gegolten. „Ihn liebe ich so sehr, wie eine Frau einen Mann nur lieben kann. Aber dass das eines Tages passieren würde, musst du gewusst haben, nicht wahr?"

Nein! wollte ich schreien. Das habe ich nicht gewusst! Und ich will davon nichts wissen! Mich sollst du lieben wie einen Mann! Nur mich allein!

Ich sprach es nicht aus. Dafür spürte ich, dass mein Hass auf Johann ins Unermessliche wuchs. Elaine nahm meine Hand.

„Bitte, Arvid", flüsterte sie verzweifelt. „Sag, dass wir beide immer verbunden bleiben. Ich könnte sonst niemals glücklich sein."

Ein innerer Kampf drohte mich zu zerreißen. Ich wollte ja, dass sie glücklich war. Nichts wollte ich so sehr wie dies. Was blieb mir übrig?

„Ich verspreche dir, dass du mich nie verlieren wirst. Was auch geschehen mag", stieß ich hervor und spürte gleichzeitig eine unsägliche Qual. Sie legte den Kopf an meine Schulter und schluchzte erleichtert auf. Den ganzen restlichen Tag verbrachten wir zusammen. Als wir durch den Tunnel gingen und aus dem Felsen ins Licht der bretonischen Küste traten, war es ein wenig wie früher. Wir liefen am Strand entlang und beobachteten die Brandung, die sich an den mächtigen Steinen brach und von Torin an Land geschleudert wurde.

Wir lachten miteinander und waren froh, uns wiedergefunden zu haben. Elaine besuchte mich wieder häufiger, und irgendwo in mir entstand die Hoffnung, dass der Moment kommen würde, da sie sich endgültig für mich entschied.

Als ein Jahr vergangen war, waren sie einander zugetan wie nie zuvor. Auch wenn sie nicht bei Johann wohnte, so verbrachte sie doch den größten Teil ihrer Zeit mit ihm. Es ziemte sich nicht, aber ihre Familie hatte nicht die Macht, es zu verhindern. Sie kamen überein, dass Elaine wenigstens die Nächte bei ihnen verbrachte und ihren Ruf nicht zur Gänze vernichtete. Sie selbst legte darauf keinen Wert, kam ihrer Familie jedoch entgegen und kehrte jeden Abend vor Dunkelheit heim.

Johann aber gab ihr ein Zimmer in seinem Haus, das sie für sich alleine nutzen konnte. Hier sammelte sich mit der Zeit so allerlei an. Es waren Dinge, die er ihr schenkte, oder aber Kleidung und alltägliche Sachen, die sie von daheim mitbrachte. Sie kochte für ihn, wusch seine Wäsche und führte ihm den Haushalt. Bei der Arbeit im Wald ging sie ihm zur Hand, wo sie konnte. So lebten sie nahezu wie ein Ehepaar.

Je mehr Zeit verging, desto schneller rann die Hoffnung auf eine gemeinsame Zukunft mit ihr wie Wasser durch meine Hände und versickerte im Sand. Ich war für sie tatsächlich der Bruder, den sie nie hatte. Sie erzählte mir von ihrer Liebe zu Johann und davon, dass sie sich nicht hatte vorstellen können, jemals wieder glücklich zu sein. Mehr noch. In ihrem ganzen Leben war sie noch nie so glücklich gewesen wie jetzt. Ich biss die Zähne zusammen und hörte mir alles ergeben an. Im Stillen wartete ich auf ein Wunder.

Dann kam der Augenblick, der meine Zukunft endgültig zerstörte. Wir saßen auf einem Felsen am Strand ihrer Heimat und ließen uns von der Frühlingssonne den Rücken wärmen. Elaine hatte mich um einen langen Spaziergang gebeten. Dem war ich gerne nachgekommen. Alles, was sie von Johann fernhielt, war mir willkommen.

„Jo'ann und ich werden heiraten."

Der Schlag, den dieser Satz mir versetzte, erschütterte meinen Daseinskern bis ins Mark. Ich war nicht in der Lage, darauf zu antworten.

„Sieh mal", sprach sie weiter und hatte nicht die leiseste Ahnung, was sie mir antat. „Ich bin jetzt 21 Jahre alt. Niemand kann mich daran hindern, den Mann zu heiraten, den ich liebe."

„Musst du ihn denn gleich heiraten", krächzte ich mühsam und musste mich zusammenreißen, damit ich nicht aus der Haut fuhr und zornentbrannt einen Sandsturm verursachte.

„Wir wollen das besiegeln, was für uns schon lange feststeht. Ich denke nicht, dass meine Familie etwas dagegen haben wird. Ganz im Gegenteil. Sie wird froh sein, dass die merkwürdige Verwandte aus Frankreich endlich aus dem Haus ist und ihren Leumund nicht mehr aufs Spiel setzt."

Ich schwieg. Sie ergriff meine Hände und hielt sie fest. „Du solltest der Erste sein, der es erfährt. Freust du dich ein wenig für mich?"

Ob ich mich freute? Soeben zerstörte sie meinen Wesenskern und fragte mich, ob ich mich darüber freute. Sie hatte wirklich keine Ahnung, wie es um mich stand. So brachte ich ein klägliches Nicken zustande.

„Freunde für immer. Das hast du mir versprochen." Sie sprach leise, aber mit Nachdruck.

„Versprochen", sagte ich gepresst.

Von nun an hatte ich keine Ruhe mehr. Mein Dasein zerbrach, und ich konnte es nicht aufhalten. Ich war nicht mehr in der Lage, meine Arbeit gewissenhaft auszuführen und kassierte wiederholt Tadel des Windfürsten. Er drohte, mich in die Wüste zu schicken, dorthin, wo jene Windbrüder versetzt werden, die ihre Arbeit nicht korrekt verrichten. Das wäre noch das Wenigste. Wenn er wollte, konnte er mich von der Erde verbannen, weit fort, auf einen anderen Planeten.

Ich gab mir aufrichtig Mühe, wenigstens einen Teil der Anforderungen zu seiner Zufriedenheit zu erfüllen und bat um Nachsicht. In mir war ein einziges Chaos. Ich konnte mich nicht dagegen wehren. Um das Forsthaus wollte ich nicht mehr herumstreichen, denn ich hasste alles, was mit dem jungen Wildhüter zu tun hatte. Außerdem war es unmöglich, nichts von dem Glück zu spüren, das dort flirrend in der Luft lag. Zur Ruhe jedoch kam ich genauso wenig. In meinem Geist entstanden Phantasien, in denen ich zum Retter von Elaine wurde und sie mich auf immer und ewig liebte. Meine Gedanken gaukelten mir eine Welt vor, in der es keinen Johann gab. Eine Welt, wie sie hätte sein sollen, damit Elaine und ich glücklich sein konnten.

Indessen verbreitete sich die Nachricht wie ein Lauffeuer. Das sonderbare Mädchen aus Frankreich und der junge Wildhüter, den die Menschen gerne mochten, weil er ein freundlicher und angenehmer Geselle war, würden im Sommer Hochzeit halten. Alle freuten sich für das junge Paar, und Elaines Familie begann eifrig mit den Vorbereitungen.

Sogar Florence, die bereits im Jahr zuvor geheiratet hatte und jetzt schwanger war, wollte mit ihrem Mann die lange Reise nach Deutschland antreten, um bei der Hochzeit ihrer Freundin dabei zu sein.

Für Elaine war es eine Zeit der Glückseligkeit. Endlich war sie auf der Sonnenseite des Lebens angekommen!

Es war nicht mehr weit bis zum Fest, als Elaine mich besuchte und sich bei mir bedankte. Der Tag, an dem wir uns kennengelernt hätten, habe sie selbst und ihr Leben verändert, meinte sie. Durch mich hätte sie ihre Lebensfreude wiedergefunden und dadurch das Glück, das sie nun erleben durfte. Daraufhin umarmte sie mich innig. „Dafür liebe ich dich bis ans Ende meines Lebens", flüsterte sie mir ins Ohr und küsste mich zärtlich auf die Wange.

Es geschah am Morgen des darauffolgenden Tages. Es hatte gerade zu dämmern begonnen, als ein ohrenbetäubender Donner die Erde erbeben ließ und die Menschen aus dem Schlaf riss. Ein beängstigend heftiges Unwetter war heraufgezogen, mit Blitzen, die in den Boden fuhren und einem Sturm, wie ihn die Menschen noch nicht erlebt hatten. Er fegte Ziegel von den Dächern, entwurzelte Bäume und knickte unzählige von ihnen um, als wären sie Streichhölzer.

Als das Schlimmste vorüber war, traten die Menschen benommen vor ihre Häuser. Kopfschüttelnd versicherten sie sich, dass es in dieser Gegend noch niemals ein solches Unwetter gegeben habe.

Das Schreckliche ahnend, lief Elaine zum Forsthaus. Die Leute riefen ihr hinterher, sie solle es bleiben lassen. Zu gefährlich sei es jetzt, den Wald zu betreten. Doch sie ließ sich nicht aufhalten. Als sie endlich auf dem Hügel angelangt war, entfuhr ihr ein Schrei, der so laut durch den Wald gellte, dass ich es hörte. Im nächsten Moment war ich bei ihr, gerade noch rechtzeitig, um sie aufzufangen. Als sie gesehen hatte, was geschehen war, hatten ihr die Beine den Dienst versagt.

Eine mächtige Buche hatte dem Sturm nicht standgehalten und war quer über das Haus des Wildhüters gefallen. Für ihn kam jede Hilfe zu spät. Johann hatte in seinem Bett gelegen, als der Baum mit voller Wucht durch das Dachgebälk gebrochen war und ihn, mitsamt seinen und Elaines Träumen, unter sich begraben hatte.

Bis zur Beerdigung ihres Verlobten sprach Elaine kein Wort. Von dem Tag an aber, da Johann auf dem Friedhof in seinem kalten Grab lag, lief sie Tag für Tag zu den Trümmern des Hauses. Es schien, als würde sie Johanns Tod nicht wahrhaben wollen und noch immer hoffen, ihn lebend zu finden. Ihr lautes Wehklagen war jedes Mal bis weithin zu hören und bereitete allen, die es vernahmen, eine Gänsehaut.

Einige Wochen nach Johanns Tod holte sie jene Dinge aus dem zerstörten Forsthaus, die ihr etwas bedeuteten, und verstaute sie im Kellerraum. Die Menschen um sie herum taten alles Erdenkliche, um ihr zu helfen und sie aufzumuntern. Sie aber ignorierte sie und begann stattdessen, unverständliche Dinge vor sich hinzumurmeln. Hatten die Menschen sie vorher bereits für sonderbar gehalten, so sprach man nun davon, dass sie vor Kummer den Verstand verlor. Ihre Familie sorgte sich ernsthaft um sie und brachte sie zu einem Arzt. Er riet ihnen, sie nicht alleine zu lassen, da ihr Zustand sehr labil sei und er die Befürchtung hatte, sie könnte sich etwas antun.

Nach langem Überlegen beschloss man, dass Elaine in einem Haus für psychisch kranke Menschen am sichersten aufgehoben war. An jenem Tag, als sie dorthin gebracht werden sollte, schlüpfte sie frühmorgens unbemerkt aus dem Haus und lief zum Forsthaus. Dort nahm sie sich das Leben.

Arvid schwieg schon eine ganze Weile. Marla jedoch konnte nicht aufhören zu weinen. Immer wieder wischte sie sich mit dem Handrücken die Tränen aus dem Gesicht. Wie schrecklich tragisch war diese Geschichte!

Sie zog ein Taschentuch hervor und schnäuzte sich. Arme Elaine. Armes französisches Mädchen, das so nahe am großen Glück gewesen war.

„Was war mit dir?" Marlas Stimme war heiser vom Weinen. „Hast du sie nicht ein wenig trösten können? Du warst ihr bester und engster Freund. Wer sonst hätte das geschafft, wenn nicht du?"

Arvid schüttelte den Kopf. „Sie wollte sich auch von mir nicht helfen lassen. Nach dem Unglück war sie nicht mehr sie selbst. Ich habe alles versucht, glaub mir."

„Wie entsetzlich", flüsterte sie. „Wie schrecklich auch für dich, dass du sie auf diese Weise verlieren musstest."

Er fuhr sich mit den Händen durchs Haar. Sein Gesicht sah unsagbar traurig aus. Marla legte ihre Hand auf seinen Arm. „Jetzt verstehe ich, weshalb der Klagehügel für dich solch ein schlimmer Ort ist. Sie hat dort die Liebe ihres Lebens kennengelernt. Und später hat sie dort ihrem Leben ein Ende gesetzt. So hast du sie an derselben Stelle zwei Mal verloren." Ihre Stimme schwankte nicht mehr ganz so stark. „Ich verstehe, dass du diesen Ort hasst."

Der junge Mann antwortete nicht. Er sah so elend aus, wie sie ihn noch nie gesehen hatte.

Kurze Zeit später machte sie sich mit Rusty auf den Heimweg. Arvid hatte nichts mehr gesagt und schien vergessen zu haben, dass er nicht alleine war. Sie wollte seine Trauer nicht stören. Es war ihre Schuld, dass ihm die Erinnerung und damit auch der Schmerz wieder so nah waren. Nur für sie hatte er Elaines und seine Geschichte erzählt.

Endlich wusste sie, weshalb diese tiefe Melancholie in ihm wohnte, und sie kannte die Rolle des Klagehügels, mit dem das ganze Unglück zusammenhing. Er tat ihr unendlich leid. Ebenso aber konnte sie Elaine verstehen, die sich in den sympathischen jungen Wildhüter verliebt hatte und nichts anderes wollte, als mit ihm glücklich zu sein. Ob sie gewusst hatte, was Arvid für sie empfand? Hatte sie es geahnt oder vermutet? Falls es so gewesen war, dann war es für sie sicher schwer gewesen, sich eine Zukunft mit einem Windbruder vorzustellen. Kein Wunder, dass die junge Französin Johann vorgezogen hatte, der ihr all das hätte geben können, wovon sie träumte. Ihr Herz verlangte nach Liebe, Geborgenheit und

Sicherheit. Nach einer eigenen kleinen Familie. Bestimmt hatten Elaine und Johann Kinder haben wollen.

Das Picknick, das Marla am Morgen in den Rucksack gepackt hatte, war unberührt. Der Appetit war ihr vergangen, und auch Arvid hatte nicht den Eindruck gemacht, als würde er etwas essen wollen. Rusty dagegen sprang vergnügt um sie herum, völlig unberührt von dem, was Arvid erzählt hatte. Hund müsste man sein. Oder zumindest ein Lebewesen, das nichts wusste von dem Schmerz, den Menschen sich gegenseitig zufügten oder der ihnen vom Schicksal auferlegt wurde. Wieviel einfacher wäre doch das Leben.

Marlas Mitgefühl für Elaine drohte sie zu überwältigen. Sie hätte ihr gerne beigestanden in dieser schlimmen Zeit. Niemand hatte es verdient, so alleine mit sich und seinem Schmerz zu sein, dass er keinen anderen Ausweg wusste, als sich das Leben zu nehmen. Das war unmenschlich. Wie sie wohl gewesen war, die junge Frau, die so leidenschaftlich geliebt hatte, dass sie ohne ihren Liebsten nicht weiterleben konnte? Marla war überzeugt, dass sie und Elaine sich gut verstanden hätten.

Als sie kurze Zeit später auf den Waldweg trat, nahm sie nicht den Weg nach Hause, sondern lief zum Klagehügel. Damit der Hund sich nicht verletzte, hob sie ihn auf den Arm, als sie über den Stacheldraht stieg. Die verfallenen Gebäude schienen heute noch bedrückender als sonst. Kein Sonnenstrahl erhellte die Unglücksstelle, und die Bäume, die von ringsherum auf die Ruine herabblickten, wirkten bedrohlich und düster.

Marla setzte sich auf den Rest eines Baumstammes, öffnete den Rucksack und packte das Essen heraus. Irgendwann musste sie ja etwas zu sich nehmen. Während sie sich ein Stück Käse in den Mund schob und vom Brot abbiss, blickte sie sich um. Es war nicht schwer, sich Elaine und Johann vorzustellen, die hier viele Stunden miteinander verbracht hatten. Sie hörte das fröhliche Lachen der beiden, wenn sie zwischen den Häusern Nachlaufen spielten und sich erhitzt aber glücklich in die Arme fielen.

Ob sie auch das Bett miteinander geteilt hatten? Das wäre damals ein schreckliches Vergehen gegen Sitte und Anstand gewesen. Allerdings hatte Elaine keinen Wert auf ihren Ruf gelegt. Und wer hätte es hier draußen schon kontrollieren können? Marla ließ ihre Augen über das obere Stockwerk wandern, über die verrottenden Reste der alten Buche. Wo mochte Elaines Zimmer gewesen sein? Einen Moment lang überlegte sie, ob sie es wagen sollte, über die halbverfallenen Stufen nach oben zu steigen, um sich ein wenig umzusehen. Nein, entschied sie, das kam nicht in Frage. Was, wenn das marode Gemäuer ihr Gewicht nicht aushalten würde?

Doch halt! Ihre Hand mit der Tomate blieb vor ihrem Mund stehen. Arvid hatte erzählt, dass Elaine nach Johanns Tod ihre Sachen in den Keller gebracht hatte. Andächtig steckte Marla die Tomate zwischen die Lippen und drückte sanft ihre Zähne darauf. So lange, bis sie zerplatzte. Die Truhe im Keller! Befanden sich darin Elaines Habseligkeiten?

Marlas Herz begann wild zu pochen. Wie einfach wäre es, die Falltür zu öffnen und in den Kellerraum herabzusteigen. Aber – was würde Arvid dazu sagen? Andererseits waren der Keller und sein Inhalt nicht sein Eigentum. Sie würde auch bestimmt nichts verändern. Nur mal hineinsehen.

Während sie hin- und herüberlegte, packte sie im Zeitlupentempo die Essensreste in ihren Rucksack, stand auf und schulterte ihn. Unsicher spähte sie in den Wald. Nichts bewegte sich, nicht der leiseste Hauch eines Windes. Weit und breit keine menschliche Gestalt. Arvid hasste es, hier zu sein. Weshalb sollte er es sich also antun, wenn er nicht musste? Noch immer hatte er nicht erzählt, weshalb er dazu gezwungen war, die Nächte hier zu verbringen. Sie würde ihn danach fragen, sobald der Moment passend schien.

Marla schritt auf das Nebengebäude zu, weiterhin aufmerksam um sich blickend. Vor dem mit Erde und Laub bedeckten Abgang blieb sie stehen. Mit der Spitze ihres Schuhs schob sie einen Teil der Eisenplatte frei. Dann noch etwas mehr. Schließlich war die Platte vollständig sichtbar. Wieder ließ sie ihre Augen über das Dickicht streichen. Noch konnte sie es sich anders überlegen.

Du wirst die ganze Nacht lang kein Auge zu tun und es bereuen, nicht hinuntergegangen zu sein, meldete sich ihre innere Stimme. Entschlossen hob sie die Klappe und kippte sie nach hinten. Vor ihr lag dunkel und unheimlich der Eingang zum Keller. Rusty, der neben ihr stand, sah interessiert in das Loch.

„Warte hier", befahl sie dem kleinen Hund flüsternd, worauf er sich gehorsam setzte. Vorsichtig stieg sie hinab. Das Herz klopfte ihr bis zum Hals. Unten angekommen, erkannte sie die Umrisse der Regale. Auch den Spiegel, der den Zugang zum Tunnel verdeckte, konnte sie sehen. Mehr aber kaum. Die Ecke, in der sich die Truhe befand, war so finster, dass sie den Inhalt des Möbelstücks nicht würde erkennen können. Marla war enttäuscht.

Zögernd nahm sie die Zündhölzer in die Hand und versuchte eines anzustreichen. Wie beim vorigen Mal vergeblich. Es hatte keinen Zweck. Wenn sie hier unten etwas sehen wollte, so musste sie wiederkommen und Licht mitbringen. Widerstrebend tappte sie zum Ausgang und kletterte ans Tageslicht. Nachdem sie das Loch verschlossen und die Platte sorgfältig wieder unter Erde, Steinen und trockenem Laub verborgen hatte, machte sie sich auf den Heimweg.

Seit Stunden harre ich mit der Stirn auf den Knien. Die alte Wunde klafft weit auseinander und lässt alles Leben, das ich in mir habe, herausfließen. Ich fühle mich wie ausgeblutet. Elaine. Meine Liebe. Warum hat es so kommen müssen? Wir hätten gemeinsam froh werden können. Wieso hast du es nicht versucht? Aber du hast mich verlassen und mich verdammt. Mir keine Gelegenheit gegeben, es wieder gutzumachen.

Marla ist fort. Nicht einmal ihre Decke hat sie mitgenommen. Hat sie versucht, mit mir zu sprechen? Ich weiß es nicht. Zu sehr war ich gefangen in meinem Elend. Nun gesellt sich Reue dazu. Was bin ich für ein Feigling! Ich habe es nicht gewagt, ihr die Wahrheit zu erzählen. Das, was wirklich geschehen ist und mich in ihren Augen zum Monster machen muss. Aus Angst, dass sie mich meidet, habe ich es ihr verschwiegen. Denn sie muss mir erhalten bleiben, mit all ihrer Zuneigung und Leichtigkeit. Sie ist der kleine Zipfel Hoffnung, an den ich mich klammere. Durch sie wird alles gut werden. Und doch gibt es tief in mir verborgen eine Verzweiflung, die mich zu verschlingen droht, wenn ich ihr Gehör schenke.

„Nimm mich in deine weise Geborgenheit und tröste mich", wispere ich der alten Dame hinter mir zu und verschmelze auf der Stelle mit dem uralten Baum, der Hunderte von Jahren hat kommen und gehen sehen.

Kapitel 10

Auch heute war keine Sonne zu sehen. Der Unterschied zwischen einem sonnigen und einem düsteren Wald war enorm, fand Marla. Es schien kaum Farben zu geben, und das graue Einerlei mit der kläglichen Andeutung von Braun und Grün drückte ihr aufs Gemüt. Wenigstens war es nicht kalt, und so trug sie zu ihren Shorts nur T-Shirt und Sandalen. Auf dem Rücken spürte sie den Rucksack, den sie in Eile zusammengepackt hatte. Heute Morgen hatte sie alles in Eile getan, da sie sich so schnell wie möglich auf den Weg machen wollte.

Ihr schlechtes Gewissen regte sich, als sie an die Hühner dachte, denen sie einigermaßen lieblos das Futter hingeworfen hatte. Ohne ein freundliches Wort. Hatte sie das Gatter des Geheges geschlossen? Das kam davon, wenn man mit seinen Gedanken überall sonst war, nur nicht bei dem, was man gerade tat.

Überall sonst. Ihre Gedanken waren seit gestern ausschließlich bei Elaine. Sie konnte es kaum erwarten, in den Kellerraum hinabzusteigen und die Truhe zu öffnen. Außer Wasser und Müsliriegel hatte sie Streichhölzer in den Rucksack gepackt und war im letzten Moment noch in die Vorratskammer gelaufen, um eine dicke Kerze zu holen. Sie hatte zwar darüber nachgedacht, eine Taschenlampe oder das Handy zu nehmen, aber eine Kerze konnte man wenigstens abstellen, sodass beide Hände frei waren.

„Rusty, komm!", rief sie über die Schulter, als der Hund zurückgeblieben war und sie nur noch Laubrascheln vernahm.

Gestern Abend hatte sie alles Erdenkliche getan um sich abzulenken. Zuerst hatte sie Darius angerufen und sich bei ihm entschuldigt. Er war ihr nicht böse. Hätte er eine jüngere Schwester, so meinte er, hätte er wohl ähnlich reagiert wie

Marla, wenn man sie in einem solchen Zustand heimgebracht hätte. Dennoch war er froh, dass die Umstände geklärt waren, und er erkundigte sich, ob Henni gut in den Urlaub hatte starten können. Als das Gespräch beendet war, musste Marla sich eingestehen, dass sie ihn sehr nett fand. Sofort hatte sie Henni Bericht erstattet.

Auch Mama und Amelie hatte sie Nachrichten geschrieben. Um sich weiter die Zeit zu vertreiben, hatte sie anschließend alle Hühner um sich geschart und sie mit Rusty zusammen fotografiert. Letzten Sommer, als Olli, der Hahn noch lebte, hätte das so nicht funktioniert. Der kampfeslustige Hahn nämlich hatte den kleinen Hund nicht auf drei Meter an seine Mädels herangelassen. Seit Olli nicht mehr lebte, nutzte Rusty seine alleinige Herrschaft über die Hühner aus, sobald er konnte. Er tat ihnen nichts, aber er jagte sie gerne kreuz und quer durch den Garten.

Später hatte sie das Bügelbrett vor dem Fernseher aufgebaut und sich während des Bügelns ruhelos durch die Kanäle gezappt. Irgendwann hatte sie die Nase voll von sinnloser Vorabendunterhaltung und schob den ersten Teil von *Ice Age* ins Gerät. Anschließend sah sie sich eine BBC Verfilmung von Jane Austens *Sinn und Sinnlichkeit* an. Mama liebte diesen Film, und Marla musste zugeben, dass er reichlich Stoff hatte, um ein romantisch veranlagtes Herz zu Tränen zu rühren. Sie kam nicht umhin, an Kelian zu denken, dessen Stein inzwischen an einem Lederband hing und auf ihrer Brust ruhte.

Sie seufzte. Kaum zu glauben, was in den letzten anderthalb Wochen alles geschehen war. Seit Mama zu Lorenz gereist war, schien die Zeit verflogen zu sein und war voller unbegreiflicher Erlebnisse. Sie würde so gerne mit jemandem darüber reden, denn manchmal dachte sie, sie müsste platzen, so unglaublich waren diese Tage. Aber wer würde ihr überhaupt glauben? *Ich habe einen Windbruder kennengelernt.* Kein Mensch würde ihr das abnehmen. Von Zeit zu Zeit bezweifelte sie ja selbst, dass sie das alles wirklich erlebt hatte.

In der Nacht hatte sie wider Erwarten gut geschlafen. Dafür hatte sie ungewohnt intensiv geträumt. Die Gegenwart und die Vergangenheit hatten sich auf verwirrende Weise miteinander verwoben. Sie hatte mit Elaine auf dem Sandstrand unterhalb des Felsenbergs mit dem Wachhaus gesessen. Die Französin hatte von ihrer Heimat erzählt, von ihrer Liebe zum Meer und vom Verlust ihrer Eltern. Kleine Wellen wurden vor ihre Füße gespült, und draußen auf dem Wasser schaukelte ein Boot, auf dessen Rumpf mit weißen Buchstaben der Name *Louise* gemalt war. Zwei Männer tummelten sich dort lachend. Auch wenn Marla ihre Gesichter nicht gesehen hatte, so wusste sie doch, dass es Kelian und Johann gewesen waren.

Direkt nach dem Aufwachen hatte sie sich zuerst nicht zurechtgefunden. Es war ihr schwergefallen sich zu sammeln, und nur widerwillig stellte sie fest, dass Elaine und Johann in eine völlig andere Zeit gehörten als Kelian und sie. Obendrein gab es kein *Kelian und sie*.

Ihr Herz klopfte schneller, als sie am Fuß des Klagehügels angelangt war. Ihr wurde bewusst, dass sie viel zu sehr in Gedanken gewesen war, um auf ihre Umgebung zu achten. Sie hätte doch bemerkt, wenn jemand sie beobachtete? Oder etwa nicht? Während sie den zappelnden Rusty auf den Arm nahm und über den Zaun stieg, schweiften ihre Augen durch das Dickicht. Es war windstill und die feuchtwarme Luft hatte ihr den Schweiß aus den Poren getrieben. Sie rieb sich übers Gesicht.

Als sie Rusty abgesetzt hatte, blieb sie stehen. Nichts war zu hören. Es war, als hätten die Vögel beschlossen zu schweigen, bis die Sonne wieder schien.

„Arvid?", rief Marla vorsichtshalber, falls er doch in der Nähe war. Nichts passierte. Was sollte er auch hier? Seinen Schmerz noch mehr heraufbeschwören und sich damit quälen? Sie schüttelte den Kopf. Sollte er tatsächlich herausfinden, dass sie hier war, so konnte sie es ehrlich begründen. Elaine hatte sie in ihren Bann gezogen und ließ sie nicht mehr los. Es war, als wäre sie besessen von der jungen Französin und von dem, was ihr vor über 100 Jahren widerfahren war. Marla war sich sicher, dass er das verstehen würde. Immerhin war es ihm damals ähnlich gegangen. Mit festen Schritten ging sie weiter.

Als sie die Eisenplatte hochgeklappt hatte und die dunkle Öffnung vor ihr klaffte, rief sie Rusty zu sich.

„Was machen wir? Bleibst du hier sitzen oder gehst du mit?" Schon wieder flüsterte sie. Der Hund hatte mehr verstanden als sie glaubte, und bevor sie noch etwas sagen konnte, war er schon die schmalen Stiegen hinabgesprungen. Sie folgte ihm und stand schließlich in der Mitte des Raumes. Den Rucksack ließ sie von den Schultern gleiten und auf den Boden plumpsen. Ihre Finger zitterten leicht, als sie ihn öffnete. Nur Sekunden später hielt sie das flammende Streichholz an den Docht der Kerze. Je heller die Flamme leuchtete, umso größer wurde der Lichtkegel, der die Einrichtung des Kellers anstrahlte.

Wie gebannt stand Marla auf der Stelle und schaute sich in aller Ruhe um. Endlich hatte sie die Gelegenheit dazu. Die verstaubten Regale mit ihrem dürftigen Inhalt interessierten sie nicht besonders. Viel interessanter war die schwere Truhe. Der Bronzeleuchter reflektierte halbblind das flackernde Licht der Kerze. Hatte er einst in Elaines Zimmer gestanden und es an dunklen Abenden mit fünfflammigem Schein erhellt? Und die Truhe, war auch sie oben gewesen? Kaum, denn dieses Möbelstück hätte eine Frau alleine niemals in den Keller tragen können.

Marla drehte sich um und erschrak. Aufatmend erkannte sie ihr eigenes Spiegelbild: Eine geheimnisvolle dunkle Gestalt mit einer Kerze in der Hand. Sie durchquerte den Raum und trat an den Tisch mit den dünnen Beinen, der neben dem Spiegel stand. Hatte Elaine an diesem Tisch gesessen? Sich die Haare frisiert? Einen Brief an ihre Freundin Florence geschrieben?

Marla schluckte. Elaines Leben war plötzlich so nah. So real. Sie strich mit der flachen Hand über die Tischplatte. Winzige Staubpartikel erhoben sich schwerelos in die Luft und schimmerten golden im Schein der Kerze. Die Schublade unter der Tischplatte hatte einen zierlich gearbeiteten Messinggriff. Einst war dieser Tisch sicher schön und vielleicht sogar wertvoll gewesen. Nun aber war eine hintere Ecke der Tischplatte abgebrochen, und ganz gerade stand er auch nicht mehr.

Sie fuhr mit den Fingerspitzen über das Messing und betastete das eingearbeitete Muster. Als sie sanft an dem Griff zog, glitt die Schublade einen Spaltbreit auf. Überrascht ließ Marla los. Sie hatte nicht damit gerechnet, dass es so leicht ging. Vorsichtig zog sie ein wenig mehr und hob die Kerze. Sie hielt den Atem an. Ein hübsch verzierter, silberner Kamm lag darin. Außerdem ein stumpfer Bleistift, ein paar Kerzenstummel und ein kleiner Schlüssel. Wofür mochte er sein? Ein Tagebuch? Ein Tagebuch, das in der Truhe lag?

Entschlossen schob sie die Schublade zu und lief zur Holztruhe. Der Kerzenleuchter, den sie vom Deckel hob und auf den Boden stellte, war überraschend schwer. Sofort war Rusty da und beschnüffelte ihn interessiert. Marla schob den Riegel der Truhe auf und klappte den Deckel hoch. Als sie mit der Kerze den Innenraum beleuchtete, richtete sie sich erschrocken auf. Dabei glitt ihr der Deckel aus der Hand. Ein lauter Schlag hallte durch den Raum.

Nachdem sie einige Male tief durchgeatmet hatte, sah sie sich um. Im Nu hatte sie die Schachtel mit den Kerzenstummeln von dem niedrigen Hocker genommen und auf eines der Regale gelegt. Den Hocker trug sie zur Truhe und stellte ihre Kerze darauf. Wieder öffnete sie das schwere Möbelstück. Diesmal war sie vorbereitet auf das, was sie sehen würde. Obenauf lag, gebettet auf eine alte Decke, ein Jagdgewehr. Marla vermutete, dass es eines war, denn was sonst sollte man im Haus eines Wildhüters vorfinden? Der Griff war aus poliertem Holz, schlicht und ohne jede Verzierung. Der Lauf war lang und schwarz. Schwarz war auch der Abzug, den Marla voller Unbehagen betrachtete.

Wie die verzweifelte Frau sich das Leben genommen hatte, wusste sie nicht. Da sie aber davon ausging, dass Elaine selbst das Gewehr hier hineingelegt hatte, so hatte sie sich zumindest nicht erschossen. Marla wurde übel, als sie sich vorstellte, dass Elaine mit dem Gewehr in den Händen überlegt hatte, ob sie ihrem Leben damit ein Ende bereiten sollte. Vorsichtig hob sie die sperrige Waffe aus der Truhe – sorgsam darauf bedacht, den Abzug nicht zu berühren – und legte sie auf den Boden. Aufatmend beugte sie sich erneut über die Kiste und entfernte die grobe Decke. Darunter lagen helle Leinentücher und einige Tischdecken. Vielleicht waren es auch Vorhänge, denn die Stoffe waren fest und schwer. Sie entdeckte ein zart gemustertes Tuch und zog es heraus. Es war ein Schultertuch aus feinster Wolle, warm und flauschig. Ein leiser Duft von Lavendel zog ihr in die Nase, als sie es an die Wange legte.

Wieder griff sie in die Truhe. Diesmal hatte sie einen Hut in der Hand. Er mochte Johann gehört haben. Oder dem alten Wilhelm. Marla legte ihn achtlos zur Seite. Das Tuch hatte sie um ihre Schultern gelegt. Seine Wärme war angenehm angesichts der feuchten Kälte hier unten. Als nächstes beförderte sie ein Paar hellbrauner Lederhandschuhe aus der Tiefe der Kiste. Sie fühlten sich weich und teuer an. Marla konnte sich kaum vorstellen, dass der junge Wildhüter ihr solche wertvollen Geschenke hatte machen können. Aber Elaine war ja eine wohlhabende Waise gewesen, fiel Marla plötzlich ein. Wahrscheinlich war es normal für sie, Kleidung zu besitzen, die sich die meisten Menschen nicht leisten konnten. Ohne nachzudenken schlüpfte sie in die Handschuhe. Sie schmiegten sich warm um ihre Finger, waren ihr jedoch ein wenig zu eng.

Die Vorstellung, dass Elaine, so wie sie jetzt, das Tuch umgeschlungen und die Handschuhe getragen hatte, jagte Marla einen prickelnden Schauer durch den Körper. Sie nahm die Kerze, erhob sich von den Knien und trat vor den hohen Spiegel. Das Gesicht, das ihr entgegenblickte, war schmal und von dunklem Haar umrahmt. Die Wangen waren vor Aufregung gerötet und die Augen glänzten dunkel. Obwohl es ihr eigenes Gesicht war, wirkte es unheimlich und fremd. Hatte Elaine so ähnlich ausgesehen? Die Französin, die sich so viel vom Leben erhofft hatte. Von ihrem noch so jungen Leben, das schließlich zu Tode getrübt enden musste. Hatte auch sie sich im Keller bei Kerzenlicht im Spiegel betrachtet? Der Spiegel!

Marla betrachtete den massiven Holzrahmen, in den der Spiegel gebettet war. Unter einer dicken Staubschicht blätterte an mehreren Stellen der Goldlack ab. Wie schwer mochte er sein? Hatte Elaine jemals versucht, ihn von der Wand zu heben, um sich den geheimen Tunneleingang anzusehen? Hatte sie sogar versucht, die Tür zu öffnen?

Marla begegnete ihren Augen, deren fiebriger Glanz sie erschreckte. Ihr Mund war leicht geöffnet, und erst jetzt vernahm sie ihr eigenes, schnelles Atmen. In diesem Augenblick bellte Rusty. Fast zu Tode erschrocken zuckte sie zusammen und ließ die Kerze fallen. Sie drehte sich um und sah ängstlich zu den Treppenstiegen. Dort war nichts.

„Still, Rusty", raunte sie mit zitternder Stimme, bückte sich nach der erloschenen Kerze und lief zur Truhe. Hastig streifte sie die Handschuhe ab, nahm das Tuch von den Schultern und legte alles wieder ordentlich hinein. Als auch das Gewehr wieder an seinem Platz war, schloss sie den Deckel und stellte den Kerzenhalter darauf. Sie hatte nicht wieder Licht gemacht und hoffte, dass alles genau so war wie vorher. Nur das Wachs, das auf den Boden des Kellers geflossen war, konnte sie nicht entfernen. Sie vertraute auf Arvids Worte. Er wollte den Keller und den Tunnel nie wieder betreten. Hatte er gesagt.

Eilig stieg Marla die Treppe hinauf und rief den Hund zu sich. Nachdem sie die Klappe sorgfältig verschlossen und alle Spuren beseitigt hatte, lief sie auf den Pfad. Sie war dankbar für den warmen Tag, der ihr nach der klammen Feuchtigkeit des Kellers willkommen war. Wieder und wieder spähte sie in das undurchdringliche Unterholz. Alles war ruhig. Nichts regte sich und nicht der leiseste Wind berührte die federförmigen Arme der Farne.

Als sie durch die Haustür trat, schoss Rusty an ihr vorbei ins Hausinnere. Marla zog ihre Sandalen aus und ging in die Küche. Sie legte den Rucksack auf einen Stuhl, nahm die Wasserflasche und die Äpfel heraus und legte alles auf den Tisch. Als sie die Flasche aufschrauben wollte, betrachtete sie ihre Hände. Roch an ihnen. Noch immer konnte sie den leichten Ledergeruch wahrnehmen. Elaine hatte kleinere Hände gehabt als sie. Viele französische Frauen waren zierlich, das wusste Marla. Sie hätte noch weiter in der Truhe suchen sollen. Falls dort Kleider oder Schuhe waren, so könnte sie sich noch ein deutlicheres Bild von Elaine machen. Wieder schnupperte sie an ihren Händen. Als sie die ersten Stufen der Treppe genommen hatte, fiel ihr ein, dass sie noch immer nichts getrunken und gegessen hatte. Sie wandte sich um und ging zurück zur Küche.

„Marla?"

Erschrocken schnappte sie nach Luft und starrte auf Rieke, die vor ihr stand und Rusty auf dem Arm trug.

„Meine Güte, Rieke! Hast du mich erschreckt", keuchte sie und schlang die Arme um sich. Rieke musterte sie nachdenklich.

„Ich habe dich bereits zwei Mal angesprochen, aber du hast nichts gehört. Rusty hat mich sofort bemerkt."

„Stimmt", gab Marla zu. Jetzt wusste sie auch, weshalb der Hund ins Haus gestürmt war. Sie selbst hatte tatsächlich nichts davon mitbekommen. Nicht einmal Riekes Auto war ihr aufgefallen.

„Ist alles in Ordnung mit dir?" Ihre ältere Schwester klang besorgt.

„Ja. Ich war nur in Gedanken. Kann ja mal passieren." Marla wurde ungeduldig. Sie wünschte sich nichts anderes, als in ihr Zimmer hinaufzugehen, sich aufs Bett zu legen und über Elaine nachzudenken. Wäre es Diebstahl gewesen, wenn sie das Tuch mitgenommen hätte? Genaugenommen gehörte es ja niemandem mehr. Sie würde es wirklich in Ehren halten. Als Andenken.

„Hörst du mir zu?", hörte sie Rieke fragen. Als sie widerwillig nickte, fuhr Rieke fort. „Natürlich ist man mal so in Gedanken versunken, dass man der Umwelt entrückt. Das ist auch vollkommen in Ordnung. Aber Marla, als ich heimgekommen bin, liefen Molli und Dolli total verstört im Garten umher. Sie müssen heute Morgen beim Füttern entwischt sein und konnten nicht zurück ins Gehege."

Marla sah ihre Schwester schuldbewusst an.

„Das tut mir leid", sagte sie zerknirscht. „Ich hab nicht mitbekommen, dass sie rausgelaufen sind. Sind sie okay?" Sie mochte sich gar nicht vorstellen, was alles hätte passieren können. Jeden Tag kreuzten Habichte und Milane den Himmel über ihnen auf der Suche nach leichter Beute. Nicht zu reden von den Füchsen, die durch die waldnahen Gärten schlichen. Ihr wurde fast schlecht bei dem Gedanken. „Tut mir wirklich leid, Rieke", wiederholte sie kleinlaut. „Es wird nicht mehr vorkommen. Ich pass ab jetzt auf, versprochen."

„Schon gut, es ist ja zum Glück nichts passiert. Trotzdem bist du anders als sonst. Seit einigen Tagen schon scheinst du mit deinen Gedanken ständig woanders zu sein. So kenne ich dich gar nicht." Als Marla nicht darauf reagierte, sprach sie weiter. „Gibt es etwas, worüber du reden möchtest? Ist was passiert? Hat es mit deinen Waldspaziergängen zu tun?"

„Gar nicht", schwindelte Marla. Sie war noch nicht bereit, ihr Geheimnis zu teilen. Nicht einmal mit Rieke.

„Du würdest aber mit mir sprechen, wenn dich etwas bedrückt, oder?"

Die sanften Augen ihrer Schwester ruhten voller Sorge auf ihr. Plötzlich tat es Marla leid, dass sie Rieke Kummer bereitete. Sie strich sich das verschwitzte Haar aus dem Gesicht und lächelte.

„Es geht mir gut, Rieke. Ganz bestimmt. Wenn ich Probleme hätte, würde ich sicher zu dir kommen. Ohne zu zögern, das verspreche ich dir."

Rieke zog sie an sich.

„Gut, dann bin ich beruhigt. Es kann sein, dass ich mit Waldemar zusammen für ein paar Tage wegfahre. Wir sollen uns im Bayrischen Wald einen großen Wildpark ansehen. Dort haben sie seit einigen Jahren ein neues Konzept. Es klingt toll, und unsere Leitung meint, wir wären die Richtigen, um zu beurteilen, ob es auch für uns in Frage käme. Aber ich würde dich niemals alleine lassen, wenn es dir schlecht ginge."

„Du fährst auf jeden Fall mit Waldemar dorthin. Verlass dich auf mich, Rieke. Ich hab hier alles im Griff!"

Als Marla später auf ihrem Bett lag und Musik hörte, schweiften ihre Gedanken ganz von selbst zum Klagehügel. Wozu gehörte der kleine Schlüssel? Sie musste unbedingt die restlichen Sachen aus der Truhe herausräumen und ansehen. Wenn nichts Interessantes zu finden war, dann war es in Ordnung. So aber würde sie immer darüber nachdenken, was dort noch sein könnte.

Ohne dass sie es wollte, meldete sich plötzlich ihr Gewissen. Was war mit Arvid? Er hatte heute sicher auf sie gewartet. Wahrscheinlich hatte er auf seinem Lieblingsast gesessen und nach ihr Ausschau gehalten. Davon ging sie aus, denn er hatte immer auf sie gewartet. In den letzten Tagen. Oder waren es Wochen? Allmählich verlor sie den Überblick.

Was sah er in ihr? Es war offensichtlich, dass er Elaine so sehr geliebt hatte, dass er noch heute nicht frei von ihr war. Sah sie selbst der jungen Französin so ähnlich, dass er das Gefühl hatte, Elaine sei zurückgekehrt? Hegte er womöglich die Hoffnung, sie könnten mehr sein als nur Freunde? Hatte sie ihm Veranlassung dazu gegeben, das zu glauben? Sie konnte sich nicht daran erinnern. Vielleicht sollte sie ganz offen mit ihm darüber reden. Konnte sie das wagen? Sobald er noch einmal etwas in dieser Richtung andeutete, würde sie es wagen müssen, um allen Missverständnissen vorzubeugen.

Sie beschloss, morgen ein letztes Mal in den Keller des Forsthauses zu gehen. Direkt danach würde sie Arvid besuchen.

Kapitel 11

Als Marla am nächsten Tag erwachte, hörte sie aus dem Garten bereits Riekes Stimme. Sie sprang aus dem Bett, lief zum geöffneten Fenster und entdeckte, dass ihre Schwester wieder einmal früh auf den Beinen gewesen sein musste. Dabei hatte Rieke heute ihren freien Tag.

Sie hatte den Gartentisch unter den Apfelbaum getragen und ihn liebevoll für zwei Personen gedeckt. Marlas erster Gedanke war, dass sie vielleicht Waldemar zum Frühstück erwartete. Aber Rieke hatte sie entdeckt, winkte und rief: „Frühstück ist fertig!"

Marla war dankbar, dass ihre Schwester das Thema von gestern nicht noch einmal erwähnte. Sie selbst gab sich die größte Mühe, dem reichhaltigen Frühstück gerecht zu werden und sich nicht anmerken zu lassen, wie unruhig sie war.

„Ich fahre heute an den See." Rieke pustete in ihren Becher. „Magst du mitkommen?"

Marla warf einen Blick zum Himmel, der genauso düster aussah wie gestern. „Weiß nicht", sagte sie lahm. „Es sieht so aus, als könnte es regnen."

„Und wenn schon!", rief Rieke und stellte ihren Teebecher ab. „Dann fahren wir eben wieder heim! Seit wann stört dich der Regen? Komm schon, Marla. Wir machen uns einen schönen Tag zusammen. Das haben wir schon lange nicht mehr gemacht."

Marla tat, als überlegte sie ernsthaft, mitzugehen. Schließlich schüttelte sie den Kopf. „Heute nicht. Ein andermal gerne."

Rieke sah sie prüfend an. „Der Wald?"

Als Marla nicht antwortete, sprach sie erneut. „Marla, ich habe keine Ahnung, was dich jeden Tag in den Wald treibt, und so wie es aussieht, möchtest du auch nicht darüber reden.

Das respektiere ich natürlich. Aber von Waldemar soll ich dir ausrichten, dass ein Wald nicht immer so harmlos ist, wie er scheint. Dass er Gefahren bergen kann, von denen wir nichts ahnen. Ich weiß nicht, was er damit meint. Es war ihm jedoch wichtig, dass ich es dir sage."

Marla ließ einige Sekunden verstreichen und sah den Hühnern zu, die im Gras scharrten.

„Ich mag deinen Waldemar", begann sie endlich und spürte leichten Unmut in sich aufsteigen. „Aber wo ich meine Zeit verbringe, das ist immer noch meine Sache. Falls mir etwas oder jemand begegnen sollte und mir gefährlich erscheint, so werde ich es ihn wissen lassen. Das kannst du ihm von mir ausrichten." Sie trank ihren Kaffee aus und stand auf. Als sie nach ihrem Geschirr greifen wollte, um es wegzuräumen, winkte Rieke ab.

„Lass nur. Ich mach das."

Eine halbe Stunde später saß sie auf dem Fahrrad und fuhr grübelnd durch den Wald. Schon als sie nach dem Frühstück unter der Dusche stand, hatte sie bereut, so mit Rieke gesprochen zu haben. Es waren nicht allein die Worte, es war auch der Ton gewesen. Sie hatte wie ein störrisches Kind geklungen. Wenn sie eines nicht haben wollte, so war es ein getrübtes Verhältnis zu ihrer Schwester. Daher war sie, bevor sie das Haus verlassen hatte, zu Rieke gegangen und hatte ihr einen schönen Tag am See gewünscht.

Rieke hatte nachsichtig gelächelt. „Ich wünsche dir auch einen schönen Tag, Marla. Wir sehen uns heute Abend."

Je näher sie dem Klagehügel kam, desto mehr wuchs ihre Aufregung. Als sie ihr Fahrrad am Wegrand versteckt hatte und den Hügel hinauflief, spähte sie wie gewohnt in alle Richtungen. Arvid war nirgendwo zu sehen, und so gelangte sie bald darauf zur Falltür. Wenig später stand sie in dem Raum unter der Erde und hielt eine flackernde Kerze in der Hand. Es war hier unten längst nicht mehr so muffig wie beim ersten Mal, als Arvid ihr den Tunnel gezeigt hatte. Das Atmen war aus diesem Grund um einiges angenehmer.

Ein wenig beklommen sah sie sich um. Sie hatte die Möglichkeit in Erwägung gezogen, dass Arvid während seiner nächtlichen Anwesenheit das Bedürfnis verspüren könnte, in diesen Raum zurückzukehren um sich der Erinnerung hinzugeben. Aber alles sah genauso aus, wie sie es gestern hinterlassen hatte.

Diesmal erschreckte sie der Anblick des Gewehres nicht. Nach und nach räumte sie die Truhe aus. Wie gestern schon legte sie sich das wärmende Tuch um die Schultern.

„Hallo, Elaine", flüsterte sie den Schatten zu, die im zuckenden Schein der Kerze durch den dunklen Raum huschten. Gab es etwas, das nach dem Tod kam? Marla musste an das Gerücht denken, das sich mit der Legende um diesen Ort rankte. *Sie soll in den Nächten als Geist umhergehen und klagend nach ihrem Geliebten rufen.*

„Elaine, bist du hier?" Ihre Stimme zitterte leicht, und auf ihren Unterarmen stellten sich die Härchen. Sie zog das Tuch enger um sich. Wieder beugte sie sich über die Kiste und zog an einem Stück Stoff. Es war eine Weste aus weichem Leder, wadenlang. Die Innenseite war aus Fell und roch noch immer ein wenig nach dem Tier, dessen Körper es einst gewärmt hatte. Ein Kleidungsstück für kalte Wintertage, wenn der eisige Wind um die Hausecken pfiff und durch die Ritzen der Mauern kroch.

Das nächste, das sie der Truhe entnahm, war ein Leinenhemd mit schmalen Trägern und feinen Stickereien. Ein Unterkleid? Oder sogar ein Nachthemd? Marla legte es auf den Stapel neben sich. Viel war nicht mehr in der Kiste. Auf einem hellen Tuch lagen mehrere Leinensäckchen, die stark nach Lavendel dufteten. *Nach so vielen Jahren noch*, staunte Marla und pflückte die kleinen Beutel von dem Tuch. Auch dieses nahm sie schließlich heraus. Was darunter zum Vorschein kam, entlockte ihr einen verzückten Schrei.

Achtlos ließ sie das Tuch zu Boden fallen und hob mit angehaltenem Atem das Kleid heraus, das sorgsam zusammengefaltet unter dem schützenden Stoff gelegen hatte. Niemals zuvor hatte sie etwas so Schönes gesehen. Das Kleid hatte kurze Ärmel, war knöchellang und schmal geschnitten. Es bestand aus zwei Lagen von Stoff. Das Unterkleid war aus cremefarbener Seide und sah sehr kostbar aus. Der weite Ausschnitt, die Ärmel und der Saum waren mit feinen Spitzen versehen. Über dem fließenden Stoff lag ein zartes Gewebe aus hellem Grün. Es war über und über mit Stickerei verziert. Um die Taille war eine dunkelgrüne Borte aus Satin geschlungen, die im Schein der Kerze festlich schimmerte.

Wann hatte Elaine dieses herrliche Kleid getragen? Hatte sie es zur Hochzeit anziehen wollen? Marla stellte sich vor den Spiegel und hielt es vor ihren Körper. Es würde ihr passen. Mehr noch. Es würde ihr umwerfend gut stehen. Die Versuchung, es auf der Stelle anzuziehen, war groß. Wie schnell hätte sie Shorts und Top ausgezogen! Aber dieses Kleid war viel zu wertvoll, um es in einem düsteren Keller in Eile überzustreifen. Es wäre unverzeihlich, wenn es Schaden nehmen würde.

Marla überlegte nicht lange. Behutsam legte sie es zusammen und schlug es in das Tuch zu ihren Füßen. Dann verstaute sie das Bündel in ihrem Rucksack. Sie würde es zurückbringen, sobald sie es anprobiert hatte.

Mit fliegenden Fingern packte sie alles in die Truhe, schloss den Deckel und platzierte den Leuchter darauf. Als sie den Rucksack auf den Rücken genommen hatte, lief sie zu dem Tisch neben dem Spiegel und zog die Schublade heraus. Dort lag der winzige Schlüssel. Ein wenig enttäuscht war sie schon, weil sie in der Truhe nichts gefunden hatte, was sie damit hätte aufschließen können. Ein Tagebuch. Das wäre was gewesen! Oder ein Kästchen mit alten Briefen. Wunschdenken, sagte sie sich und wollte das Fach zuschieben, als ihr Blick auf den silbernen Kamm fiel. Sie nahm ihn heraus, trat vor den Spiegel und zog ihn zögernd durchs Haar. Sie war sicher, dass Elaine ihn zuletzt in der Hand gehalten hatte. Auch sie hatte den verzierten Kamm durch ihr dunkles Haar gezogen, bevor sie es zum Knoten aufgesteckt hatte.

Marla legte den Kamm zurück und schob das Fach zu. Noch einmal trat sie vor den Spiegel, der den geheimen Tunnel verbarg. Ob er zu schwer war, um ihn von der Wand zu heben? Sie würde sich die merkwürdige Tür zum Geheimgang gerne einmal ansehen. Für einen winzigen Augenblick meldete sich ihr Gewissen mit der Frage, was Arvid davon halten würde. Doch sie verwarf ihre Bedenken auf der Stelle. Sie tat nichts Schlimmes.

Mit beiden Händen griff sie an den Rahmen und versuchte, sein Gewicht zu schätzen. Sie hob ihn ein wenig an und keuchte erschrocken auf, als er sich von der Wand löste und sie ihn, überrascht von der Schwere, mit einem dumpfen Schlag auf dem Boden absetzte. Sie horchte in die darauffolgende Stille und wartete. Auf was genau wusste sie nicht. Rechnete sie damit, dass Arvid plötzlich vor ihr stand, weil der Spiegel nicht mehr an seinem Platz hing? Oder dass vielleicht ein Schutzmechanismus den Kellereingang verschloss und sie hier unten gefangen war? Nichts dergleichen geschah.

Stück für Stück schob sie den Spiegel beiseite und starrte auf die schmiedeeisernen Ranken, die darunter zum Vorschein kamen. Eine magische Tür zu einem magischen Ort. Sie sah aus wie immer. Als Marla sich das Meer vorstellte, das auf der anderen Seite des Tunnels lag, das malerische Fischerdorf und den großen Felsen mit dem Wachhaus darauf, zog ein leises Sehnen durch ihren Bauch. Es wurde stärker, als sie an Kelian dachte und sein Versprechen, auf sie zu warten.

Zögernd hob sie eine Hand und legte sie auf das schwarze Eisen. *Nahezu alle Menschen tragen Magie in sich. Die meisten von ihnen wissen es nur nicht.* So ähnlich waren Arvids Worte gewesen. Was war, wenn sie genügend Magie besaß, um diesen Eingang zu öffnen? Was würde passieren, wenn sie mit ihren Fingern über das Muster strich, das ein wenig aussah wie Schlangen, die sich umeinander wanden? Ein Laut zerriss die Stille und sie zuckte zusammen. Doch es war ihr eigenes Kichern, das sie gehört hatte. Sie fragte sich, ob sie noch ganz bei Verstand war.

Ihre Hände bebten, als sie das Eisen berührte. Sie schloss die Augen. „Öffne dich", flüsterte sie mit heiserer Stimme und ließ ihre Finger über die Ranken gleiten. „Öffne dich, Tunnel. Zeig mir dein Geheimnis." Voller Erwartung öffnete sie die Augen. Nichts war geschehen. Enttäuscht sagte sie sich, dass sie damit hatte rechnen müssen. Wie konnte sie nur annehmen, dass sie Kräfte besaß, die einen verzauberten Tunnel öffnen konnten? Schon wollte sie nach dem Spiegel greifen, um ihn wieder vor den Eingang zu schieben, als sie innehielt. Wenigstens ein zweites Mal sollte sie es probiert haben, beschloss sie. Vielleicht musste man ja gar nichts dabei denken und schon gar nichts sagen. Wieder legte sie die Hände auf das kalte Eisen. Nachdem sie einige Male tief durchgeatmet hatte, schob sie jegliche Gedanken beiseite und strich mit ihren Händen über das schwarze Geflecht. Sie konzentrierte sich einzig und allein auf das, was ihre Fingerspitzen fühlten.

Zuerst war es nur ein leises Raunen, das sie vernahm. Dann erklang eine Art Seufzen, das sich anhörte, als käme es direkt aus der Wand vor ihr. Sie öffnete ihre Augen in dem Augenblick, als die Tür vor ihr aufglitt und den Eingang zum Tunnel freigab.

Marla blinzelte ungläubig. Argwöhnisch drehte sie sich um und suchte die dunklen Ecken des Raumes ab. War Arvid unbemerkt in den Keller geschlichen und hatte sich einen Scherz erlaubt? Amüsierte er sich gerade darüber, weil sie annahm, sie selbst hätte den Tunnel geöffnet? Aber nein. Sie befand sich nach wie vor alleine im Raum. Zudem hätte auch der Windbruder seine Hände auf die Tür legen müssen, um sie zu öffnen.

Sie wandte sich wieder der Wand zu. Vor ihren Augen klaffte noch immer die Öffnung. Und jetzt? Konnte sie es wagen, den Gang zu betreten? Konnte sie die Tür, die sich hinter ihr schließen würde, erneut öffnen? Was, wenn nicht? Was, wenn sie den Tunnel nicht wieder verlassen konnte?

Nie wieder? Sie würde verhungern und elendig sterben. Niemand wusste, wo sie war. Kein Mensch kannte überhaupt diesen Ort. Nur Arvid. Würde er sie suchen? Der Windbruder würde sie vermissen, wenn sie ihn nicht mehr besuchte. Aber würde er ihr zutrauen, dass sie sich Zugang zum Tunnel verschafft hatte?

Die Kerze auf dem Tisch flackerte und holte sie aus ihren Gedanken. Sie musste sich entscheiden, sonst würde sich der Eingang verschließen, bevor sie ihn betreten hatte. Entschlossen blies sie die Kerze aus und trat in den Tunnel. Kaum war sie über die Schwelle getreten, glitt hinter ihr lautlos die Tür zu. Benommen starrte Marla über die Schulter. Ein Zurück gab es jetzt nicht mehr. Beherzt lief sie los, ein erregtes Kribbeln im Bauch. Was würde sie am anderen Ende erwarten?

Der Gang war eben hell genug, dass sie erkennen konnte, wie er verlief. Sie wich den Wurzeln aus, deren Arme nach ihr griffen, und achtete darauf, nicht über eine Unebenheit zu straucheln. Auch heute registrierte sie, dass sich die Beschaffenheit der Wände nach und nach veränderte. Als der Anteil an Sand überhandnahm und sie aus weiter Ferne ein leises Donnergrollen hörte, wusste sie, dass sie sich dem Ziel näherte. Immer wieder musste sie nun über Steine steigen oder sich an ihnen vorbeidrücken. Höher und höher wuchsen sie aus dem Boden, und endlich zwängte sie sich zwischen zwei graue Steinriesen hindurch, um vor jenem Felsen zu stehen, der den Durchgang endgültig versperrte.

Marlas Herz raste, als sie ihre Hände darauf legte. Wieder verdrängte sie alle Gedanken und konzentrierte sich nur auf die raue Oberfläche unter ihren Fingern. Ihre Erleichterung war unendlich groß, als sie spürte, dass der Stein erzitterte. Mit einem unterdrückten Triumphschrei schlüpfte sie durch den Spalt, der entstanden war. Sie stand im Dämmerlicht des Steinlabyrinths. Dass sich die Öffnung hinter ihr verschloss, merkte sie nicht einmal.

Ich träume nicht, oder? fragte sie sich und verbarg sich hinter einem Felsen. Sie richtete ihre Aufmerksamkeit auf den vertrauten Druck des Rucksacks, dessen Gewicht auf ihren Schultern lastete. Das wunderschöne Kleid fiel ihr ein, das dort – eingeschlagen in ein uraltes Tuch – neben Müsliriegel und Wasserflasche lag. Wenn nur die Flasche nicht auslief.

Das Rauschen des Meeres drang an ihre Ohren. Und vereinzelte Stimmfetzen. Marla erschrak und spähte um die Ecke. Natürlich! Sie hatte gar nicht mehr an die Touristen gedacht, die das Labyrinth unter dem Felsenmassiv erkundeten. Zaghaft verließ sie ihren Platz und lief auf das Licht zu, das von draußen durch die Höhlenöffnung fiel. Das ältere Paar, das ihr begegnete, schenkte ihr keine Beachtung.

Als sie ans Tageslicht trat, musste sie die Augen zukneifen. Hier war der Himmel nicht von Wolken überzogen. Die Sonne stand hoch und ganz ohne Konkurrenz über ihr. Marla warf einen Blick zum Wachhaus hinauf, das zwischen den Felsen thronte. Niemand kletterte heute auf den Steinen herum. Auch am Strand waren nur vereinzelt Menschen zu sehen. Daraus schloss sie, dass die meisten der Besucher wohl an den Wochenenden kamen, wenn hier Fest war. Fest-Deiz. Den Namen hatte sie nicht vergessen.

Sie lief weiter. Bis dahin, wo die Düne steil zum Strand hinabfiel und den Blick auf die kleine Bucht mit den Fischerbooten freigab. Mit den Händen die Augen abschirmend versuchte sie, die Schriftzüge der schaukelnden Boote zu erkennen. Doch sie waren zu weit weg. Also stieg sie die steile Treppe zum Strand hinab und näherte sich der Bucht. Der feine Sand unter ihren Sandalen fühlte sich verlockend weich an, und mit einer schnellen Bewegung streifte sie sie ab. Es war ein wunderbares Gefühl, die Zehen in den warmen Sand zu graben. Sie achtete darauf, nicht auf eine der Muscheln zu treten, von denen der Strand übersät war. Wieder amüsierte Marla deren Form, denn es schien, als wäre der Boden voller winziger Chinesenhüte in allen Farben.

Sie entdeckte es sofort. Das Boot mit dem Namen *Louise* befand sich in einer Gruppe anderer Fischerboote schaukelnd auf dem Wasser. Kleine Wellen, die im Licht der Sonne Blitze schossen, plätscherten sanft gegen seinen Rumpf. Es war nicht besonders groß. Im Vergleich zu den meisten anderen Booten besaß es immerhin eine feste Kabine, die den Fischer vor Wind und Regen schützte. Bedauerlicherweise war sie leer. Der Motor war gekippt, sodass die Flügel in der Luft hingen.

Kelian war also bereits vom Angeln zurückgekehrt und nach Hause gegangen. Wie spät war es überhaupt? Irgendwann im Laufe des Tages war ihr das Gefühl für die Zeit abhandengekommen. Sie betrachtete ihren Schatten. Es musste etwa Mittag sein. Sie war zu spät gekommen.

Sie hätte nicht gedacht, dass sie so enttäuscht sein würde. Wie schön wäre es gewesen, wenn er sie am Strand hätte stehen sehen, als er vom Fischen kam. Jetzt aber war er schon im Restaurant. Und dort würde sie ganz sicher nicht hingehen. Entweder sie traf ihn hier, oder sie traf ihn gar nicht. Mit hängenden Schultern wandte sie sich ab.

Nun gut. Sie hatte es zumindest versucht. Aber das Wagnis, durch den Tunnel zu gehen, war umsonst gewesen. Jetzt konnte sie nur hoffen, dass der Rückweg ebenso unproblematisch verlief. Sobald sie zu Hause war, würde sie Elaines Kleid anprobieren, um es gleich morgen früh in die Truhe zurückzulegen. Danach würde auch sie den Keller nie wieder betreten.

Tief zog sie die salzige Seeluft in die Nase und nahm den Geruch nach Strand und Meer in sich auf. Einer plötzlichen Eingebung folgend rannte sie ans Wasser und lief bis zu den Knöcheln hinein. Überrascht schnappte sie nach Luft. Wie konnte das Meer mitten im Sommer nur so kalt sein? Hastig sprang sie auf den Strand zurück und sah sich um. Soweit sie blicken konnte, befanden sich riesige Felsbrocken nicht nur am Strand, sondern auch im Wasser. Es gab sie in allen Größen, und Marla hatte nicht wenig Lust, auf einen von ihnen hinaufzuklettern.

Aber nicht hiermit. Sie verzog das Gesicht, als sie ihre Sandalen betrachtete. Dennoch wählte sie einen kleineren der Felsen, die im seichten Wasser standen, und erklomm ihn mit bloßen Füßen. Sie nahm den Rucksack ab, holte Müsliriegel und Wasser heraus und dachte an Elaine, die hier aufgewachsen war. Sie hatte das Meer geliebt. Arvid hatte beschrieben, wie ausgelassen sie mit geschürztem Rock barfuß ins Wasser gelaufen war. Im März! Da war es sicher eiskalt. Marla bewunderte Elaine dafür. Sie selbst konnte sich nicht einmal jetzt im Juli vorstellen, weiter als bis zu den Knöcheln hineinzugehen.

Sie hielt ihr Gesicht in die Sonne und lauschte den Wellen, die auf den Sand rollten und eine leise Melodie erzeugten. Es war seltsam windstill. Als würde Torin Mittagsruhe halten. Marlas Blick glitt aufs offene Meer hinaus. Beinahe verborgen im Dunst entdeckte sie zwei große Schiffe, die am Horizont entlang ihre Bahnen zogen. Sogar einige winzige Punkte konnte sie ausmachen, die vermutlich weit entfernte kleine Boote waren. Sofort schlug ihr Herz schneller. *Sei nicht blöd*, mahnte sie sich. Hoffte sie etwa, dass Kelian ausgerechnet heute mit einem anderen Boot rausgefahren war? Sie sollte sich damit abfinden, dass sie dieses Kapitel heute beschließen würde. Das Leben war kein Märchen, auch wenn man sich das wünschte.

Sie packte den Rucksack, setzte ihn auf und sprang vom Felsen. Während sie auf das Felsmassiv zulief, das mit dem Wachhaus eine traumhafte Kulisse darstellte, bückte sie sich nach besonders großen Hütchenmuscheln und steckte sie in die Tasche ihrer Shorts. Vielleicht würde sie Löcher hineinbohren und ein Windspiel aus ihnen basteln.

Ein knatterndes Geräusch ließ sie aufsehen. Als sie nach der Ursache suchte, sah sie ein Moped mit Anhänger, das soeben auf den Parkplatz oberhalb der Bucht gelenkt und dort geparkt wurde. Der Mann, der abgestiegen war, beugte sich über den Anhänger und nahm etwas heraus. Es war zu weit weg, um zu erkennen, was es war. Marla bückte sich nach einer besonders großen Muschel und entdeckte nicht weit von ihr drei weitere, die sie auf keinen Fall liegen lassen konnte. Als sie sich aufrichtete, fiel ihr Blick erneut auf die Bucht. Sie stutzte.

Die *Louise* bewegte sich. Der Mann, der gekommen war, stand bis zu den Knien im Wasser und zog das kleine Boot mit einem Tau zu sich heran. Marla versuchte angestrengt, ihn zu erkennen. Er musste es sein, oder? Wer sonst würde die *Louise* holen? Sie begann zu laufen, besann sich jedoch eines Besseren und verlangsamte ihre Schritte. Was, wenn es nicht Kelian war und sie auf einen Fremden zurannte? Der Mann hatte das Boot zu sich herangezogen und hob den Kopf. Sein dunkelblonder Schopf glänzte in der Sonne, als er zu ihr herübersah.

Augenblicklich ließ er das Seil los und hob die Hand. Als auch Marla ihre Hand hob, sprang er aus dem Wasser und lief ihr entgegen. Marla blieb wie angewurzelt stehen. Sandalen und Muscheln ließ sie zu Boden fallen. Er war es!

„Marla!", rief Kelian schon von weitem und lachte übers ganze Gesicht. Heute war er nicht zum Tanzen gekleidet, sondern trug ein T-Shirt und alte blaue Jeans, die er bis über die Waden hochgekrempelt hatte. Ihr Herz hüpfte in der Brust. Sie war sicher, dass sie sich noch nie so gefreut hatte, jemanden zu sehen.

Endlich stand er vor ihr. Ohne zu Zögern griff er nach ihrer Hand und küsste sie. Marla räusperte sich.

„Hallo Kelian", sagte sie ruhig, als sei es das Normalste, hier zu erscheinen und ihn zu treffen. Aber sie wusste, dass in ihrem Gesicht geschrieben stand, was sie wirklich empfand.

„Ich kann kaum glauben, was ich sehe", sagte er mit unverhohlener Freude und drehte sie einmal um ihre eigene Achse.

„Ich auch nicht", gab sie vergnügt zurück. Kelian konnte ja nicht ahnen, dass es tatsächlich über jede vernünftige Vorstellung ging, wie sie hergekommen war.

„Du trägst ihn?" Sein Blick war auf den Stein geheftet, der auf ihrer Brust lag. Unwillkürlich griff sie danach und nickte.

„Ich wollte eben wieder gehen." Ohne nachzudenken sah sie über die Schulter zum Felsenberg.

„Aber warum?"

„Weil dein Boot schon in der Bucht liegt und du nicht da warst."

„Du wärest also nicht zum Lokal gekommen?"

Marla schüttelte den Kopf.

„Dann danke ich der Vorsehung, dass ich die *Louise* auftanken muss", grinste Kelian und wies mit dem Kinn zu dem Kanister, den er am Ufer abgestellt hatte. „Bist du alleine hier?"

Sie hob ihre Sandalen auf und nickte.

„Darf ich heute fragen, woher du gekommen bist und wohin du gegangen wärest, hätten wir uns nicht getroffen?"

Marla strich sich die Haare hinter die Ohren.

„Frag nicht", bat sie.

„In Ordnung. Ich werde das Thema nicht wieder erwähnen", versprach er. „Trotzdem fange ich an, mich um dich zu sorgen, geheimnisvolles Waldmädchen."

Als sie ihn verständnislos ansah, deutete er auf ihren Ellenbogen. „Jedes Mal, wenn wir uns treffen, hast du entweder Wurzelteile in den Haaren, bist voller Erde, oder du bist verletzt."

Marla besah sich ihren Ellenbogen und fand Schürfwunden auf ihrer Haut, die sie sich geholt haben musste, als sie durch den steinigen Teil des Tunnels gelaufen war.

Bevor sie etwas sagen konnte, nahm er sie bei der Hand. „Komm mit!", rief er und zog sie hinter sich her. Erst am Benzinkanister ließ er sie los.

„Ich fülle schnell den Tank auf, dann zeige ich dir etwas. Du hast doch Zeit?"

„Habe ich. Aber du? Musst du nicht ins *Chez Louise*?"

Kelian stand bis zu den Knien im Wasser und zog das Boot ein zweites Mal zu sich heran.

„Um die Mittagszeit ist nicht viel los. Ich bin für gewöhnlich erst abends dort, wenn das Lokal gut besucht ist. Außerdem sind da noch Claudine und Joelle, zwei Frauen aus dem Dorf, die in der Küche und bei der Bedienung helfen."

Er schraubte den Tank des Motors auf und kippte den Inhalt des Kanisters hinein. Der scharfe Geruch von Benzin kitzelte Marla in der Nase.

„Was wirst du mir zeigen?"

„Lass dich überraschen!"

Marla hatte noch nie jemanden kennengelernt, dessen Lebensfreude so ansteckend war. Sie sah zu, wie er den Kanister verschloss und der *Louise* die lange Leine gab. Seine Jeans waren bis zu den Oberschenkeln durchnässt, was ihn nicht zu stören schien.

„Nach wem ist das Boot und auch euer Restaurant benannt? Wer ist Louise?", wollte Marla wissen und riss ihren Blick von Kelians braungebrannten Waden los.

Kelian bedeutete ihr, ihm zu folgen.

„Louise war meine Uroma. Ihre Eltern, meine Ururgroßeltern also, haben das kleine Fischlokal eröffnet und nach ihrer Tochter benannt. Später haben es Louise und ihr Mann weitergeführt, anschließend ihre Tochter und so weiter. Heute gehört es meiner Mutter, besser gesagt meinen Eltern. Wann das Boot den Namen erhalten hat, weiß ich nicht genau. Ich glaube, meine Großeltern haben ihres als erstes so getauft."

Er hatte den Kanister in den Anhänger gestellt, und sie liefen zum Strand zurück.

„Von Mutter zu Tochter. Und das über Generationen", sagte Marla beeindruckt. „Wie außergewöhnlich."

„Genau! Dann aber, vor 23 Jahren", Kelian klopfte sich auf die Brust, „kam ich zur Welt. Der erste Sohn, seit es das *Chez Louise* gibt. Und auch ich werde es weiterführen!"

Marla hatte ihm fasziniert zugehört. „So etwas gibt es nicht mehr oft", meinte sie. „Bei uns zieht es die jungen Menschen meist in die Stadt, um dort so viel wie möglich zu verdienen. Generationsbetriebe sind eher selten."

„Das ist auch bei uns so", pflichtete er ihr bei, während sie am Wasser entlang spazierten. „In den letzten 20 Jahren sind viele junge Leute von hier weggegangen. Es gibt nicht genügend Arbeit für alle. Und ja, in der Stadt verdient man mehr. Das ist leider so."

„Du hast nie darüber nachgedacht fortzugehen?"

„Ich *war* ja weg!", rief Kelian und kletterte auf eine Ansammlung von Felsen. Dass er barfuß war, hinderte ihn nicht daran. „In Brest habe ich meine Ausbildung zum Koch gemacht. Das ist zwar keine Weltstadt, aber es ist die größte in diesem Teil der Bretagne. Direkt anschließend war ich ein Jahr in Paris und dann ein Jahr in Hamburg."

Leichtfüßig sprang er auf den Strand zurück. „Fünf Jahre Stadt haben mir für die restliche Zeit meines Lebens gereicht. Jeden einzelnen Tag habe ich meine Heimat vermisst, und ich konnte es kaum erwarten, wieder zurückzukehren. Aber ich musste fort. Wenn man in dieser Abgeschiedenheit ein Lokal führen möchte, muss man etwas Besonderes bieten. Es sollte sich von allem anderen abheben."

„Und?", erkundigte Marla sich interessiert und lief platschend durchs Wasser. Ihre Füße hatten sich an dessen Temperatur gewöhnt und sie empfand es als erfrischend angenehm.

„Was und?"

„Ist deine Rechnung aufgegangen? Läuft das Lokal?"

„Es ist jeden Abend voll", sagte Kelian nicht ohne Stolz. Vor ihnen war der Strand voller Gesteinsbrocken, und sie mussten ins Wasser ausweichen, um weiterzulaufen. Einige Male gab es keine andere Möglichkeit, als über Klippen zu klettern, die von Wellen umspült wurden und sich über Ewigkeiten tief in den Sand gegraben hatten.

„Voilà!", rief der junge Franzose und blieb stehen. Überrascht erblickte Marla eine winzige Sandbucht, die gänzlich von Felsen umgeben und vorher nicht zu erahnen gewesen war. Sie stieß einen begeisterten Schrei aus. Mit wenigen Schritten erreichte sie den hellen Strand und wühlte ihre Zehen tief in den warmen Sand. Rucksack und Sandalen warf sie auf den Boden.

„Ist das schön hier!"

„Nicht wahr?" Kelians Augen leuchteten. „Diese verborgene Bucht kennen nur die Einheimischen. Denn erstens ist sie sehr gut versteckt, und zweitens existiert sie nur wenige Stunden am Tag."

„Wieso denn das?"

„Die Gezeiten", erläuterte er. „Momentan haben wir Ebbe. In drei Stunden wird man von dem Fleckchen nichts mehr sehen."

„Oh." Marla setzte sich auf den Boden und ließ den feinen Sand durch die Hände rieseln. „Dann ist es wohl nicht ganz ungefährlich, hier herumzuklettern?"

„Ganz und gar nicht", gab Kelian zu und ließ sich neben sie fallen. „Nirgends an unserer Küste ist es ungefährlich. Der Wind, die Wellen und die Meeresströmungen haben schon so manches Opfer gefordert. An den unzähligen Granitfelsen, die so typisch sind für unsere Gegend, sind schon viele Boote zerschellt."

Nachdenklich betrachtete Marla das Meer, das vor ihr lag. Das Wasser reflektierte funkelnd das Sonnenlicht, und die Wellen, die auf den kleinen Strand rollten, wirkten so friedlich und einschläfernd, dass sie am liebsten die Augen schließen und alles andere vergessen würde. Sie vermochte sich kaum vorzustellen, dass dieser Ort etwas anderes sein konnte als ein kleines Paradies. Die Felsen, die sie umgaben und jene, die vor ihnen aus dem Wasser ragten, leuchteten in den unterschiedlichsten Grau- und Rottönen. Das Wort *seelenwarm* kam ihr in den Sinn, wie immer, wenn sie etwas sah, dessen Vollkommenheit ihr Herz geradezu schmerzlich berührte.

„So etwas Schönes kann doch nicht einfach nur zufällig entstanden sein, oder? Jemand muss sich etwas dabei gedacht haben", flüsterte sie ergriffen.

Kelian lächelte. „Das sage ich mir jeden Tag", gab er ebenso leise zurück. Eine Mischung aus Dankbarkeit und Demut schwang in seiner Stimme, und Marla hätte gerne nach seiner Hand gegriffen. Stattdessen grub sie eine Muschel aus dem Sand und drehte sie in den Händen.

„Und doch", sprach Kelian weiter und sein Blick verlor sich in der Ferne, „kann sich dieser idyllische Ort innerhalb von kürzester Zeit in eine tödliche Hölle verwandeln. Das darf man niemals vergessen. Aber wir wollen jetzt nicht von der Hölle reden."

Eine Stunde später standen sie vor seinem Moped. Marla hatte darum gebeten, dass sie sich hier verabschiedeten.

„Sehe ich dich wieder?" Kelian strich ihr zärtlich über die Wange, seine Augen ungewöhnlich ernst. „Muss ich das jetzt jedes Mal fragen, Waldmädchen?"

Marla hätte am liebsten gerufen: *Natürlich sehen wir uns wieder!* Aber wie konnte sie versprechen, was sie selbst nicht wusste?

„Ich versuche es", sagte sie nur und schob entschlossen jeden Gedanken an die Zukunft von sich. Denn sonst würde sie sich eingestehen müssen, dass es eine Zukunft für sie beide nicht geben konnte.

„Ich warte auf dich, Marla. Jede Stunde. Du weißt, wo du mich findest. Es gibt so vieles, das ich dir zeigen möchte. Ich will, dass du meine Heimat lieben lernst und eines Tages nicht wieder von hier fort willst." Er zog sie an sich und küsste sie auf die Wangen.

„Adieu", murmelte er.

„Adieu, Kelian."

Als sie zum Strand lief, um am Wasser entlang zum Steinlabyrinth zu gehen, hörte sie, dass Kelian sein Fahrzeug startete. Ihr Herz tat weh, als das Knattern des Motors leiser wurde und sich schließlich endgültig in der Ferne verlor.

Bevor sie das Gewölbe unter dem Felsenmassiv betrat, schlüpfte sie in ihre Sandalen. Suchend spähte sie in die Dunkelheit, die sie umgab. Außer ihr war niemand hier. Ihr Atem beschleunigte sich. Die Nische zu finden, war nicht schwierig. Sich dagegen darauf zu konzentrieren, dass das Gestein vor ihr den Weg freigab, verlangte ihr einiges ab. Zu sehr war sie mit dem beschäftigt, was sie in den letzten Stunden erlebt hatte.

Erst beim dritten Versuch erschien der Spalt vor ihr. Vor Erleichterung stieß sie keuchend den Atem aus. Sie lief so schnell es ihr möglich war durch den Tunnel und betete darum, dass sie ohne Probleme zurück in den Keller gelangen würde. Je näher sie dem Ende des Ganges kam, desto schwerer fiel ihr das Atmen. Was, wenn sich die magische Tür nicht öffnete? Und was, wenn sie sich öffnete und Arvid vor ihr stand? Wie würde er reagieren? Wäre er sauer? Konnte ein Windbruder böse werden? Wenn ja, wie würde sich das äußern?

Schwitzend gelangte sie an die Tür. Mit dem Handrücken wischte sie den Schweiß von ihrer Oberlippe und legte ihre zitternden Hände auf die verschlungenen Ranken vor ihr. Mit geschlossenen Augen zählte sie von zehn rückwärts und ließ ihre Finger über das Eisen gleiten. Die Tür glitt auf. Ängstlich wanderten ihre Augen durch den Raum dahinter, und ein Seufzer der Erleichterung entfuhr ihr. Sobald sich der Tunnel geschlossen hatte, schob Marla den Spiegel davor und versuchte, ihn anzuheben. Doch so oft sie es auch probierte, es gelang ihr nicht, ihn an den Haken zu hängen.

Also gut, dann bleibt mir nichts anderes übrig, als darauf zu vertrauen, was er gesagt hat. Dass er den Keller nie wieder betreten wird.

Sie würdigte den Raum keines Blickes mehr, sprang die Stufen hinauf ans Tageslicht und verschloss den Kellerzugang. Im Laufschritt rannte sie zu ihrem Fahrrad, und erst, als sie es aus dem Gebüsch geholt hatte, fiel die Angst von ihr ab und sie konnte wieder klar denken. Sie war durch den Geheimgang gelaufen! Alleine. Sie hatte die wunderschöne Welt auf der anderen Seite besucht. Am liebsten würde sie auf der Stelle umdrehen und dorthin zurückkehren. Zu Kelian. Morgen, beschloss sie, würde sie wieder an die bretonische Küste gehen. Wo die Sonne von einem dunkelblauen Himmel lachte. Wo die Wellen glucksend an Land purzelten und lustige Hütchenmuscheln zurückließen. Wo Kelian mit lachenden Augen auf sie wartete und sie in seine braungebrannten Arme schloss.

Die Muscheln, die in Marlas Shorts steckten, knirschten beim Radfahren. Sie würde sie aufhängen, damit sie im Wind klapperten und – Marla stoppte jäh. Wind! Arvid! Sie hatte ihn völlig vergessen! Schon gestern war sie nicht bei ihm gewesen. Was würde er denken, wenn sie auch heute nicht kam? Eigentlich wollte sie nichts anderes tun, als nach Hause zu fahren und sich an die Stunden mit Kelian zu erinnern. Aber sollte sie nicht wenigstens für einen kurzen Besuch bei Arvid vorbeischauen? Nur mal eben. Damit der Windbruder wusste, dass sie ihn nicht vergessen hatte. Denn er war ihr wichtig und sie spürte nach wie vor, dass ihre Freundschaft etwas Besonderes war. Es war nur – diese bezaubernde Welt auf der anderen Seite des Tunnels zog sie unwiderstehlich an und sie vermochte sich kaum dagegen zu wehren. Vermutlich wollte sie es auch gar nicht.

Widerwillig wendete sie ihr Fahrrad.

In mir ist alles starr. Seit Beginn des Tages habe ich meinen Platz auf der geduldigen Eiche eingenommen. Und ich warte. So, wie ich es gestern vergeblich tat. Mir war entfallen, wie quälend lang ein Tag sich ziehen kann. Die Verzweiflung, die sich in mir regt, erinnert mich an damals. Als Elaine begann, mehr und mehr Zeit mit dem jungen Wildhüter zu verbringen. Entschlossen schiebe ich das Vergangene von mir. Mit Marla ist es anders. Das Wissen darum flattert vage durch mein Sein. Ich warte weiterhin auf sie, mich klammernd an die Hoffnung, die mir zu entgleiten droht.

Plötzlich erhebt sich in der Nähe laut schimpfend ein Schwarm Vögel. Horchend hebe ich den Kopf. Meine Augen saugen sich an der Stelle fest, wo sie erscheinen müsste. Wenn sie käme. Und tatsächlich. Marla tritt aus dem Wald auf die Lichtung. Mit einer ungeduldigen Bewegung hebt sie ihr Fahrrad über eine Baumwurzel. Unsere Blicke treffen sich. Ich weiß nicht, was ich erwartet habe. Dass sie empfindet wie ich? Grenzenlose Freude und Erleichterung darüber, dass wir uns sehen?

Sie wirft das Fahrrad auf den Boden und hebt grüßend die Hand. Auf dem Rücken trägt sie ihren Rucksack. Das erinnert mich an die Decke, die sie bei mir vergessen hat. Seit gestern liegt sie auf meinem Platz im Geäst des Baumes. Sie bewirkt, dass ich mich der jungen Frau näher fühle. Ein Teil von ihr ist bei mir. Nur aus diesem Grund hat sie sie bei mir gelassen, rede ich mir ein. Es glückt nicht so recht.

Ich springe zu Boden und lasse sie auf mich zukommen. Sie wirkt erschöpft. Ihre Bewegungen sind nicht so weich wie sonst. Beinahe bin ich versucht zu sagen, sie sind hölzern. Welch ein Ausdruck! Holz bewegt sich nicht sichtbar.

Lange bevor sie vor mir steht, trägt mir Gawain, der seit damals gewissenhaft meine Arbeit tut, den hinreißenden Duft ihres Schweißes zu. Etwas anderes mischt sich darunter. Aber vor Freude, dass sie hier ist, kann ich es nicht einordnen.

„Hallo Arvid."

„Hallo Marla. Ich freue mich, dass du gekommen bist." Mein Versuch, unbefangen zu klingen, gelingt nicht besonders gut. Die Verzweiflung ist kaum zu überhören.

„Ich freue mich auch." Marlas Versuch, unbefangen zu klingen, geht genauso daneben. „Bestimmt hast du auf mich gewartet. Ich konnte nicht eher kommen, es tut mir leid."

„Es braucht dir nicht leid zu tun", sage ich so lässig wie möglich. „Dafür ist es umso schöner, dass du jetzt hier bist."

Wir setzen uns in die nestähnliche Mulde unter dem Baum. Wie letztes Mal erzählt sie von ihren Eltern, die weit in der Ferne eine gemeinsame Zeit verbringen. Auch von ihrer jüngeren Schwester berichtet sie, die sich mit der Familie ihrer Freundin in Griechenland am Strand befindet. Von sich selbst erzählt sie nichts. Schließlich erwähnt sie wie nebenbei, dass wir uns nicht mehr so oft sehen können, weil andere Dinge einen großen Teil ihrer Zeit in Anspruch nehmen werden.

Die Bestürzung, die blitzartig ein Netz aus Eis um meinen Wesenskern spinnt, muss sich unübersehbar in meiner Miene spiegeln, denn rasch fügt sie hinzu: „Das heißt nicht, dass ich nicht mehr komme. Nur schaffe ich es vielleicht nicht jeden Tag."

Ihre Finger bewegen sich fahrig, als sie nach dem Stein greift, der an einer Lederschnur an ihrem Hals hängt. Ich habe ihn vorher noch nie an ihr gesehen.

„Du kommst einfach, wenn du Zeit für mich hast", schlage ich vor. Ein dunkles Gefühl, einem Schatten gleich, streift mein Innerstes. Ich gebe mir Mühe, mich zusammenzureißen. Der Sturm, der durch meinen Körper jagt, droht mir mein vernünftiges Denken zu nehmen. Wenn sie mich verlässt, so bin ich verloren. Vielleicht aber sehe ich Gespenster, und diese Angst ist unbegründet.

„Ja. Das werde ich ganz bestimmt tun." Die Zuneigung in ihren Augen ist echt. Zum ersten Mal lächelt sie. Wie habe ich es vermisst!

Sie legt ihre Hand auf meinen Arm. Ich spüre ein Zucken und rechne damit, dass sie sie sofort wegnimmt. Doch sie lässt sie für einige Sekunden liegen. Wie schon einmal zuvor habe ich das Gefühl, dass sich für einen winzigen Augenblick unsere Seelenwesen verbinden.

„Die Decke kannst du behalten. Dein Platz ist weicher so." Mit diesen Worten verabschiedet sie sich kurz darauf. Während sie zu ihrem Fahrrad läuft, klammert sich mein Blick an ihre Gestalt. Seelenwesen irren sich nicht. Versichere ich mir.

Als Marla am späten Nachmittag müde und verschwitzt ihr Fahrrad in den Schuppen schob, dachte sie an nichts anderes als eine erfrischende Dusche. Sie warf den Rucksack aufs Bett und stürmte ins Bad. Was für ein Tag! Während das Wasser auf ihren Nacken rieselte, betrachtete sie ihre Füße und konnte sich ein amüsiertes Lächeln nicht verkneifen. Da befand sie sich mitten in Deutschland und wusch sich das Salz der französischen Atlantikküste von der Haut. Wenn das nicht verrückt war!

Ihr war wesentlich leichter ums Herz. Ihre Entscheidung, doch noch bei Arvid vorbeizusehen, war richtig gewesen. Dass sie ihm nicht die Wahrheit sagen konnte, bekümmerte sie. Aber wie hätte sie ihm erklären sollen, dass sie ihre Zeit noch anders verbringen wollte als nur mit ihm? Dass es da jemanden gab ... Sie hatte keine Ahnung, wie er reagieren würde. Zudem hatte sie auch nicht den Mut es auszuprobieren. Sie wollte ihn nicht verlieren, denn er bedeutete ihr etwas. Sie konnte nicht genau sagen, inwiefern. Mit Verliebtsein hatte es nichts zu tun, soviel wusste sie bereits. Aber da war etwas zwischen ihnen, das auch er fühlte. Wie sonst sollte sie das Entsetzen erklären, das in seinem Gesicht stand, als sie ihm diese Notlüge auftischte? Dass es ihn getroffen hatte, war nicht zuletzt in dem Augenblick zu spüren gewesen, als sie seinen Arm berührt hatte. Die Energie, die durch seinen Körper gefegt war, hatte fast etwas Bedrohliches gehabt und hatte sie erschreckt. Sie wollte nicht, dass er ihretwegen litt, daher war sie fest entschlossen, ihn zu besuchen, sobald sie Zeit hatte.

Ihr feuchtes Haar in ein Handtuch gewickelt, trat sie in ihr Zimmer. Auf dem Bett verstreut lagen die Muscheln inmitten winziger Sandkristalle, die mit ihnen in der Hosentasche gelandet waren. Gedankenverloren setzte sich Marla dazu, stapelte die Hütchen übereinander und stieß sie wieder um. Stapelte sie erneut und schubste sie abermals um. Heute Morgen noch hatten sie am Strand gelegen, beschienen von der Sommersonne, geküsst vom Wind. Vom bretonischen Windbruder Torin.

Sie sah zum Fenster. Was war, wenn die Windbrüder entgegen Arvids Behauptung doch miteinander kommunizierten? Nicht zum ersten Mal musste sie feststellen, dass ein schlechtes Gewissen kein guter Gesellschafter war. Ständig grübelte sie darüber nach, dass das, was sie tat, heimlich und hinter Arvids Rücken geschah. Sie musste nicht lange überlegen, um zu dem Schluss zu kommen, dass es nicht in Ordnung war. Und doch konnte sie nicht anders. Um sich abzulenken, wandte sie sich wieder den Muscheln zu. Dabei fiel ihr Blick auf den Rucksack, den sie achtlos auf ihr Bett geworfen hatte.

Das Kleid! In der Aufregung dieses Tages hatte sie es völlig vergessen. Eilig sammelte sie die Hütchen ein und legte sie auf den Schreibtisch. Dann klopfte sie den Sand von der Decke und zog den Rucksack zu sich. Als das Kleid ausgebreitet vor ihr lag, betrachtete sie es staunend. Bei Tageslicht wirkte es nicht weniger prächtig als beim schmeichelnden Schein der Kerze. Mit den Fingerspitzen fuhr sie über die kostbaren Stickereien des durchscheinenden Gewebes, das an dem cremefarbenen Unterkleid befestigt war. Zwischen hellgrünen Blätterranken waren winzige Blüten eingearbeitet, deren Mitte mit einer schimmernden Perle versehen war. Als Marla die Seide des Unterkleides berührte, fühlte sich der Stoff ebenso glatt und kühl an wie die Schärpe aus Satin. Diese bildete mit ihrem dunklen Grün einen edlen Kontrast zu den hellen Farben des Kleides.

Mit vorsichtigen Griffen öffnete sie den Knoten der Schärpe und legte sie aufs Bett. Als sie das Kleid aufnahm und die Rückseite betrachtete, stellte sie enttäuscht fest, dass man es unmöglich ohne Hilfe verschließen konnte. Eine versteckte Knopfleiste verlief vom Nacken bis ans Ende des Rückens. Die winzigen, mit Stoff überzogenen Knöpfe lagen so dicht beieinander, dass sie sich fast berührten. Sie würde nicht einen einzigen von ihnen schließen können, wenn sie das Kleid angezogen hatte. Brauchten alle Frauen damals Hilfe beim Anziehen? Und hatte Elaine sogar noch ein Korsett tragen müssen? Marla hatte keine Ahnung, wie lange Frauen sich in diese Dinger hatten zwängen müssen. Sie war sich ziemlich sicher, dass Elaine sich dagegen gesträubt hätte. Sie hatte gegen so einiges rebelliert. Wieso nicht auch gegen das Korsett?

Entschlossen legte Marla das Kleid über ihren Schoß und begann, Knopf für Knopf zu öffnen. Sie musste es einfach anprobieren. Als sie die mühsame Arbeit beendet hatte, zog sie ihr T-Shirt über den Kopf und hielt das Kleid vor sich. Vorsichtig, damit sie nicht hängen blieb, stieg sie in den Rock und zog ihn über die Hüften. Ihre Haut kribbelte, als die kühle Seide raschelnd darüberstrich. Marla musste nicht ein einziges Mal innehalten. Elaines Hüften konnten nicht viel schmaler gewesen sein als die ihren. Nachdem sie ihre Hände durch die kurzen Ärmel gesteckt hatte, schob sie das Oberteil über ihre Schultern. Sie stellte sich vor den Spiegel, zerrte das Handtuch von ihrem Kopf und schüttelte ihr Haar. Feucht und dunkel fiel es über das Kleid. Mit einer Hand versuchte sie, den Stoff auf dem Rücken zusammenzuraffen, als ihr die Schärpe einfiel. Sie schlang sie um ihre Mitte und band einen lockeren Knoten.

Ihre Augen leuchteten, als sie sich betrachtete. Das Kleid schien wie für sie gemacht. Es schmiegte sich an ihren Körper und fiel bis zu ihren Knöcheln herab. Die zarten Farben betonten die Sommerbräune ihrer Haut, und die Schärpe bewirkte, dass ihre schmale Silhouette beinahe zerbrechlich aussah. Marla schmunzelte, als sie ihre bloßen Füße betrachtete, und schlüpfte in ihre Ballerinas. Schließlich fasste sie ihr Haar im Nacken zusammen und schenkte sich selbst ein kokettes Lächeln. Sie sah aus, als wäre sie einer vergangenen Zeit entsprungen.

„Jo'ann", säuselte sie mit gespielt französischem Akzent. „Willst du mit mir tanzen?" Geziert griff sie nach einer imaginären Hand und machte einige vorsichtige Tanzschritte. Der Schnitt des Kleides machte ausgreifende Schritte unmöglich. Wie eigenartig, sich so eingeschränkt bewegen zu müssen. Ach, könnte sie doch nur die Knöpfe schließen! Erst dann hätte sie das Gefühl, richtig angezogen zu sein. Sie würde sich noch einen Haarknoten aufstecken, so wie damals, als Darius die volltrunkene Henni heimgebracht hatte.

Draußen bellte ein Hund, und Marla ließ erschrocken ihr Haar los. Rieke und Rusty! Sie hatte das Auto überhört. So schnell, wie es die Vorsicht zuließ, öffnete sie die Schärpe und schlüpfte aus dem Kleid.

„Marla!", hörte sie Rieke durchs Treppenhaus rufen. „Bist du da?"

„Komme sofort!", rief sie zurück und schloss die Zimmertür. Sie legte das Kleid zusammen, schlug es in das Tuch und steckte es zwischen die T-Shirts in ihrem Schrank. Ein wenig atemlos lief sie ins Bad und kämmte sich das Haar.

„Wie war es am See?", erkundigte sie sich bei Rieke, die bereits in der Küche hantierte.

„Oh, es war toll! Man sollte nicht meinen, dass Ferien sind. Die meisten gehen wohl lieber ins Freibad."

Marla deckte den Tisch, und gemeinsam aßen sie Käsebrote mit Gurken und Tomaten.

„Und bei dir? War es schön im Wald?" Rieke betrachtete sie voller Wärme. Wieder einmal fiel Marla auf, wie sehr sie Mama glich. Wäre Riekes Haar kurz und hätte sie ein paar Pfunde mehr, so müsste man ständig darauf achten, dass man sie nicht miteinander verwechselte. Wenn man von den Augen absah, natürlich. Denn mit Riekes außergewöhnlicher Farbe konnte einfach niemand mithalten.

„Marla?"

„War gut", antwortete sie zerstreut.

„Waldemar kommt gleich. Wir machen einen Spieleabend. Bist du dabei?"

„Ich … Nein, ich denke nicht. Ich bin ziemlich müde und werde bald schlafen gehen."

„Nicht mal *ein* Spiel? Du darfst dir eines aussuchen."

Marla schüttelte den Kopf. Sie hatte nicht die geringste Lust, sich Waldemars aufmerksamen Blicken auszusetzen. Außerdem brauchte sie Zeit für sich selbst, denn sie wollte ganz in Ruhe über all das nachdenken, was sie heute erlebt hatte. Und über das, was sie morgen erleben würde.

Rieke hob bedauernd die Schultern. „Schade, wir hätten uns gefreut. Übrigens hat sich heute entschieden, dass wir von Donnerstag bis Sonntag weg sind. Es könnte auch Montag werden. Wir sind im Bayrischen Wald."

„Wieso sind wir weg?" Alarmiert sah Marla auf.

„Waldemar und ich. Davon hatte ich dir doch erzählt. Wir sehen uns den Wildpark an."

„Ah ja – stimmt. Du hattest es erwähnt. Donnerstag? Heute ist …?" Was war heute überhaupt für ein Tag?

„Mittwoch", sagte Rieke sanft und legte ihr eine Hand auf den Arm.

„Alles in Ordnung!", rief Marla, bevor ihre Schwester weitersprechen konnte. „So ist es in den Ferien immer. Irgendwie verliert man den Überblick über die Wochentage."

Sie sprang auf und räumte ihren Teller weg. „Gute Nacht, Rieke." Damit verließ sie die Küche und lief die Treppen hinauf. Sie wusste, dass ihre Schwester ihr mit besorgtem Blick hinterhersah.

Kapitel 12

„Ich wünsche euch schöne Tage im Bayrischen Wald!" Sie umarmte Rieke und küsste sie auf die Wange. Rusty rannte aufgeregt bellend zwischen ihnen und Riekes Auto hin und her.

„In zwei Tagen ist Henni wieder da, du bist also nicht lange allein", tröstete Rieke sie und setzte hinzu: „Melde dich, wenn was ist. Versprochen?"

„Klar, versprochen! Und ja", dabei hob Marla Rusty auf den Arm und streichelte ihn, „ich achte auf die Hühner und ich sehe nach der Mausefalle." Sie setzte den zappelnden Hund in den Wagen. „Und wenn eine Maus drinnen ist, dann bringe ich sie nach Frankreich", sagte sie mit einem breiten Grinsen.

Als das Auto außer Sicht war, ging Marla ins Haus. Alleine! Wenn Rieke wüsste! Sie war kein bisschen alleine in den kommenden Tagen. Und wenn sie mal hier war, dann waren ihr die Ruhe und das Alleinsein willkommen, weil es so vieles gab, über das sie nachdenken musste.

Sie lief in den Keller und sah nach der Falle. Seit Wochen stand sie nun hier unten, und noch immer war keine Maus aufgetaucht. Sie hatten es mit allem probiert. Henni zuliebe erst mit Käse, später mit Speck und dann wirklich mit Schokocreme. Ohne Erfolg. Wahrscheinlich hatte Mama sich geirrt, und es gab gar keine Maus.

Gutgelaunt pfeifend und ein wenig aufgeregt fuhr sie durch den Wald. Hoffentlich gelang es ihr auch heute, den geheimen Gang zu öffnen. Sie würde sich nicht lange im Keller aufhalten, denn was sie hatte sehen wollen, das hatte sie gesehen. Elaines Kleid lag noch immer versteckt in ihrem Schrank. Sie war noch nicht bereit, sich davon zu trennen. Es war ein Teil von Elaine. Marla fühlte sich ihr dadurch näher und noch mehr verbunden. Vielleicht würde sie es ein zweites Mal anziehen.

Diesmal zündete sie keine Kerze an. Der Lichtkegel, der durch die geöffnete Klappe in den Keller fiel, reichte aus. Sie schob wie am Vortag den Spiegel beiseite und stand erneut vor der geheimnisvollen Pforte. Das Eisen lag kalt unter ihren Händen, als sie sich mit aller Kraft auf den Fluss ihres Atems konzentrierte. Es passierte viel schneller als gestern. Vor ihren Augen glitt die Tür auf.

Am liebsten wäre sie durch den Tunnel gerannt, doch sie zwang sich zur Ruhe. Nicht schon wieder wollte sie verletzt oder beschmutzt bei Kelian erscheinen. Er hielt sie sicher ohnehin schon für seltsam, weil sie jedes Mal ein Geheimnis daraus machte, woher sie kam. Aber was sollte sie tun? Sie konnte ihm nichts erklären. Sie durfte nicht, es wäre falsch. Das wusste sie.

Ohne Probleme gelangte sie in das Steinlabyrinth und lief zielstrebig zum Höhlenausgang. Die Sonne schien, und Marla konnte es kaum erwarten, sich von ihren warmen Strahlen küssen zu lassen. Sie war jedoch kaum aus der Öffnung herausgetreten, als eine kühle Windböe sie erfasste. Fröstelnd lief sie einige Meter weiter und stellte sich in den Schutz einer Felsnische.

„Hallo Torin", murmelte sie und fuhr sich über die Gänsehaut auf ihren Armen. Einer Eingebung nach setzte sie hinzu: „Ich bitte dich inständig, erzähle ihm nichts davon."

Sie legte den Kopf in den Nacken und sah das kleine Wachhaus, das hoch oben auf dem Felsen thronte. Entschlossen trat sie aus der schützenden Nische und begann zu klettern. Obwohl der Wind ununterbrochen blies, war das graue Gestein unter ihren Händen angenehm warm.

Es war nicht schwierig, zu dem steinernen Haus zu gelangen. Als sie es erreicht hatte, trat sie durch den niedrigen Eingang. Sofort war es windstill. Das aus groben Steinquadern gemauerte Gebäude besaß zwei kleine Fenster, die dem Eingang gegenüber lagen. Zu ihrer linken Hand hing eine

Informationstafel für Touristen. Für jene, die der Weg hier herauf erschöpft hatte, standen Bänke zum Ausruhen an der Wand.

Marla trat an eines der Fenster und blickte übers Meer. Eine bessere Stelle, um die Küste zu beobachten, hätten die Erbauer nicht finden können. Man konnte weit über das Wasser sehen. Jedes noch so kleine Boot würde man entdecken. Das Meer war aufgewühlt, die Wellen trugen Kronen aus weißem Schaum. Wie friedlich dagegen war es gestern gewesen. Die kleine Bucht, die Kelian ihr gezeigt hatte, war bei diesem Wellengang sicher überschwemmt.

Sie beugte sich weiter vor und versuchte einen Blick auf die Bucht zu erhaschen. Doch ihre Schultern passten nicht durch die Fensteröffnung, und so suchte sie ein weiteres Mal das vor ihr liegende Meer ab. Es waren einige Boote draußen. Ob darunter auch die *Louise* war, konnte sie nicht erkennen.

Sie verließ das Wachhaus und kletterte zum Fischerdorf hinunter. Der starke Wind ließ sie erneut frierend erschaudern und sie wünschte, sie hätte eine Jacke eingepackt. Das Dorf war leer. Es war beinahe ein bisschen unheimlich, denn sie hatte es kennengelernt, als Hunderte von Besuchern sich hier getummelt hatten. Nichts erinnerte an das fröhliche Fest. Vor dem größten der reetgedeckten Häuser wehte eine Fahne. Holzbänke und Tische standen hier und warteten auf Touristen, die dem bretonischen Wind trotzten und sich setzten, um etwas zu sich zu nehmen.

Als sie das Dorf hinter sich gelassen hatte und auf der Düne stand, hatte sie endlich Sicht auf die Bucht. Die *Louise* schaukelte dort zwar nicht, aber da, wo sich der Parkplatz befand, sah sie Kelians Moped stehen. Am Ufer wartete der dazugehörige Anhänger. Sie wusste, wie sie sich die Zeit vertreiben würde. So holte sie ihr Handy aus dem Rucksack und begann Fotos zu machen. Sie war davon überzeugt, dass das Wachhaus, das so malerisch auf dem Felsenmassiv stand, schon unendlich viele Male als Objekt hatte herhalten müssen. Auch sie selbst konnte nicht anders. Nur aus diesem

Grund hatte sie heute ihr Handy mitgenommen, versicherte sie sich.

Sie lief am Ufer entlang zurück, erklomm die Felsen und stand schließlich wieder im Haus selbst, um den Ausblick festzuhalten, der sich von hier bot. In diesem Augenblick entdeckte sie die *Louise*, die auf die Bucht zuschipperte. Schnell steckte sie das Gerät weg und kletterte auf die höchste Stelle des Massivs. Hier hatte Kelian gestanden, als Marla und Arvid sich auf den Heimweg gemacht hatten. Breitbeinig stemmte sie sich gegen den Küstenwind und schirmte die Augen ab. Das Knattern des Motors drang an ihre Ohren, und sie erkannte Kelian, der sein Boot sicher zwischen andere Fischerboote hindurch manövrierte. Das Motorgeräusch erstarb, und das Boot glitt zum Strand. Bevor es auf den Sand fuhr, sprang er ins Wasser. Erst jetzt sah er auf. Er entdeckte sie sofort. Als sie ihn mit beiden Armen winken sah, kletterte Marla so schnell sie konnte von dem Hügel hinunter und rannte los.

„Der Tag wird immer besser!" Er lachte und wies auf das Boot, worin abgedeckte Kisten standen. „Er fing mit einem guten Fang an, und jetzt steht auch noch das schönste Mädchen hier und wartet auf mich." Mit einem Schritt war er bei ihr und küsste ihre Wangen. „Wir werden dafür sorgen, dass er noch besser wird. Aber vorher", er ließ ihre Hände los und watete zum Boot, „werde ich dich meinen Eltern vorstellen."

„Deinen Eltern?" Sie starrte ihn überrascht an.

Kelian stapelte die Kisten in den Anhänger. „Keine Angst, geheimnisvolles Mädchen. Ich bin frei von Hintergedanken. Zumindest beinahe." Das Lächeln, das er ihr dabei schenkte, plumpste in ihren Magen und floss warm durch ihren Körper.

„Bevor wir zusammen etwas unternehmen, muss ich den Fang nach Hause bringen. Also sehen wir sie ohnehin. Dich nicht vorzustellen, wäre in diesem Fall unhöflich, n'est-ce pas?"

Marla nickte mit gemischten Gefühlen. War es gut, wenn sie hier noch mehr Menschen kennenlernte?

Wenig später hatte Kelian die *Louise* auf ihren Platz zwischen den anderen Fischerbooten geschickt und griff nach dem Anhänger, als sein Blick Marlas Arme streifte.

„Durch den Wind, der bei uns ständig bläst, ist es lange nicht so warm wie es aussieht." Er zog seinen Fleecepulli über den Kopf und reichte ihn ihr. „Er wird dich wärmen."

Marla schlüpfte hinein und seufzte behaglich, als der weiche Stoff, der noch Kelians Körperwärme trug, sich auf ihre ausgekühlte Haut legte.

„Danke, das ist himmlisch", sagte sie, während sie die Ärmel hochkrempelte. Plötzlich hatte sie ein schlechtes Gewissen. „Und du?"

Kelian, der im T-Shirt vor ihr stand, warf den Kopf in den Nacken und lachte. „Ich bin von hier, Marla. Mir macht das raue Klima nichts aus, ich bin es gewöhnt. Morgens um vier Uhr allerdings ist es mit einem Pulli etwas gemütlicher auf dem Meer."

Nebeneinander liefen sie über den Strand.

„Immerhin trägst du heute Turnschuhe", stellte Kelian fest. Er selbst hatte seine Badeschlappen auf den Anhänger geworfen und lief barfuß.

„Naja", gab Marla grinsend zurück. „Ich habe keine Ahnung, was wir heute vorhaben. Vielleicht muss ich klettern. Ich hab es vorhin schon probiert, es klappt prima."

Innerhalb von Sekunden hatte Kelian den Hänger am Moped befestigt.

„Ich weiß, besonders groß ist der Mopedsattel nicht. Aber wenn du nicht auf den Kisten Platz nehmen willst, dann muss er für uns beide reichen."

Froh darüber, dass er ihre glühenden Wangen nicht sehen konnte, saß sie hinter ihm auf dem Sattel, ihre Arme um seinen Bauch geschlungen, den Körper an seinen Rücken gepresst. Sie spürte das Spiel seiner Muskeln, und seine Locken kitzelten sie an der Stirn. Der Pulli hüllte ihren Körper schützend ein und roch zudem sehr angenehm nach Kelian. Eine Mischung aus Deo, Fisch, Salzwasser und Schweiß. Sie mochte den Geruch und drückte sich ein wenig fester an Kelians Rücken. Sie mochte auch diesen Mann. Sie mochte seinen Frohsinn und sein Lachen. Unvermittelt wusste sie, was all das bedeutete: Sie war drauf und dran, sich in ihn zu verlieben.

Das Moped fuhr nicht schnell, somit hatte sie ausreichend Zeit, die Landschaft zu betrachten, die an ihr vorbeizog. Der asphaltierte Weg war voller Schlaglöcher, denen Kelian geschickt auswich. Zu beiden Seiten befanden sich Wiesen, einige von ihnen eingezäunt und mit robusten Pferden darauf, die mit gesenkten Köpfen an den Halmen knabberten. Mancherorts standen haushohe Granitbrocken beieinander, umgeben von wilden Sträuchern. Sie passierten typisch bretonische Häuser. Einfache, rechteckige Gebäude, aus grauem Stein gemauert, mit Schornsteinen auf den Stirnseiten. Sogar in einigen Gärten sah Marla große Steinbrocken stehen, die dort gewesen sein mussten, lange bevor Menschen hier ihre Häuser errichteten.

Sie waren nicht weit gefahren, als sie abseits des Weges, inmitten eines Grundstücks voller Bäume, ein großes Anwesen erblickte. Als sie am Wegrand ein hölzernes Schild mit der Aufschrift *Chez Louise* sah, wusste sie, dass sie ihr Ziel erreicht hatten. Kelian bog auf die Zufahrt ein.

Hier also war er zu Hause! Er lenkte das Moped an einem Gästeparkplatz vorbei und stellte es vor einem Seiteneingang des Gebäudes ab. Während er die Kisten auf einen Tisch lud, sah Marla sich um. Das Haus bestand aus zwei Gebäudeteilen, die im rechten Winkel zueinanderstanden. Die Mauern waren aus groben Steinen errichtet. Im Gegensatz zu den Häusern, die sie am Wegrand gesehen hatten, war dieses weit größer und hatte ein gewaltiges, stellenweise mit Moos und Reet bedecktes Dach. Herausgebaute Gauben ließen vermuten, dass man dort in einem traumhaften Dachgeschoss wohnen konnte. Fenster und Türen waren aus hellgrün gestrichenem Holz. Es war nicht zu übersehen, dass das feuchte Seeklima auf dem Gebäude seine Spuren hinterlassen hatte. Dennoch war gerade diese Tatsache der Grund für den unwiderstehlichen Charme, den dieses Anwesen ausstrahlte.

Kletterrosen, übersät mit winzigen rotweißen Blüten, wuchsen in großer Fülle an der Fassade empor, und wo man auch hinsah, setzten hüfthohe Hortensien rosa und blaue Farbakzente auf das Grundstück. Umgeben war das Gelände von windgebeugten Kiefern und Laubbäumen. Marla konnte nicht aufhören zu staunen.

„Kein Wunder, dass du nicht von hier fort willst", sagte sie, als sie merkte, dass er sie beobachtete. „Von wegen kleines Fischlokal! Das war ja wohl leicht untertrieben."

„Nun ja", meinte er achselzuckend, aber mit einem Leuchten in den Augen. „Ich gebe zu, es ist ein wunderschöner Fleck zum Leben." Er blickte sich um, als suchte er etwas. „Monsieur!", rief er. „Monsieur, wo steckst du?"

Marla sah ihn befremdet an. Sie fand es merkwürdig, dass Kelian seinen Vater *Monsieur* nannte.

„Monsieur, beeil dich, sonst bring ich's der Nachbarin!"

Ein grauer Kater kam laut maunzend um die Ecke gerannt, stutzte, als er Marla entdeckte und warf ihr einen argwöhnischen Blick zu. Schließlich lief er zu Kelian und strich ihm schnurrend um die Beine.

„Monsieur ist euer Kater!" Marla lachte.

„Was dachtest du?" Er öffnete eine der Kisten und entnahm ihr eine Handvoll Fischabfälle. Er hatte sie kaum in den Napf unter dem Tisch gelegt, als der Kater sich auch schon darüber hermachte.

„Ich dachte, du rufst nach deinem Vater", gab Marla zu und kicherte noch immer.

„Nach meinem Vater?"

„Ich kann ja nicht wissen, dass eure Katze *Monsieur* heißt."

Kelian grinste, als er verstand. „Habt ihr Tiere?" Er strich dem Kater über den Rücken, der unbeeindruckt weiterfraß.

„Oh, ja. Wir haben einen Hund und fünf Hühner. Unser Hund heißt Rusty. Die Hühner heißen …" Sie brach ab.

„Die Hühner heißen?", hakte er nach und sie folgte ihm, als er sein Moped in einen Carport schob.

„Sie heißen Polli, Dolli, Holli, Molli und Jolli."

Für einen Moment trat Stille ein. Dann prustete Kelian los, einen Augenblick später auch Marla.

„Und da behauptest du, der Name unseres Katers sei merkwürdig? Die Namen eurer Hühner sind das Schrägste, was ich je gehört habe!" Er schnappte nach Luft und schüttelte sich erneut vor Lachen.

„Für mich sind die Namen inzwischen so normal, dass ich mir nichts mehr dabei denke", gluckste Marla, als sie wieder sprechen konnte. „Aber ja, einem Außenstehenden erscheint die Wahl wohl ziemlich komisch."

„Wem haben denn die Tiere ihre Namen zu verdanken?"

„Eigentlich dem Hahn. Er hieß Olli. Es war Hennis Idee, sie so zu nennen. Sie meinte, man muss nur nach dem Hahn rufen, dann kommen sie alle."

„Und? Funktioniert es?"

Marla nickte. „Prima. Sogar jetzt noch, obwohl der Hahn letztes Jahr gestorben ist. Wir rufen nach Olli, und alle kommen sie angerannt." Sie zog den Pulli aus und gab ihn Kelian zurück. Ihr war heiß geworden. Außerdem war es hier nahezu windstill und viel wärmer als am Strand.

„Maman!" Kelian sah über Marlas Schulter. Sie drehte sich um. Die Frau, die auf sie zukam, war unverkennbar seine Mutter, denn er war ihr wie aus dem Gesicht geschnitten. Sie war größer als Marla, sehr hübsch und hatte dunkelblondes Haar, das ihr bis auf die Schultern fiel. Die Lachfältchen in ihrem Gesicht ließen vermuten, dass sie ebenso fröhlich war wie ihr Sohn.

„Marla, das ist meine Mutter. Maman, das ist Marla", stellte er sie einander auf Deutsch vor. Marla streckte die Hand aus.

„Bonjour, Madame", sagte sie höflich. Kelians Mutter aber ignorierte die dargebotene Hand und küsste sie nach französischer Art auf die Wangen.

„Freut mich, Marla. Wir sind nicht so förmlich." Sie sprach mit starkem Akzent und lächelte dabei breit. „Ich bin Estelle."

Mutter und Sohn tauschten einige Worte aus, von denen Marla nur verstand, dass es um die mitgebrachten Kisten ging. Sie liefen zum Nebeneingang zurück, und Estelle begutachtete zufrieden nickend den Inhalt. Als Kelian die Kisten ins Haus tragen wollte, hielt sie ihn davon ab und rief etwas über den Hof. Ein Mann erschien.

„Mein Vater", stellte Kelian ihn vor.

Marla versuchte, nicht allzu überrascht dreinzuschauen. Der leicht untersetzte Mann hatte Augen wie Kohlen, und sein ehemals schwarzes Haar, sowie auch sein Bart waren an einigen Stellen bereits ergraut. Man sah ihm an, dass er viele Stunden seines Lebens im Freien verbracht hatte, denn seine Haut war dunkel und wirkte ledrig. Marla hatte selten ein Ehepaar gesehen, das optisch weniger zusammenpasste.

Kelians Vater nickte ihr freundlich und ein wenig verlegen zu. Die stille Sanftheit, die von ihm ausging, rührte Marla.

„Luc spricht kaum Deutsch", erklärte Estelle. „Ein ganz kleines bisschen, aber er traut sich nicht."

Marla fasste sich ein Herz, trat zu ihm und küsste ihn auf die Wangen. „Bonjour, Monsieur Luc."

„Ich habe ihn noch nie so überrascht gesehen." Sie liefen auf einem sandigen Weg dem Meer entgegen. „Das werde ich so schnell nicht vergessen."

„Er sah so schüchtern aus, da wollte ich ihm entgegenkommen", verteidigte sich Marla. Sie spürte noch immer die Hitze, die ihr ins Gesicht gestiegen war, als sie den verblüfften Ausdruck in Lucs Miene gesehen hatte.

„Mein Vater ist tatsächlich ein sehr zurückhaltender Mensch. Ich weniger." Kelian grinste und reichte ihr die Hand, als sie über einen Felsen kletterten. „Er war auf jeden Fall sehr geschmeichelt."

Kelians Vater hatte ihnen den Vorschlag gemacht, ein Picknick mitzunehmen und hatte allerhand Leckerbissen für sie hingelegt. Sie hatten den Proviant in Marlas Rucksack gepackt, der nun um einiges schwerer war als vorher. Den Fleecepulli hatte sie sich um die Hüften gebunden.

„Wohin gehen wir?"

„Lass dich überraschen. Es wird sehr mystisch werden." Das klang geheimnisvoll.

Der Weg endete auf einer Düne, die steil herabfiel. Kelian führte sie zu einer Treppe, und als sie den breiten Sandstrand entlangliefen, zeigte er auf die Klippen, die vor ihnen lagen.

„Gut, dass du heute Turnschuhe trägst", meinte er. „Wir werden ein wenig klettern müssen."

Sie blickte über den steinigen Strand und strich sich vergeblich das Haar aus dem Gesicht. Der Wind schien von allen Seiten gleichzeitig zu kommen. Bald darauf fiel die felsige Küste bis zum Wasser hinab. Um weiterzukommen, mussten sie kletterten oder von Klippe zu Klippe springen.

„Es ist nicht mehr weit!", brüllte Kelian gegen das Gebraus von Wind und Wellen an, als Marla kurz innehielt und verschnaufte. Inzwischen kam sie nur noch mit Hilfe ihrer Hände voran.

Endlich blieb er stehen und zog sie zu sich hinauf. Als sie neben ihm stand, legte er ihr seinen Arm um die Schultern. Ob er sie vor dem Wind schützen wollte oder davor, dass sie einen unachtsamen Schritt machte und in die Tiefe stürzte, das wusste sie nicht. Sie wusste nur eines: Es fühlte sich gut an. Mit seiner freien Hand machte er eine weit ausholende Bewegung. Es wäre nicht nötig gewesen, denn Marla hätte auch ohne diesen Hinweis den ganz besonderen Zauber dieses Ortes erkannt. Sie standen auf einem Felsen an der äußersten Spitze einer Landzunge inmitten des wogenden Meeres. Über ihnen schrien die Möwen. Ihr übermütiges und gewagtes Spiel, wenn sie aus großer Höhe nahezu senkrecht aufs Wasser hinabstießen, um sich kurz vor dem Aufprall wieder in die Lüfte zu erheben, erregte Marla auf eigentümliche Weise.

Angesteckt vom Treiben der Vögel breitete sie ihre Arme aus und stemmte sich gegen den Wind. Kelian umfasste ihre Hüften und hielt sie fest. *Es ist wie fliegen*, dachte sie, als der

Wind an ihrer Kleidung zerrte und sie mit Gewalt vom Felsen zu heben drohte. Doch sie spürte keine Furcht, wurde sie doch von Kelian sicher gehalten. Das Erlebnis mit Arvid kam ihr in den Sinn. Das unvergleichliche Gefühl, selbst der Wind zu sein und seine Macht zu spüren. Es fühlte sich erhaben an und groß. Um sie herum nichts als das Meer.

Wie lange sie so gestanden hatten, konnte sie nicht sagen. Der Bann brach, als Kelian ihr auf die Schulter tippte und sie an die Hand nahm. Er zog sie mit sich, hinunter von dem flachen Felsen.

„Das war gigantisch!", rief Marla, noch immer unter dem Eindruck der Naturgewalten. Mit vor Kälte halbtauben Fingern nestelte sie an Kelians Pulli. Sie hatte nicht bemerkt, wie kalt ihr geworden war. Gänsehaut bedeckte ihre Arme.

„Warte! Du brauchst ihn nicht. Ich möchte dir noch etwas zeigen."

Sie folgte ihm schlotternd ein paar Schritte weiter auf die steile Küstenwand zu, als sich unerwartet vor ihnen eine Grotte auftat. Sie war nicht besonders tief, dafür aber breit und hoch. Im selben Moment, als sie sie betraten, war es windstill. Nicht nur das. Es war auch unglaublich warm. Marla berührte die rauen Felsen, die diesen Ort umgaben. Sie waren von der Sonne aufgewärmt und gaben diese Wärme in den Raum der Grotte ab. Neugierig ging sie weiter. Das Meeresrauschen drang nur noch gedämpft an ihre Ohren, und von den Gewalten, die wenige Meter weiter herrschten, war hier nichts zu spüren.

„Fast gemütlich, n'est-ce pas?"

Sie legte den Kopf in den Nacken. Es sah aus, als hätte eine riesige Hand in den Felsen gegriffen, um einen Ort zu schaffen, der vor Wind, Wasser und Kälte geschützt war.

Kelian hatte Recht. Es war hier, obwohl alles aus schroffem Fels bestand, richtig heimelig. Der Wind hatte sogar Sand hereingetragen, der hier und da zwischen den Steinen ein weiches Bett bildete. Als Kelian sprach, hallte seine Stimme von den Wänden wider.

„Man sagt, dass sich Torin, wenn er sich zur Ruhe begibt, zum Schlafen hier herein legt."

Marla sah ihn fassungslos an.

„Torin?", brachte sie hervor. Was wusste Kelian von Torin?

Er legte die Hände auf einen warmen Felsen. „So nennen wir unseren Küstenwind", erzählte er. „In der Bretagne glaubt man noch immer an Naturgeister, weißt du? Wir glauben daran, dass Winde, wenn sie wütend sind, zu Stürmen werden. Dass das Meer, wenn es vor Zorn bebt, Schiffe auf den Grund zieht. Wir glauben an Kobolde, Feen und Hexen."

Marla suchte vergeblich nach einer Spur von Belustigung in seinen Augen. Sie waren ungewohnt ernst. „Du glaubst also daran? An Geister und so?" Ein erwachsener Mann, der an Geister glaubte, war ihr noch nie begegnet.

„Du nicht?" Er setzte sich auf einen Felsen und zog sie neben sich. Bis vor kurzem hätte sie diese Frage innerhalb von Sekunden mit einem vehementen *Nein* beantwortet. Doch davon war sie jetzt weit entfernt.

„Nun ja", meinte sie zögernd. „Naturgeister ... sind vielleicht nicht ganz undenkbar. Aber Feen, Kobolde und Hexen? Ich weiß nicht. Ich kann mir kaum vorstellen, dass es sie ..." Sie verstummte und starrte auf ihre Hände. Vielleicht sollte sie lieber nicht leugnen, was sie nicht sicher wusste. Denn das, was sie mit ihren Händen gemacht hatte – auf wundersame Weise magische Türen öffnen und mannshohe Felsen weichen lassen – war definitiv eine Form von Hexerei. Schwindel erfasste sie und sie griff an ihre Schläfen.

Kelian musterte sie prüfend. „Alles in Ordnung?"

„Ja. Ja, natürlich."

„Ob ich daran glaube?", griff er ihre Frage auf und lehnte sich zurück. „Irgendwie schon, auf eine bestimmte Art und Weise. Diese mystische Welt ist seit langer Zeit Teil unserer Kultur und wir sind tief mit ihr verwurzelt. Wie auch in Irland wird es sie in der Bretagne immer geben. Manche Menschen belächeln uns dafür, andere besuchen aus diesem Grund unser Land."

Nachdenklich nahm Marla ihre Unterlippe zwischen die Zähne. Sie würde niemals wieder jemanden belächeln, der an solche Dinge glaubte. *Torin,* sprach sie im Stillen zu dem Küstenwind, der außerhalb dieser Grotte mit Möwen und Wellen spielte, *stimmt es tatsächlich? Schläfst du hier, wenn im Winter euer unerbittlicher Fürst das Zepter übernimmt?*

„Aber jetzt", beschloss Kelian gutgelaunt, „lassen wir die Geister ruhen und stärken uns! Mal sehen, was Papa uns zugesteckt hat."

Gemeinsam packten sie den Rucksack aus und legten die Leckereien zwischen sich auf den Stein. Neben einem knusprigen Baguette fanden sie kleine Gewürzgurken, Cocktailtomaten, Ziegenkäse und eine Paste, die verführerisch nach Knoblauch, Olivenöl und Salami duftete. Zuletzt zog Kelian eine Flasche Cidre und zwei Gläser hervor.

„Das schmeckt einfach göttlich", schwärmte Marla, als sie sich zum dritten Mal ein Stück vom Baguette abbrach und es in die Salamipaste tunkte.

„Das richte ich Papa aus, er wird sich sehr darüber freuen."

„Hat er die Creme selbst gemacht?"

„Das Brot auch. Er ist ein begnadeter Koch, obwohl er es nie gelernt hat. Ich hoffe, dass ich irgendwann so gut bin wie er."

„Erzähl mir von deinen Eltern", bat Marla und steckte sich eine Gurke in den Mund. „Es muss eine Menge Arbeit sein, das große Anwesen zu pflegen und noch dazu jeden Tag Gäste zu bekochen."

„Arbeit ist es, keine Frage. Aber im Großen und Ganzen tun sie das, was sie leidenschaftlich lieben." Er nippte an seinem Cidre und begann zu erzählen.

Marla, die sich zurückgelehnt hatte, hörte aufmerksam zu und nahm von Zeit zu Zeit einen Schluck von dem leicht prickelnden Apfelwein, der so gut in das Land passte, in dem sie sich gerade befand. Es war schön, Kelians Stimme zu lauschen. Mit jedem Satz, den er sprach, kam die Liebe zum Ausdruck, die ihn mit seinen Eltern und mit seinem Land verband. In Marlas Kopf entstanden Bilder. Von Luc, der ein einfacher Fischer gewesen war und sich in die Tochter der Leute verliebte, die das gutgehende Restaurant besaßen. Niemals hätte er es gewagt, die reizende Estelle anzusprechen. Sie war nicht nur hübsch und der Schwarm aller Männer in der Gegend, sie war zudem 15 Jahre jünger als er. Eine junge Frau von ihrem Kaliber würde einen Mann wie ihn kaum beachten, hielt er sich doch für grobschlächtig und ungebildet. Das Einzige, von dem er etwas verstand, war sein Beruf. Ein Blick zum Himmel genügte, und er konnte nicht nur sagen, wie das Wetter wurde, er wusste auch, ob die Fische beißen würden oder nicht. Er kannte die besten Fanggründe, und war einer seiner Fischerkollegen in Nöten, so half er ohne zu zögern aus und gab von seinem Fang ab.

Eines Tages – es war Fest im Dorf und er wollte sich gerade auf ein Bier zu Freunden setzen – stand Estelle vor ihm und bat ihn zum Tanz. Luc dachte zuerst, sie wollte ihn auf den Arm nehmen. Natürlich konnte er ihr die Bitte nicht abschlagen, und so tanzte er mit ihr. Sie fragte ihn, ob er für einige Tage beim Fischen aushelfen würde. Ihr Vater war gestürzt und nicht in der Lage, mit dem Boot herauszufahren. Sie würden ihm einen guten Preis zahlen, versicherte Estelle. Vor Glück und Übermut hatte Luc zur Antwort gegeben, das sei kein Problem. Bedingung sei allerdings, dass sie mit ihm zusammen hinausfuhr. Bis heute konnte er sich nicht erklären, wie er es fertig gebracht hatte, diese Worte zu ihr zu sagen, die als Scherz gemeint waren. Entsetzt über seine eigene Courage hatte er sich auf der Stelle entschuldigen wollen. Bevor er aber einen Ton herausgebracht hatte, erklärte sich Estelle einverstanden. Es sei sowieso längst an der Zeit, dass sie das Fischen lernte, hatte sie geantwortet.

Es dauerte keine Woche, so erzählte Kelian, da hatte sich seine Mutter in den ruhigen und schüchternen Fischer verliebt, der in allem das Gegenteil von ihr selbst war. Sie wurden ein Paar. Gemeinsam entdeckten sie sein Talent, herrliche Speisen aus dem zu kreieren, was er aus dem Meer holte. Bis heute liebte er es, in der Küche zu stehen und die Gäste mit seinen Kochkünsten zu verwöhnen.

Kelians Eltern waren es gewesen, die an das ursprüngliche Haus ein weiteres Gebäude angebaut hatten. Nun hatte die Familie ihren eigenen Bereich, während die ehemaligen Wohnräume über der Gaststube zu Gästezimmern umgebaut wurden. Kelian berichtete auch von den beiden Kriegen, die ihren Blutzoll von der Familie gefordert hatten. So hatte Louise, deren Eltern kurz nach ihrer Geburt das Gasthaus eröffnet hatten, bereits als kleines Mädchen ihren Vater im ersten Weltkrieg verloren. Der zweite Weltkrieg nahm ihr Antoine, ihren Ehemann. Wie schon ihre Mutter führte Louise, als der Krieg beendet war, das Lokal weiter. Und wie ihre Mutter war auch sie mit ihrer Tochter alleine.

Marla fand es sehr passend, dass das Restaurant bis heute nach der Frau benannt war, die so viel Leid hatte ertragen müssen.

„Ich bin froh, dass du hier bleibst und euren Betrieb weiterführen wirst", bemerkte sie, als Kelian geendet hatte. „Es wäre nicht auszudenken, was verloren ginge, wenn du es nicht wolltest."

„Nicht wahr?" Unvermutet wandte er sich zu ihr. Der Ausdruck seiner Augen traf sie mitten ins Herz. „Ich muss mich nur noch in die Frau verlieben, die all das mit mir teilen möchte."

Marla wusste nichts darauf zu antworten, also schwieg sie.

„Verliebt habe ich mich bereits", fuhr er leise fort. Seine Stimme war rau. „Aber ich habe keine Ahnung, ob es ihr genauso geht."

Der Hauch von Röte, der über sein Gesicht flog, entging ihr nicht. *Ja! Ja!* wollte sie schreien und hielt dennoch den Mund. Es war unmöglich. Wie sollte es funktionieren? Er wusste nicht einmal, dass sie jeden Tag durch einen aberwitzigen Tunnel laufen musste, um ihn zu sehen. Hinzu kam, dass sie nicht sicher war, ob die hiesige Welt überhaupt tatsächlich existierte. Oder ob es eine Art Parallelwelt war, die Arvid mit seinen Windbruderfähigkeiten erschaffen hatte.

Dabei wünschte sie sich so sehr, dass es sie gab. Dass es Kelian gab.

„Vielleicht geht es ihr so wie dir", wagte sie sich vor. „Nur dass sie keine Möglichkeit für eine gemeinsame Zukunft sieht." Sie sah ihn dabei nicht an, sondern starrte auf den Horizont, der als schmaler Grat zwischen Himmel und Wasser erkennbar war.

„Ich würde ihr sagen, dass es immer einen Weg gibt, wenn zwei Herzen zusammengehören."

„Aber du kennst sie doch gar nicht. Du weißt nicht, woher sie kommt und wohin sie geht. Du weißt nichts von ihr."

Kelian hob seine Hand an ihr Kinn und drehte ihren Kopf sanft zu sich. Ihr blieb keine Wahl als ihn anzusehen. „Marla, dieses Mädchen ist die Frau, die mein Herz in ihren Händen hält. Mir ist völlig egal, wer sie ist und woher sie kommt. Und wäre sie eine Fee aus der Anderwelt oder auch ein Waldmädchen, so würde sich daran nichts ändern."

Eine Träne löste sich aus ihren Augen. Er nahm sie ihr zärtlich von der Wange und führte sie an seine Lippen.

„Kelian …", begann sie gequält. Sie wollte ihm so gerne antworten. Er legte ihr einen Finger auf den Mund.

„Ich werde es nie wieder ansprechen. Ich hätte sonst Angst, dass sie nicht wiederkommt. So aber nehme ich jede Minute der Zeit, die ich mit ihr verbringen darf, als kostbares Geschenk."

Bitte küss mich, flehte sie lautlos. *Küss mich und lass mich nie wieder los.*

Doch das tat er nicht. Stattdessen räumte er die Reste der Mahlzeit zusammen und packte sie in den Rucksack. Schweigend liefen sie den langen Weg zurück. Wie zuvor reichte er ihr die Hand, wenn ein Felsabsatz hoch war, und sie griff wie selbstverständlich danach. Das Gespräch hatte sie aufgewühlt. Dennoch war sie seltsam glücklich. Sie fühlte sich warm und geborgen. So wie ihre Hand, wenn sie in seiner lag.

„Magst du Fisch?", erkundigte er sich gutgelaunt, als sie sich dem Gasthaus näherten. „Ich könnte uns etwas kochen.

Aber wenn du gehen musst, begleite ich dich ein Stück." Er war stehengeblieben. Sein T-Shirt flatterte im Wind, und er machte sich gar nicht erst die Mühe, das Haar aus dem Gesicht zu streichen. Alles an ihm war gut, stellte Marla fest. Seit sie ihn kannte, empfand sie das immer wieder. Er fühlte sich gut an, er roch gut, er war unbeschreiblich liebenswert. Er war … seelenwarm. Nie hatte ihr Lieblingswort besser gepasst als zu diesem Menschen. Kelian machte ihre Seele so warm, dass ihr Herz schmerzte, wenn sie daran dachte, dass sie ihn verlassen musste. Was würde passieren, wenn sie einfach bliebe?

Unwillkürlich durchfuhr es sie heiß. Niemand würde sie heute vermissen. Denn keiner war daheim. Gleichzeitig wurde ihr klar, dass es nicht ging. Nicht nur deshalb, weil die Hühner darauf warteten, versorgt zu werden. Sobald die Sonne untergegangen war, würde Arvid zum Klagehügel kommen und einen offenen Keller vorfinden. Was dann passieren würde, war nicht auszudenken.

Noch immer stand Kelian vor ihr. Erwartungsvoll hielt er das silberne Kreuz umfasst, das um seinen Hals hing. Sie schüttelte lächelnd den Kopf. „Das ist wirklich eine verlockende Einladung, aber es geht nicht. Ich muss zurück sein, bevor es dunkel wird. Ein andermal aber gerne", setzte sie hinzu.

„Morgen vielleicht?"

Sie nickte. „Morgen wäre prima."

Es war früher Abend, als sie ihr Fahrrad wegstellte und sich sofort um die Hühner kümmerte. Sie hob jedes Einzelne von ihnen auf den Arm, nannte es beim Namen und strich zärtlich über das flaumige Federkleid.

„Ich hab euch lieb", flüsterte sie, als sie ihre Wange an Dollis Körper legte. Das Huhn ließ es geduldig mit sich geschehen und gluckste eine Antwort. Als Marla gewissenhaft kontrolliert hatte, dass der Hühnerstall verschlossen und somit sicher vor dem Fuchs war, lief sie ins Haus und sah nach der Mausefalle. Vielleicht würde sich ein Kater auch bei ihnen gut machen, überlegte sie. Probleme mit Mäusen gehörten dann der Vergangenheit an. Was wohl Rusty davon halten würde?

Endlich im Wohnraum, warf sie sich auf die Couch. Wenn sie nur mit jemandem reden könnte! Über all das, was gerade geschah. Darüber, wie verrückt ihr Leben zurzeit war, wie unwirklich und aufregend. Wie spannend und ... wunderschön. Aber wem sollte sie es erzählen? Am Samstag kam Henni zurück. Ihre bodenständige jüngere Schwester würde sie auf der Stelle auslachen und sich mit dem Finger an die Stirn tippen.

Rieke? Sie würde sich um sie sorgen und ihr vorschlagen, mit einem Arzt darüber zu sprechen. Nein, sagte sich Marla, ihre Schwestern sollte sie nicht damit konfrontieren. Amelie? Ihre beste Freundin hatte sie hin und wieder nach ihrem *windigen Abenteuer* gefragt. Mit vielen augenzwinkernden und Kaputtlach-Smileys. Auch sie kam nicht in Frage. Sollte sie sich ein Herz fassen und Kelian alles erzählen? Sie war davon überzeugt, dass er sie ernstnehmen würde. Kelian!

Marla nahm ein Kissen und drückte es gegen ihren Magen, der ein Eigenleben entwickelte, sobald sie an den jungen Bretonen dachte. Es war, als ob darin ein warmer Ball auf und ab hüpfte und alles durcheinander brachte. Sie konnte an kaum etwas anderes denken als an diesen Mann, den sie vor wenigen Tagen erst kennengelernt hatte. Mit jeder Begegnung war sie ihm inniger zugetan. Wenn sie zusammen waren, hatte sie das Gefühl, dass die Welt wunderbar war. Ihre Hand sehnte sich nach seiner Hand, die kräftig und warm war. Ihr Herz sehnte sich nach seiner Gegenwart, seiner Güte und nach der Geborgenheit, die sie spürte, wenn sie bei ihm war. Wieso hatte er sie nicht geküsst? Letztes Wochenende, als sie sich nach dem Tanzen von ihm verabschiedet hatte, da hatte er es versucht. Wieder wünschte sie sich, sie hätte es zugelassen.

Sie nahm ihr Handy aus der Hosentasche und sah sich das Foto an, das sie von ihm gemacht hatte, als sie über die Klippen geklettert waren. Er stand breitbeinig in hochgekrempelten Jeans auf einem Felsen und winkte ihr zu. Der Wind hatte ihm die Haare in die Stirn geblasen, daher hatte er sie mit einer Hand aus dem Gesicht gehalten. Das Lächeln, das er ihr schenkte, war ein wenig verlegen. Er mochte es nicht, wenn man ihn fotografierte und war nur deshalb einverstanden gewesen, weil er auch von ihr ein Foto machen durfte. Liebevoll strich sie mit dem Daumen über sein Gesicht. Wie einfach wäre es gewesen, ihn nach seiner Handynummer zu fragen. Doch die unterschwellige Angst zu entdecken, dass er und seine Welt nicht wirklich waren, hatte sie davon abgehalten.

„Morgen sehe ich dich wieder", sagte sie lächelnd, steckte das Handy weg und lief in die Küche. Sie suchte nach etwas Essbarem und stellte fest, dass sie unbedingt einkaufen musste. Sie fand Nudeln und im Kühlschrank ein angebrochenes Pesto. Aus dem Garten holte sie eine Handvoll Basilikumblätter und Tomaten. Es war nicht so, dass sie Hunger hatte. Es war ihre Vernunft, die ihr dazu riet, etwas zu essen. Verträumt zerpflückte sie das Basilikum und dachte voller Vorfreude an morgen.

Kapitel 13

Schon um sieben Uhr klingelte der Wecker. Nach einem schnellen Frühstück erledigte sie das Nötigste im Haushalt und schrieb nebenbei eine Einkaufsliste. Mit Mamas Wagen fuhr sie in den nächsten Supermarkt und belud den Einkaufswagen. Als sie anschließend im Drogeriemarkt Tabs für die Spülmaschine kaufte, druckte sie am Fotodrucker das Bild von Kelian aus.

„Nicht mehr lange", versprach sie ihm, während sie sich ins Auto setzte und sein Foto in die Tasche steckte. Wieder zurück räumte sie die Einkäufe weg, und als die Waschmaschine piepend das Ende des Programms verkündete, hängte sie nach einem prüfenden Blick zum Himmel die Wäsche in den Garten. Zwar ließ sich die Sonne noch immer nicht sehen, aber der leichte Wind, der durch die nasse Kleidung fuhr, würde sie bis zum Nachmittag getrocknet haben.

Ich allerdings, dachte sie gutgelaunt und lief die Treppen hinauf, *werde heute am Strand liegen und in einer Sonne baden, von der sie hier nur träumen können.* Sie legte ihre zwei Lieblingsbikinis aufs Bett und entschied sich für jenen mit den weißen und hellgrünen Streifen. Kelian hatte sie gebeten, Badesachen einzupacken.

„Ich werde aber ganz sicher nicht baden", hatte sie vorsichtshalber klargestellt und sich bei der Vorstellung ins Wasser zu gehen, geschüttelt.

„Das würde ich niemals von dir verlangen", hatte er versprochen.

Als sie den Bikini angezogen hatte, streifte sie ein leichtes Sommerkleid über und packte ihr Strandlaken in den Rucksack. Prüfend ging sie in Gedanken ihre Liste durch. Die Hühner waren versorgt, die Wäsche an der Leine, der Kühlschrank gefüllt und die Spülmaschine lief.

Sie wollte die Tür gerade hinter sich zuziehen, als sie noch einmal nach oben rannte und einen Pullover aus dem Schrank griff.

Marla mochte den Tunnel. Er war inzwischen zur Schnittstelle ihrer verschiedenen Leben geworden. Die Zeit, die sie in seiner Abgeschiedenheit tief unter der Erde verbrachte, war für sie wertvoll. Denn sie brauchte sie, um sich auf das einzustellen, was sich auf der anderen Seite befand. Wie lange sie das durchhalten würde, ohne sich zu verraten, konnte sie nicht sagen.

Als sie aus der Höhle heraus ans Tageslicht trat, war es, als würde sie über eine Schwelle in ihr neuentdecktes Leben treten. Außer einem Jogger und zwei Menschen, deren Hunde über den Strand jagten, war niemand zu sehen. Der Wind war nicht ganz so stark wie gestern und die Sonne, die so freundlich schien wie jedes Mal bisher, ließ nicht nur das Meer unendlich viele Funken in die Luft werfen, sie wärmte ihr auch die klamme Haut. Den Pulli hatte sie heute wohl umsonst mitgebracht.

Die Freude auf diesen Tag und auf ihr Wiedersehen mit Kelian entfachte eine Euphorie in ihr, die so plötzlich da war, dass sie unvermittelt laut auflachte. Sie kramte ihre Sonnenbrille aus dem Rucksack und setzte sie auf. Der Wind presste den leichten Stoff des Kleides an ihren Körper, und die jungen Männer, die ihre Hunde spazieren führten, warfen ihr bewundernde Blicke zu. Sie grinste. *Nicht für euch*, dachte sie übermütig und lief, ohne sie weiter zu beachten, zur Bucht hinunter.

Sie sah ihn lange schon, bevor sie das Knattern des Bootes vernahm. Erkennen konnte sie Kelian nicht, aber sein ausgelassenes Winken war ihr Beweis genug. Ihr Bauch schlug Purzelbäume, als er endlich mit dem Boot im Schlepptau den Strand erreichte.

„Marla!" Seine Augen funkelten mit dem Meer um die Wette.

„Hallo Kelian", begrüßte sie ihn mit einem verlegenen Lächeln. Sie wusste, dass die Freude darüber, ihn zu sehen, viel zu deutlich von ihrem Gesicht abzulesen war.

„Gib mir die Kisten. Ich stelle sie in den Anhänger", schlug sie vor, als er endlich vor ihr stand.

„Ich mache aus dir noch eine Bretonin", meinte er vergnügt, als er die *Louise* anschließend auf ihren Platz entließ.

„Ich glaube, es könnte mir gefallen." Sie drehte sich einmal um ihre Achse. „Es ist wunderschön hier! Es muss herrlich sein, in dieser Gegend zu leben. Ich wäre nur draußen!"

„Da täusche dich mal nicht." Kelian nahm den Anhänger, und sie machten sich auf den Weg zum Parkplatz. „Im Sommer gibt es freundliche und warme Tage. Während der restlichen Jahreszeiten aber ist es hier so rau, dass kaum ein Mensch vor die Tür geht, wenn er nicht unbedingt muss. Auch jetzt braucht man an einigen Tagen etwas zum Überziehen, wie du selbst bereits gemerkt hast." Er musterte sie anerkennend. „Wie gut, dass das heute nicht der Fall ist. Das gelbe Kleid sieht toll an dir aus."

„Was machen wir heute?", wollte sie wissen und entschied, ihren Pulli im Rucksack zu lassen, würde der Wind auch noch so sehr blasen.

„Wir gehen an den kleinen Strand zwischen den Klippen. Wenn die Sonne uns ausreichend verwöhnt hat, koche ich für uns."

Als Marla hinter Kelian auf dem Moped saß, legte sie ihre Arme um seine Hüften und ihren Kopf zwischen seine Schulterblätter. Sie betrachtete die Landschaft, die sich langsam an ihr vorbeibewegte. *Ich verstehe dich so gut, Elaine. Ich verstehe, dass du vor Heimweh krank warst. Ich verstehe, dass die Sehnsucht nach diesem Land dein Herz niemals verlassen hat, und ich wünschte, du hättest als Wiedergutmachung für alles Leid dein Glück mit Johann erleben dürfen.* Sie drückte ihre Wange ein wenig fester an den warmen Rücken vor ihr und schloss die Augen. Sie wollte, dass es nie aufhörte. Wenn es nach ihr ginge, so könnten sie stundenlang immer nur weiterfahren, einem unbekannten Ziel entgegen. Einer unbekannten Zukunft entgegen. Zu zweit.

Der Weg wurde uneben, und sie stellte enttäuscht fest, dass sie in die Einfahrt zum *Chez Louise* abgebogen waren. Vor dem Gebäude beugte sich Estelle über einen Strauch voller blauer Blüten und knipste ab, was nicht mehr schön anzusehen war. Neben ihr stand ein Eimer, der bis oben voll von Grünschnitt war. Als Kelian das Moped abstellte, streifte sie die Handschuhe ab und kam zu ihnen gelaufen.

„Kelian! Wie war der Fang?" Sie spähte in einige der Kisten, die ihr Sohn auf den Tisch gestellt hatte.

„Nicht schlecht", gab er zur Antwort, öffnete grinsend den Deckel der größten Kiste und ließ seine Mutter einen Blick hineinwerfen.

„C'est fantastique!", rief sie, und Marla fragte sich, wie man sich beim Anblick dieser Tiere so freuen konnte. „Ich habe vorhin einen Anruf bekommen. Für heute Abend hat sich eine Gruppe von zehn Leuten angemeldet. Sie haben Fischsuppe bestellt und als Hauptspeise Hummer und Langusten. Dein Vater wird sich freuen. So muss er nicht noch mal fort, wenn er vom Einkaufen kommt. Pardon, Marla, ich habe dich noch gar nicht begrüßt."

Estelle küsste sie auf die Wangen. Ein spitzbübischer Ausdruck erschien auf ihrem Gesicht. „Kelian war vor dem Kochen selten so aufgeregt. Er hat gestern Abend lange überlegt, was er heute für dich …"

„Das reicht, Maman." Kelian fasste seine Mutter bei den Schultern und drehte sie liebevoll, aber bestimmt herum. „Wolltest du nicht die Blumen versorgen?"

„Oui, c'est vrai", sagte sie und zwinkerte Marla lächelnd zu. Während sie zum Eimer lief, streifte sie die Handschuhe über.

„Kelian, eine Bitte noch!" Sie hatte sich zu ihnen gedreht, lief rückwärts weiter und sprach einige Worte auf Französisch.

„Mach ich, Maman!", rief er.

Er wandte sich zu Marla. „Heute Abend brauchen wir die Rampe für die Treppe, da einer der Gäste mit dem Rollstuhl kommt. Ich hole sie später vom Dachboden."

„Deine Mutter ist witzig und sehr nett. Du bist genau wie sie." Sie waren auf dem Weg zu der verborgenen Bucht und liefen auf der Düne entlang.

„Du findest mich also witzig und nett. Das ist ja für den Anfang gar nicht so schlecht."

„Sehr lustig und sehr nett sogar", bestätigte Marla heiter. Wieso sollte er nicht wissen, was sie von ihm dachte? Die Wahrheit war, dass sie noch ganz andere Adjektive hatte, die auf ihn zutrafen. Liebenswert, gutaussehend, anziehend, charmant ... Diese waren allerdings allesamt weitaus weniger unverfänglich. Kelian gab dazu keinen Kommentar. Dafür griff er nach ihrer Hand, als sie die Treppe zum Strand hinunterstiegen und ließ sie auch dann nicht los, als sie über den Sand zum Ufer liefen. Marlas Herz fühlte sich so leicht an, dass sie dachte, der nächste Windstoß könnte es mitnehmen und forttragen. Wie schön war doch das Leben! Sie fasste Kelians Hand fester, und ein Kribbeln lief durch ihren Körper, als er mit dem Daumen über ihre Haut strich. *Weiteratmen, Marla*, befahl sie sich.

„Weshalb spricht deine Mutter mit dir Deutsch?"

„Erstens wäre es dir gegenüber unhöflich, wenn wir uns unterhielten, ohne dass du etwas verstündest. Außerdem nimmt Maman gerne jede Gelegenheit wahr, Deutsch zu sprechen. Viele unserer Gäste kommen aus Deutschland, aber nur wenige von ihnen sprechen Französisch. Sie macht es ganz gut, findest du nicht?"

Marla nickte eifrig. „Ich mag es, wenn Franzosen Deutsch sprechen. Ich liebe den Akzent. Deine Mutter spricht es wirklich gut. Du aber sprichst es noch viel besser." Falls er sich geschmeichelt fühlte, so zeigte er es nicht.

Bald darauf erreichten sie die kleine Bucht zwischen den Felsen, und sie legten ihre Handtücher auf den Sand. Als Kelian das T-Shirt über den Kopf zog und seine Jeans öffnete, sah Marla befangen zur Seite und machte sich an ihrem Rucksack zu schaffen.

„Nicht so verlegen, Waldmädchen, ich habe meine Badeshorts bereits an!"

Als Marla aufsah, stand er schon in seinen blauen Shorts auf einem Stein und blickte übers Wasser. Er war schlank, was ihn größer erscheinen ließ, als er tatsächlich war. Die Härchen auf seinen Armen und Beinen schimmerten golden über seiner braungebrannten Haut. Tropfen spritzten auf, als er ins Meer sprang und bis zu den Hüften im Wasser stand.

„Das muss doch eiskalt sein, oder?", fragte sie vorsichtig, als er sich bückte und einige Muscheln vom Boden nahm.

„Kalt ist es im Frühjahr und ab November." Er kam aus dem Wasser und legte die Muscheln neben sie. Es waren Riesenexemplare der Hütchen. Marla zog ihr Kleid aus und war dankbar für die hohen Klippen um sie herum. Kaum ein Windhauch erreichte die Stelle, an der sie sich befanden, und sie räkelte sich genüsslich in der warmen Sonne. Kelian warf sich auf sein Strandtuch, drehte sich zu ihr und stützte seinen Kopf auf die Hand.

„Heute bist du an der Reihe."

„Womit?"

„Mit dem Erzählen." Zärtlich fuhr er mit seinem Finger über ihren Unterarm. „Bisher weiß ich nur, wie eure Hühner heißen. Sonst weiß ich so gut wie nichts von dir." Als sie ihn nachdenklich betrachtete, setzte er hinzu: „Nur das, was du erzählen möchtest."

„War das etwa Magenknurren?", erkundigte er sich, als sie zwei Stunden später auf dem Rückweg waren.

„Ja, er hat geknurrt. Ich habe gerade überlegt, was du jetzt für uns kochen wirst. Immerhin habe ich seit dem Frühstück nichts mehr gegessen."

„Warum hast du nichts gesagt? Ich habe Kekse im Gepäck, habe aber gar nicht ans Essen gedacht." Er wirkte zerknirscht.

„Bis eben habe ich gar nicht gemerkt, dass ich Hunger habe. In meinem Rucksack stecken Müsliriegel."

Sie lachten. Die letzten Stunden waren wie im Flug vergangen. Kelian hatte viele Fragen gestellt. Zu ihrem Zuhause, zu ihrer Familie. Er wollte wissen, was sie mochte und was sie nicht leiden konnte. Welche Musik sie hörte, was sie gerne aß und was sie in ihrer Freizeit unternahm. Er war ein aufmerksamer Zuhörer, und sie musste sich immer wieder daran erinnern, dass sie nicht alles erzählen durfte. Beinahe hätte sie erwähnt, dass sie, nachdem heute früh schon wieder keine Maus in der Falle gewesen war, daran gedacht hatte, dass ein Kater wie Monsieur nicht schlecht wäre. Auch hätte sie ihm um ein Haar erzählt, dass Henni morgen aus dem Urlaub kam und sie deshalb heute einen Großeinkauf gemacht hatte. Und wie sehr sie sich darauf freute, ihre lebhafte Schwester wieder in die Arme zu schließen. Erst im letzten Moment fiel ihr ein, dass sie vorhatte, auch morgen wieder mit ihm an den Strand zu gehen, was sicher einige Fragen seinerseits aufgeworfen hätte.

„Du möchtest wissen, was ich für dich koche?", unterbrach er ihre Gedanken.

Marla schüttelte den Kopf. „Ich lass mich lieber überraschen."

„Ich muss dich jetzt für zehn Minuten alleine lassen", verkündete er, als sie angekommen waren. „Wenn du magst, sieh dich ein wenig im Garten um. Aber ich muss dich warnen. Lass dich nicht von unsichtbaren Wesen in die Irre locken, sonst verläufst du dich womöglich und findest nie wieder heraus. Glaube ihnen niemals, was sie versprechen. Ihnen ist nicht zu trauen." Lachfältchen erschienen in seinen Augenwinkeln, als er ihren Blick sah.

„Du kannst dich natürlich auch in den Gastraum setzen. Der Tisch ist schon gedeckt. Da das Lokal erst um 19 Uhr öffnet, haben wir es ganz für uns allein."

Marla sah am Haus vorbei zum Garten. „Ich statte zuerst den Elfen und Feen einen Besuch ab, dann komme ich."

Sie trat durch einen Bogen, den sich eine lilablühende Kletterpflanze erobert hatte, in den Garten. Als sie einen von Seerosen bedeckten Teich passiert hatte, lief sie auf einem schmalen Weg weiter. Er war gesäumt von moosbewachsenen Steinen und führte sie in ein winziges Wäldchen hinein. Marla blieb immer wieder staunend stehen. Sie hatte sich den Garten nicht so groß vorgestellt. Mehrfach machte der Weg eine Biegung, und das Bild vor ihren Augen veränderte sich. Mancherorts musste sie sich durch einen Vorhang aus Efeu winden, der die Bäume besitzergreifend umarmte und seine Finger nach ihr ausstreckte. Ein paar Mal stieß sie sogar auf einige der Granitbrocken, die für diesen Landstrich so typisch waren.

An Kelians Worten war etwas dran. Man wäre keineswegs überrascht, träfe man hier auf eines der mystischen Wesen, die es in der Bretagne laut der Legenden geben sollte. So erschrak sie denn auch fürchterlich, als ein kleines, pelziges Etwas an ihr vorbeihuschte. Erleichtert erkannte sie den Kater des Hauses. „Na, hast du heute schon Mäuse gefangen, Monsieur?" Er drückte sich schnurrend an ihre Beine und ließ sich von ihr streicheln. „Begleitest du mich?", fragte sie ihn und bahnte sich über die verschlungenen Pfade den Weg zum Haus zurück.

Neben der Treppe, die zum Eingang des *Chez Louise* führte, standen blühende Rosensträucher. Neugierig stieg Marla die drei Stufen hinauf und las die Speisekarte, die hinter einer Glasscheibe an der Wand hing. Sie konnte lange nicht alles verstehen, aber die Auswahl schien aus Fischgerichten und vegetarischen Speisen zu bestehen. Zögernd drückte sie die Türklinke herunter. Sie war sich nicht sicher, ob sie diesen Eingang benutzen sollte. Die Tür schwang auf, und sie trat ein. Der Raum war schlicht aber geschmackvoll eingerichtet und nicht besonders groß. Neben dem dunklen Holz der Tische und Stühle fand man die Farben des Meeres. Die Wände waren grob verputzt und mit Gemälden geschmückt, die die heimische Küste in all ihrer Schönheit zeigten. Lampen aus Kupfer hingen über den Tischen, und Marla schätzte, dass für etwa 25 Gäste Platz war. Neben der Theke befand sich eine in leuchtendem Türkis gestrichene Holztür, worauf *La Cuisine* geschrieben war.

Der Tisch, der liebevoll für zwei Personen gedeckt war, stand vor einem der Fenster, und sie wollte schon Platz nehmen, als sie an der gegenüberliegenden Wand eine Fotogalerie entdeckte. Sie durchquerte den Raum. Es waren ausnahmslos Schwarzweiß-Portraits, die schon vor langer Zeit gemacht worden waren und einen sepiafarbenen Stich hatten. Auf den meisten von ihnen waren Paare zu sehen, aber es gab auch Bilder von einzelnen Frauen. Ob das die Frauen aus Kelians Familie waren? Jene, die seit Generationen das Lokal geführt hatten? Marla beugte sich vor, um sie näher zu betrachten. Wer von ihnen mochte Louise sein?

Die Küchentür knarzte, als sie aufgestoßen wurde. Kelian, der ein großes Tablett auf den Händen balancierte, brachte einen verführerischen Geruch von Fisch und Knoblauch mit.

„Bitte setzten Sie sich, Mademoiselle!", rief er galant und wartete, bis Marla Platz genommen hatte. Innerhalb von Sekunden standen duftende Köstlichkeiten vor ihr. Bevor er sich setzte, fragte er ganz nach Manier des Obers: „Was möchtest du trinken? Ich habe einen herrlichen Cidre, gemacht aus unseren eigenen Äpfeln. Oder aber einen wunderbar leichten Weißwein. Ein Schuss davon befindet sich bereits im Gemüse."

„Cidre bitte, Monsieur", antwortete sie in bester Laune und hob ihm ihr Glas entgegen.

Kelian hatte frische Makrelen gebraten, dazu gab es im Ofen geschmortes Gemüse und selbstgebackenes Baguette. Marla war sicher, dass sie noch nie etwas so Köstliches gegessen hatte. Das Brot war noch warm, und sie konnte gar nicht damit aufhören, es in die Soße des Gemüses zu tunken, die intensiv nach Olivenöl und Knoblauch schmeckte. Der Cidre prickelte auf ihrer Zunge, und die Blicke, die Kelian ihr über den Tisch zuwarf, kribbelten auf dem Rest ihres Körpers.

Als sie sich mit der Stoffserviette den Mund abwischte, stellte sie fest, dass Kelian lange noch nicht aufgegessen hatte. Verlegen legte sie die Serviette neben den Teller. „Wenn ich Hunger habe und es mir gut schmeckt, esse ich schneller, als es der Anstand erlaubt. Es war einfach himmlisch!"

Kelians Augen leuchteten. „Ich mag es, wenn jemand mit Appetit isst und man ihm ansieht, dass es schmeckt. Wenn ich selbst auch noch der Koch war, so gibt es kein größeres Kompliment für mich."

Wenig später hatte er abgeräumt und dafür Kuchen und Espresso aufgetragen. Marla fragte sich, ob sie noch durch den Tunnel passen würde. Sie hasste den Gedanken, dass sie bald gehen musste und schob ihn entschieden von sich. Aber er drängte sich ihr immer wieder auf.

„Die Fotos dort", dabei zeigte sie zur Galerie, „sind das eure Frauen? Ist Louise auch dabei?"

Kelian nickte und setzte seine Espressotasse ab. „Ich zeige sie dir. Komm mit."

Als sie vor den Bildern standen, deutete er auf das Portrait einer zierlichen blonden Frau. „Das ist Louise. Und dies hier sind ihre Eltern."

Marla hatte selten ein so altes Foto gesehen. Das Paar, das darauf abgebildet war, blickte ernst und feierlich in die Kamera. Die Frau trug ein langes Kleid, der Mann war in seinem besten Sonntagsstaat und hielt ein pummeliges Kleinkind auf dem Arm. Sie wirkten ein wenig steif und befangen.

„Und das hier?" Marla deutete auf ein weiteres Paar im Feststaat.

„Nehmen wir erst mal diese beiden hier. Das ist das Hochzeitsfoto von Louise und Antoine, der im zweiten Weltkrieg leider gefallen ist, wie ich dir schon erzählte. Und dies hier ist Justine, die Tochter der beiden, als junges Mädchen. Das, worauf du eben gezeigt hast, sind Justine und Laurent, meine Großeltern. Ich versuche schon seit langem, Maman zu überreden, auch von sich und Papa ein Foto aufzuhängen. Aber bisher wollte sie es nicht."

Marla musterte interessiert die Gesichter von Kelians Vorfahren. Sie mochte Schwarzweißfotos. Sie ließen die Gesichter der Menschen weicher erscheinen und irgendwie auch schöner, fand sie.

„Du hast Ähnlichkeit mit Louises Mann, Antoine."

„Ja, ich weiß. Es ist seltsam, jemandem ähnlich zu sehen, der vor so langer Zeit gelebt hat."

Marla konnte es nachempfinden. Sie sah zum Fenster hinaus in den Garten. Die Schatten wurden bereits lang. Ihr blieb nicht mehr viel Zeit.

„Ich muss gehen, Kelian."

„Was ist, wenn ich dich nicht gehen lasse?" Er war so dicht hinter sie getreten, dass sie die Wärme seines Körpers spürte. Gerade wollte sie sagen: *Tu es. Lass mich nicht gehen,* als die Tür geöffnet wurde. Estelle steckte den Kopf herein.

„Kelian, du denkst noch an die Treppe?"

„Bien sûr, Maman!" Er wandte sich zu Marla. „Ich hole die Rampe vom Speicher und bringe dich anschließend zum Strand."

„Darf ich mitkommen? Ich finde Dachböden alter Häuser spannend." Das war zwar nicht gelogen, aber der wirkliche Grund war, dass sie keine Minute von ihm getrennt sein wollte, solange sie noch hier war. Sie folgte ihm nach draußen, wo sie zu einer Tür liefen, die ebenso hellgrün angestrichen war wie das Holz der Fensterläden.

„Hier geht's zu den Gästezimmern", bemerkte er, als sie die Stufen hinaufliefen. Im ersten Stock angekommen, gingen sie durch einen Flur an mehreren Türen vorbei. Auch hier hingen Gemälde und alte Fotos. Marla schenkte den Bildern keine Beachtung. Sie folgte Kelian, der vor einer schmalen Tür haltgemacht hatte. In diesem Moment streifte ihr Blick eines der Fotos, und sie blieb wie versteinert stehen. Ungläubig starrte sie auf das Bild und versuchte zu verstehen, was sie sah.

Ein Mann und eine Frau standen Hand in Hand eng beieinander. Sie waren jung, und das Glück, das den beiden Verliebten ins Gesicht geschrieben stand, strahlte Marla entgegen. Das Foto musste über 100 Jahre alt sein.

„Marla?", hörte sie Kelians Stimme von weither. „Ist alles in Ordnung?"

Sie nickte mechanisch. „Ich warte hier", sagte sie ein wenig atemlos, ohne den Blick von dem Bild abzuwenden. Elaine trug das wunderschöne Kleid, das sich an ihren Körper schmiegte, als sei es eigens für sie geschneidert worden. Marla betrachtete das Gesicht der jungen Französin, an die sie während der letzten Wochen immerzu denken musste. Die Wangen waren schmal, und das dunkle Haar, das in ihrem Nacken lag, ließ ihre Haut hell erscheinen. Ihre Augen waren leicht schräg geschnitten, und verbunden mit ihrer zarten Gestalt wirkte Elaine katzenhaft grazil. Die unterschwellige Melancholie, die ihrer Ausstrahlung anhaftete, hatte kaum eine Chance gegen das grenzenlose Glück, das daraus hervorleuchtete.

Neben Elaine stand Arvid. Der große, kräftige Mann sah nicht direkt in die Kamera. Seine Augen ruhten mit solcher Liebe auf der jungen Frau an seiner Seite, dass Marlas Herz vor Mitgefühl schmerzte. Er schien ein anderer Mann zu sein als jener, den sie kannte. Nichts an ihm machte den Eindruck von Schwermut oder Traurigkeit. Er strahlte Ruhe und Kraft aus, und seine Körperhaltung machte deutlich, dass er den Schatz neben sich mit seinem Leben verteidigen würde. Elaine schien das zu wissen, denn das grenzenlose Vertrauen zu ihm war ihr anzusehen. Schritte ließen Marla aufsehen.

„Marla! Du stehst ja noch immer hier, als hättest du ein Gespenst gesehen." Kelian stellte sich neben sie und setzte das, was er getragen hatte, ab. Neugierig betrachtete er das Bild. Plötzlich stieß er pfeifend die Luft zwischen den Zähnen aus. „Das ist ja verrückt!" Die Verblüffung stand ihm ins Gesicht geschrieben. „Kein Wunder, dass ich das Gefühl hatte, deinen Begleiter zu kennen, n'est-ce pas? Die sehen sich ja unglaublich ähnlich!"

„Ja", presste Marla hervor. „Wer sind die beiden? Sind sie auch Familie?"

Kelian zuckte die Achseln. „Ich weiß es nicht genau. Ich glaube nicht, dass sie zur Familie gehören. Wir fragen Maman." Er nahm den Rahmen von der Wand und drückte ihn Marla in die Hand.

Als er die Rampe auf die Treppe gelegt und überprüft hatte, ob sie fest und sicher lag, betraten sie den Gastraum.

„Maman?"

Sein Vater streckte den Kopf zur Küchentür heraus und sagte etwas auf Französisch. Kelian nahm Marla daraufhin an der Hand und zog sie mit sich. „Maman ist im Garten."

„Das ist Elaine", sagte Estelle und betrachtete andächtig das Bild, das sie in den Händen hielt. „Ich glaube, es ist ihr Verlobungsfoto. Ich weiß nicht viel von Elaine. Nur, dass es eine sehr traurige Geschichte ist. Ich bin mir sicher, dass Grandmère euch mehr dazu erzählen kann."

„Deine Großmutter?", wollte Marla an Kelian gewandt wissen. Er nickte und bedeutete ihr mitzukommen.

„Wohnt sie auch hier?"

„Ja, direkt am Garten. Mein Großvater ist vor zwei Jahren gestorben, aber Grandmère ist noch ziemlich munter."

Sie liefen an dem kleinen Teich vorbei, den Marla bereits kennengelernt hatte. Nicht weit entfernt passierten sie eine blühende Hecke und standen unvermutet vor einem Wintergarten, der an den hinteren Teil des Hauses angebaut war. Kelian klopfte an die Scheibe.

„Grandmère, c'est moi, Kelian!"

Marla entdeckte eine alte Dame, die in einem bequemen Sessel gesessen hatte und sich nun erhob. Sie öffnete die Tür.

„Marla, das ist meine Großmutter. Ihr Name ist Justine."

Er erklärte seiner Großmutter, weshalb sie gekommen waren, und Kelian übersetzte die Antwort für Marla ins Deutsche. „Grandmère fragt, ob wir uns für einen Moment zu ihr setzen möchten. Dann erzählt sie uns die Geschichte."

Marla warf einen zweifelnden Blick zum Himmel. Die Sonne stand bereits ziemlich tief.

„Sie sagt, es dauert nicht lange. Sie wird versuchen, es kurz zu halten", meinte Kelian, worauf Marla in den Wintergarten trat.

„Das sind Elaine und Johann am Tag ihrer Verlobung", übersetzte Kelian, als sie Platz genommen hatten und Justine das Foto betrachtete, das in ihrem Schoß lag. „Es ist eine sehr traurige Geschichte, sagt sie. Elaine war seit Kindertagen die Freundin von Florence, Louises Mutter. Als Elaine ihre Eltern verlor, wurde sie von Verwandten in Deutschland aufgenommen. Dort lernte sie Johann kennen. Sie verliebten sich und wollten heiraten.

Florence und Elaine hatten den Kontakt zueinander nie verloren, daher war es für Florence selbstverständlich, der Einladung zur Hochzeit nachzukommen, obwohl sie schwanger war. Doch dazu kam es nicht, denn die Hochzeit fand nie statt. Wenige Tage vor dem Fest kam Johann bei einem Sturm ums Leben. Elaine war außer sich vor Kummer. Florence bat sie, für einige Wochen in ihre alte Heimat zurückzukehren und bei ihr zu bleiben, bis das Kind geboren war. Sie hoffte, dass ihre Freundin in der Bretagne bleiben würde. Sie erhielt jedoch nie eine Antwort auf ihren Brief. Dafür kam Wochen später Post von Elaines Verwandten. Elaine sei nicht mehr am Leben, schrieben sie. Sie habe Johanns Tod nicht verkraftet und sei an gebrochenem Herzen gestorben. Das beigelegte Päckchen habe man in Elaines Zimmer gefunden. Es war an Florence adressiert, und so habe man es ihr geschickt."

Ein trauriges Schweigen entstand, als Justine zu sprechen aufgehört hatte. An gebrochenem Herzen! Marla verspürte Wut. Es war Elaines Verwandten wohl peinlich gewesen, die ganze Wahrheit zu erzählen. Dass die junge Frau sich nämlich aus Verzweiflung selbst das Leben genommen hatte, weil sie nicht ins Irrenhaus wollte. Natürlich sprach man nicht gerne über einen Freitod. Heute nicht und damals sicher noch viel weniger.

„Diese Geschichte habe ich noch nicht gekannt", murmelte Kelian bestürzt. Seine Großmutter war aufgestanden und

258

hatte den Raum verlassen. Vorher hatte sie Marla das Bild gereicht.

„Vielleicht hast du nie nach dem Bild gefragt." Marla strich mit dem Finger zärtlich über Elaines Gesicht. Als sie deren Verlobten betrachtete, stellten sich die Härchen auf ihrem Arm. Johann? Wie konnte das sein? Es war eindeutig Arvid, der die Französin so verliebt ansah. Dass Johann und Arvid ein und dieselbe Person waren, war völlig absurd. Unmöglich. Sie musste sich unbedingt mit Arvid unterhalten, denn sie wollte endlich den Rest der Geschichte erfahren.

Elaine und Florence. Sie kannte Florence aus den Erzählungen Arvids. Er hatte Elaines Freundin ein paar Mal erwähnt. Er hatte auch davon gesprochen, dass sie schwanger gewesen war.

Kelians Großmutter war wieder in den Raum getreten. Sie hielt etwas unter den Arm geklemmt und gab es Marla. Es war eine fein verzierte, silberne Schatulle mit einem Schloss. Marla wusste auf der Stelle, welcher Schlüssel hineinpassen würde. Sie schnappte nach Luft.

„Ich weiß, wo der Schlüssel ist", entschlüpfte es ihr, bevor sie die Worte verhindern konnte. Sie spürte den fragenden Blick von Kelian. Bevor einer von ihnen sprach, begann die Großmutter zu erzählen. Er übersetzte.

„Der Schlüssel, der dazugehörte, ist leider verlorengegangen. Immerhin liegen zwei Weltkriege zwischen damals und heute. Als Florence vor langer Zeit dieses Kästchen öffnete, fand sie darin einen Brief und Schmuck. Ich habe weder das Eine noch das Andere jemals gesehen, aber ich vermute, dass zumindest der Schmuck noch in der Schatulle ist. In dem beiliegenden Brief erklärte Elaine, dass sie nicht mehr am Leben sein würde, wenn Florence dieses Päckchen erhielt. Der Schmuck war für Florence oder deren Tochter, falls sie eine bekäme. Nicht lange, nachdem Florence das Päckchen erhalten hatte, kam ihre Tochter zur Welt. Florence nannte sie Louise Elaine. Louise war meine Mutter."

Marla ließ das silberne Kästchen in ihren Schoß sinken. Florence war die Mutter von Louise. Und somit die Ururgroßmutter von Kelian. Marla war froh, dass sie saß. Sie würde nicht darauf wetten, dass ihre Beine sie tragen würden. Mechanisch strichen ihre Hände über die Schatulle. Sie hatte das zwingende Bedürfnis, sich zu zwicken oder sich selbst eine Ohrfeige zu geben, damit sie spürte, dass sie nicht träumte. Es war alles so unwirklich. So unglaublich. Das, was sie fühlte, war nicht in Worte zu fassen.

„Und du hast tatsächlich einen Schlüssel, der dazu passt?", drang Kelians Stimme an ihr Ohr. Sie hob den Blick und traf auf seine sanften Augen. Als Antwort nickte sie nur. Er sagte etwas zu Justine, die daraufhin etwas erwiderte.

„Grandmère sagt, wenn du den Schlüssel mitbringst und er tatsächlich passt, so sehen wir uns gemeinsam an, was in der Schatulle ist."

„Okay", flüsterte sie. Sie legte das Kästchen auf den Tisch und atmete einige Male tief durch. Sie hatte über so vieles nachzudenken, dass sie nicht wusste, wo sie anfangen sollte.

„Ich bringe dich zurück. Es wird spät." Kelian war aufgestanden und zog sie an der Hand vom Stuhl auf. Nachdem er seiner Großmutter zärtlich die Wangen geküsst hatte, verabschiedeten sie sich.

„Arme Elaine", sagte Kelian betrübt, als er das Moped vor der Bucht abgestellt hatte. „Wie sehr muss sie ihre Heimat vermisst haben."

„Das hat sie ganz sicher." Marla hatte sich wieder gefangen. Dafür hatte sich ein schmerzliches Sehnen in ihre Brust geschlichen. Sie hatte nicht das leiseste Bedürfnis, sich von Kelian zu trennen. Aber die Sonne stand schon gefährlich nah am Horizont, und sie musste sich auf den Weg machen. Ob sie wollte oder nicht.

„Bis morgen, Kelian."

„Morgen muss ich am frühen Nachmittag noch mal hinaus aufs Meer, um die Reusen zu leeren. Darin fangen wir Hummern und Langusten. Samstags und sonntags haben wir viele Gäste und dadurch etwas mehr Arbeit. Wir werden uns also nicht ganz so lange sehen können. Das macht jede Minute umso kostbarer." Er legte seine Hände an ihre Wangen und küsste sie auf die Stirn. „Bretonen sind romantisch, weißt du? Ich werde kommende Nacht die Sterne am Himmel zählen, damit mich das Warten auf dich nicht verrückt macht." Für einen Augenblick versanken ihre Augen ineinander. Schließlich küsste er sie auf den Mund.

„Au revoir, Marla."

Sie rannte durch den Tunnel. Dass sie sich immer wieder an den Steinen stieß, die im Weg standen, merkte sie nicht. In ihrem Kopf herrschte heillose Unordnung, und sie machte sich gar nicht erst die Mühe, das Chaos zu sortieren. Sowieso wollte sie über nichts anderes nachdenken, als das Gefühl von Kelians warmen Lippen auf ihrem Mund. Im Moment gab es nichts, was wichtiger war. Sobald sie jedoch nicht aufpasste, drängten sich ungebetene Gedanken dazwischen.

Arvid zum Beispiel. Arvid und Johann konnten einfach nicht dieselbe Person sein. Oder? Es brachte nichts, sich darüber den Kopf zu zerbrechen. Arvid selbst musste es ihr erklären. Heute war es zu spät. Aber ganz sicher morgen. Wenn Kelian noch mal mit dem Boot raus musste, dann würde sie die Zeit sinnvoll nutzen und zu Arvid gehen, der sicher auf ihren Besuch wartete. Zwei Tage hatten sie sich nicht gesehen. Was würde er zu erzählen haben? Aber jetzt wollte sie nicht an den Windbruder denken.

Marla berührte ihre Lippen. Kelian. Sie wollte nur an Kelian denken. Jetzt, heute Abend und die ganze Nacht. Bis sie wieder bei ihm war. Und sie sich küssten.

Schweißgebadet erreichte sie das Ende des Ganges. Als die magische Tür aufglitt, hielt Marla die Luft an. Beklommen betrat sie den Kellerraum und spähte in die Ecken, die düster und bedrohlich schienen. Als sie wahrnahm, dass noch Tageslicht durch den Treppenaufgang auf den Boden fiel, stieß sie erleichtert die Luft aus. Schnell schob sie den Spiegel zurück. Bevor sie den Keller verließ, nahm sie den Schlüssel aus der Schublade und steckte ihn ein. Was mochte in der Schatulle sein? Tatsächlich Schmuck, der einst Elaine gehört hatte? Dass sie einen von Elaine selbst geschriebenen Brief darin finden würden, wagte sie kaum zu hoffen.

Als Marla die Falltür geschlossen und Erde darüber verteilt hatte, suchte sie aufmerksam den Wald rund um das Forsthaus ab. Obwohl die Wolken sich im Laufe des Tages verzogen hatten und die Sonne endlich wieder schien, war es im Unterholz bereits dämmrig. Die ausgehöhlten Astlöcher der Bäume wirkten wie schwarze Augen, und als sie die hüfthohen Farne sah, die sich im Sommerwind wiegten als wären sie lebendig, begann Marla zu laufen.

Nachdem sie geduscht hatte, holte sie Elaines Kleid hervor und drückte ihre Nase in den Stoff. Vielleicht hatte die Französin Parfum benutzt, und Spuren davon würden an sie erinnern? Doch der einzige Duft, der ihm entströmte, war jener nach Lavendel, den Marla bereits kannte. Ein klein wenig roch es auch nach dem Holz der schweren Truhe, in der es über ein Jahrhundert gelegen hatte. Marla räumte es wieder in den Schrank und holte den Schlüssel aus dem Rucksack. Wollte sie überhaupt, dass sie einen Brief fanden? Zudem einen Brief, der unerträglich traurig sein würde. Hatte das silberne Kästchen einst auf dem Tisch gelegen, der im düsteren Keller stand und verfiel und dessen Schublade jetzt nur noch den Kamm beherbergte?

Sie legte den Schlüssel auf die Ablage neben ihrem Bett und lief zum Schreibtisch. Dort lag das Mobile, das sie gestern Abend aus den Muscheln gebastelt hatte. Sie nahm es auf und lief die Treppen hinunter. Als sie die Terrassentür öffnete, strömte ihr die frische Abendluft entgegen. Marla trat in den Garten und sah sich um, bis sie sich für den Apfelbaum entschieden hatte. An einen seiner Zweige hängte sie das Mobile und stupste es an, sodass die Muscheln leise klirrend aneinanderstießen.

Anschließend holte sie einen Liegestuhl, machte es sich darauf bequem und nahm das Handy aus ihrer Tasche. Das Smartphone hatte den ganzen Tag auf ihrem Bett gelegen, und sie hatte es den ganzen Tag kein einziges Mal vermisst.

Rieke hatte geschrieben und wollte wissen, ob daheim alles in Ordnung war. Marla schrieb ihr eine beruhigende Antwort und setzte ein paar lustige Figuren dazu. Auch von Henni und Mama hatte sie Nachrichten. Henni freute sich darauf, morgen wieder nach Hause zu kommen und fieberte dem Start als Musikerin in Darius Band entgegen. Ihr Flieger würde am späten Nachmittag landen, sodass Marla gegen 19 Uhr mit ihr rechnen konnte.

Mama hatte eine Sprachnachricht geschickt. Sie redete so schnell, dass Marla Schwierigkeiten hatte, alles zu verstehen. Eines allerdings war eindeutig: Es ging ihr und Lorenz gut. Sie waren viel unterwegs und erlebten immer wieder unglaubliche Dinge.

Dazu muss man nicht unbedingt bis zum Himalaya reisen, dachte Marla schmunzelnd. Auch Bilder hatte Mama geschickt. Einige von ihnen zeigten ihre Eltern in einer Gruppe von Lasttieren und Einheimischen. Sie trugen schwere Rucksäcke, waren braungebrannt und sahen aus, als würde ihnen die gemeinsame Zeit sehr gut bekommen. Marla schickte ein paar Zeilen zurück und überflog die restlichen Nachrichten. Nur Amelie erhielt eine Antwort von ihr, die allerdings recht kurz ausfiel. Endlich legte sie das Handy weg und holte Kelians Foto hervor.

Wieso musste es so kompliziert sein? Gab es nicht eine Möglichkeit, unter ganz normalen Umständen mit ihm zusammen zu sein? Falls es eine gab, so war sie ihr bisher nicht eingefallen. Sie sah nur einen Weg: Sie musste Arvid erzählen, was sie seit Tagen vor ihm verheimlichte. Dass es ihr gelungen war, den Tunnel zu öffnen, und dass sie sich auf der anderen Seite in einen Mann verliebt hatte, ohne den sie nicht mehr leben wollte.

Aber wie sie es auch drehte und wendete: Das, was sie getan hatte, war nicht richtig. Auch wenn sie dieses Wort abscheulich fand: Es war Verrat. Verrat an Arvid und dessen Vertrauen. Sie hatte keine Vorstellung von seiner Reaktion. Was würde er empfinden? Wäre er böse auf sie, weil sie sein Vertrauen missbraucht hatte? Oder wäre er vielleicht sogar eifersüchtig auf Kelian? Sie hatte nie gewollt, dass Arvid sich in sie verliebte, und sie war sich dessen auch nicht ganz sicher. Arvid hatte Elaine geliebt. Marla sah der jungen Frau ähnlich, soviel stand fest. Aber sie *war* nun mal nicht Elaine. Das musste Arvid doch klar sein.

Sie wusste nicht genau, ob sie sich auf das morgige Gespräch freute oder nicht. Das Zusammensein mit ihm war bisher immer schön gewesen. Interessant und spannend obendrein. Auch morgen erhoffte sie Dinge zu erfahren, die für sie wichtig waren. Warum war Arvid Johann? Es passte nicht zusammen. Denn Elaine hatte Johann geliebt und ihn Arvid vorgezogen. Worunter der Windbruder gelitten hatte. Worunter er noch heute litt.

Über ihr klapperten die Muscheln im Wind. Marla schloss die Augen. Für einen kurzen Moment befand sie sich in Estelles Garten, wo ähnliche solcher Muschelmobiles hingen, die der Küstenwind zum Klingen brachte. Plötzlich hatte sie die salzige Luft der See in der Nase und hörte die Wellen auf den Sand rollen. Sie blickte über das glitzernde Meer bis zu dem schmalen Streifen, der im Dunst verschwamm. Hinter ihr ertönte ein leises Lachen. „Waldmädchen." Kelians warmer Atem benetzte ihren Nacken und sie spürte seine Arme, die sie zärtlich hielten. Sie wollte sich zu ihm drehen, um in das Gesicht zu sehen, das sie so liebgewonnen hatte. Aber ihre Wange stieß gegen etwas Hartes. Sie wachte auf, ihr Gesicht an das Holz des Liegestuhls gepresst.

„Ach, Scheiße", murmelte sie enttäuscht. Es war dunkel geworden. Hoch über ihr stand blass der Mond, und die Muscheln, die schaukelnd im Baum hingen, schimmerten silbern in seinem Licht. Kelians Bild, das sie noch immer in der Hand hielt, war nur vage zu erkennen. Die Nacht war still, bis auf einzelne Geräusche, die hin und wieder aus dem Wald drangen. Sie erschrak, als ganz in der Nähe ein Käuzchen schrie. Kurz darauf hörte sie ein Rascheln. Sie war froh zu wissen, dass die Hühner friedlich beieinandersaßen und den Fuchs nicht fürchten mussten.

Eine nie gekannte Traurigkeit erfasste sie und trieb ihr die Tränen in die Augen. Weshalb konnte es nicht einfach nur … einfach sein? Neben ihr Kelian, ihre Hand in der seinen, gemeinsam der Nacht lauschend. Sie würde ihren Kopf an seine Brust legen und das kräftige Schlagen seines Herzens spüren. Ob er jetzt gerade tatsächlich die Sterne zählte? Obwohl ihr Tränen über die Wangen rannen, musste Marla lächeln. Zuzutrauen war es ihm durchaus. Sie sah zum Himmel auf, zu den Sternen, die in Scharen über ihr standen.

„Könnt ihr ihn sehen?", fragte sie flüsternd und empfand bei dieser Vorstellung ein wenig Trost. Entschlossen wischte sie sich die Tränen aus dem Gesicht und stand auf. Wieso blies sie eigentlich Trübsal? Keine zwölf Stunden, und sie würde wieder bei ihm sein. Alles andere würde sich regeln. Davon war sie überzeugt.

Kapitel 14

Lange bevor der Wecker klingelte, wachte sie auf. Das Tageslicht blinzelte durch die Vorhänge, und Marla tastete nach dem Foto, das neben ihr auf dem Nachttisch lag.

„Guten Morgen, Kelian. Du bist sicher schon längst mit der *Louise* draußen bei der Arbeit. Ich bin schon so gut wie auf dem Weg!"

Sie zog ihren Bikini an, schlüpfte in Trägertop und Shorts und steckte das Foto in die eine, den Schlüssel in die andere Hosentasche. Noch schnell was gegessen, ein bisschen Hausarbeit, und los ging's in die Bretagne, wo Kelian und ein herrlicher Sommertag auf sie warteten. Sie würde jede Minute mit ihm genießen, bis zu dem Augenblick, da sie wieder gehen musste.

Empfand Rieke dasselbe, wenn sie mit Waldemar zusammen war? Dass die gemeinsamen Momente kostbarer waren als alles andere? Rieke hatte gesagt, sie könnte sich eine Beziehung wie die ihrer Eltern nicht vorstellen. *Wenn ich jemanden liebe, dann möchte ich bei ihm sein. Jeden Augenblick, solange ich lebe.* Das waren ihre Worte gewesen. Marla wusste genau, was ihre Schwester meinte. Auch sie empfand jede Trennung von Kelian als Verlust und die Sehnsucht nach ihm erfüllte nicht nur ihr Herz, sondern auch ihren Kopf. Einfach alles, was sie als Mensch ausmachte. Wie gut hatte es doch Rieke! Marla musste sich zusammenreißen, um den Neid zu unterdrücken, der in ihr aufkeimte. Ihre Schwester hatte den Mann, den sie liebte, den ganzen Tag um sich. Ohne irgendwelche Heimlichkeiten. Für Rieke und Waldemar war alles möglich. Natürlich gönnte sie es ihnen von ganzem Herzen.

Marla hatte gefrühstückt und wusch ihr gelbes Kleid aus, das von dem eiligen Lauf durch den Tunnel verschwitzt und voller Flecken war. Wie konnten ihre Eltern das aushalten? Sich zu lieben und sich trotzdem immer wieder für lange Zeit zu trennen. Konnte das Liebe sein? Die echte große Liebe? Sie hängte das Kleid auf einen Bügel und brachte es in den Garten. Als es neben den Muscheln am Baum schaukelte, leuchtete es wie eine Sonne. Schnell legte sie die Wäsche vom Vortag zusammen und versorgte die Hühner.

Nicht lange darauf saß sie auf dem Fahrrad. Ihr war klar, dass sie viel zu früh dran war. Kelian würde noch längst nicht zurück sein, wenn sie den Strand erreichte. Sie würde sich ans Wasser setzen, sich von Torin das Haar ins Gesicht wehen lassen und so lange aufs Meer schauen, bis die *Louise* erschien. Sobald Kelian an Land war, würde sie ihm sagen, dass auch sie sich in ihn verliebt hatte.

Als sie die Stufen zum Keller hinuntergestiegen war und ihr Blick auf die Truhe fiel, kam ihr das Kleid in den Sinn. Wie wunderschön Elaine darin ausgesehen hatte! Marla hatte es heute zurückbringen wollen, aber nicht mehr daran gedacht. Strukturiertes Denken war zurzeit sowieso nicht ihre Stärke. Sie musste unbedingt dafür sorgen, dass ihr Leben wieder geordnet verlief. Das Chaos, das in ihrem Kopf herrschte, gehörte aufgeräumt. Heute Nachmittag würde sie damit beginnen, indem sie Arvid drängte, ihr endlich den Rest der Geschichte zu erzählen. Wieso waren sie bisher nicht dazu gekommen? Sie wusste genau, weshalb. Immer war etwas anderes geschehen, das ihre Neugier geweckt hatte. Erst die Ruine, dann der Tunnel. Aber nun war es an der Zeit, das Ende der Legende zu erfahren. Somit würden sich zumindest einige Dinge klären, über die sie sich ununterbrochen den Kopf zerbrach.

Nicht nur das. Es war auch an der Zeit, mit der Heimlichtuerei aufzuhören. Sie musste nur den richtigen Zeitpunkt abwarten, um mit Arvid darüber zu sprechen. Wenn sie dem Windbruder wirklich etwas bedeutete, dann würde er es ihr nicht übelnehmen.

Sie trat aus dem Steinlabyrinth ins Freie und streifte ihre Schuhe ab. Die Sonne stand noch zu tief, um den Sand zu wärmen, und war auch der weiche Untergrund eigenartig kühl unter ihren Füßen, so genoss sie es dennoch, ihre Zehen hineinzugraben. Tief zog sie die Seeluft durch die geblähten Nasenflügel und nahm den intensiven Geruch nach Salz und Meer in sich auf. Indem sie auf den Felsen am Strand umherkletterte oder ans Wasser rannte, wo sie übermütig mit den Wellen um die Wette lief, wich sie geschickt den wenigen Strandbesuchern aus, die ihr begegneten. Als sie sich davon überzeugt hatte, dass das Meer noch genauso kalt war wie am Vortag, erklomm sie eine Ansammlung von Granitbrocken, deren Füße von Wellen umspült wurden. Auf dem höchsten Punkt angekommen, setzte sie sich und wartete. Einer der winzigen Punkte dort draußen war die *Louise*.

Marla schloss die Augen. Der Wind war kalt und sie fröstelte. Machte er eine Pause, so konnte sie die Wärme der Sonne auf ihrer Haut spüren. Eine Weile ließ sie Wind und Sonne ihr Spiel treiben, bevor sie ihre Augen öffnete und das Wasser absuchte. Unverändert. Wieder genoss sie den Wechsel von Kühle und Wärme und spielte dabei mit dem Stein an der Lederschnur. Sie hatte ihn nicht wieder abgelegt. Er war eine Verbindung zwischen ihr und Kelian und gab diesen sonderbaren Umständen ein wenig beruhigende Wirklichkeit. Als sie ihre Augen zum vierten oder fünften Mal öffnete, machte ihr Magen einen Satz. Sie sprang vom Stein herunter und rannte los.

Er war aus dem Boot gesprungen und zog es an der Leine hinter sich her. Marla erwartete ihn bereits, stand bis zu den Knien im Wasser und versuchte, dessen Kälte zu ignorieren. Kelian begrüßte sie mit einem Blick, der ihr sein Herz zu Füßen legte. Sie öffnete den Mund, um ihm endlich zu sagen, was sie für ihn empfand.

„Kelian!"

Der laute Ruf ließ sie zusammenzucken. Sie fuhr herum. Sie hatte den Mann, der plötzlich erschienen war und nun wie ein Wasserfall auf Kelian einredete, weder gesehen noch gehört. Er schien keine Ahnung davon zu haben, dass er enorm störte. *Warum ausgerechnet jetzt?* Sie war enttäuscht. Während die Männer sich unterhielten, ging sie zum Strand zurück und zog den Anhänger ans Wasser. Es dauerte keine zwei Minuten, und der Fremde war verschwunden.

„Hallo, Marla. Tut mir leid, dass Sebastian uns so überfallen hat. Er ist einer der Leute, die das Fest-Deiz organisieren und wollte etwas von mir wissen."

Das Fest-Deiz, dachte Marla. Ihr wurde bewusst, dass sie Kelian vor genau einer Woche zum ersten Mal gesehen hatte. Arvid war mit ihr durch den magischen Tunnel gegangen, und sie waren mitten im Trubel gelandet.

„Weißt du noch? Unser erster Tanz?" Kelian griff mit seiner freien Hand nach ihrer. „Mir ist, als würde ich dich schon mein Leben lang kennen."

„Ich weiß, was du meinst. Mir geht es ähnlich." Sie sah in sein braungebranntes Gesicht, das nach den Stunden im rauen Wind einen Anflug von Verwegenheit ausstrahlte. Wie leer musste ihr Leben ohne ihn gewesen sein. Ihn nicht mehr zu sehen, wäre unvorstellbar für sie. Würden sie morgen wieder zum Fest gehen? Alle Menschen würden ihnen ansehen, wie es um sie beide stand.

„Es gibt Dinge, die werden sich wohl nie ändern." Stirnrunzelnd musterte er ihre Arme. Als sie seinem Blick folgte, entdeckte sie die Schrammen, die sie sich gestern Abend im Tunnel geholt hatte. Es waren zu viele, um sie zu übersehen. Sie machte eine lässige Handbewegung.

„Nicht weiter schlimm", meinte sie und hoffte, dass er es auf sich beruhen ließ. Sie musste wirklich besser aufpassen.

„Habe ich richtig gesehen? Mein Waldmädchen hat bis zu den Knien im eiskalten Wasser gestanden?"

Sie grinste. Er hatte es also bemerkt!

„Wie war der Fang?", fragte sie geschäftig, während sie die Kisten in den Hänger stapelte. Kelian lachte schallend.

„Na, hör mal einer an! Du klingst schon wie Maman! Es wird nicht mehr lange dauern, und du gibst eine richtige Bretonin ab. Der Fang war gut. Heute Nachmittag noch ein paar

Krebse und Langusten, mit etwas Glück einen Hummer, dann sind wir für den Abend gerüstet."

„Hast du den Schlüssel mitgebracht?", wollte Kelian wissen, nachdem Luc die Kisten in Empfang genommen und ins Nebengebäude getragen hatte. Monsieur war ihm auf den Fersen gefolgt, erwartungsvoll schnurrend.

„Hab ich." Marla klopfte auf ihre linke Pobacke.

„Möchtest du erst zu Grandmère gehen und dann an den Strand, oder umgekehrt?"

„Lass uns sehen, ob sie jetzt Zeit hat", entschied Marla, die ständig daran denken musste, dass sie den Schlüssel bei sich trug und auf keinen Fall verlieren durfte. Er musste, wie auch das Kleid, wieder zurück an seinen Platz.

Auf Kelians Klopfen wurden sie von Justine eingelassen. Marlas Hände waren feucht vor Aufregung, als sie das silberverzierte Kästchen sah. Es befand sich noch immer da, wo sie es gestern hingelegt hatte. Daneben lag Elaines Verlobungsfoto. Bevor Marla sich setzte, reichte sie der alten Dame den Schlüssel. Kelians Großmutter musterte ihn mit zusammengekniffenen Augen und senkte ihren Blick auf die Schatulle. Keiner von ihnen bezweifelte, dass der Schlüssel passte, denn es war ganz offensichtlich, dass zusammenkam, was zusammengehörte. Trotzdem hielten sie den Atem an, als Justine ihn mit ruhigen Händen in das kleine Schloss führte. Ein leises Klicken ertönte. Der Deckel sprang auf.

Das Erste, was sie sahen, war ein gefalteter Bogen Papier. Vorsichtig nahm Justine ihn heraus. Silberschmuck kam darunter zum Vorschein. Es war nicht viel. Zwei paar Ohrringe und eine Brosche, die mit einem glänzenden Bernstein versehen war. Außerdem zwei Halsketten. Kelians Großmutter hob sie heraus und legte sie auf ihre Hand. An der längeren Kette hing ein eingefasster Bernstein, passend zur Brosche. An der zweiten Halskette befand sich ein kunstvoll geformter Anhänger aus Silber. Das Muster erinnerte Marla an jenes der Ranken, die den Eingang zum Tunnel schmückten.

Sie deutete darauf. „Was ist das für ein Zeichen?"

„Das ist eine Triskele", erklärte Kelian, nahm seiner Großmutter die Kette ab und legte sie auf Marlas Hand. „Eine Triskele ist ein keltisches Symbol, das sich aus drei gleichen Zeichen zusammensetzt, die gemeinsam eine Einheit ergeben. Die Zahl drei hat in der keltischen Mythologie eine große Bedeutung und steht zum Beispiel für Geburt, Leben und Tod. Oder Vergangenheit, Gegenwart und Zukunft. Körper, Geist und Seele. Wenn man ein wenig überlegt, fallen einem noch unzählige Beispiele dafür ein."

Einer plötzlichen Eingebung folgend griff Marla zu dem Foto. Sie zog geräuschvoll die Luft ein, als sie die Triskele erkannte, die auf Elaines Dekolleté ruhte. Eine Gänsehaut lief ihr über das Rückgrat, als sie die Kette durch ihre Finger gleiten ließ. Für einen Moment schloss sie ihre Hand darum. Wie gerne hätte sie sie für einen Augenblick umgelegt. Schnell reichte sie die Kette Justine, die den Schmuck in das Kästchen zurückräumte.

Die alte Dame sagte etwas zu Kelian und gab ihm den Brief. Marlas Herz klopfte aufgeregt, als sie sich zu ihm hinüberbeugte. Elaines Handschrift! Sie war eng und nach rechts geneigt. Die Großbuchstaben waren verschnörkelt und deutlich hervorgehoben, als hätte sie sich dafür besondere Mühe gegeben. Das Schriftbild in seiner Gesamtheit wirkte gleichmäßig und diszipliniert.

„August 1911", flüsterte sie ergriffen, als sie das Datum, das auf die linke Ecke geschrieben war, entziffert hatte.

„Kannst du es lesen?", fragte sie, als Kelian noch immer schwieg und sie es kaum noch aushielt.

„Es fällt mir schwer. Die Schrift ist sehr eng, und es gibt Buchstaben, deren Schreibweise mir völlig fremd ist." Er wandte sich an seine Großmutter.

Kurz darauf, nachdem er aufgestanden war und eine Lupe herbeigeholt hatte, beugten sie sich zu zweit über Elaines Brief. Nach und nach entstand ein zusammenhängender Text.

Liebste Freundin

Wenn du diese Zeilen liest, werde ich nicht mehr sein. Es schmerzt mich über alle Maßen, dir solchen Kummer zu bereiten. Doch für mich gibt es keinen anderen Ausweg. Ich hätte den Verstand verloren, werden sie erzählen.

Du aber, treue Freundin, sollst wissen, dass ich in keiner Weise verwirrt bin. Ich spreche von Dingen, die sie nicht glauben können. Sie haben Angst, dass ich für andere und für mich selbst zur Gefahr werde und halten es für das Beste, mich einzusperren.

Aber ich lasse mich nicht in ein Gefängnis für Geisteskranke stecken. Wie sollte ich dort leben können, habe ich doch den Großteil meines Lebens in der Natur verbracht? Nie wieder könnte ich tun und lassen was ich will und stünde immerzu unter Beobachtung. Sie würden mir den Rest der Würde nehmen, die mir geblieben ist. Bis zum bitteren Ende müsste ich die Last auf meinen Schultern tragen, die mich schon jetzt kaum noch atmen lässt.

Sollte ich für das, was ich tun werde, in die Hölle kommen, so könnte die Qual dort nicht größer sein als jene, die ich Tag für Tag auf Erden durchlebe. Ich allein bin für Johanns Tod verantwortlich. Ich hätte wissen müssen, dass wir einer Katastrophe entgegensteuern. Aber ich habe es nicht einmal bemerkt.

Ich würde lügen, behauptete ich, das Leben habe noch einen Sinn für mich. Zu groß ist der Verlust, den ich erlitten habe.

Ich möchte meinen Schmuck in meiner Heimat wissen. Darunter ist jener, den ich von meiner Mutter geerbt habe. Vor allem aber liegt der Anhänger darin, der das Verlobungsgeschenk meines geliebten Johanns war. In diesem Anhänger vereinen sich für mich meine nie vergessene Heimat und meine Liebe. Es würde mich glücklich machen, wenn jemand ihn tragen würde, der weiß, was er mir bedeutete.

Liebste Florence, wie gerne hätte ich dich am Tag meiner Hochzeit wiedergesehen, sind wir doch so weit von den kleinen Mädchen entfernt, die wir einst waren.

Deine Freundschaft und deine Briefe haben mir unendlich viel bedeutet. Sei mir nicht gram.

In ewiger Zuneigung, Elaine

Kelian ließ den Brief in den Schoß sinken. Schweigend sahen sie auf das Stück Papier, dessen tragische Zeilen sie erschüttert hatte. Weshalb war Elaine Schuld an Johanns Tod? Und was hatte sie den Menschen erzählt, dass sie sie für verwirrt hielten? Auch Arvid hatte es erwähnt.

„An dem Tag, als man sie ins Sanatorium bringen wollte, nahm sie sich das Leben", sagte Marla mit bebender Stimme und wischte sich die Tränen von den Wangen.

„Wie kannst du das wissen?" Kelian musterte sie neugierig und übersetzte es für Justine, ohne die Augen von Marla zu nehmen.

„Ich weiß es. Ich kenne auch das Forsthaus mitten im Wald, das über Johann zusammengebrochen ist, als ein Baum darauf stürzte. Es ist nicht weit von uns. Die Ruine steht noch immer. Der Schlüssel ... ich habe ihn dort gefunden."

Marla sah auf ihre Hände hinab, die ruhelos über ihre Oberschenkel strichen. Sie wagte nicht aufzusehen. Er würde Fragen stellen. Die sie ihm nicht beantworten konnte. Zu spät hatte sie gemerkt, dass sie einen Fehler gemacht hatte. Denn wie hätte sie über Nacht den Schlüssel aus ihrer Heimat holen können? Ihr blieb nur zu hoffen, dass es weder Kelian noch Justine aufgefallen war.

Endlich sprach Kelians Großmutter. Marla hörte ihren Namen.

„Grandmère möchte, dass du dir etwas von Elaines Schmuck nimmst."

Verblüfft hob sie ihren Blick. Justine hielt ihr das Kästchen entgegen und lächelte auffordernd.

„Ich? Aber warum?"

„Sie meint, es kann kein Zufall sein, dass wir uns kennengelernt haben und du den Schlüssel zu dieser Schatulle besitzt, die ohne dich nie wieder geöffnet worden wäre. Und sie sieht, wie sehr dich Elaines Schicksal berührt. Diejenige soll den Schmuck tragen, die weiß, was er ihr bedeutet hat. Das war Elaines Wunsch. Grandmère ist überzeugt davon, dass du die Richtige dafür bist."

Marla sah ungläubig zu Justine. Die alte Dame nickte und hielt ihr noch immer das geöffnete Kästchen hin. Marla nahm es entgegen. Sie brauchte gar nicht darüber nachzudenken, was sie sich nehmen würde.

„Egal was?", wollte sie vorsichtshalber wissen, worauf Kelian bejahte. Ehrfürchtig nahm sie die Kette mit der Triskele heraus und legte den Anhänger auf ihre Handfläche. Das Silber war mit den Jahren angelaufen. Trotzdem fand sie ihn wunderschön. Johanns Verlobungsgeschenk für Elaine. Sie hoffte, dass es nicht unangemessen war.

„Soll ich sie dir umlegen?" Kelian hatte den Brief zusammengefaltet und ihn zu dem restlichen Schmuck gelegt. Er schloss die Schatulle und legte sie auf den Tisch. Marla zögerte noch. Endlich nickte sie entschlossen. Sie würde Elaines Andenken in Ehren halten und es als Erinnerung an die Liebe zwischen ihr und Johann tragen.

Kelian legte ihr die Kette um den Hals und verschloss sie. Die Triskele lag kühl auf ihrer Haut, direkt neben Kelians Stein. Justine lächelte anerkennend, und wenn es sie überraschte, dass Kelian und Marla einen ähnlichen Stein trugen, so ließ sie es sich nicht anmerken.

„Ich würde den Schlüssel gerne an seinen Platz zurücklegen", bemerkte Marla, als sie sich von Justine verabschiedeten.

„Jetzt wissen wir ja, wo er ist und können darum bitten, wenn wir ihn brauchen", übersetzte Kelian die Antwort seiner Großmutter, und Marla steckte den Schlüssel in ihre Hosentasche.

„Jetzt aber an den Strand!" Kelian hatte sie an der Hand gefasst. Sie gingen den Weg, der durch die Dünen zu dem herrlich breiten Sandstrand führte. „Es ist eigenartig, dass Dinge, die schon so lange zurückliegen, uns noch mit so viel Traurigkeit erfüllen können, n'est-ce pas?"

„Ja, es ist wirklich so. Ich hatte das Gefühl, als ob ich Elaines Verzweiflung im Herzen spüre", gab Marla bedrückt zur Antwort und hatte nach wie vor mit dieser Empfindung zu kämpfen. Sie wusste, dass Kelian gerne mehr über ihre Verbindung zu Elaine erfahren hätte und war dankbar dafür, dass er keine Fragen stellte.

„Aber jetzt werden wir die Vergangenheit ruhen lassen und die Gegenwart genießen!" Sein vergnügtes Gesicht entlockte Marla ein Lächeln. Ohne Ankündigung begann er zu laufen und zog sie mit. Atemlos erreichten sie endlich die verborgene Bucht und breiteten ihre Strandtücher aus. Bevor Marla sich zu ihm setzte, sammelte sie Muscheln und legte sie ordentlich nebeneinander auf einen flachen Felsen. Kelian lachte.

„Schon heute Nachmittag hat sich das Meer alle wieder zurückgeholt", meinte er und malte Zeichen in den Sand.

„Ich finde sie witzig, eure Muscheln. Ich habe ein Windspiel aus ihnen gebastelt."

„Wo hast du es aufgehängt?"

„Da, wo es im Sommerwind klappert", entgegnete sie ausweichend und warf eine Muschel ins Wasser. Nur nicht noch einmal so unbedacht daherreden.

„Das passt ja gut."

Sie sah ihn verständnislos an.

„Du hast ein Windspiel gebastelt, und ich habe Sandwiches für uns gemacht."

„Oh, prima! Ich hab schon ziemlichen Hunger. Wollen wir sie gleich essen?"

Seine Augen blitzten, als er aufsprang. „Oh nein, du musst sie dir erst verdienen, finde ich!" Er machte einen Satz und stand bis zur Brust im Wasser.

„Du bist ja verrückt!", schrie sie und rutschte ein Stück zurück, um dem Spritzwasser zu entgehen. „Das muss eiskalt sein!"

„Für uns gibt es kein *eiskalt*." Er lachte und tauchte unter.

„Für mich allerdings schon!" Sie bewegte sich noch immer rückwärts. Kelian kam aus dem Wasser. Seine Augen leuchteten.

„Dann muss ich dich eben zu einer machen!"

„Zu einer *was*?", fragte sie argwöhnisch und stand vorsichtshalber auf, zur Flucht bereit.

„Zu einer Bretonin!" Bevor sie sich rühren konnte, war er bei ihr und griff nach ihrer Hand. „Es fehlt nicht mehr viel. Nur noch die Taufe!" Er zog sie zum Wasser.

„Um Himmels willen, nein!", schrie sie entsetzt. Doch so sehr sie sich auch sträubte, Zentimeter für Zentimeter rutschte sie über den Sand den kalten Wellen entgegen. Als sie merkte, dass sie keine Chance gegen ihn hatte, riss sie sich mit einem Schrei von ihm los, stürzte an ihm vorbei und warf sich in die Fluten.

„Du bist das außergewöhnlichste Mädchen, das ich je kennengelernt habe!", rief er begeistert und stürmte hinterher.

„Nein", japste sie und spuckte Salzwasser aus. „Ich bin nur genauso verrückt wie du!"

Kelian zog sie an sich und küsste sie. „Ja, ich bin verrückt", sagte er ernst, während das Wasser aus seinen Haaren tropfte. „Verrückt nach dir."

Die Sonne wanderte viel zu schnell. Marla fühlte sich so lebendig wie nie zuvor. Sicher lag das auch an dem erfrischenden Bad im Meer, das sie mehr oder weniger freiwillig genommen hatte. Wie herrlich war es gewesen, als die Sonne ihre warmen Strahlen wie ein Handtuch über sie gelegt hatte. Nachdem alle köstlichen Sandwiches aufgegessen waren, legten sie sich auf den Sand und stellten einander Fragen. Kritische Themen mieden sie geschickt. Kelian wollte wissen, was sie nach dem Abitur plante. Studium, Ausbildung oder vielleicht sogar ein Jahr im Ausland?

„Zum Beispiel in der Bretagne", meinte er halb im Scherz, halb ernst. Sie musste ihm gestehen, dass sie noch keine Ahnung hatte, was sie machen würde. Sie wiederum fragte ihn vorsichtig danach, weshalb er keine Freundin hatte. Sie hatte gesehen, wie die Mädchen beim Tanzen mit ihm flirteten. Mangelndes Interesse konnte ganz bestimmt nicht der Grund sein.

Kelian überlegte. „Ich denke, es liegt an meiner Arbeit. In den Städten habe ich mich ganz auf meinen Beruf konzentriert, und jetzt stehe ich abends, wenn die jungen Leute weggehen, in der Küche unseres Restaurants. Außerdem bin ich seit einem Jahr erst wieder hier. Aber", er strich ihr eine Strähne aus dem Gesicht, „dafür ist eines Tages ein wunderschönes und geheimnisvolles Mädchen aufgetaucht. Nur für mich."

„Nur für dich", stimmte Marla murmelnd zu.

„Wir haben nicht mehr viel Zeit." Kelian ließ einen Finger über Marlas Rücken wandern. „Am liebsten würde ich dich gar nicht gehen lassen."

„Ich will auch gar nicht gehen."

Er setzte sich auf und warf Steine ins Wasser. „Willst du mit mir rausfahren? Das Wasser ist ruhig, und wir leeren zusammen die Reusen. Ich bringe dich rechtzeitig …"

„Nein", unterbrach ihn Marla bestimmt. „Ich habe heute etwas zu erledigen. Es ist sehr wichtig. Ich brauche dafür Zeit."

„Solange du wiederkommst, werde ich alles hinnehmen."

„Ich komme wieder. Gleich morgen. Ich verspreche es."

„Wir gehen also tanzen?"

„Natürlich!", rief sie ausgelassen. „Was denn sonst?"

Hand in Hand liefen sie am Meer entlang bis zur Bucht, wo die *Louise* faul in den Wellen dümpelte.

„Bis morgen, Kelian." Marla stellte sich auf die Zehenspitzen und küsste ihn.

„Au revoir, Marla. Ich kann es kaum erwarten, mit dir zum Fest zu gehen." Als er sie an sich zog, hob sie ihre Lippen an sein Ohr.

„Du wolltest wissen, ob sich das Waldmädchen in dich verliebt hat. Ja, das Waldmädchen hat sich in dich verliebt. *Ich* habe mich in dich verliebt." Damit löste sie sich von ihm und lief auf den Felsenberg zu, der unter sich das Labyrinth aus Steinen barg. Ein letztes Mal blieb sie stehen und sah zurück. Er stand noch immer so, wie sie ihn verlassen hatte. Für einen Moment trafen sich ihre Blicke und sie hoben gleichzeitig die Hand. Dann drehte er sich um.

Wie wunderschön war doch das Leben! Marla lief summend durch den Geheimgang und malte sich aus, wie es wäre, in der Bretagne zu leben. Sie fand die Idee, hier ein Auslandsjahr zu verbringen, ziemlich verlockend. Denn nirgendwo sonst wollte sie sein. Sie könnte sich in Brest etwas suchen und hin und wieder an dieses Ende der Küste fahren. An die Finistère, das Ende der Erde, wie dieser Teil der Bretagne genannt wurde. Ihre Sorge, die Welt auf dieser Seite könnte nicht real sein, war wie weggeblasen. Denn Elaine hatte sowohl hier als auch auf der anderen Seite des Tunnels Spuren ihres Lebens hinterlassen. Dass der Schlüssel und die Schatulle zusammengehörten, war der Beweis dafür. Marlas Herz wurde leicht, als ihr klar wurde, dass ihr Glück ganz und gar nicht so unerreichbar war, wie sie befürchtet hatte.

Guter Dinge kam sie ans Ende des Tunnels und öffnete ohne Probleme die Tür. Als sie im Keller stand, nahm sie Elaines Kette vom Hals und verglich den Anhänger mit den Mustern des Tunnelzugangs. Sie ähnelten sich tatsächlich. Arvid hatte sich eindeutig etwas dabei gedacht, als er diese verschlungenen Zeichen gewählt hatte, um den Eingang zum Tunnel zu verzieren.

Arvid. Jetzt gleich wollte sie zu ihm gehen. Rasch holte sie den Schlüssel aus der Tasche und steckte dafür Elaines Kette hinein. Denn dass Arvid sie erkennen würde, wenn er sie sah, stand zweifellos fest. Das durfte nicht geschehen. Noch nicht. Nachdem sie den Schlüssel in die Schublade zurückgelegt hatte, schob sie den Spiegel an seinen Platz. Lächelnd betrachtete sie ihr Spiegelbild. „Alles wird gut. Wieso habe ich jemals daran gezweifelt?"

Wieder summte sie eine kleine Melodie und stieg aus dem düsteren Keller ans Tageslicht. Auch hier schien die Sonne. Allerdings war es viel heißer als am Meer. Sie verschloss den

Keller und schob Geröll über die Klappe. Tief durchatmend richtete sie sich auf und warf das feuchte Haar hinter die Schultern. Das Gezwitscher unzähliger Vogelstimmen hallte durch den Wald. Der Friede, den sie plötzlich empfand, hatte etwas Erhabenes. Erfüllt von einem berauschenden Glücksgefühl streckte Marla die Arme zu den Seiten aus und drehte sich lachend einige Male um ihre eigene Achse. Sie holte Kelians Foto aus der Tasche, betrachtete es zärtlich und drückte für einen Moment die Lippen darauf.

In diesem Augenblick erscholl nicht weit von ihr ein lautes Knacken. Sie fuhr zusammen. Ihr Herz raste, und während sie das Foto einsteckte, sah sie sich um. Aber sie war alleine. Nichts rührte sich. Sie atmete auf. Die Sonne stand noch hoch, und bis zu Hennis Heimkehr dauerte es eine Weile. Arvid würde sich freuen. Heute hatte sie endlich wieder Zeit für ihn.

„Arvid, ich komme", sagte sie lächelnd und machte sich auf den Weg zu ihrem Fahrrad.

Eine nie gekannte Rastlosigkeit treibt mich um. Rastlosigkeit, hervorgerufen durch die Verzweiflung, die seit Tagen nicht mehr weichen will. Stunde um Stunde streife ich durch den Wald mit der Absicht, meine Gedanken zu zähmen. Stets auf der Hut, damit niemand mich sieht. Der Schmerz, der nach Nahrung und Bestätigung schreit, zwingt mich schließlich an diesen Ort. Seit damals habe ich ihn nicht wieder bei Tageslicht betreten. Ich sinke auf einen Mauerrest und überlasse mich der Melancholie, die erbarmungslos zerfrisst, was von meinem Wesenskern übrig ist. Geisterhaft höre ich Elaines Lachen an mir vorüberhuschen. Sanft und verhöhnend zugleich. Ich hasse dich und ich gönne dir den Schmerz, wispert sie in mein Ohr.

Ich aber kann nicht glauben, dass ich mich so geirrt habe. Nicht ein zweites Mal. Noch immer bin ich davon überzeugt, dass Marla und ich auf eine besondere Weise füreinander bestimmt sind. Und doch ist sie weder vorgestern gekommen noch gestern. Ich versuche, nicht die Möglichkeit zu erwägen, dass sie auch heute nicht kommt. Es fällt mir schwer. Was habe ich übersehen? Über nichts anderes zerbreche ich mir den Kopf. Pausenlos.

Ein Geräusch durchdringt die Dumpfheit meines Geistes. Verwundert sehe ich mich nach der Ursache um. Was ich sehe, trifft mich völlig unvorbereitet. Dort, wo die Treppe zum Keller hinabführt, erscheint ein brauner Haarschopf. Auf der Stelle erkenne ich Marla, die die schmalen Stufen heraufsteigt. Gerade noch rechtzeitig springe ich auf und verberge mich hinter den hohen Farnen, die in der Ruine wachsen. Zwischen den Pflanzen liegen verrostete Teile ehemaliger Rohre. Ich setze meine Füße sorgsam, um keinen Laut zu erzeugen und verschmelze, soweit sie es zulässt, mit meiner Umgebung.

Als Marla die Treppe verlassen hat, schließt sie die Klappe und deckt mit dem Fuß sorgfältig Erde und Geröll darüber. Ihre geübten Bewegungen irritieren mich, zeigen sie doch, dass sie es nicht zum ersten Mal tut. Ich versuche zu verstehen, was das bedeutet. Doch es gelingt mir nicht, einen vernünftigen Gedanken zustande zu bringen. Das Nachdenken verschiebe ich auf später. Im Augenblick bin ich einzig und allein in der Lage, sie anzustarren. Sie wirft ihr Haar hinter sich und hält ihr Gesicht der Sonne entgegen, als wolle sie nach der feuchten Kälte des Kellers Wärme und Licht tanken.

Ihre Gestalt fasziniert mich wie am ersten Tag. Mehr noch, denn sie ist schöner denn je. Wie kann man sich innerhalb von wenigen Tagen so verändern? Mit einem Male lacht sie, breitet die Arme aus und dreht sich im Kreis. Ihr Haar ist feucht, als käme sie aus dem Wasser, ihre Haut schimmert samten in einem goldenen Braun. Sie greift etwas aus ihrer Tasche und betrachtet es zärtlich. Nie zuvor habe ich einen Menschen so glücklich gesehen. Nein, das stimmt so nicht. Einmal in meiner Vergangenheit habe ich es erlebt. Doch das ist jetzt Nebensache. Marla führt das, was sie in der Hand hält, an ihren Mund und haucht einen zarten Kuss da-

rauf. Es ist der Ausdruck ihrer Augen, der mich aus der Bahn wirft und mich meine Vorsicht vergessen lässt. In ihnen brennt ein Licht, das ich vorher nie sah. Das Verlangen, zu sehen was sie in der Hand hält, wird übermächtig und ich recke meinen Hals, um einen Blick darauf zu werfen. Der verdammte Körper, an den ich gefesselt bin, verliert das Gleichgewicht. Als ich einen Schritt vortrete, um mich zu fangen, verrutscht unter meinem Fuß ein Stein. Marla erschrickt. Sie starrt umher, doch ihr Blick gleitet über den Farn hinweg, ohne dass sie ahnt, wen er verbirgt. Was sie in der Hand hält, steckt sie wieder ein. Ein leises Lächeln erscheint auf ihren Lippen. „Arvid, ich komme", höre ich sie sagen.

Sie ist längst verschwunden, da stehe ich noch immer reglos im Farn. Ich kann mein Glück kaum fassen. Es wird Zeit, dass ich mich auf den Weg mache.

Hoffentlich traf sie ihn an. Bisher war er immer bei der Eiche gewesen, wenn sie hingegangen war. Die Vorstellung, dass er den ganzen Tag an ein und demselben Ort verbrachte, tat ihr weh. Was war das für ein Leben? Entweder bei dem alten Baum oder aber auf dem schauerlichen Klagehügel. Wie konnte er das aushalten? Würde er bis in die Ewigkeit so ausharren müssen?

Marla schwitzte, als sie in die Pedalen trat. Wie schön war es doch bei Kelian, wo die Sonne warm schien, ohne dass es je drückend heiß wurde. Morgen würde sie sich besonders schön anziehen. Ihr Lieblingskleid wollte sie tragen, denn sie wusste, dass sie sehr hübsch darin aussah. Dazu den passenden Reif in ihrem offenen Haar. Hand in Hand würde sie mit ihrem Liebsten über das Fest-Deiz schlendern, die Auslagen vor den Ateliers bestaunen und vielleicht eines der frischgebackenen Brote ergattern. Und tanzen würden sie. Tanzen, tanzen, tanzen. Vielleicht würden sie sich an einen der rustikalen Tische setzen, einen Cidre trinken und einen süßen Crêpe genießen.

Vertieft in diese angenehmen Gedanken erreichte sie ihr Ziel schneller als erwartet. Das letzte Stück bis zur Lichtung musste sie ihr Fahrrad schieben. Als sie es über den Bachlauf gehoben hatte, trat sie kurz darauf auch schon aus dem Wald heraus.

Vielleicht hatte ein Teil von ihr gehofft, dass er nicht hier war. In dem Augenblick, als sie ihn lässig auf der Astgabel sitzen sah, atmete sie tief durch. Trotz der Beklommenheit, die sie nicht leugnen konnte, freute sie sich darüber, ihn zu sehen. Mit ihm zu sprechen. Würde sie heute Antworten auf ihre vielen Fragen bekommen? Und wie würde er reagieren, wenn sie ihm gestand, was sie getan hatte? Sie legte das Fahrrad ins Gras, nahm den Rucksack mit den Schwimmsachen von den Schultern und warf ihn daneben.

„Es tut mir leid, dass ich erst heute wieder hier bin", sagte sie, als sie die Eiche erreichte und Arvid vor ihr auf den Boden sprang.

„Schon gut. Ich habe dadurch Zeit für die Eichhörnchenkinder gehabt. Ich glaube, ihre Mutter war froh, dass sie ab und zu ein wenig Ruhe hatte."

Er schien aufgeräumt und ohne Vorwurf. Marla war erleichtert.

„Ich freue mich, dich zu sehen." Sie meinte es von ganzem Herzen. Es war ein gutes Gefühl, bei ihm zu sein. Wie schön, dass sie heute so viel Zeit hatte.

Er betrachtete sie mit schiefgelegtem Kopf. „Du siehst glücklich aus."

„Die letzten Tage waren schön. Rieke und ich waren am See. Daher sind meine Haare noch ein wenig nass", log sie und griff sich ins feuchte Haar. Insgeheim hoffte sie, dass es ihre letzte Lüge war. Ihr Blick glitt über seine Gestalt. Dass sie sein Gesicht vor ein paar Stunden zusammen mit Elaine auf dem Verlobungsfoto gesehen hatte, mutete sonderbar an. Er würde es ihr sicher erklären können.

„Jetzt bist du hier. Nur das zählt."

„Fliegst du mit mir?" Diese Worte hatte sie nicht geplant. Augenblicklich jedoch wurde ihr bewusst, dass sie genau das wollte. Dieses besondere Erlebnis wiederholen, das er ihr zu Beginn ihrer Freundschaft geschenkt hatte. „Bitte Arvid, nimm mich mit und zeige mir deine Welt."

„Nichts lieber als das."

Sie setzten sich unter die Krone des gewaltigen Baumes und lehnten sich an den Stamm. „Schließ die Augen und gib mir deine Hand", forderte er sie leise auf.

Kaum hatten sich ihre Hände berührt, hob er sie sanft vom Boden und trug sie mit sich fort. Es war anders als beim letzten Mal. Vielleicht rührte es daher, weil sie wusste, was sie erwartete und die Überraschung ihr nicht den Atem raubte. Zusammen mit Arvid strich sie durch die Bäume und ließ die Blätter erzittern. Zu Tausenden berührten sie die bloße Haut ihrer Arme und säuselten ihr Lied vom Sommerwind. Als sie sich über dem Wald befanden, beschleunigte der Windbruder das Tempo. Sie spielten Wattepusten mit den Wolken, bevor sie abermals schneller wurden und der Erde entgegen fegten. Marla wollte gerade aufschreien, als Arvid dicht über einem goldenen Weizenfeld die Richtung änderte und sie das Getreide zum Wogen brachten. Vor Erleichterung jauchzte sie laut auf. Es war wie Achterbahnfahren, nur viele Male schöner. Arvid rauschte mit ihr durch eines der Dörfer, um Häuserecken herum und wieder übers Feld. Auf dem Weg zurück wurden sie langsamer. Jetzt hatte sie das Gefühl, wie ein Raubvogel vom Wind getragen über die Welt zu gleiten. Unter ihr erschien ihr eigenes Dorf, ihr Haus und schließlich, tief im Wald verborgen, der Klagehügel. Für eine Weile kreisten sie über der Lichtung mit der mächtigen Eiche.

Marla spürte, dass der Rausch verebbte. Ihr Atem wurde ruhiger, und wie erwartet durchfuhr sie ein Ruck, als sie auf dem Boden ankam. Mit leichtem Bedauern schlug sie die Augen auf. Arvid hatte ihre Hand losgelassen.

„Das Dasein als Wind muss großartig sein", murmelte sie noch immer ein wenig benommen. „Den ganzen Tag über die Erde zu rauschen, mit den Wolken zu spielen und die Blätter tanzen zu lassen, das stelle ich mir grandios vor."

Er schwieg.

„Wirst du mir heute erzählen, weshalb du gezwungen bist, jede Nacht auf dem Klagehügel zu verbringen?"

Unbehaglich rutschte Arvid auf seinem Platz umher.

„Bitte, Arvid. Du hast mir versprochen, dass ich die *ganze* Geschichte erfahren werde. Komplett."

„Komplett", wiederholte er gepresst und wirkte alles andere als glücklich. Schließlich straffte er die Schultern. „Ja, ich habe es versprochen. Aber es fällt mir schwer." Er seufzte. „Erinnerst du dich an die Worte, die ich sagte, bevor ich die Geschichte zu erzählen begann? *Bitte verurteile mich nicht. Die schlimmsten Dinge geschehen bisweilen aus Liebe.*"

„Ich erinnere mich", hauchte Marla. Auf ihren Armen entstand eine Gänsehaut. Sie war sich auf einmal gar nicht mehr so sicher, ob sie das, was er zu erzählen hatte, wirklich hören wollte.

„Nun, gut." Arvid schloss die Augen. Obwohl sein Gesicht das eines jungen Mannes war, wirkte es alt und verhärmt. Seine Hände hatte er ineinander verschlungen, als suchte er Halt.

„Ich habe dir in einer Hinsicht nicht die Wahrheit erzählt, Marla. An dem Tag, als Johann starb, hat es nie ein Unwetter gegeben. Es war ausschließlich ein zorniger Sturm, dessen wutentbranntes Toben die Menschen aus dem Schlaf gerissen hatte."

Nach Johanns Beerdigung verging kein Tag, an dem Elaine nicht zum zerstörten Forsthaus lief. Viele Stunden verbrachte sie dort, als würde sie darauf warten, dass er wie durch ein Wunder zwischen den Trümmern des Hauses erschien. Manchmal war ihr Schmerz so groß, dass in ihrer Brust nicht genügend Raum dafür war. Dann schrie sie seinen Namen und flüchtete sich in lautes Wehklagen.

Ich war immer an ihrer Seite, strich um sie herum und trocknete mit zärtlicher Brise die Tränen auf ihren Wangen. Sie ließ es zu. Wir sprachen kaum ein Wort miteinander, aber das war in Ordnung. Ich hatte das Gefühl, dass es ihr mit der Zeit ein wenig besser ging.

Wenige Wochen darauf begann sich ihr Bauch zu wölben. Sie versuchte es zu verbergen und ich vermute, dass außer mir niemand wusste, dass sie schwanger war. Es wäre ein Skandal gewesen. Dass sie sein Kind unter dem Herzen trug, schien ihr ungeahnte Kräfte zu verleihen. Sie fing an, in dem zerstörten Haus nach Dingen zu suchen, die ihr etwas bedeuteten. Ich bat sie, mich ihr helfen zu lassen. Sie gestattete es mir, und gemeinsam verstauten wir die Sachen im Keller.

Eines Tages, wir saßen beieinander und ihre Nähe ließ mich beinahe den Verstand verlieren, machte ich einen verhängnisvollen Fehler.

„Du wirst ihn vergessen, Elaine. Und dann werden wir beide miteinander glücklich sein."

Sie sah mich an. In ihren Augen war nichts außer Entsetzen und Abscheu.

„Was sagst du da?", flüsterte sie und rückte von mir ab.

„Du und ich, wir sind füreinander geschaffen. Lassen wir ein wenig Zeit verstreichen, und du wirst mich so lieben wie ich dich liebe."

Tränen perlten über ihr Gesicht. „Wie kannst du so etwas behaupten, Arvid? Du bist ein Windbruder. Was weißt du schon von der Liebe? Niemals könnte ich dich so lieben wie ich ihn geliebt habe. Das habe ich dir bereits vor langer Zeit gesagt."

Plötzliches Erkennen flackerte in ihren schönen Augen. Sie sprang auf und starrte mich an.

„Nein!", stieß sie hervor, ihr Gesicht verzerrt vor Unglauben und Fassungslosigkeit. „Bitte nicht! Sag, dass das nicht wahr ist! Arvid! Bitte sag, dass du es nicht warst!" Die letzten Worte schrie sie heraus.

Ich wusste nicht, was ich darauf antworten sollte. Daher schwieg ich. In meinem Kopf hallten noch immer ihre Worte: Niemals könnte ich dich so lieben, wie ich ihn geliebt habe.

„Arvid!" Sie schrie meinen Namen mit solcher Verzweiflung, dass ich sie benommen ansah.

„Elaine", versuchte ich sie zu beruhigen. „Du und ich, wir sind etwas ganz Besonderes. Irgendwann wirst du es verstehen. Bitte vertrau mir. Der Schmerz wird weniger. Dann gibt es nur noch uns beide. Für immer du und ich."

Ihr Schrei hallte durch den Wald. Er war kaum verklungen, da schlug sie mir mit voller Wucht ins Gesicht.

„Du wagst es, von Vertrauen zu sprechen? Ich habe dir vertraut! Alles hätte ich für dich getan! Aber du kannst mich nicht zwingen, dich zu lieben! Liebe kann man nicht erzwingen. Niemals!"

Sie schwieg für einige Sekunden, als wollte sie sich sammeln und das Ungeheuerliche verarbeiten. Als sie wieder sprach, war ihre Stimme kalt und voller Verachtung.

„Du hast mir meinen Liebsten genommen. Dafür hasse ich dich bis in den Tod. Nie – niemals wieder will ich dich sehen!"

Mit diesen Worten verließ sie mich.

Im Nachhinein habe ich mich oft gefragt, warum sie nicht schon viel früher durchschaut hatte, dass ich dahintersteckte. Vermutlich hätte sie es nie für möglich gehalten, dass ich absichtlich ihr Leben zerstörte. Ich konnte ihren Zorn verstehen. Trotzdem gab ich die Hoffnung nicht auf, dass es sich für uns doch noch zum Guten wenden würde. Jeden Tag verbrachte ich Stunden an diesem unseligen Ort und wartete auf sie. Wie ich es schaffte, nebenbei meine Aufgaben zu erfüllen, ist mir bis heute ein Rätsel. Irgendwann würde Elaine kommen, davon war ich überzeugt. Immerhin war dies der Ort, der sie mit Johann verband. Sie erschien jedoch nicht wieder.

Die Menschen im Dorf begannen über sie zu reden. Zuerst flüsterten sie hinter vorgehaltener Hand. Elaine habe den Tod ihres Verlobten nicht verkraftet und würde wirr daherreden. Den Verstand würde sie verlieren, sagten sie. Ich wollte wissen, weshalb sie so von ihr sprachen und begann, mich heimlich in Elaines Nähe aufzuhalten. Sie sah furchtbar aus. Dünn, blass und vergrämt. Ihre Familie und viele ihrer Bekannten wollten ihr helfen. Ihnen allen erzählte sie, Jo-

*hann habe sterben müssen, weil er sie liebte. Der Wind habe
sie ganz allein für sich haben wollen und den jungen Wildhüter aus Eifersucht getötet.*

*In ihrer Heimat hätte man ihr womöglich geglaubt. Aber
nicht hier, wo man bodenständig war und sich nicht vorstellen konnte, dass zwischen Himmel und Erde Dinge existierten, für die es keine logische Erklärung gab. Die Menschen
sahen sie mitleidig an und warfen sich vielsagende Blicke zu.
Mich quälte ununterbrochen das Verlangen, ihr beizustehen
und sie zu trösten. Immerhin war ich Schuld an ihrem Unglück. Manchmal konnte ich diesem Bedürfnis nicht wider-
stehen und ich strich ihr sanft übers Gesicht oder über die
Arme. Sobald sie mich jedoch spürte, schlug sie nach mir
und schrie:*

„Lass mich in Ruhe, verdammter Wind!"

*Den Leuten, die das beobachteten, stand die Angst ins Ge-
sicht geschrieben. Es kam der Moment, da ihre Verwandten
nicht mehr weiterwussten und einen Arzt zurate zogen. Dieser empfahl ihnen dringend, Elaine in einem Sanatorium für
Geisteskranke behandeln zu lassen. Sie selbst wollte davon
nichts wissen. Sie sei nicht verrückt, beteuerte sie.*

*Wenige Tage später lief sie wild mit den Händen gestiku-
lierend durchs Dorf und rief auf Französisch: „Hau ab! Geh
zum Teufel, du Mörder!"*

*Ihre Familie beschloss daraufhin, den Rat des Arztes zu
befolgen. Gleich am nächsten Tag wollten sie Elaine in das
geschlossene Haus für geistig verwirrte Menschen bringen.*

*Ich streifte während der darauffolgenden Nacht ruhelos
durch den Wald und zermarterte mir den Kopf, wie ich ihr
helfen könnte. Alles hätte ich dafür getan, ihren Kummer zu
lindern. Der Tag war gerade angebrochen, als ich das zerstörte Forsthaus erreichte. Ich nahm zum ersten Mal seit unserem Streit meine menschliche Gestalt an und dachte an die
glücklichen Tage, die Elaine und ich hier erlebt hatten, bevor
der junge Wildhüter in ihr Leben getreten war.*

„Bleib stehen, wo du bist, Windbruder!"

Ihre Stimme war so klar, wie ich sie nie zuvor gehört hatte. Ich blieb stehen. Es schmerzte mich, dass sie mich nicht bei meinem Namen nannte. Ich blickte suchend über das verwüstete Gelände, konnte sie aber nicht entdecken. Wieder sprach sie, und es klang wie eine Beschwörung.

„Mit all der Kraft, die mir geblieben ist, wünsche ich dir, dass du für den Rest deines Daseins jene Verzweiflung spürst, die ich durch deine Schuld empfinde. Jeder Tag soll eine Qual für dich sein. Bis zu dem Moment, da du deine Schuld gesühnt hast!"

Ich sah sie erst, als sie sprang. Der Schrei, den sie dabei ausstieß, erschien mir fremd und vertraut zugleich und riss meinen Wesenskern entzwei. Als Wind wäre es mir gelungen, sie zu retten. Ich hätte sie und das Kind, das in ihr heranwuchs, auffangen können. Doch ich kam nicht vom Fleck. In mir war keine Spur von Wind. Ich stolperte, fiel auf die Knie und bewegte mich schwerfällig wie nie zuvor.

Fassungslos starrte ich auf die zierliche Gestalt, die an einem Balken des Dachstuhls baumelte. Das einzige Wesen, das ich jemals geliebt hatte, sah mich aus gebrochenen Augen an. Leblos. Seelenlos.

Es war mir nicht gelungen, es zu verhindern. Niemals zuvor habe ich mich so schrecklich gefühlt, wie in diesem Augenblick. Ich begriff nicht, wie das hatte geschehen können und sah an mir herab. Was ich entdeckte, ließ mich entsetzt aufschreien. Ich sah den Körper jenes Menschen, der mir alles genommen hatte. Ich steckte im Körper des Wildhüters.

Es war bereits dunkel, als ich in der Lage war, mich zu rühren. Ich wollte weg von diesem verfluchten Ort. Aber ich konnte nicht. Wohin ich mich auch wandte, sobald ich das Gelände des Forsthauses verlassen wollte, zog mich eine unsichtbare Kraft zurück zum Haus. Ich versuchte es wieder und wieder. Die ganze Nacht. In jenem Moment, als der erste Sonnenstrahl über den Horizont kroch, gelang mir endlich die Flucht. Ich lief und lief. Ich rannte. Ich war es nicht gewöhnt, weite Strecken zu Fuß zurückzulegen. Doch es war die einzige Möglichkeit zu entkommen. Fliegen konnte ich nicht mehr.

Als an jenem Abend die Sonne unterging, zwang mich diese unsichtbare Kraft zurück an den Ort, wo ich alles verloren hatte. Bis heute kann ich nichts dagegen tun. Jede Nacht muss ich dorthin gehen, wo sie vor meinen Augen gestorben ist. Und jede Nacht bringt der Schmerz der Erinnerung mich fast um. An jedem neuen Tag aber versuche ich die Verzweiflung und die Trauer zu vergessen, indem ich meine Baumgefährtin, die alte Eiche, besuche und erneut jene glücklichen Stunden durchlebe, die Elaine und ich verbracht haben, als es noch keinen Johann gab.

Ich kann nicht sagen, ob Elaine wusste, was sie mit ihren Worten bewirken würde. Dort, wo sie herkommt, glaubt man noch heute an solche Kräfte. Vielleicht war unter ihren Ahnen eine der Frauen, die man ihrer Fähigkeiten wegen als Hexe verbrannt hat. Ich werde es niemals erfahren. Tatsache ist, dass sie mich verflucht hat. Ich war nie wieder der, der ich einst gewesen bin. Manchmal, wenn ich erregt bin, spüre ich, dass Energie durch diesen Körper rauscht. Der Wind jedoch, der ich war, ist nur noch Erinnerung. Diese Erinnerung teile ich mit dir, wenn ich dich mit auf die Reise nehme. Arvid, der Windbruder, existiert nicht mehr.

Mein Bruder Gawain hat mein Revier übernommen. Er macht seine Aufgabe gut und lässt sich nicht von Emotionen leiten. Ganz so, wie es unser Gesetz vorschreibt. Ich aber hause seit damals in dieser verhassten Hülle und warte darauf, dass sich an meinem jämmerlichen Dasein etwas ändert. Viel Hoffnung hatte ich nicht. Bis zu dem Tag, als du an der Eiche erschienst und die Energie in deren Stamm wahrnahmst. Meine Energie. In diesem Augenblick wusste ich, dass mein Schicksal sich zum Guten wenden wird. Durch dich, Marla.

Es dauerte lange, bis Marla merkte, dass er nicht mehr sprach. In ihrem Kopf befand sich eine zähe Masse, die es ihr nahezu unmöglich machte zu denken.

Verurteile mich nicht. Die schlimmsten Dinge geschehen bisweilen aus Liebe. Und: *Von diesem Augenblick an wusste ich, dass mein Schicksal sich zum Guten wenden wird. Durch dich, Marla.* Das waren nur der Anfang und das Ende. Bedeutungsschwer. Jedoch nichts gegen das, was dazwischen lag.

Atme gleichmäßig, Marla, befahl sie sich. Ihre Augen hielt sie fest geschlossen. Noch wollte sie sich seinem Blick nicht stellen. Er würde innerhalb eines Wimpernschlages wissen, was sie empfand. Wie hatte sie so blind sein können? Wieso hatte sie ihm vertraut und an das Gute in ihm geglaubt? Er war ein Mörder! Ein Mörderwind, der drei Menschen auf dem Gewissen hatte. Denn Elaine war schwanger gewesen! Sie hatte sich die Schuld an Johanns Tod gegeben, der sterben musste, weil er sie geliebt hatte. Das war der wahre Grund, weswegen sie nicht mehr hatte leben wollen. Es war nicht die Angst vor dem Irrenhaus gewesen. Es war das Wissen darum, dass sie in diesem Haus nicht die Gelegenheit haben würde, das zu tun, was sie früher oder später sowieso tun würde. Nämlich in den Tod zu gehen, weil sie es nicht mehr aushielt.

Der Nebel in Marlas Kopf begann sich zu lichten. Gleichzeitig griff eine eiskalte Hand nach ihrer Brust. Sie wusste nicht, was schlimmer war. Nur eines wusste sie: Sie musste auf der Stelle weg von hier.

„Marla?"

Als sie seine Stimme hörte, zuckte sie zusammen. Widerwillig öffnete sie die Augen. Sein Blick lag flehend auf ihrem Gesicht.

„Du wolltest wissen, wer ich bin", flüsterte er. „Elaines und meine Geschichte sind ein und dieselbe. Ich habe nichts verschwiegen und nichts beschönigt. So, wie du wolltest."

„Du bist also Johann." Ihre Stimme klang fremd.

„Ich bin nicht er. Ich stecke in seinem Körper", korrigierte er tonlos.

„Du wirst verstehen, dass ich ziemlich verwirrt bin."

„Natürlich."

„Ich muss in Ruhe darüber nachdenken." Vorsichtig bewegte Marla ihre Beine. Sie hoffte, dass sie sie tragen würden.

„Du gehst?" Arvids Verzweiflung war nicht zu überhören. Marla erhob sich. Ihr Körper fühlte sich ebenso taub an wie ihr Kopf.

„Meine Schwester kommt aus dem Urlaub zurück, da will ich zu Hause sein."

„Aber du kommst wieder, nicht wahr?"

Sie nickte wie in Trance. Jetzt nur keinen Fehler machen. Ihn in Sicherheit wiegen. Das war wichtig.

„Natürlich komme ich wieder. Bis bald, Arvid."

Während sie sich mit steifen Schritten von ihm entfernte, zwang sie sich, nicht zurückzuschauen. War er sitzen geblieben? Folgte er ihr?

Am Fahrrad angekommen setzte sie den Rucksack auf, was ihr einige Schwierigkeiten bereitete. Endlich lag er auf ihren Schultern. Sie hob das Fahrrad vom Boden. Die zähe Masse, die noch kurz zuvor ihren Kopf ausgefüllt hatte, schien nun ihren Körper einzuhüllen. Sie bewegte sich, als wäre sie betäubt. Mühsam schob sie das Fahrrad in den Wald. Hauptsache, sie war außer Sichtweite.

Vor dem Wasserlauf blickte sie sich um und atmete erleichtert auf. Er war ihr nicht gefolgt. Marla blieb stehen und tastete nach dem Stein um ihren Hals. Vielleicht hatte er die Kraft, sie von all dem Schrecklichen abzulenken, das sie eben erfahren hatte. Tief in ihrem Herzen wusste sie bereits, was es für sie bedeutete. Doch darüber wollte sie jetzt nicht nachdenken. Sie griff in ihre Hosentasche. Sein geliebtes Gesicht sehen. Das war das Einzige, was sie jetzt wollte.

Sie tastete vergeblich. Das Foto war nicht da. Auch nicht in den anderen Taschen. Aber wo – es musste doch …

Sie warf das Fahrrad hin und suchte den Waldboden ab. Panisch rannte sie den Weg zurück, die Augen auf den Boden geheftet. Als sie abermals die Lichtung betrat, erkannte sie erleichtert, dass Arvid nicht mehr dort war. Weder saß er unter dem Baum, noch fand sie ihn auf der Astgabel.

Dort, wo ihr Fahrrad gelegen hatte, entdeckte sie Gott sei Dank im Gras liegend Kelians Bild. Ein Schluchzer entfuhr ihr, als sie es aufnahm und in den Wald rannte. Bevor sie ihr Fahrrad aufhob, presste sie ihre Lippen auf das Foto und steckte es ein. Sobald der Weg es zuließ, bestieg sie ihr Fahrrad. Ein dumpfes Grollen hatte sich in ihren Kopf geschlichen, das auch dann nicht verebbte, als sie ihr Zuhause erreichte.

Sie hatte keine Ahnung, wie lange sie schon in ihrem Zimmer auf dem Boden saß und auf Kelians Gesicht starrte. In ihrem Kopf hämmerte der Schmerz. Alles war verloren. Das Glück und die Hoffnung, die sie noch vor wenigen Stunden über dem Boden hatten schweben lassen, hatten sich in Luft aufgelöst. Nichts war geblieben. Vor ihr hatte sich ein schwarzes Loch aufgetan, das sie zu verschlingen drohte. Vielleicht sollte sie hineinspringen? Es war beunruhigend verlockend. Vorher aber musste sie noch etwas erledigen.

Niemals durfte Arvid von Kelian erfahren! Wie töricht war sie doch gewesen zu hoffen, er würde ihre Liebe zu dem jungen Bretonen akzeptieren. Allein sein Wissen darum wäre Kelians Todesurteil. Er würde sterben müssen, weil er sie liebte. So wie Johann hatte sterben müssen, weil er Elaine geliebt hatte. Die Geschichte wiederholte sich. Wenn Kelian ihretwegen etwas zustieß, würde sie diese Schuld bis ans Ende ihres Lebens ertragen müssen.

Durch das Fenster, das sie vorsorglich geschlossen hatte, drang ein leises Klirren an ihr Ohr. Das Spiel von Wind und Muscheln.

„Nein!", schrie sie aufgebracht. Das Allerletzte, was sie jetzt hören wollte, war Wind. Wer wusste schon, ob es nicht doch Arvid war. Er konnte ihr viel erzählen. Sie hatte ihm mal vertraut. Das war vorbei.

Sie sprang auf, rannte ins Badezimmer und kam mit einem Stoß voller Handtücher zurück. Mit fahrigen Händen stopfte sie sie um das Fenster. Sie musste verhindern, dass sich auch nur der leiseste Windstoß durch die Ritzen des alten Holzrahmens mogelte.

„Du – bleibst – draußen!", keuchte sie. Grob riss sie die Vorhänge zu und stellte sich vor den Spiegel. Es war heiß im Zimmer, der Schweiß stand ihr auf der Stirn. Hatte sie die Hühner versorgt? Sie konnte es nicht sagen. Schwerfällig lief sie die Treppen hinunter, schob die Terrassentür auf und rannte zum Hühnerstall. Die Hennen pickten gackernd die Reste ihres Abendessens vom Boden. Gut, dachte Marla, demnach hatte sie sie gefüttert. Was machte es schon, wenn sie sich nicht daran erinnerte? Wieder hörte sie die Muscheln aneinanderschlagen. Gleichzeitig fuhr ihr der Wind durchs Haar und kühlte ihr verschwitztes Gesicht.

„Lass mich", zischte sie zwischen zusammengebissenen Zähnen und floh ins Haus. Auf dem Wohnzimmertisch entdeckte sie ihr Handy, das sie bereits gesucht hatte, und las auf dem Weg nach oben die Nachricht von Henni. *Unser Flug wird verschoben, weiß nicht genau, wann ich komme. Freu mich total auf dich, Henni.*

Zurück in ihrem Zimmer setzte sie sich aufs Bett. Kelians Foto in den Händen wiegte sie sich vor und zurück. Vor wenigen Stunden erst hatte sie ihm ihr Herz gereicht. Morgen würde sie mit ihm Schluss machen. Was sollte sie zu ihm sagen? Dass sie sich geirrt hatte? Dass sein Waldmädchen nichts für ihn empfand und nur ein wenig Spaß hatte haben wollen? Marlas Brust zog sich schmerzhaft zusammen, und sie schlang die Arme um sich. Zu ihren Kopfschmerzen gesellte sich Übelkeit. Wenigstens würden sie beide überleben. Das sollte ihr Trost genug sein.

Ihr Blick fiel auf den Schrank. Wie in Zeitlupe stand sie auf und öffnete ihn. Sie nahm Elaines Kleid heraus, strich zärtlich über die feinen Stickereien und drückte ihr Gesicht darauf.

„Arme, arme Elaine", flüsterte sie. „Welche Qualen hast du erleiden müssen. Es tut mir so leid. Nur durch dich ist es mir möglich, das Schlimmste zu verhindern. Auch ich werde meinen Liebsten verlieren. Aber Kelian und ich werden leben. Gleich morgen bringe ich dein Kleid wieder dorthin, wo du es für die Ewigkeit hingelegt hast. Ich verspreche es."

Sie schlüpfte aus Top und Shorts, nahm Elaines Halskette heraus und legte sie um. Behutsam entfaltete sie das Kleid und zog es an. Der Stoff fiel raschelnd bis zu ihren Knöcheln hinunter und schmiegte sich kühl und tröstend an ihre Haut. In kleinen Schritten ging sie ins Badezimmer. Kurz darauf hatte sie ihr Haar zu einem Knoten aufgesteckt. Beim Anblick des Gesichts, das ihr mit großen, traurigen Augen aus dem Spiegel entgegenblickte, stellten sich die Härchen auf ihren Armen. Es war, als stünde jene Elaine vom Verlobungsfoto vor ihr. In einer Hinsicht allerdings unterschieden sie sich deutlich. Auf dem Foto hatten Elaines Augen vor Glück geleuchtet. Marlas hingegen waren trüb vor Verzweiflung. Sie berührte den Anhänger, der einst auf der Brust der jungen Französin gelegen hatte.

„Ich hoffe, du hast nichts dagegen, dass ich ihn trage." Sie versuchte ein Lächeln, was ihr gründlich misslang.

„Ach, Elaine", schluchzte sie verloren, verließ das Badezimmer und legte sich auf ihr Bett.

Licht wurde angeknipst.

„Hier steckst du also!"

Marla fuhr aus dem Schlaf. Vor ihr stand Henni.

„Du hast mich nicht gehört. Ich dachte erst, du bist nicht da, aber …" Sie brach ab und starrte Marla an, die sich verwirrt aufgesetzt hatte.

„Wie siehst du denn aus? Und was ist das für ein Kleid?"

„Henni." Marlas Stimme klang dünn und kraftlos. „Wie bist du reingekommen?"

„Ich habe den Notschlüssel geholt." Henni sah sich um und rümpfte die Nase. Mit einem Schritt war sie am Fenster und zog die Vorhänge zurück.

„Zuerst lassen wir mal Luft rein", verkündete sie fröhlich. „Hier kann man ja kaum atmen." Als sie Anstalten machte, das Fenster zu öffnen, rief Marla:

„Nein, bitte nicht! Lass es zu!"

„Warum?" Skeptisch beäugte die Jüngere die Handtücher. „Ich will nicht, dass Wind hereinkommt."

„Aber er würde dir guttun. Du bist ganz verschwitzt."

„Er würde mir nicht guttun", entgegnete Marla erstickt und hielt sich den Kopf.

„Okay, wie du meinst." Henni zog die Vorhänge wieder zu. Ihr Blick lag prüfend auf ihrer Schwester. „Was ist los mit dir? Ist etwas passiert?"

Als Marla nicht antwortete, setzte sie sich zu ihr aufs Bett und nahm den hauchzarten Stoff des Oberkleides zwischen die Finger.

„Du siehst darin wunderschön aus, Marla. Mit dem Kleid und dieser Frisur scheint es fast, als wärst du aus einer anderen Zeit gefallen." Ihre Augen blieben am Ausschnitt des Kleides haften.

„Die beiden Anhänger habe ich noch nie gesehen. Woher hast du sie?"

Ein gequältes Stöhnen entfuhr Marla, und sie begann haltlos zu weinen. Henni sah sie bestürzt an, legte ihre Arme um sie und zog sie an sich.

„Schsch, Marla. Du brauchst mir nichts zu erklären. Ist ja gut." Liebevoll wiegte sie ihre Schwester in den Armen und summte dabei eine einfache Melodie. Genauso hatte es ihre Mutter früher gemacht, wenn sie eines ihrer Mädchen hatte trösten wollen.

Nachdem einige Minuten verstrichen waren und das Beben von Marlas Körper nachgelassen hatte, fragte Henni leise:

„Wo ist Rieke?"

„Sie ist für ein paar Tage mit Waldemar weggefahren. Geschäftlich." Marla atmete tief durch und holte ein Taschentuch aus ihrer Nachttischschublade. Als sie sich geschnäuzt hatte, drehte sie Henni den Rücken zu. „Bitte schließe die Knöpfe", bat sie mit rauer Stimme. „Ich möchte das Kleid ein einziges Mal richtig angezogen haben, bevor ich es fortbringe."

„Fortbringen? Wohin denn?", wollte Henni wissen und begann damit, die lange Leiste winziger Stoffknöpfe zu schließen.

„Das kann ich dir nicht sagen."

„Wirst du mir überhaupt etwas erzählen?" Henni klang so sanft wie selten. „Vielleicht könnte ich dir helfen."

Marla schüttelte den Kopf. „Niemand kann mir helfen."

„Nun gut. Aber du sollst wissen, dass du immer zu mir kommen kannst."

„Ich danke dir, Henni. Du bist sehr lieb. Im Vergleich zu dir bin ich eine schlechte Schwester. Wie war denn dein Urlaub? Griechenland ist sicher wunderschön."

„Wie mein Urlaub war, tut jetzt nichts zur Sache", entgegnete Henni energisch. „Darüber werden wir ein andermal reden. So, das war der letzte Knopf. Lass dich ansehen." Sie stand auf, zog Marla vom Bett und ging einmal um sie herum.

Marla trat vor den Spiegel und schlang die glänzende Schärpe um ihre Mitte.

„Das Kleid ist wie für dich gemacht. Ungelogen", stellte Henni staunend fest und fasste damit Marlas Gedanken in Worte. Ja, es schien tatsächlich wie für sie geschneidert. Natürlich wusste sie, dass es nicht so war.

„Es steht dir unglaublich gut", schwärmte Henni weiter. „Das cremefarbene Unterkleid auf deiner braungebrannten Haut, dazu dieser zarte hellgrüne Stoff. Ich kann nur sagen: Wow! Man könnte dich glatt auf einen Ball schicken."

Marla küsste Henni auf die Wange. Romantische Gedanken hätte sie bei ihr nie vermutet.

„Das meine ich wirklich! Du könntest dir jeden Prinzen angeln, Cinderella!"

Marla schluckte. „Bitte knöpf es wieder auf."

„Willst du es wirklich wieder hergeben?"

„Ich muss, Henni."

„Sehr schade." Henni begann mit der mühsamen Arbeit. „Vielleicht wirst du es mir ja erzählen, wenn ein wenig Zeit vergangen ist."

„Ja", sagte Marla nach einigen Atemzügen. „Vielleicht werde ich dir irgendwann eine ganz außergewöhnliche Geschichte erzählen. Und vermutlich wirst du sie mir nicht glauben."

Als sie das Kleid ausgezogen und zusammengelegt hatte, öffnete Henni die Tür.

„Wir sehen uns morgen Marla. Allerdings erst am späten Vormittag, denn ich werde richtig lange ausschlafen. Gute Nacht."

„Gute Nacht, Henni." Marla trat zu ihr und schloss sie in die Arme. „Danke."

Bevor Henni zur Tür hinausschlüpfte, drehte sie sich noch einmal um.

„Weißt du, Marla, das Leben ist manchmal echt Scheiße. Aber irgendwann ist es auch wieder wunderschön."

Kapitel 15

Sie hatte die ganze Nacht wachgelegen. Wie hätte sie auch schlafen können? Tränen hatte sie irgendwann keine mehr gehabt. Kelians Bild lag unter ihrem Kissen. Immerzu musste sie daran denken, wie schön der Sonntag hätte werden sollen. Nun würde er nach dem gestrigen Tag, der so furchtbar geendet hatte, ein weiterer schrecklicher Tag werden.

Als die Morgendämmerung hereinbrach, hatte sie sich damit abgefunden, dass es keine andere Wahl für sie gab. Kelians Leben zu gefährden kam nicht in Frage. Sie würden ohne einander leben müssen. Oh, wie würde sie ihn vermissen. Schon jetzt sehnte sich jede Faser ihres Körpers nach seiner Nähe. Sie mochte sich gar nicht den Ausdruck seiner Augen vorstellen, wenn sie ihm sagte, was sie sagen musste. Bevor der Kummer sie zu überwältigen drohte, stand sie auf und ging unter die Dusche.

Sie brauchte nicht lange, bis sie angezogen war und Elaines Kleid in den Rucksack gesteckt hatte. Bevor sie das Zimmer verließ, zögerte sie und blickte an sich hinab. Sie hatte heute ihr Lieblingskleid anziehen wollen. Das Rote, das sich beim Tanzen so herrlich an ihre Beine schmiegte. Ganz besonders hübsch hatte sie sich machen wollen. Für Kelian. Marla schluckte. Entschlossen schlüpfte sie aus Shorts und Top, nahm das Kleid aus dem Schrank und zog es an. Sie würde es heute tragen. Nur für ihn. Damit er sie so in Erinnerung behielt.

Essen konnte sie nichts. Allein der Gedanke daran drehte ihr den Magen um. Als sie die Tür hinter sich zuzog, war es noch keine sechs Uhr. Henni lag noch im tiefen Schlaf. Wenn sie in ein paar Stunden aufwachte, war Marla vielleicht schon wieder zurück.

Der Wald wirkte düster und bedrohlich. Am liebsten hätte sie gar nicht genau hingesehen, was sich rechts und links von ihr im Unterholz befand, während sie zum Klagehügel fuhr. Doch sie musste sich vergewissern, dass Arvid sie nicht heimlich beobachtete oder ihr gar folgte. *Lass es nicht im letzten Moment noch schiefgehen*, flehte sie. Wieso aber sollte er ausgerechnet heute hier sein? Sicher saß er bereits bei der alten Eiche und bemitleidete sich selbst. Er, der drei Menschenleben auf dem Gewissen hatte. Wut stieg ihr in den Bauch.

Sie wollte Arvid niemals wiedersehen. Trotzdem hatte sie das dringende Bedürfnis, ihm zu sagen, was sie von ihm hielt. Ihn zu fragen, was er sich dabei dachte, Menschen ins Unglück zu stürzen und sogar zu töten. Was gab ihm das Recht, so zu handeln?

Würde die Willkür der Windbrüder irgendwann die Erde zerstören? Waren alle Naturgeister so? Hatten sie irgendwann die Nase voll von den Menschen und sorgten dafür, dass sie von der Erde verschwanden? Alles war denkbar, jetzt, da Marla wusste, dass es sie gab und zu was sie fähig waren.

Gestern Morgen noch war sie davon überzeugt gewesen, dass ihr Leben gerade erst richtig begann. Wie hatte sie sich so irren können? Und welches Glück hatte sie bei alldem noch gehabt, da sie die Katastrophe, auf die sie sich zubewegten, rechtzeitig erkannt hatte! Nicht wie Elaine, die die Tragödie nicht hatte kommen sehen. Marla wischte sich die Tränen aus dem Gesicht.

Unterhalb des Hügels warf sie ihr Fahrrad ins Laub und lief den Pfad hinauf. Die tiefstehende Sonne schien durch die Bäume und ließ die Feuchtigkeit, die über den Waldboden kroch, geheimnisvoll aufleuchten. Farne präsentierten sich in ihrem satten Grün, und die Kronen der Bäume bildeten ein geschlossenes Dach über ihr. Wie konnte es an einem Tag wie heute nur so schön sein?

Sie öffnete den Kellerabgang und stieg in den dunklen Raum hinunter. Einige Sekunden lang blieb sie stehen und sah sich um. Sobald sie zurück war, würde sie den Klagehügel und diesen Keller nie wieder betreten. Das schwor sie sich. Die Nähe zum Tunnel, der sie zu Kelian gebracht hatte und den damit verbundenen Schmerz würde sie nicht aushalten. Wehmut erfüllte sie, als sie beim Schein einer Kerze die Truhe öffnete und die Dinge in die Hand nahm, die Elaine in ihrer verzweifelten Trauer hier verstaut hatte.

Da war das wollene Tuch, das zart nach Lavendel duftete und ihr die Schultern gewärmt hatte. Oder die feingearbeiteten Lederhandschuhe, die ihr zeigten, dass Elaines Hände ein wenig kleiner gewesen waren als die ihren. Marla roch an dem weichen Leder. Als sie das Nachthemd aus der Truhe hob, sah sie die junge Französin vor sich, das Hemd über ihrem gewölbten Bauch. Zärtlich strich sie über den hellen Stoff. Schließlich nahm sie das Kleid aus dem Rucksack. Ein letztes Mal drückte sie es an ihr Gesicht, das nass von Tränen war. *Auf Wiedersehen, Elaine. Ich hätte dich so gerne gekannt und werde dich nie vergessen.*

Nach und nach legte sie alles in der Reihenfolge in die Truhe, wie sie es vorgefunden hatte. Zum Schluss kam das Gewehr obenauf. Ein leiser Schauer durchfuhr sie, als sie sich eingestand, dass sie – im Gegensatz zu Elaine – das Gewehr vorgezogen hätte. Sie strich mit der Hand über das glattpolierte Holz der Waffe. Ob sie geladen war? Würde sie nach so vielen Jahren noch funktionieren? Als ihr bewusst wurde, was sie gerade tat, schloss sie eilig den Deckel und stellte den Kerzenleuchter darauf.

Sie straffte die Schultern. Obwohl sie nicht wollte, musste sie jetzt gehen. Es noch länger hinauszuzögern würde es ihr nicht leichter machen.

„Es tut mir so leid, Kelian. Es tut mir so schrecklich leid", sagte sie mit erstickter Stimme. Ihre Hände bebten, als sie den Spiegel zur Seite schob. Vielleicht würde sich der Eingang ja gar nicht erst öffnen, da ihr die Kraft fehlte, sich zu konzentrieren.

Doch die magische Tür glitt auf, als hätte sie nie etwas anderes getan, als Marlas Händen zu gehorchen. Während sie durch den Tunnel lief, kam ihr flüchtig der Gedanke, dass sie einfach bei Kelian bleiben könnte. Weit weg von Arvid und der Tragödie des Klagehügels. Für einen winzigen Augenblick war da plötzlich Hoffnung, die sich im nächsten Moment zerschlug. Er würde sie finden. Sie wusste es. Er würde sie und Kelian überall finden.

Als sie das Grollen des Meeres vernahm, spitzte sie die Ohren. Konnte sie bereits Musik hören? Sie lächelte wehmütig, als sie an das Fest dachte. Es war dort so schön gewesen. Wie sehr hatte sie sich darauf gefreut, mit Kelian durch das alte Fischerdorf zu spazieren. Hand in Hand. Kuss für Kuss. Vielleicht sogar ein wenig mehr, wenn sie endlich alleine waren. Wie oft hatte sie sich vorgestellt, die glatte Haut seines Rückens zu streicheln. Wie gerne hätte sie ihre Hand auf die weiche Stelle in seinem Nacken gelegt, dort, wo sich die Locken kräuselten.

All das würde niemals geschehen. Denn sie würde ihm jetzt sagen, dass er ihr nichts bedeutete. Dass er ein unterhaltsamer Urlaubsflirt für sie gewesen war, ihre Ferien aber vorbei waren und sie jetzt abreisen würde. Sie würde sich dabei fast die Zunge abbeißen, damit sie nicht laut herausschrie, was sie wirklich empfand: *Ich gehöre dir! Ich will immer bei dir sein, denn ich liebe dich!*

Ihr eigenes Wimmern brachte sie in die Wirklichkeit zurück. Kurz darauf betrat sie das Steinlabyrinth und blieb lauschend stehen. Nicht die leiseste Musik war zu hören. Eben wollte sie überlegen, wie das sein konnte, als ihr einfiel, dass es dafür ja noch viel zu früh war. Es mochte zwischen acht und neun Uhr sein. Die Musiker waren allenfalls beim Aufbau ihrer Instrumente. Kelian selbst würde helfen, wo er konnte, so hatte er erzählt. An jenen Sonntagen im Sommer, wenn das Fest-Deiz gefeiert wurde, übernahm Luc das morgendliche Fischen. So konnte sein Sohn – von den Pflichten des Gasthauses befreit – den Tag gemeinsam mit den jungen Menschen verbringen. Erst am frühen Abend, wenn das Fest lange vorüber war, würde Kelian nach den Reusen sehen.

Das Gewölbe unter dem Felsenmassiv war leer, was um diese Uhrzeit nicht verwunderlich war. Marla trat ans Tageslicht und rechnete mit dem böigen Küstenwind. Doch es war windstill. Es war …

Sie blieb stehen. In der Luft lag eine Stille, die so unnatürlich war, dass sie auf der Stelle wusste, dass etwas nicht stimmte. Das Meer glich einem Spiegel. Nie zuvor hatte sie es so glatt gesehen. Nicht die kleinste Welle zeigte sich. Doch nicht nur das Meer hüllte sich in Schweigen. Kein einziger Vogel war zu vernehmen. Dabei ließen sich sonst die Möwen zuhauf kreischend durch die Lüfte tragen. Aber der Himmel war wie leergefegt.

Dort, wo das Wasser auf den Strand traf, standen Menschen beisammen. Schweigend. Verwirrt blickte Marla aufs Meer hinaus. Sie wusste nicht, was all das zu bedeuten hatte. Zögernd trat sie an den Rand der Düne, sodass sie über den Strand sehen konnte. Und erstarrte.

Die kleine Bucht mit den Booten war verwüstet. Über den breiten Sandstrand verteilt lagen Unmengen von Muscheln, Steinen und Meerespflanzen, dazwischen die Trümmer der Fischerboote. Endlich begriff sie.

Sie schrie.

***

Ich ahnte, dass die Geschichte sie erschüttern würde. Aus diesem Grund habe ich ihr das wirkliche Ende erst jetzt erzählt.

Ich muss darüber nachdenken, sagt sie, ihre Augen groß und dunkel. Verhangen vor Angst. Ihre Verunsicherung verletzt mich. Niemals würde ich ihr etwas tun. Ich versuche zu verstehen, was in ihr vorgeht. Was damals geschah war tragisch. Elaines und meine Liebe stand unter keinem guten Stern. Das zwischen Marla und mir jedoch ist anders. Sie muss es spüren. Lass ihr Zeit, denke ich und bleibe sitzen, als sie geht. Eine leise Brise vibriert beruhigend durch den Körper, der mich umhüllt. Alles wird gut.

Sie bewegt sich merkwürdig ungelenk, als sie zu ihrem Fahrrad geht. Aus der Tasche ihrer kurzen Hose schaut etwas Helles hervor. Während sie sich nach dem Rucksack bückt, fällt es heraus. Marla, will ich rufen, du hast etwas verloren! Quälende Neugier jedoch lässt mich schweigen. Ich muss wissen, was dieses Licht in ihre Augen gezaubert hat. Klammere mich an die Hoffnung, dass ich der Grund dafür bin.

Kaum hat sie die Lichtung verlassen, laufe ich. Mit der Fußspitze drehe ich herum, was verdeckt vor mir auf dem Boden liegt. Ich erkenne ihn sofort.

In mir zerbricht etwas. Nicht noch einmal, wimmert eine Stimme in mir. Ich beschwöre mich, nicht darüber nachzudenken. Beginne zu laufen. Ablenkung, versichere ich mir, wird das Schlimmste verhindern. Ich renne, was dieser Körper hergibt. Ich bin schnell. 100 Jahre Übung haben einen Meister aus mir gemacht. Ich laufe und laufe, verdränge die Bilder aus meinem Kopf und gebe die Hoffnung nicht auf, dass mir das Wunder gelingt.

Die Bindung zu Elaine, so habe ich mir noch vorhin eingeredet, ist der Grund dafür gewesen, dass Marla den Kellerraum besuchte. Jetzt weiß ich es besser.

Wie ist es ihr gelungen, den Gang zu öffnen? Die Antwort liegt auf der Hand. Wie auch Elaine muss sie verborgene Kräfte in sich tragen. Es ist die Ironie des Schicksals, die erneut einen Johann schickt, der mir ein zweites Mal meine Liebe stehlen wird.

Plötzlich finde ich mich in der Ruine wieder. Wieso ausgerechnet hier? Ich will hier nicht sein. Dieser Ort zerstört mich und reißt mich in Fetzen. Was auch immer mich hergetrieben hat, ich erinnere mich an kein Stück des Weges. Ich sehe nur Marla vor mir. Und ihn.

Allmählich schwindet mir das Augenlicht, der Druck in meinem Kopf ist nicht mehr kontrollierbar. Ich kann es nicht beherrschen. Es breitet sich aus, bläht sich auf und braucht Raum. In mir tobt ein Orkan. Wild, aufbrausend, zerstörend. Ich reiße mich zusammen, presse mich auf den Boden, der voller Steine liegt, spüre Teile alter Wasserrohre unter mir. Um nicht auf der Stelle zu explodieren, versuche ich, mich ein weiteres Mal abzulenken. Ich stelle mir die Waschküche vor, die einstmals an dieser Stelle war. Hier wurden die erlegten Tiere ausgenommen und gereinigt. Ein Ort, der blutiger nicht sein könnte.

Meine Augen sind jetzt blind, ich kann nicht mehr sehen. Ich spüre, dass mir die Sinne schwinden. Vermag es nicht zu verhindern. Wenn es passiert, kann ich für nichts garantieren. Ich springe auf und schlage meinen Kopf in ungehemmter Wut gegen ein Stück Mauer. Bis ich völlig außer Atem bin. Es reicht nicht. Der Zorn in mir ist lange nicht besänftigt.

Ich hätte es wissen müssen. Aber ich war mir ihrer so sicher gewesen.

Der Körper, der mich gefangen hält, wird zu eng für das, was sich in mir anbahnt. Ich will es nicht. Habe Angst davor. Blind stolpere ich zum Kelleraufgang, reiße die Klappe auf und stürme die Treppe hinunter. Öffne mit zitternden Händen die Tür zum Tunnel. Dass der Spiegel nicht mehr an der Wand hängt, stelle ich nur nebenbei fest.

Es dauert keinen Atemzug, und ich bin dort. Unter mir das Meer, das sich in sanfter Gelassenheit wiegt. Ich brauche nur Sekunden, um diesem Zustand ein Ende zu bereiten. Schreiend peitsche ich auf die Wellen ein, die sich dagegen zu wehren versuchen. Erfolglos jedoch, denn sie brettern mit voller Wucht an den Strand, wo sie mit ohrenbetäubendem Krach an den riesigen Felsen zerbersten. Ich nähre meinen Zorn, indem ich sie wieder und wieder an Land schleudere. Einige Menschen, die eben noch den idyllischen Strand genossen haben, packen in rasender Eile ihre Sachen zusammen und ergreifen die Flucht.

„Beruhige dich, Arvid! Das ist mein Bereich, du hast hier nichts zu suchen", flüstert mir jemand ins Ohr. Ich erkenne Torin.

„Lass mich!", zische ich und fege an ihm vorbei. Er versucht es nicht noch einmal. Wehrt sich nicht dagegen. Sie *alle wissen, was ich getan habe. Seitdem fürchten sie mich. Meinen rasenden Zorn. Meine gewaltigen Kräfte. Der Einzige, den ich wirklich respektiere, ist weit fort.*

Wieder werfe ich mich auf die See, drücke das schäumende Wasser zu Bergen hoch und spüre Genugtuung, wenn sie sich überschlagen und unter sich begraben, was sich dort befindet. Die Geschwindigkeit, mit der ich über die tosende Hölle rase, ist berauschend. Ich schreie, weine und lache zugleich. Ich zerreiße mich in Stücke und setze mich wieder zusammen. Schäumend, stürmend, brechend. Zerstörend.

Meterhoch spritzt die Gischt an den gewaltigen Steinen empor und fällt funkelnd in ihr kühles Bett zurück. Ich habe schon vieles gesehen. Das wechselhafte Bild meines eigenen Spiels jedoch fasziniert mich auf einzigartige und erregende Weise. Außer mir und der Bewegung des Wassers scheint nichts mehr zu existieren. Über mir jagen Wolken in Fetzen gerissen miteinander um die Wette. Ein paar wagemutige Möwen, die den Naturgewalten trotzen, lassen sich kreischend von den Böen tragen und stürzen wie lebensmüde Geschöpfe zu den wogenden Fluten hinunter. Erst im letzten Augenblick und unter Aufbietung all ihrer Kräfte fangen sie sich ab und werden erneut in den Himmel geschleudert. Alle anderen Vögel haben verängstigt Schutz in verborgenen Höhlen gesucht.

Tief unter mir, mitten im Inferno, schlingert hilflos ein winziges Fischerboot. Ich zwinge es dazu, auf den Wellenbergen zu tanzen und wieder und wieder ins Tal zu stürzen. Ein Mann mit dunkelblonden Haaren klammert sich mit aller Kraft fest. Sein Gesicht ist blass, das Haar klebt ihm nass im Gesicht. Er weiß, was geschehen wird. Seine Augen erzählen es mir. Obwohl er diesen Kampf verlieren muss, zeigt mir seine Miene, dass er sich wehren wird. Bis zum Ende. Das ich ihm bereiten werde.

Er erstarrt. Vor ihm ein Felsen, der aus der Hölle ragt. Ein Bersten. Holz splittert.

***

So schnell ihre Beine sie trugen, rannte sie zum Strand hinunter. Eine entsetzliche Vorahnung schnürte ihr den Hals zu. Sie konnte kaum atmen.

„Was ist passiert?", schrie sie, als sie die erste Gruppe von Männern erreichte. Sie warfen ihr verständnislose Blicke zu und zuckten die Schultern. Verzweifelt suchte sie nach französischen Worten, doch kein einziges fiel ihr ein.

„Was ist passiert?", wiederholte Marla langsamer und deutete auf den Strand, der voller Dinge lag, die gestern noch nicht dort gewesen waren. Mühsam versuchte sie, die aufkommende Panik zu unterdrücken. Einer der Männer schien verstanden zu haben.

„Une tempête", sagte er und bestätigte damit ihre schlimmsten Befürchtungen. Ein Sturm. *Lieber Gott, lass es nicht wahr sein.*

„Merci", stieß sie hervor und wollte gehen, als einer der Männer aufs Meer zeigte. Sie folgte seiner Hand. Weit draußen schwammen Boote.

„Ils cherchent un jeune homme", sprach einer von ihnen aus, was sie schon längst wusste. Wie betäubt wandte sie sich ab. Schwindel erfasste sie. Nach einem jungen Mann suchten sie. Natürlich. Was auch sonst? Sie hatte es nicht verhindern können. Sie war zu spät gekommen.

Das Fünkchen Hoffnung, an das sie sich klammerte, trieb sie zur Bucht mit den zerstörten Booten. So sehr sie sich jedoch anstrengte, sie fand die *Louise* nicht. Sie begann zu laufen. Auf dem Parkplatz lag, vom Sturm umgeweht, Kelians Moped. Ohne Halt zu machen lief sie weiter und blieb erst stehen, als sie den Abzweig zum *Chez Louise* erreichte. Ihr war übel und sie hielt sich die schmerzenden Seiten. Nur wenige Meter noch, und sie stand vor Kelians Zuhause. Auch hier war es gespenstig still.

Sie hastete die Stufen zur Gaststube hinauf und drückte gegen die Tür. Sie gab nach, und Marla trat ein. An einem der Tische saß Justine. Sie schien erstarrt und blickte kaum auf. Estelle stand an einem der Fenster. In der Hand hielt sie einen Becher. Ihr Blick verlor sich irgendwo in der Ferne.

Marla wollte den Gastraum leise wieder verlassen. Was hatte sie sich nur dabei gedacht? Einfach hier aufzutauchen, mitten ins Unglück der Familie. Sie hatte kein Recht dazu.

„Marla." Estelle stellte den Becher ab. Ihr Gesicht war grau.

Marla begann zu weinen. „Estelle, es tut mir so leid."

Kelians Mutter trat zu ihr und sie legten die Arme umeinander.

„Wir lieben und wir hassen das Meer", sagte Estelle mit spröder Stimme. „Wir lieben es, weil es uns alles gibt, was wir zum Leben brauchen. Und wir hassen es, weil wir nie wissen, wann es sich holt, was wir am meisten lieben." Sie ließ Marla los und ging zur Küche. Ihre Bewegungen waren die einer alten Frau. Mehr noch. Gebrochen.

„Tee oder Kaffee?"

„Tee, bitte." Marla ließ sich an einen der Tische sinken. Sich zu Kelians Großmutter zu setzen wagte sie nicht. Justine schien sich jenseits dieser Welt zu befinden.

„Der Sturm kam völlig unerwartet", erzählte Estelle, als sie einen dampfenden Becher vor Marla gestellt hatte. „Das Wetter war den ganzen Tag ruhig, es gab nicht die geringste Andeutung von Veränderung. Niemand hatte damit gerechnet. Hätte Kelian etwas bemerkt, so wäre er nicht rausgefahren."

„Gestern? Als ich gegangen war?"

Estelle nickte. „Er hat die Reusen geleert." Tränen rannen ihr aus den Augen. Sie machte sich nicht die Mühe, sie wegzuwischen. „Luc und einige der anderen Fischer sind seit gestern Abend draußen und suchen nach ihm." Sie griff nach Marlas Hand. „Wir alle wissen, dass es jederzeit einen von uns treffen kann. Das war schon immer so. Es ist das Los der Menschen, die an der Küste leben. Aber wenn es das eigene Kind trifft …" Estelle schluckte hart.

„Es ist meine Schuld", flüsterte Marla und schlug die Augen nieder. „Es ist ganz allein meine Schuld."

„Das ist Unsinn, Marla", widersprach Estelle energisch. „Niemand hat Schuld daran."

„Der Wind", fuhr Marla unbeirrt fort, „war wütend und wurde zum Sturm, der Kelian zerstören wollte."

„Die Geister der Natur sind unberechenbar, welchen Grund sie auch immer haben mögen. Sie fragen nicht danach, was sie anrichten oder ob sie den Menschen Kummer bereiten. Wir müssen es hinnehmen, denn ändern können wir daran nichts."

Marla sah auf. Es war erstaunlich, wie die Menschen, die hier lebten, mit der Natur und deren Gegebenheiten umgingen. Irgendwie hatten sie ja Recht. Daran ändern konnten sie nichts, es sei denn, sie würden das Leben, das sie führten, aufgeben.

„Ich muss gehen." Marla trank ihren Tee aus und stand auf.

Auch Kelians Mutter erhob sich. Sie legte Marla eine Hand auf den Arm. „Ich habe ihn noch nie so glücklich gesehen wie in den letzten Tagen."

Bevor Marla den Gastraum verließ, fragte sie: „Wie groß ist die Wahrscheinlichkeit, dass sie ihn finden?"

Estelle sah zum Fenster hinaus und schwieg. Es war Antwort genug.

War sie zuvor den ganzen Weg gerannt, so hatte Marla auf dem Rückweg kaum mehr Kraft zum Gehen. Es gab an ihrem Körper keine Stelle, die nicht schmerzte. In ihrem Bauch war ein großes Loch, das nicht nur daher rührte, dass sie seit gestern nichts mehr gegessen hatte. Seit den Sandwiches, die Kelian mit an den Strand genommen hatte. Doch all das war nichts gegen den Schmerz in ihrer Brust. Es fühlte sich an, als hätte man ihr Herz in Stücke gerissen.

Während sie am Strand entlanglief, knirschten die Muscheln, die zu Tausenden auf dem Sand lagen, unter ihren Schuhen. Als sie unterhalb des Felsenhügels am Wasser stand, ließ sie ihre Augen über das Meer gleiten. Die Boote, die dort draußen nach Kelian suchten, schienen auf dem Rückweg zu sein. Sie würden doch nicht schon jetzt aufgeben? Fröstelnd umschlang sie ihren Körper mit den Armen.

Als etwas sachte gegen ihren Schuh tippte, blickte sie zu Boden. Sie hatte nicht einmal bemerkt, dass sie im Wasser stand. Vor ihr trieb ein Trümmerstück. Sie hob es auf. Der Teil eines Schriftzugs war darauf zu erkennen. Es hatte sie unendlich viel Kraft gekostet, ihre Gefühle und ihren Schmerz zu kontrollieren. Doch jetzt brach es aus ihr heraus. Die Beine gaben unter ihr nach, und sie sank hilflos zu Boden. Den kläglichen Rest der *Louise* fest an sich gepresst.

Sie kam zu sich, als starke Arme sie sanft in die Höhe hoben. Vor ihr stand Luc. Die Nacht, die er nach seinem Sohn suchend auf dem Meer verbracht hatte, hatte ihre Spuren hinterlassen. Unter seinen Augen, die vor Kummer stumpf waren, lagen dunkle Ringe. Er wirkte erschöpft und um Jahre gealtert. Die Trauer in seinen Augen bewirkte, dass sie ihn fest umarmte. Er hatte seinen Sohn verloren. Konnte es Schlimmeres geben, als sein Kind zu verlieren?

Wie Kelian roch sein Vater nach Fisch und nach Meer. Die Erinnerung war tröstend. Zugleich durchbohrte sie sie wie ein Pfeil. Luc hielt sie eine Armeslänge von sich entfernt und sah sie fragend an. Dabei deutete er in die Richtung, in der das Lokal lag. „Nach Hause?"

Marla schüttelte den Kopf und machte sich von ihm los. Sie musste gehen, denn sie spürte, wie die verzweifelte Traurigkeit in ihr nach und nach wachsender Wut wich. Und genau diese brauchte sie jetzt. Denn sie hatte etwas zu erledigen, bevor der Kummer sie erneut übermannte. Gerne hätte sie einen Schluck Wasser getrunken. Ihren Rucksack jedoch hatte sie im Keller vergessen. Vor ewiger Zeit. Damals, als sie noch dachte, Kelian würde leben. Trotz des Tees, den sie bei Estelle getrunken hatte, war ihr Mund wie ausgetrocknet und das Schlucken tat weh.

Nachdem sie sich von Kelians Vater verabschiedet hatte, war sie entschlossen ins Steinlabyrinth gelaufen. Vorher hatte sie noch einmal zu dem markanten Haus zwischen den Felsen hinaufgesehen. *Hab ein Auge auf die See*, bat sie und würgte an dem Kloß in ihrem Hals. Falls sie ihn nicht fänden, so würde er dort für immer ruhen.

Schnell hatte sie sich abgewandt und war in die Höhlenöffnung gelaufen, die sich wie ein schwarzer Schlund vor ihr auftat. Jetzt lief sie durch den Gang und brachte all ihre verfügbaren Kräfte auf, um sich auf das Gespräch zu konzentrieren, das vor ihr lag. Und um die Wut zu schüren, die zumindest für eine Weile den Schmerz in den Hintergrund drängen musste.

Hoffentlich war er überhaupt noch da. Hatte er nicht erwähnt, dass ein Windbruder, sobald er zum zweiten Mal ein Gesetz brach, von der Erde verbannt wurde? Einen Menschen zu töten war doch sicher ein Gesetzesbruch. Der Fürst der Winde durfte ihn gerne für immer von hier fortschicken. Aber erst, wenn sie ihn sich vorgeknöpft hatte! *Erst ich*, bat sie den Nordwind im Stillen. *Danach gehört er dir.*

Sie erreichte das Ende des Tunnels und fuhr mit den Händen über die Zeichen auf der Tür. Widerstandslos glitt sie auf. Marla trat in den Keller. Überrascht erblickte sie die brennende Kerze auf dem Tisch. Hatte sie vergessen, sie zu löschen? Sie erinnerte sich nicht einmal daran, sie angezündet zu haben.

„Wie wunderschön du bist, Marla!"

Zuerst sah sie ihn nicht. Dann erkannte sie seine Gestalt, die zusammengekauert vor der Truhe saß, die Arme um die Knie geschlungen. Wie konnte jemand, der so grausam war, so harmlos aussehen, dachte sie und war weder erstaunt noch erschrocken, ihn zu sehen.

„Und? Tötest du jetzt auch mich?" Ihre Stimme troff vor Verachtung.

Er stand auf und trat einen Schritt vor.

„Bleib, wo du bist!", rief sie, die Hände abwehrend vorgestreckt.

„Du steckst voller Überraschungen, Marla." Er war stehengeblieben. „Ich habe von Anfang an gewusst, dass du etwas Besonderes bist. Und ich hatte Recht. Was passiert ist, tut mir leid."

Im ersten Moment fehlten ihr die Worte. Dann brach es aus ihr heraus.

„*Es tut dir leid?* Das soll ich dir glauben? *Es tut dir leid?*" Sie lachte hysterisch auf.

„Marla, ich ..."

„Versuch gar nicht erst, mir irgendetwas zu erklären", zischte sie. „Wie gut, dass du hier bist. So muss ich dich nicht erst suchen."

„Bitte, Marla, hör mir zu ..."

„Nein", sagte sie kalt. „Du hörst *mir* jetzt zu, Arvid! Denn ich habe dir was zu sagen. Kelian war unschuldig. Genauso unschuldig wie Johann. Ich wollte ihn deinetwegen verlassen. Nur aus diesem Grund war ich eben dort. Um mir das Herz herauszureißen und ihm zu sagen, dass wir uns niemals wiedersehen werden. Ich hätte ihn verlassen, obwohl ich nichts anderes wollte, als für immer bei ihm zu sein. Zu all dem war ich bereit, damit *du* ihn in Ruhe lässt. Aber ...", sie schluckte und riss sich zusammen. „Aber es war bereits passiert. Ich fand nur Trümmer, wohin ich auch blickte. Ich kam zu spät. Die Geschichte wiederholt sich, Arvid. Denn es geht mir wie Elaine. Was ist mein Leben jetzt noch wert? Ohne ihn. Dafür mit der Schuld, dass er meinetwegen sterben musste. Ich verstehe nur zu gut, weshalb sie den Tod gewählt hat. Es war nicht allein das Schuldgefühl. Sie hatte alles verloren. Nicht nur ihre Familie und ihren Verlobten. Auch dich, der ihr inniger Freund und Vertrauter war und sie aus reiner Selbstsucht verraten hat."

Marla stand mitten im Raum. Ihr Atem ging keuchend. Arvid hatte sich auf die Truhe gesetzt und starrte sie an. Als er den Mund öffnete, winkte sie mit einer zornigen Bewegung ab.

„Warum machst du alles kaputt? Elaine und ich, wir haben dich gemocht. Weshalb willst du, dass jene, die du zu lieben vorgibst, dich hassen? Ich habe tatsächlich geglaubt, dass das zwischen dir und mir einzigartig ist. Weshalb ich das annahm, weiß ich nicht. Es war ein Gefühl. Es bewirkte, dass ich dir vertraute. Ich habe nicht gewusst, dass man sich so irren kann. Wie bin ich doch naiv gewesen. Ich hasse dich. Könnte ich dich verfluchen, so wie sie es tat, würde ich es ohne zu zögern tun. Und jetzt", schloss sie mit zitternder Stimme, „werde ich gehen. Ich will dich niemals wiedersehen."

Bebend nahm sie ihren Rucksack vom Boden, der noch immer dort lag, wo sie ihn am frühen Morgen vergessen hatte. Sie wandte sich zum Gehen. Doch der Ausgang über der Treppe war verschlossen.

„Ich lasse nicht zu, dass du gehst", hörte sie Arvid halblaut sagen. „Nicht, bevor du mir zugehört hast."

„Du hast nicht das geringste Recht, irgendetwas von mir zu verlangen", entgegnete sie bitter. Doch er stand bereits auf der untersten Stufe und versperrte ihr den Weg.

„Was soll das, Arvid? Lass mich gehen!"

Im selben Augenblick hörte sie ein Geräusch hinter sich. Sie fuhr herum. Vor ihren Augen öffnete sich der Geheimgang. Als der Tunnel zum Vorschein kam, erklang ein eigenartiges Grollen, das für lange Zeit nicht aufhören wollte. Ein Beben erschütterte den Keller. Marla dachte im ersten Moment, der Raum würde über ihr einstürzen und alles unter sich begraben, was an Elaines und Johanns Tragödie erinnerte. Was an Marlas und Kelians Tragödie erinnerte. Doch es war das Erdreich über dem Tunnel, das nun über dem Gang zusammenbrach und ihn für immer vernichtete.

Stille folgte.

Benommen sah Marla auf das, was vom magischen Eingang übriggeblieben war. Ein wenig Erde bröckelte aus der Wand und fiel neben den Spiegel. Nichts erinnerte an eine Tür oder gar einen Tunnel.

„Es ist richtig so." Arvid stand noch immer auf den Stufen. Marla blinzelte einige Male ungläubig. Tränen stiegen ihr in die Augen. Der Tunnel. Ihre einzige Verbindung zu Kelian existierte nicht mehr.

Mit einem Mal war ihre Kraft aufgebraucht. Sie war zutiefst erschöpft und ihre Beine wollten sie nicht mehr tragen. Sie ließ sich an der Wand entlang zu Boden sinken. Augenblicklich drang seine Kälte durch den dünnen Stoff ihres Kleides.

„Bin ich jetzt an der Reihe?", fragte sie müde. „Nur zu, bringen wir es hinter uns. Es ist mir fast egal."

„Ich würde dir niemals etwas tun, Marla. Das müsstest du wissen."

Resigniert schloss sie die Augen. Sie hörte das Rascheln seiner Kleidung. Einen Augenblick später setzte er sich neben sie.

„Woher hast du das?" Er klang bestürzt.

„Woher hab ich was?"

„Du trägst ihren Anhänger", flüsterte er.

„Das geht dich nichts an. Kann ich jetzt gehen?"

„Gleich, Marla. Gleich lasse ich dich gehen. Du sollst nur eines wissen. Ich habe immer nur Elaine geliebt. Sie ist meine einzige und wahre Liebe. Bis heute."

Damit erzählst du mir nichts Neues, dachte Marla. Wenn sie jetzt nicht bald hier rauskam, würde sie vor Arvids Augen einschlafen. Das war das Letzte, was sie wollte.

„Mir ist gestern so einiges klar geworden", fuhr er fort. „Das mit dir und mir ist ganz anders, als ich dachte. Ich war mir so sicher, dass ich mich in dich genauso sehr verliebt habe wie in Elaine. Aber es war ein riesengroßer Irrtum."

„Was sagst du da?", stieß Marla hervor, plötzlich hellwach. „Ein *Irrtum*?" Zornig sprang sie auf die Beine. Einen Moment lang kämpfte sie mit ihrem Gleichgewicht. „Willst du damit sagen, dass Kelian gestorben ist, weil du dich *geirrt* hast?" Sie schrie es heraus und spürte, dass ihr die Sinne schwanden.

„*Was ist hier los?*"

Marla fuhr zusammen. Der Kellerausgang war nach wie vor verschlossen, und es war mit einem Mal so kalt, dass sie erschauerte. Mitten im Raum stand ein Mann. Er war kaum größer als sie selbst. Seine Stimme aber klang tief und befehlsgewohnt. Sie rieb sich über die Augen. Sah sie vor lauter Erschöpfung Gespenster?

„Waldemar? Was machst *du* hier?", keuchte sie.

Gleichzeitig mit ihren Worten war Arvid aufgesprungen und verneigte sich ehrerbietig.

„Borg! Ich grüße dich."

Waldemar trat zu Marla und fasste sie an den Schultern. „Ist alles in Ordnung mit dir?"

„Ja – nein – ich ...", stammelte sie und warf einen Blick zur Treppe. War Rieke etwa auch hier? Fröstelnd schlang sie die Arme um sich.

„Das vergeht gleich", sagte Waldemar und fixierte dabei Arvid, wobei er eine Autorität ausstrahlte, der man sich kaum zu entziehen vermochte. „Arvid, ich verlange eine Erklärung."

Abermals neigte Arvid den Kopf. „Ich werde dir alles erklären, Fürst."

„Fürst?" Marla sah verstört von einem zum anderen. Was passierte hier? Und wieso kannten sie sich?

„Marla." Arvids Stimme klang förmlich. „Das ist Borg, der Nordwind. Unser Fürst."

„Das ist Waldemar, der Freund meiner Schwester", wagte Marla einzuwerfen und überlegte, ob sie letztendlich doch eingeschlafen war.

„Was Arvid sagt, das stimmt. Ich heiße Borg."

„Aber ..."

„Ich gab mir einen anderen Namen. Arvid sollte nicht wissen, dass ich in seiner Nähe bin."

„Aha", sagte Marla, ohne die Zusammenhänge zu verstehen. Nur eines war bis zu ihr durchgedrungen.

„Wenn du der Fürst der Windbrüder bist, dann wirst du ihn jetzt wohl von der Erde verbannen müssen. Denn er hat zum zweiten Mal eine Regel gebrochen."

Borg, der eigentlich Waldemar war oder umgekehrt, zog die Augenbrauen in die Höhe. „Du kennst dich überraschend gut aus."

„Ich hatte einen guten Lehrer", gab sie bitter zurück.

Borg wandte sich an Arvid. „Stimmt das? Hast du es wieder getan?"

„Er ist ein Monster!", rief Marla aufgebracht.

„Nein, bin ich nicht", sagte Arvid leise. „Ich wollte ihn töten, das gebe ich zu. Aber ich habe es nicht getan."

„Glaub ihm nicht!" Marla hatte hilflos zu weinen begonnen. „Hättest du gesehen, was er angerichtet hat, wüsstest du auf der Stelle, dass kein Mensch das überlebt haben könnte. Ich habe Teile des zertrümmerten Bootes gefunden."

„Ich habe ihn nicht getötet", beharrte Arvid. „Torin kann es bestätigen."

„Du lügst", wisperte Marla und wollte nicht zulassen, dass sich Hoffnung in ihr regte.

Borg hob die Hand. „Fragen wir doch einfach Torin selbst. Gawain!" rief er halblaut in den Raum, der seine ursprüngliche Temperatur wieder erreicht hatte.

Ein Luftzug kam auf. Er brachte den Geruch von Kiefern und Waldboden mit sich. Sprachlos erkannte Marla einen zweiten Mann, der plötzlich auf den Stufen stand, ohne dass die Falltür geöffnet wurde.

„Fürst?" Ein junger Mann, ähnlich schmächtig wie Borg, beugte grüßend den Kopf.

„Gawain, ich habe einen Auftrag für dich. Hol Torin, den Küstenwind der Bretagne, hierher. So schnell wie möglich."

„Wird gemacht! In Windeseile." Gawain grinste vergnügt, als amüsierte er sich über sein eigenes Wortspiel. Sein Gesicht war spitz wie das einer Maus, seine Augen schimmerten so grün wie das Moos, das man im Wald fand. Er wirkte sehr jung. Wäre Marla nicht so aufgewühlt gewesen, hätte sie über sein heiteres Wesen lächeln müssen. Vor ihren Augen löste er sich in Luft auf, und übrig blieb erneut ein nach Wald riechender Luftzug, der im nächsten Augenblick bereits Vergangenheit war.

„Und wir drei", sagte Borg und sah von Marla zu Arvid, „setzen uns jetzt. Wir würden gerne hören, was du uns zu erzählen hast, Arvid."

„Wo ist Rieke? Wie geht es ihr?" Marla musste es wissen. War Borg nicht der eiskalte und gnadenlose Nordwind? Was, wenn er genauso unberechenbar war wie Arvid? Die Sorge um Rieke machte sie beinahe verrückt.

„Rieke geht es gut." Borgs Stimme und seine Augen wurden weich, als er den Namen ihrer Schwester aussprach. Sie bezweifelte keine Sekunde, dass er die Wahrheit sagte.

Sie setzten sich auf den Boden, Marla sorgsam darauf bedacht, soweit wie möglich von Arvid entfernt zu sein. Ihre Blicke trafen sich.

Du glaubst mir noch immer nicht, las sie in seinen Augen. Sie ignorierte ihn und nahm die Wasserflasche aus ihrem Rucksack. Dabei stieß sie an einen Müsliriegel. Mit zitternden Händen packte sie ihn aus und hatte ihn innerhalb von Sekunden verschlungen.

Ein aufforderndes Nicken von Borg, und Arvid begann zu erzählen.

„Es geschah in dem Moment, als das Boot des Mannes gegen einen Felsen krachte. *Mit all der Kraft, die mir geblieben ist, wünsche ich dir, dass du für den Rest deines Daseins die Verzweiflung spürst, die ich durch deine Schuld empfinde. Jeder Tag soll eine Qual für dich sein, bis zu dem Moment, da du deine Schuld gesühnt hast.*

Von irgendwoher drangen diese Worte an mein Ohr. Sie senkten sich durch das Tosen, das mich umgab, direkt ins Zentrum meines Wesenskerns.

Elaine! Wo bist du? Meine Liebe. Mein Leben. Mein Alles.

Und plötzlich ergab alles einen Sinn. Es kam aus heiterem Himmel und überfiel mich mit solcher Klarheit, dass ich mich fragte, wie ich es hatte übersehen können. Es war zum einen die Gewissheit, dass ich immer nur Elaine geliebt habe. Sie ist meine einzige und wahre Liebe und wird es auf ewig bleiben. Zum anderen traf mich die Erkenntnis, weshalb Marla zu mir gekommen war. Gleichzeitig mit dieser Klarheit kam das Entsetzen. Was hatte ich getan?

Augenblicklich legte sich der Sturm. Ich hörte die Möwen überrascht aufschreien. Voller Unglauben überblickte ich die Küste. Verwüstung, wohin ich auch sah. Fischerboote, die Minuten zuvor noch friedlich vor Anker gelegen hatten, lagen zerschellt zwischen Mengen von Tang. Steine, vom

Meeresboden hochgewirbelt, waren auf dem Strand verstreut. Muscheln, ein Teppich, der den Sand bedeckte.

Grauen schüttelte mich. Das Schlimmste befürchtend begann ich zu suchen. Es dauerte nicht lange. Weit draußen auf dem Meer trieb mit tödlicher Gleichgültigkeit der Rest des Bootes. Mein Innerstes wurde zu Eis, als ich ihn entdeckte. Sein Körper trieb leblos auf dem Wasser.

Wie nah liegen doch Schuld und Sühne beieinander, dachte ich verzweifelt. Wahrscheinlich war es zu spät und meine Leidenschaft hatte mich abermals zum Mörder werden lassen. Meine einzige Chance, den Fluch zu brechen, schien vertan. Ich schwor mir, alles in meiner Macht Stehende zu tun, um ihn zu retten.

Ich wusste jetzt, was ich niemals mehr zu hoffen gewagt hätte. Elaine muss mich trotz allem geliebt haben. Zwar hat sie mich in ihrem Schmerz verflucht, gleichzeitig aber hat sie mir einen Ausweg geboten. *Sie* war es, die dich zu mir geführt hat, Marla. Ich habe an unserem ersten Zusammentreffen bereits gespürt, dass uns etwas verbindet. Ich habe es nur falsch gedeutet. Alles hat kommen müssen, wie es jetzt ist. Nur lag es an mir, es zu erkennen.

Das alles ging mir durch den Kopf, während ich nach einer Lösung suchte, den Mann zu retten. Ich wurde zum sanften Wind und hatte große Mühe, seinen Körper in die Richtung zu treiben, wo er am schnellsten in Sicherheit war. Verzweifelt beschwor ich ihn, durchzuhalten. Um Marlas Willen. Um meinetwillen. Und für Elaine, die mit der Aufhebung des Fluches endlich zur Ruhe kommen würde. Ich kämpfte mich ab. Sah das Heben und Senken seiner Brust schwächer werden. Plötzlich war Torin an meiner Seite. *Soll ich helfen?* Nein, antwortete ich, das muss ich ganz alleine tun.

Endlich, unter Aufbietung all meiner Kräfte, war es mir gelungen, ihn auf eine Ansammlung rauer Felsen zu legen. Ich hoffte, dass man ihn dort rechtzeitig finden würde."

„Du weißt demnach nicht, ob er überlebt hat?", fragte Borg nüchtern. Gequält schüttelte Arvid den Kopf.

„Es wurde spät. Ich merkte, dass ich schwächer wurde und kämpfte mich an Land zurück. Während der letzten Meter spürte ich, dass ich erneut menschliche Gestalt annahm. Ich musste schwimmen. Als ich auf den Strand kroch, erkannte ich entsetzt, dass ich noch immer Johann war. Wie in den vielen Jahren zuvor zog es mich zurück an den verfluchten Ort. Nichts hatte sich verändert. Ich schleppte mich durch den Tunnel und erreichte den Klagehügel kurz vor Sonnenuntergang. Heute Morgen verließ ich, entgegen meiner Gewohnheit, die Ruine nicht. Ich versteckte mich im Gemäuer und beschloss, auf Marla zu warten, um ihr alles zu erklären. Doch ich schlief ein. Als ich erwachte, war die Falltür zum Keller geöffnet und Marla bereits auf dem Weg zu *ihm*. So setzte ich mich in den Keller und wartete auf ihre Rückkehr. Ich ging davon aus, dass man ihn inzwischen gefunden hatte."

In Marlas Kopf entstanden Bilder von Kelian, der seit gestern blutend, frierend und mit gebrochenen Gliedern auf scharfkantigen Felsen lag. Wie sollte er das überleben? Ein Stöhnen entfuhr ihr. Sie schlug die Hände vors Gesicht.

„Er lebte noch, Marla. Er ist stark und wird es schaffen", versicherte Arvid.

Wie konnte er so sicher sein? Marla erhob sich. Der Tunnel war nicht mehr. Sie musste auf dem schnellsten Weg zu Kelian. Falls Arvids Geschichte überhaupt stimmte und er nicht nur versuchte, seinen Kopf zu retten. Reden konnte er viel. Ihm vertrauen? Konnte sie nicht mehr.

Borg war ebenfalls aufgestanden und mit ihm Arvid.

„Ich muss jetzt gehen", sagte sie entschieden und setzte ihren Rucksack auf.

„Bitte warte." Borg hatte ihr eine Hand auf den Arm gelegt. Auf ihrer dunklen Haut wirkte sie weiß wie Schnee. Das leichte Vibrieren, das sie spürte, überraschte sie nicht. Fühlte Rieke das auch, wenn sie ihn berührte? Hatte sie eine Ahnung, wer der Mann war, den sie liebte? Waren sie sich körperlich nähergekommen? Sie erinnerte sich daran, dass Arvid erzählt hatte, Windbrüder kannten keine körperliche Nähe. All das schoss ihr durch den Kopf.

„Sie werden bald hier sein. Vielleicht weiß Torin mehr von dem jungen Mann."

„Er heißt Kelian", stieß sie hervor. Borgs Lächeln wirkte beruhigend und zuversichtlich. Sie fühlte sich bei ihm sicher und … irgendwie geborgen. Es war nicht schwer sich vorzustellen, dass Rieke sich in ihn verliebt hatte.

Ein Surren näherte sich. Marla roch die Windbrüder, bevor sie sie sah. Zuerst erkannte sie Gawains Geruch nach Wald und Nadelbäumen. Darunter mischte sich Seeluft. Eine Mischung aus Salz, Fisch und Meer. Die Erinnerung ließ sie taumeln. Im nächsten Augenblick stand Gawain im Raum.

„Stürmische Zeiten", sagte er heiter und lächelte Marla schelmisch an.

„Zeig dich, Torin", befahl Borg. Von Arvid wusste sie, dass der Windbruder aus der Bretagne sich niemals zuvor in seiner menschlichen Gestalt gezeigt hatte. Jetzt wurde er dazu gezwungen, denn er würde dem Windfürsten gehorchen müssen, ob er wollte oder nicht. Trotz ihrer Lage tat er ihr leid.

Torin hatte es nicht eilig. Es begann damit, dass ein schimmernder Nebel erschien, der sich mehr und mehr verdichtete. Bis endlich ein Mann vor ihnen stand. Er war sehr hübsch, fand Marla. Mehr noch. Er war schön. Nie hatte sie einen schöneren Menschen gesehen, sofern man hier von einem Menschen sprechen konnte. Er wirkte elfenhaft zart und war kleiner als seine Windbrüder. Sein volles Haar war pechschwarz, seine Haut schimmerte in samtenem Bronzeton. Das Auffälligste an ihm aber waren seine Augen. Sie leuchteten wie Smaragde. Unwillkürlich musste Marla an Rieke denken, deren Augen nahezu dieselbe Farbe hatten. Sie konnte nicht anders als ihn anzustarren. Es war wie damals, als sie Waldemar kennengelernt hatte und sie nicht in der Lage gewesen war, ihren Blick von seinem blutroten Mund abzuwenden.

Niemand sprach. Als die Stille in ihren Ohren zu dröhnen begann, riss sie sich verwirrt von Torins Anblick los. Warum sagten sie nichts? Es ging um Kelians Leben. Sie wandte sich an Borg, dessen Augen ebenfalls auf Torin geheftet waren. In seinem Gesicht las sie nichts als Bestürzung. Von Marlas Bewegung abgelenkt, zuckte er zusammen. Schnell hatte er sich gesammelt.

„Torin, ich danke dir, dass du so schnell gekommen bist."

„Es ist selbstverständlich." Der bretonische Windbruder wirkte scheu. Er wand sich unter Marlas Blick und senkte die Augen, als könnte er sich auf diese Weise vor ihr unsichtbar machen.

„Es war eine sehr stürmische Angelegenheit", plauderte Gawain munter los. „Wir sind über den Atlantik geflogen und haben einen ganz ordentlichen Zahn draufgehabt, nicht wahr, Torin? Ich hatte den Spaß meines Lebens! Ein weiterer Auftrag, Fürst?"

In Borgs Mundwinkel zuckte ein Lächeln. „Danke für deine Hilfe, Gawain." Er nickte flüchtig. Im nächsten Augenblick war Gawain verschwunden. Marla bedauerte es, denn sie hatte ihn gemocht. Der Windbruder mit dem Gesicht einer Spitzmaus und den moosgrünen Augen hatte ein wenig Leichtigkeit in den düsteren Raum gebracht.

Der Windfürst sprach zu Torin:

„Ist es wahr, dass Arvid den Mann noch gerettet hat? Lebt er?"

Torin nickte. „Er lebt. Kurz nachdem die Frau", mit dem Kopf machte er eine Bewegung in Marlas Richtung, „gegangen war, hat man ihn gefunden." Seine Stimme war so rau wie die Küste, an der er lebte.

Marla schloss die Augen. Ihr Körper seufzte vor Erleichterung. „Gott sei Dank", flüsterte sie.

„Ich sah, wie er sich abmühte und habe ihm meine Hilfe angeboten. Doch er lehnte ab. Er müsse es unbedingt alleine schaffen, meinte er."

„Danke, Torin. Das zu wissen war wichtig."

Torin neigte höflich den Kopf. Unmittelbar darauf sah er sehnsüchtig zum Ausgang.

„Du kannst gehen."

Seine Rückverwandlung ging so schnell vonstatten, dass Marla es erst bemerkte, als ihr Seeluft in die Nase stieg. Da war er schon längst fort. Flüchtig kam ihr der Gedanke, dass er sie in die Bretagne hätte mitnehmen können. Auf die Art und Weise, wie Arvid sie und Elaine mitgenommen hatte. Auch wenn es nur ihr Geist gewesen wäre und nicht ihr Körper, so hätte sie sich doch davon überzeugen können, dass es Kelian gut ging. Aber sie war sicher, dass der scheue Torin sich dazu niemals hätte überreden lassen. Wenn es nur Elaines Tunnel noch gäbe!

Sie trat an die Wand und betrachtete traurig die Stelle, an der noch vorhin die magische Tür gewesen war. Wie schnell könnte sie bei Kelian sein, hätte Arvid den Gang nicht zerstört.

„Eines kann ich nicht verstehen", hörte sie ihn gerade zu Borg sagen. „Ich bin mir sicher, dass alles so geschehen ist, wie Elaine es wollte. Meine Schuld ist gesühnt, wie sie es verlangt hat. Sie hat mir verziehen, ich fühle es. Und doch ist der Fluch nicht gebrochen. Nach wie vor stecke ich in diesem Körper. Nach wie vor muss ich zurück an diesen Ort. Borg, du bist weiser als wir alle. Bitte, sag mir: Was habe ich übersehen?"

Neugierig wartete Marla auf Borgs Antwort. Was Arvid sagte, klang schlüssig. Sie wusste genau, was er meinte. Auch sie empfand einen seltsamen Frieden, wenn sie an Elaine dachte. Das Leid der jungen Französin, das sie seit Wochen empfunden hatte als wäre es ihr eigenes, bedrückte sie nicht mehr. Es war tatsächlich so, als hätte Elaine mit ihrer Tragödie abgeschlossen und ihren Frieden wiedergefunden.

Gespannt wartete sie auf Borgs Antwort. Der allerdings ließ sich Zeit. Vielleicht brauchte es ja den Segen des Windfürsten, um den Fluch endgültig zu bannen? Würde Arvid sich vor ihren Augen in seine eigene menschliche Gestalt verwandeln? In Johanns stark gebautem Körper hatte er zwischen seinen schmächtigen Windbrüdern merkwürdig deplatziert gewirkt. Wie sah der richtige Arvid aus? Nicht dass es sie wirklich interessierte. Sie freute sich auf den Augenblick, da er verschwand und sie ihn nicht mehr sehen musste. Sie würde ihm noch lange nicht verzeihen können, was er Kelian angetan hatte. Vielleicht niemals.

Borg schüttelte den Kopf. So sachte, dass sich keines seiner langen weißen Haaren bewegte.

„Es gibt Dinge, die brauchen Zeit", sagte er mit einem klugen Lächeln. „Verliere nicht die Hoffnung und die Geduld."

Enttäuscht verzog Arvid das Gesicht.

„Ich werde dich jetzt nach Hause bringen, Marla", verkündete der Windfürst. „Du siehst erschöpft aus und solltest dich ausruhen."

Marla sah ihn perplex an. „Ich werde mich nicht ausruhen! Ich muss mich davon überzeugen, dass es Kelian gut geht. Was ja kein Problem darstellen würde, hätte der Herr Windbruder nicht den Tunnel zerstört!" Den letzten Satz hatte sie vorwurfsvoll in Arvids Richtung gesprochen. Seinen Namen auszusprechen brachte sie nicht über sich.

„Es hätte nicht mehr funktioniert, Marla", erwiderte Arvid. „Ich bin mir sicher, dass die Magie deiner Hände Elaines Werk war. Sie wollte, dass du den Gang öffnest. Ich zerstörte ihn, weil ich wusste, dass es ihr Wunsch war. Es war *ihr* Tunnel. Daher habe ich nicht gezögert, es zu tun."

Marla strich mit den Händen über das, was vom Tunneleingang übrig war. Die Erde fühlte sich feucht und kühl an. Ergeben trat sie an Borgs Seite.

„Lass uns gehen. Mich hält hier nichts mehr."

Der Windfürst stieg die Treppen empor und drückte die Eisenplatte hoch. Marla folgte ihm.

„Nicht mal ein Abschiedswort, Marla?" Arvids Stimme klang niedergeschlagen. Ohne darauf zu reagieren trat sie hinter Borg ans grelle Licht des Sommertages.

„Darf ich dich was fragen?" Marla schob ihr Fahrrad, während Borg an ihrer Seite ging.

„Natürlich."

„Woher wusstest du das alles? Von mir und Arvid. Wie konntest du genau zur richtigen Zeit auf dem Klagehügel erscheinen? Keiner wusste, dass ich jemals dort war."

„Als deine jüngere Schwester heute Morgen aufwachte, konnte sie dich nicht finden. Nachdem du Stunden später noch immer nicht aufgetaucht warst, rief sie bei Rieke an. Sie erzählte, dass du gestern Abend nicht ganz du selbst warst. Du sprachst vom Wind und hattest die Fenster verriegelt. Sie hatte den Eindruck, dass du völlig verwirrt warst und kam fast um vor Sorge. Als Rieke mir von der Sache mit dem Wind berichtete, wusste ich sofort Bescheid. Seit damals habe ich ein Auge darauf, was in dem großen Wald vorgeht. Natürlich kann ich nicht immer dort sein. Als Rieke mir von deinen ausgedehnten Spaziergängen erzählte, wurde ich aufmerksam. Erinnerst du dich an meine Warnung?"

Marla nickte. Sie hatte davon nichts wissen wollen und insgeheim gedacht, er solle sich um seine eigenen Dinge kümmern.

„Ich war mir nicht sicher. Es war nur eine vage Vermutung, dass Arvid etwas damit zu tun haben könnte. Er ist kein schlechter Kerl, weißt du? Für einen Windbruder recht leidenschaftlich, ja. Nach Hennis Anruf allerdings wusste ich, dass etwas nicht stimmte."

„Danke, dass du gekommen bist. Ich weiß nicht, was sonst passiert wäre. Kein Wort hätte ich ihm geglaubt. Ist Rieke zu Hause?"

Borg blieb stehen. Sein Gesicht wirkte merkwürdig starr.

„Sie wird morgen wiederkommen. Vormittags hat sie noch ein Gespräch mit der Leitung des Parks. Anschließend fährt sie los."

„Wie bist du …?" Sogleich verstummte sie. Es gab nur eine Antwort darauf.

„Genau so", sagte er lächelnd.

Marla wollte sich wieder in Bewegung setzen, als er ihren Arm ergriff. „Bitte warte. Ich muss dir noch etwas sagen."

Borgs selbstverständliche Autorität löste sich plötzlich in Luft auf. Der Mann, dessen Alter sie von jeher nicht hatte einschätzen können, wirkte seltsam elend und niedergeschlagen. „Ich muss dir das Versprechen abnehmen, dass du über alles schweigst, was du von uns Windbrüdern erfahren hast."

„Was ist mit Rieke?"

Er schüttelte den Kopf.

„Heißt das … heißt das, Rieke weiß nicht, wer du wirklich bist?" Marla war fassungslos. Das konnte nicht sein Ernst sein!

„Sie weiß es nicht. Eines noch, Marla: Was auch geschieht, ich liebe deine Schwester. Ich liebe sie mehr als mein Leben."

„Gut", sagte Marla verwirrt. „Sie liebt dich nämlich auch."

Im nächsten Augenblick war er wieder der Windfürst. Er hatte sich aufgerichtet, sein helles Haar wehte majestätisch um seinen Kopf. „Ich wünsche dir und deiner Familie viel Glück. Ich muss jetzt gehen."

Eine unnatürliche Kälte streifte ihren Körper. Sie fröstelte.

„Bis bald, Borg. Wir sehen uns."

Er war weg. Der eiskalte Nordwind, der eben noch ihre Haut berührt hatte, verebbte innerhalb von Sekunden. Marla schüttelte den letzten Kälteschauder ab und stieg auf ihr Rad. Schnell zu Henni, die sich solche Sorgen um sie gemacht hatte. Wie hatte ihre kleine Schwester noch gestern Abend gesagt? *Das Leben ist manchmal richtig Scheiße. Aber irgendwann ist es wieder wunderschön!* Wie klug sie doch war. Marla konnte es kaum erwarten, sie in die Arme zu schließen.

Als sie nach Hause fuhr, war ihr Herz so leicht wie nie zuvor. Kelian lebte. Alles war gut.

Kapitel 16

Der Bus schlängelte sich über die schmale Straße. Marla sah das raue Land an sich vorüberziehen und reckte zum wiederholten Male den Kopf. Es konnte nicht mehr weit sein. Sie hüpfte auf ihrem Sitz in die Höhe, als der Fahrer einem Schlagloch nicht rechtzeitig ausweichen konnte.

Obwohl sie seit fünf Uhr heute früh unterwegs war, war sie hellwach. Die Zugfahrt bis nach Brest hatte beinahe neun Stunden gedauert. Noch gestern hatte sie dafür online das Ticket gekauft. In Brest hatte sie den Bus genommen, der sie in die Kleinstadt nahe der Küste gebracht hatte, wo Elaine aufgewachsen war. Von dort aus fuhren regelmäßig Linienbusse bis zu dem historischen Fischerdorf neben dem Felsenmassiv.

Jeden Moment musste das steinerne Wachhaus in ihrem Blickfeld erscheinen. Trotzdem war ihr ein wenig mulmig. Denn dies war die Wirklichkeit. Sie hatte nichts mit einem magischen Tunnel zu tun. Es war durch und durch Realität. Hätte sie vor zwei Tagen geahnt, wie alles kommen würde, so wäre ihr einiges erspart geblieben. Noch immer konnte sie von Zeit zu Zeit nur ungläubig den Kopf schütteln. Als sie gestern am späten Nachmittag nach Hause gekommen war, hatte sie Henni fest in die Arme geschlossen und sich für den Kummer entschuldigt, den sie ihr bereitet hatte. Anschließend hatte sie Rieke angerufen. Beiden Schwestern hatte sie erzählt, dass sie, von Neugier getrieben, die Ruine auf dem Klagehügel betreten hatte. Dort habe sie sich zwischen den Trümmern so unglücklich eingeklemmt, dass sie sich selbst nicht hatte befreien können. Erst Waldemar, der sie glücklicherweise gefunden hatte, hatte ihr aus der misslichen Lage geholfen.

Im Anschluss an diese kuriose Geschichte hatte sie ihnen mitgeteilt, dass sie gleich am nächsten Morgen für ein paar Tage nach Frankreich reisen würde. Rieke hatte nicht weiter nachgefragt, sondern nur angemerkt, dass es Marla sicher guttun würde, für einige Tage wegzufahren. Sie hatte die eigenartige Zerstreutheit ihrer Schwester nicht vergessen und hielt einen Tapetenwechsel für eine gute Idee.

Nach ihrem Telefonat mit Rieke hatte Marla lange geduscht. Später aßen sie und Henni zusammen Pizza, wobei sie sich von Hennis Urlaub in Griechenland berichten ließ.

„Wie ist es auf dem Klagehügel?", wollte Henni wissen, als sie mit dem Erzählen fertig war. „Dass ausgerechnet du dort hingegangen bist, wo du doch nie etwas Verbotenes tust, wundert mich. Hast du das Klagen gehört? Ist es dort sehr gruselig?"

„Es ist ein trauriger Ort. Ein Klagen habe ich nicht gehört, nein. Ich glaube auch nicht, dass man jemals eines hören wird. Es sind die Menschen, die sich das vorstellen, weil sie sich gruseln möchten."

„Wollen wir mal zusammen hingehen? Bitte, Marla. Ich will schon ewig dorthin."

Marla überlegte. Sie wollte auf keinen Fall auf Arvid treffen. Was, wenn er neuerdings auch tagsüber bei der Ruine blieb?

„Irgendwann bestimmt", versprach sie ihrer Schwester. „Aber vorerst nicht. Momentan habe ich nicht das Bedürfnis, den Klagehügel so schnell wiederzusehen."

„Wieso hattest du denn kein Handy dabei?"

„Ich habe es ganz bewusst zurückgelassen. Ein wenig handyfrei tut gut, weißt du? Vielleicht solltest du es auch mal probieren."

„Hm", meinte Henni nicht ganz überzeugt. „Siehst ja, was dabei rauskommen kann. Gut, zum Klagehügel gehen wir also, wenn du wieder zurück bist. Wie kommst du ausgerechnet auf Frankreich?"

Marla musste darauf achten, dass ihr Lächeln nicht allzu zärtlich ausfiel.

„Ich habe von einem Ort an der bretonischen Küste erfahren, der ganz besonders sein soll. Es gibt dort einen Felsenberg, der ein Labyrinth aus hohen Steinen unter sich birgt. Auf diesem Berg hat man vor vielen Jahren ein kleines Wachhaus errichtet, das wie ein steinerner Wächter über das Meer schaut. In dem winzigen Fischerdorf am Fuße der Felsen finden an den Sonntagen im Sommer sehr hübsche Feste statt, wo auch getanzt wird. Es ist ein Anziehungspunkt für viele Menschen, sowohl Einheimische als auch Touristen. Während der Woche aber ist es dort sehr ruhig."

Henni hatte aufmerksam zugehört. „Du erzählst, als wärst du schon dort gewesen. Es klingt wirklich gut und ich bin beinah versucht, dich zu begleiten." Sie grinste amüsiert, als sie Marlas entgeisterten Blick sah. „Nein, keine Angst, ich bleibe hier. Immerhin starte ich kommende Woche in der Band. Und dir werden ein paar Tage weit weg von hier ganz guttun. Meine Güte, Marla. Du warst gestern Abend echt schräg drauf. Ich habe richtig Angst bekommen. Und als du heute Morgen auch noch verschwunden warst, da sind mir die schrecklichsten Gedanken durch den Kopf geschossen." Sie erschauerte.

„Es ist alles gutgegangen, Henni. Dank dir. Morgen ist auch Rieke wieder hier. Sie kommt am Nachmittag."

„Ich freu mich sehr auf sie und Rusty. Vielleicht lerne ich ja endlich ihren Voldemort kennen. Marla, ich versprech's", versicherte sie belustigt, als ihre Schwester sie streng ansah. „Ich werde ihn niemals mehr vor Rieke so nennen."

Wieder ein Schlagloch. Wieder hüpfte sie im Sitz empor. Aus ihren Gedanken gerissen blickte Marla auf. Sie passierten gerade die letzten Häuser eines kleinen Weilers. Dahinter verlief die Straße schnurgerade weiter, direkt auf eine Bushaltestelle zu. Nicht weit hinter der Haltestelle erhob sich das Felsenmassiv. Je näher sie kamen, desto mehr erkannte Marla wieder. Vor dem Felsenberg lag das ehemalige Fischerdorf. Auf den Felsen selbst war die Silhouette des Wachhauses zu sehen. Es wirkte ein wenig mystisch, als wäre es einem Traum entsprungen. Ihrem Traum.

Ihre Anspannung ließ ein wenig nach. Die meisten Stunden der Fahrt hatte sie damit zugebracht darüber nachzudenken, ob es die Welt auf der anderen Seite des Tunnels wirklich gab. Obwohl sie wusste, dass Elaine an beiden Orten gelebt hatte, so waren ihr doch immer wieder Zweifel gekommen. Aber war das nicht normal nach der verrückten Geschichte, die sie erlebt hatte? Dieser Ort zumindest war keine Illusion. Alles war so, wie sie es kennengelernt hatte.

Als der Bus hielt, hievte sie ihren Rucksack vom Sitz neben ihr und stieg aus. Sofort zerrte der Küstenwind an ihrem T-Shirt. Seeluft, vermischt mit dem Geruch der Dünengräser, zog ihr in die Nase.

„Hallo Torin", begrüßte sie den Wind und hatte das Bild seiner menschlichen Gestalt vor Augen, die so anmutig und schön war. Ein Lächeln erschien auf ihren Lippen. Wer konnte schon den Wind persönlich mit Namen begrüßen?

Marla ließ das steinerne Massiv rechts liegen und schlug den direkten Weg zur kleinen Bucht ein. Als sie auf der Düne angelangt war und über den breiten Sandstrand sehen konnte, blieb sie wie versteinert stehen. Ein Kribbeln lief über ihren Nacken. Der Strand, der gestern Morgen übersät war von Tang, Steinen und Muscheln, war wie leergefegt.

Einfach ignorieren. Nicht darüber nachdenken, befahl sie sich. Sie lief weiter, bis sie die Bucht sehen konnte. Wieder blieb sie verwirrt stehen. Eine Handvoll kleiner Boote dümpelte im seichten Wasser. Es schien, als hätte es den Sturm niemals gegeben. Marla presste die Hände auf ihren Magen. Konnten ein paar Fischer so schnell die Spuren einer Verwüstung beseitigen? Sie bezweifelte es.

Entschlossen rückte sie den schweren Rucksack auf ihren Schultern zurecht und stieg die Metalltreppen zum Strand hinab. Sie passierte die Bucht, überquerte den Parkplatz und lief auf den asphaltierten Weg, der sie zum *Chez Louise* bringen würde. Sie erinnerte sich an ihren gehetzten Lauf von gestern, als sie noch dachte, Kelian sei tot und sie vor Kummer kaum atmen konnte.

Heute war es anders. Nach dem langen Reisetag tat ihr die Bewegung gut, auch wenn eine quälende Unsicherheit von ihr Besitz ergriffen hatte. Es dauerte nicht lange, bis sie das Schild entdeckte: *Chez Louise*. Das Restaurant gab es also, dachte sie und fühlte sich um einiges leichter. Sie bog auf die Zufahrt ein. Als das große Haus in Sicht kam, blieb sie stehen und wischte sich den Schweiß aus dem Gesicht. Das Haus sah aus, wie sie es kennengelernt hatte. Zögernd lief sie über den Hof und stieg die Stufen zum Gastraum hinauf. Die Tür war verschlossen.

„Estelle?", rief sie zaghaft. „Luc?"

Nichts geschah.

Was nun? Sie war von so weit gekommen. Es durfte einfach nicht umsonst gewesen sein! So schnell würde sie nicht aufgeben, entschied sie. Mit einer schnellen Bewegung streifte sie den Rucksack von den Schultern, legte ihn auf die Holzbank, die an der Hauswand stand und nahm die Wasserflasche heraus. Bevor sie das Grundstück verließ, sah sie sich noch einmal um. *Ich komme wieder.*

Zurück am Strand lief sie zum Fischerdorf. Sie schlenderte zwischen den reetgedeckten Häusern durch und erklomm anschließend den Felsenberg. Als sie das alte Wachhaus betrat, fand sie auch hier alles vor, wie sie es bereits gesehen hatte. Ihr Herz schlug schneller, als sie hinabkletterte und in das dunkle Gewölbe unter dem Massiv trat. Ohne sich umzusehen ging sie den gewohnten Weg, schlängelte sich an hohen Steinriesen vorbei und stand endlich vor dem Felsen, der den Zugang zum Tunnel versperrte. Hatte Arvid ihn wirklich vollständig zerstört? Oder war vielleicht ein kleines Stück davon erhalten geblieben? Zögernd hob sie die Hände. Wie oft hatte sie den Gang geöffnet? Sie hatte nicht mitgezählt. Hatte tatsächlich Elaine ihr die Fähigkeit verliehen?

Marla hielt den Atem an, als sie den rauen Stein berührte. Fast rechnete sie damit, dass er den Eingang freigab. Doch es passierte nichts. Sie schloss die Augen und strengte sich an, wie damals, als sie die magische Tür zum ersten Mal geöffnet hatte. Auch jetzt geschah nichts. Ein wenig enttäuscht ging sie zum Strand zurück, zog Turnschuhe und Socken aus und ließ ihre Füße vom Wasser umspülen. Es war frisch. Dennoch ging sie bis zu den Knien hinein. Frisch, aber herrlich! Würde Kelian sie doch jetzt sehen! Noch ein paar Schritte weiter, und das Wasser streifte den Saum ihrer Shorts. Sie streckte das Gesicht dem Wind entgegen, der ihr das Haar zerzauste.

„Es tut mir leid, dass du meinetwegen deine menschliche Gestalt annehmen musstest, Torin", sagte sie halblaut und hoffte, dass er es hörte. „Ich weiß, du hast es gehasst. Ich danke dir, dass du es trotzdem getan hast."

Sie ging zum Ufer zurück und nahm Schuhe und Socken in die Hand. Wie eigenartig, dachte sie, dass der kräftige Küstenwind, der hier nahezu immer wehte, ein solch scheues und zurückhaltendes Wesen hatte.

Eine Welle, höher als die vorigen, spülte Wasser über ihre Füße. Etwas Hartes stieß an ihre Zehen. Als sie hinunterblickte, lag vor ihr eine große, glänzende Muschel. Marla hob sie auf und betrachtete sie. Diese Form hatte sie hier selten gesehen, schon gar nicht in dieser Größe. Die Innenseite schimmerte wie Perlmutt. Schmunzelnd steckte sie sie ein.

„Danke, Torin. Ich weiß das wirklich zu schätzen."

Wieder musste sie an Rieke denken. Auch ihre Schwester war auf eine besondere Weise scheu und zurückhaltend gegenüber Fremden. Schade, dass sie ihr nicht von den Windbrüdern erzählen durfte. Sie konnte nur hoffen, dass Borg selbst es irgendwann tun würde.

Erfüllt von Mut und Zuversicht machte sie sich ein weiteres Mal auf den Weg zum Gasthaus. Als sie diesmal in die Auffahrt einbog, stand ein großer Wagen im Innenhof. Neugierig näherte sie sich. Eine dunkelhaarige Frau kniete vor einem der Beete und schnitt Blumen. Neben ihr stand mit hängender Zunge ein Hund. Ohne aufzusehen griff die Frau nach dem Ball, der neben ihr lag und warf ihn. Der Hund, der so groß war, dass Marla respektvoll Abstand hielt, rannte mit fliegenden Ohren hinter dem Spielzeug her und ließ es neben seiner Besitzerin wieder zu Boden fallen. Dieses Spiel wiederholten die beiden mehrere Male.

Keine Estelle erschien. Kein Luc. Auch einen Kater schien es hier nicht zu geben. Dafür eine Frau und ein Hund. Das Herz wurde ihr schwer. Sie erschrak, als der Hund plötzlich freudig mit dem Schwanz wedelnd vor ihr stand.

„Ugo! Viens ici!" Der Hund gehorchte sofort und lief zu der Frau zurück, die sich von den Knien erhoben hatte.

„Bonjour, Mademoiselle." Sie nickte Marla freundlich zu.

„Bonjour", grüßte Marla zurück und trat einen Schritt näher. Die Frau sprach einige Worte und zeigte auf Marlas Rucksack. Marla nickte. Wieder sagte die Frau etwas. Sicher wollte sie wissen, was Marla hier wollte.

„Je cherche la famille ..." Sie stockte. Sie hatte keinen Schimmer, wie Kelian mit Nachnamen hieß.

„Sie sind aus Deutschland?"

„Ja, ich suche ..."

„Ugo! No!", befahl die Frau, und ihr Hund, der noch eben hatte losrennen wollen, parierte.

„Excusez moi", sagte sie entschuldigend zu Marla. „Er will immer jagen die Katze." Sie sprach mit starkem Akzent.

Marla sah zum Anbau und entdeckte einen graugetigerten Kater, der argwöhnisch um die Ecke spähte.

„Ist das Monsieur?", fragte sie hoffnungsvoll.

„Oui, so heißt er. Sie kennen Monsieur?"

„Ja." Marla war überglücklich über diese Wendung. „Ich möchte zu Kelian. Oder zu seinen Eltern."

Die Frau musterte sie neugierig. „Sie sind nicht 'ier. Wir 'atten einen schlimmen Sturm, bei dem mein Neffe schwer wurde verletzt. Er ist im 'ospital. Seine Eltern und seine Grandmère sind gefahren zu ihm."

„In welchem Krankenhaus ist er?"

„In Lesneven. Das ist 20 Minuten von 'ier."

„Danke, Madame. Ich werde den nächsten Bus nehmen." Marla wollte ihren Rucksack holen, als die Frau sie zurückhielt.

„Attendez, Mademoiselle."

Marla blieb stehen.

„Sind Sie das Mädchen, von dem Kelian 'at erzählt?"

„Kelian hat Ihnen von mir erzählt?"

Zum ersten Mal lachte die Frau. „Kelian ist mein – wie sagt man: Patenkind. Und ja, er erzählte mir von einem deutschen Mädchen, in das er sich 'at verliebt."

Marla war froh, dass ihre Wangen bereits von der Hitze gerötet waren.

„Ich bin Juliet." Kelians Patentante streckte ihr die Hand entgegen.

„Ich heiße Marla."

„Freut mich. Und jetzt, Marla, ich packe Ugo in das Auto und bringe dich zu Kelian. Er mich wird noch mehr lieben dafür."

Eine halbe Stunde später hielt Juliet den Wagen an und Marla stieg aus. Ein Winken, ein Hupen, und die Frau war verschwunden. Was für ein Zufall, dass sie ausgerechnet Kelians Patentante getroffen hatte! Marla betrat das Krankenhaus und suchte nach der Treppe. Als sie endlich vor dem Zimmer stand, das Juliet ihr genannt hatte, fror sie vor Aufregung.

Wenn sie Kelian jetzt traf, so waren die Umstände völlig anders als bisher. Würde das etwas ändern? Sie war nicht mehr das geheimnisvolle Waldmädchen, in das er sich verliebt hatte. Sie war ganz einfach nur Marla. Marla aus dem bunten Haus.

Sie fasste sich ein Herz und klopfte an. Zaghaft öffnete sie die Tür einen Spalt breit und steckte den Kopf ins Zimmer. Drei Augenpaare waren auf sie gerichtet. Estelle, Luc und Justine starrten sie verblüfft an. Unvermittelt lächelten sie, wie auf Kommando.

„Was ist los?", hörte sie Kelian, dessen Blick durch die Frauen verstellt war, auf Französisch sagen.

„Wir gehen jetzt", verkündete Estelle fröhlich auf Deutsch, und bevor Marla wusste was geschah, hatte Kelians Familie das Krankenzimmer verlassen. Sie trat einen Schritt vor. Er lag in T-Shirt und Sporthose gekleidet auf dem Bett und wirkte trotz seiner Bräune blass und verletzlich. Überrascht fuhr er sich mit den Händen durchs Haar, das ihm dadurch noch wirrer vom Kopf stand.

„Marla!" Er setzte sich auf und streckte die Hand nach ihr aus.

„Hallo Kelian", sagte sie, als sie neben ihm stand und ihre Hände sich gefunden hatten. Am liebsten hätte sie ihn geküsst und umarmt, doch sie wagte es nicht. Sein Körper war übersät von Schnittwunden und blauen Flecken. Auf einem seiner Oberschenkel befand sich eine große Schürfwunde, mehrere kleinere an weiteren Stellen. Seine Lippen waren aufgesprungen, eines seiner Augen war blau und geschwollen. Quer über seiner Stirn verlief ein breites Pflaster.

„Es sieht schlimmer aus, als es ist", meinte er leise und versuchte ein schiefes Lächeln. Der Schmerz seiner verletzten Lippen ließ ihn das Gesicht verziehen. Seine Augen aber leuchteten vor Freude.

„Es tut mir so leid, Kelian." Sie strich über seinen Unterarm, der verhältnismäßig unversehrt war.

„Ich hatte Glück, Marla. So ist es nicht oft an dieser Küste. Ich werde wieder gesund. Das ist alles, was zählt." Er zog sie zu sich aufs Bett und legte seine Wange in ihre Hand. „Ich dachte, ich sehe dich nie wieder, Waldmädchen", flüsterte er mit geschlossenen Augen. „Niemals zuvor habe ich einen solchen Sturm erlebt. Es war, als würde er mich hassen, und ich hatte das merkwürdige Gefühl, als wäre er einzig und allein gekommen, um mich zu töten. Mir war schnell klar, dass ich keine Chance hatte. Trotzdem habe ich gekämpft. Ein bretonischer Fischer gibt nicht so schnell klein bei, weißt du? Jeder Augenblick, der mir blieb, war wertvoll. Ich habe immer nur dein Gesicht vor mir gesehen. Und ich bedauerte, dass es mir nicht vergönnt war, dich besser kennenzulernen."

Oh Arvid, wie hasse ich dich für das, was du ihm angetan hast!

„Weine nicht, Marla. Es ist schön, dass du hier bist. Das allein war es wert. Auch wenn wir dadurch nicht zum Tanzen kamen. Wer hat dir erzählt, dass ich hier bin?"

„Deine Patentante Juliet. Ich traf sie am Gasthaus. Sie war so freundlich und hat mich hergebracht."

Kelian gluckste vergnügt. „Juliet also. Das wird sie gefreut haben, denn sie wollte ganz viel von dir wissen. Sie ist die Schwester meines Vaters und liebt dein Land über alles. Aber du, Marla", er warf einen bedauernden Blick zum Fenster hinaus und runzelte die Stirn. „Die Sonne geht bald unter. Du wirst rechtzeitig gehen müssen."

„Ich muss nicht gehen", entgegnete sie freudestrahlend und weidete sich an seiner Überraschung. „Erst am Samstag nehme ich den Zug von Brest aus. Bis dahin habe ich Zeit."

„Das heißt … du kannst bleiben? So richtig? Das Waldmädchen muss nicht gehen? So ist der Bann, oder was auch immer dich weggelockt hat, bevor es Abend wurde, gebrochen?"

Wenn du wüsstest, wie nahe du an der Wahrheit bist, dachte sie im Stillen. Sie beugte sich zu ihm und küsste ihn vorsichtig auf den Mund.

„Ja, der Bann ist gebrochen."

Am Tag darauf durfte Kelian das Krankenhaus verlassen. Kaum zu Hause angekommen, entfernte er das Pflaster von seiner Stirn. Eine genähte Wunde kam darunter zum Vorschein. „An der Luft heilt es besser", begründete er sein Tun, als Estelle ihre Bedenken äußerte.

Marla und er unternahmen Spaziergänge, und sie achtete darauf, dass sie ausreichend Pausen machten. Oft saßen sie für Stunden an einer geschützten Stelle am Strand und unterhielten sich. Meistens wurden sie von der Flut fortgescheucht, die ihre Finger bis weit auf den breiten Sandstrand ausstreckte.

Noch immer bewegte sich Kelian, als hätte er Schmerzen. Als sie ihn darauf ansprach, winkte er lässig ab.

„Bis zur nächsten Woche bin ich wieder fit genug, um morgens mit dem Boot rauszufahren. Immerhin haben wir Hochsaison", sagte er.

„Ihr habt doch gar kein Boot mehr." Unwillkürlich erinnerte sie sich an den grauenvollen Moment, als sie ein Stück der *Louise* aus dem Wasser gefischt hatte. Zurzeit fuhr Luc morgens mit einem der befreundeten Fischer hinaus.

Kelian lächelte stolz. „Wir haben bereits ein neues bestellt. Bis dahin können wir uns eines ausleihen. Das neue Boot wird größer sein und Platz für zwei Leute haben. Falls das mal notwendig sein sollte." Dabei zwinkerte er ihr vielsagend zu.

Abends, wenn Kelian sich erschöpft zu Bett gelegt hatte, ließ Marla es sich nicht nehmen und packte im Restaurant mit an. Es machte ihr Freude, die Gäste zu bedienen und ihnen herrlich duftende Speisen aufzutischen. Wenn sie später am Abend in ihr kleines Gästezimmer ging, lag sie noch lange wach. Das Leben, das sie hier führte, erfüllte sie mit Frieden und machte sie glücklich. Ihr war schmerzlich bewusst, dass die Zeit bis zu ihrer Abreise stündlich schrumpfte, und sie mochte noch gar nicht an den Abschied denken, der ihnen bevorstand.

„Eines verstehe ich nicht", bemerkte Marla, als sie am Freitagabend ein letztes Mal am Strand entlangliefen und die untergehende Sonne den Himmel rot malte. „Weshalb war am Montag nichts mehr vom Sturm zu sehen? Keine Meerespflanzen auf dem Strand und kaum Steine und Muscheln."

„Auch das war merkwürdig. Ich sage ja, der Sturm war nicht wie sonst. Nachdem man mich gefunden und ins Krankenhaus gebracht hatte, so erzählte Papa, sei ein seltsam kräftiger Wind aufgekommen. Im ersten Moment befürchtete man, es würde wieder losgehen. Doch dieser Wind spülte große, sanfte Wellen auf den Sand, die alles mit ins Meer nahmen, was der Sturm an Land geworfen hatte. Sogar den Großteil der zertrümmerten Fischerboote holte er sich. Das Wenige, das übriggeblieben war, hatte man schnell weggeräumt. Die Menschen, die hier leben, haben schon vor langer

Zeit aufgehört, Dinge zu hinterfragen. Rätsel wie dieses wird es immer wieder geben." Kelian blieb stehen und zog sie an seine Brust. „Ich hoffe, du kannst dir trotzdem vorstellen hier zu leben?"

„Ich kann mir nichts Schöneres vorstellen."

„Das heißt, du denkst ernsthaft darüber nach?"

Behutsam küsste sie seine verheilenden Lippen. Dann drückte sie sich ein Stück von ihm weg, sodass sie in seine Augen sehen konnte.

„Darüber brauche ich nicht mehr nachzudenken, Kelian. Ich habe mich schon längst dafür entschieden."

***

Marla hatte den Kopf an die Scheibe des TGV gelegt und sah zu, wie das Land an ihr vorüberflog. Ein paar Stunden und sie war wieder zu Hause. Vor ihr lagen noch drei Wochen Sommerferien. Wie würde sie die Ruhe genießen! Oh ja, denn Ruhe brauchte sie, damit sie über ihre Zukunft nachdenken konnte, die so vielversprechend und wunderschön vor ihr lag. Der Abschied von Kelian war ihr schwergefallen. Trotzdem war sie glücklich und ihr Herz froh. Er lebte und sie würden sich wiedersehen.

Auch Amelie würde heute aus dem Urlaub heimkehren. Sie hatten sich einiges zu erzählen. Sicher würde ihre Freundin nach der Sache mit dem *Wind* fragen. Wieso hatte Marla ihr nur diese Nachrichten geschickt? Sie würde sich etwas einfallen lassen müssen. Immerhin hatte sie Borg ihr Wort gegeben.

Sie hatte beschlossen, Henni von Elaine zu erzählen. Ihre Schwester hatte das Recht, zu erfahren, was Marla so hatte verzweifeln lassen. Sie würde ihr erzählen, dass sie in Erfahrung gebracht hatte, was damals wirklich passiert war. Dass es sie aufgewühlt hatte und sie aus diesem Grund auf dem Klagehügel war. Gewissermaßen war es ja die Wahrheit. Es war ihre Faszination für die Französin gewesen, die sie zur Ruine getrieben hatte. Dass in der Legende ein Naturgeist eine Rolle spielte, machte die Geschichte umso mystischer. Marla musste ja die Windbrüder nicht erwähnen. Henni würde diese Version lieben. Wahrscheinlich würde Marla ihr sogar von der Truhe erzählen, in der sie das Kleid gefunden hatte. Und wenn ihre Schwester darauf bestand, die Kiste zu sehen? Nun, vielleicht würde sie sie ihr eines Tages tatsächlich zeigen. Wenn etwas Zeit vergangen war. Vorher aber würde sie in sich hineinhorchen, um festzustellen, ob es Elaine recht wäre. Marla war überzeugt davon, dass sie es spüren würde.

Während sie einen Schluck Wasser trank, vibrierte ihr Handy. Amüsiert las sie die Nachricht. Als hätten sie alle es nicht längst geahnt, wollte Mama von ihnen wissen, ob sie etwas dagegen hatten, wenn sie ihren Urlaub um 14 Tage verlängerte. Schnell tippte Marla eine Antwort und wünschte ihr und Papa weiterhin eine schöne Zeit. Fünf gemeinsame Wochen! Ob sie sich danach wieder an ihr altes Leben gewöhnen würden? Womöglich kam Papa mit nach Hause. Sich das vorzustellen, fiel Marla schwer.

Sie dachte an den Tag, als Mama den Anruf bekam und von der Leiter gefallen war. An jenem Tag hatte das Schicksal seinen Lauf genommen, denn Marla hatte die alte Eiche entdeckt und wenig später Arvid kennengelernt.

Arvid. Zum ersten Mal verspürte sie weder Wut noch Unwillen, wenn sie an ihn dachte. Ohne ihn hätte sie Kelian nicht getroffen. Beide hatten sie Arvids wegen schreckliche Stunden durchgemacht. Und doch schien es, als hätte alles so passieren müssen, damit Johanns Tod gesühnt wurde. Marla war sich sicher, dass Elaine den Fluch ausgesprochen hatte, ohne von ihren Fähigkeiten zu wissen. Sie hatte keine Ahnung gehabt, was ihre Worte bewirken würden.

In Marlas Augen hatte Arvid seine Schuld tatsächlich gesühnt. Viele Jahre lang hatte er in Leid und Elend verbringen müssen. Doch als er endlich die Gelegenheit bekam, hatte er, wenn auch erst im letzten Augenblick, dafür gesorgt, dass es für sie alle einen guten Ausgang nahm. Für fast alle.

Armer Arvid, dachte Marla beklommen. Elaine hatte ihren Frieden gefunden. Marla wusste es, denn sobald sie den silbernen Anhänger berührte, der inzwischen mit Kelians Stein an dem Lederband hing, durchströmte sie Wärme. Auch sie selbst war so glücklich wie nie zuvor. Sie liebte einen Mann, der sie wiederliebte. Schöner konnte das Leben nicht sein.

Nur für Arvid hatte sich nichts geändert. Er steckte nach wie vor in Johanns Körper und verbrachte die Nächte auf dem Klagehügel. Irgendetwas stimmte noch nicht.

Aber was ist es, Elaine? Was muss geschehen, damit auch er vom Fluch erlöst ist?

Das Rattern des Waggons wirkte einschläfernd nach all diesen Überlegungen. Immer wieder fielen ihr die Augen zu.

Arvid, ich verzeihe dir, was du getan hast und wünsche dir von ganzem Herzen, dass auch du deinen Frieden findest.

Dann holte sie der Schlaf ein.

Epilog

Marla hatte die Leine über die Schulter gelegt und beobachtete Rusty, der an ihr vorbeischoss und an einer besonders dicken Buche haltmachte. Kaum hatte er sie ausreichend beschnüffelt, flitzte er weiter und stöberte an anderer Stelle.

Marla seufzte glücklich. Wie friedlich war doch die Stille im Wald. Sie dachte an das Treiben im bunten Haus. Den ganzen Tag schon hatten sie geputzt, die Vorräte aufgefüllt und den Garten notdürftig von Unkraut befreit. Und da Henni die Meinung vertrat, dass mit Musik alles noch viel schneller und besser von der Hand ging, hatte sie die Anlage so laut aufgedreht, dass die drei Schwestern sich kaum mehr unterhalten konnten.

Irgendwann hatte Marla beschlossen, dass sie ein wenig Ruhe brauchte, hatte Rusty gerufen und war mit ihm in den Wald gelaufen. Es war längst nicht mehr so warm wie in den Wochen zuvor, was sie als sehr angenehm empfand. Außerdem mochte sie den Wind, der rauschend durch die Bäume fuhr und hin und wieder ihre bloße Haut streifte. Jedes Mal hatte sie Gawains Gesicht vor Augen, sein fröhliches Wesen und seine schelmische Art. Er und Kelian waren sich ähnlich, sofern man von Ähnlichkeit zwischen Mensch und Windbruder sprechen konnte.

Womit sie mit ihren Gedanken wieder bei Kelian war. Sie sprachen täglich miteinander. Dank der modernen Technik war ja alles möglich. Eine spitze Bemerkung hatte auch Henni sich nicht verkneifen können, der der rege Austausch zwischen Marla und dem jungen Franzosen, den sie in der Bretagne kennengelernt hatte, nicht entgangen war. Rieke hielt sich in allem noch mehr zurück als sonst. Nachdem sie aus dem Bayrischen Wald wiedergekommen war, hatte Borg sie besucht und ihr mitgeteilt, dass er fortmusste. Wohin und für wie lange, das hatte er nicht gesagt. Es wäre nicht einmal so schlimm gewesen, hätte er nicht etwas hinzugefügt, das Rieke sehr verstört hatte. „Lebe dein Leben, Rieke. Warte nicht auf mich. Eines Tages wirst du es verstehen."

Seitdem war er nicht mehr bei der Arbeit erschienen und sie hatten sich nicht wiedergesehen. Rieke versuchte mit aller Kraft zu verbergen, wie verletzt sie war. Ein Tag wie heute lenkte sie ein wenig ab. Sie hatte sogar gelacht, als Henni eine witzige Bemerkung gemacht hatte. Denn morgen würde nach über fünf Wochen Mama endlich wiederkommen. Das war aber längst nicht alles. Denn Papa kam mit.

„Rusty!" Marla blickte sich um. Der kleine Hund kam hinter einem Gebüsch hervor und rannte auf sie zu. Plötzlich blieb er wie angewurzelt stehen, hob witternd die Nase und rannte los.

„Rusty! Rusty, komm zurück! Das darf ja wohl nicht wahr sein!"

Na warte, dachte sie und nahm die Leine von der Schulter. Wieso konnte der kleine Mistkerl nicht einfach mal auf sie hören? Sie verließ den Weg und lief querfeldein durch den Wald, musste über Dornen steigen und sich an tiefhängenden Ästen vorbeizwängen.

„Rusty!"

„Er ist hier", hörte sie eine Stimme sagen. Sie spähte ins Unterholz. Wer um Himmels Willen trieb sich mitten im Dickicht herum? Nachdem sie einige Schritte gegangen war, sah sie ihn. Auf einem Baumstamm saß ein Mann, den sie niemals zuvor gesehen hatte. Er war klein. Seine Gestalt wirkte knabenhaft anmutig. Augenblicklich wusste sie, wen sie vor sich hatte. Wachsam trat sie näher.

„Hallo, Arvid."

Er lächelte ein wenig schief und schien verlegen. „Du hast mich erkannt?"

„Zweifellos, ja. Und Rusty auch."

„Stimmt." Er kraulte den kleinen Hund hinter den Ohren. Unvermittelt wurde Marla klar, was seine Erscheinung zu bedeuten hatte.

„Du bist wieder du? Ein richtiger Windbruder?"

Diesmal erhellte das Lachen sein ganzes Gesicht. Als er sich erhob und dabei nickte, fiel ihm das braune Haar in die Stirn. Er betrachtete sie mit Augen, die die Farbe von hellem Bernstein hatten. Sein Blick war warm und voller Zuneigung.

„Ich bin endlich wieder Arvid. Der Windbruder, der mit den Wolken um die Wette fliegt, die Baumkronen zum Tanzen bringt und sich von wogenden Weizenfeldern den Bauch streicheln lässt. Und das alles dank dir, Marla."

„Wieso dank mir? Ich habe nichts getan."

„Oh doch, das hast du! Du hast mir verziehen. Ich kann dir Tag und Stunde nennen. Nur dadurch war der Bann endgültig gebrochen."

Marla starrte ihn an.

„Du hast mir doch verziehen?"

Wortlos nickte sie. Wieder lächelte er. Es stand ihm umwerfend gut.

„Elaine war eine kluge Frau. Sie wollte es mir nicht allzu leicht machen."

„Hast du es gewusst?", wollte Marla wissen, die noch immer darüber staunte, wie einfach doch manche Dinge waren, obwohl sie so kompliziert schienen.

„Zuerst nicht. Aber was Borg gesagt hatte, ging mir nicht aus dem Kopf. *Verliere nie die Hoffnung und die Geduld.* Unser Fürst ist bekannt für seine Weisheit. Daher musste an seinen Worten etwas dran sein. Am Tag nach unserem letzten Zusammentreffen saß ich auf der Decke, die du mir freundlicherweise überlassen hast. Plötzlich wusste ich es."

„Ich bin sehr froh und gönne es dir von Herzen."

„Und ich entschuldige mich bei dir für das, was passiert ist."

Marla winkte ab. „Mir ist inzwischen klargeworden, dass es für keinen von uns eine Wahl gab. Es stimmt, Elaine war klug. Meinst du, sie hat das alles bewusst getan? Ich kann es mir nicht vorstellen."

Arvid schwieg eine Weile. Dann zuckte er die Achseln. „Wir werden es nie sicher wissen. Ich denke nicht, dass sie ihre Fähigkeit kannte. Woher auch? Es wäre vielleicht anders gewesen, wenn sie dort aufgewachsen wäre, wo sie geboren wurde. Aber das Leben, das sie hier führte, war geprägt von Leid und Kummer. Und von der Sehnsucht nach ihrer Heimat. Es gab keinen Platz für andere Dinge. Glücklicherweise hat ihr Unterbewusstsein die Worte des Fluches so gewählt, dass es einen Ausweg gab. Für uns alle."

„Ein Punkt an der Sache macht mich ein bisschen traurig."

Arvid sah alarmiert auf.

„Nun ja", fuhr sie fort und betrachtete bedauernd ihre Hände. „Ich habe die ganze Zeit geglaubt, dass ich Magie in mir trage. Das ist ja nun leider nicht der Fall."

Arvid trat auf sie zu und fasste sie an den Schultern, was sie ohne Widerstand zuließ.

„Marla, vergiss niemals, was ich dir jetzt sage. Dass du etwas Besonderes bist, wusste ich in dem Augenblick, als du das Vibrieren in der Eiche spürtest. Aus diesem Grund hat Elaine dich ausgewählt. Um uns zu befreien und uns unseren Frieden wiederzugeben. Sie wollte, dass sich die Geschichte wiederholt, aber diesmal mit einem Sieg für die Liebe. Für eure Liebe."

„Ich danke dir, Arvid. Ich werde Elaine niemals vergessen."

„Wenn du möchtest", begann er und zögerte, bevor er fortfuhr. „Wenn du möchtest, nehme ich dich mit auf eine Reise. Als echter Windbruder. Wir könnten in die Bretagne fliegen, und du könntest sehen, wie es deinem Freund geht. Wir könnten Torin ein wenig ärgern." Erwartungsvoll stand er vor ihr.

Noch einmal mit dem Wind zu fliegen und die Welt von oben zu betrachten, dieser Gedanke war außerordentlich verführerisch.

„Nein, danke", sagte sie schließlich mit einem leisen Lächeln. „Das ist lieb von dir. Aber ich denke, ich habe in der letzten Zeit genug Wind um die Nase gehabt."

Arvid nickte verständnisvoll.

„Würdest du mir eine Frage zu Borg beantworten?", fragte sie vorsichtig, als ihr einfiel, dass sie diese Gelegenheit vielleicht nie wieder haben würde.

„Es kommt darauf an …"

„Ich weiß, dass er meine Schwester liebt. Aber es muss etwas passiert sein, denn er ist gegangen. Weißt du etwas darüber?"

„Wenn ich etwas darüber wüsste, Marla, so dürfte ich es dir nicht sagen. Aber tatsächlich habe ich keine Ahnung, was geschehen ist."

„Gibt es das? Dass Wind und Mensch füreinander bestimmt sind?"

Er lächelte ein wenig wehmütig. „Ich selbst war überzeugt davon. Es gibt kaum etwas, das es nicht gibt. Auch in der Welt der Windbrüder nicht."

Nachdem sie einen Moment über seine Worte nachgedacht hatte, fragte sie:

„Übernimmst du jetzt wieder deinen Bereich? Und was wird aus Gawain? Wird er fortgeschickt, nun, da du wieder einsatzbereit bist?"

Beinah zärtlich sah Arvid sie an. „So kenne ich dich. Fragen über Fragen." Er wurde ernst. „Auch deshalb wollte ich dich treffen. Ich möchte mich von dir verabschieden."

„Du gehst?" Erstaunlicherweise gab es ihr einen Stich in den Magen.

„Ich gehe, ja. Ich werde die Erde verlassen. Sie hat mir nicht viel Glück gebracht, wie du weißt. Es gibt noch andere Planeten. Andere Universen. Ich habe mit Borg gesprochen."

„Ich kann dich verstehen. Meinetwegen aber hättest du bleiben können. Es wäre völlig in Ordnung gewesen."

„Danke. Das bedeutet mir mehr als du glaubst. Und du, Marla? Was wirst du tun? Hast du schon Pläne für die Zukunft?"

„Ich werde nächstes Jahr mit der Schule fertig. Danach gehe ich für ein Jahr zu Kelian. Er bringt mir das Fischen bei, und auch im Restaurant werde ich helfen. Was dann kommt, habe ich noch nicht entschieden. Vielleicht mache ich eine Ausbildung zur Köchin, der Gedanke gefällt mir sehr gut. Aber egal, was kommen wird: Ich freue mich darauf. Dir, Arvid, wünsche ich eine gute Reise und viel Glück. Ich bin sehr froh, dass wir uns kennengelernt haben."

Arvid grinste. „Und ich erst!"

Rusty bellte verdutzt, als der Windbruder sich vor seinen Augen in Luft auflöste. Was von ihm zurück blieb, war der Geruch nach Sommerwiesen, Wald und – Marla brauchte einen Moment, bis sie es erkannte. Es war der aromatische Duft von blühendem Mädesüß. Ungläubig starrte sie auf die Stelle, wo Arvid bis eben noch gestanden hatte. Dann lächelte sie amüsiert. Mädesüß!

Sie sah sich um und klopfte sich auf den Oberschenkel.

„Komm, Rusty! Wir gehen nach Hause."

ENDE

Anmerkung

Das winzige historische Algenfischerdorf und den Felsenberg mit dem steinernen Wachhaus darauf gibt es tatsächlich. Meneham, wie dieser Ort heißt, liegt nördlich von Brest an der Küste der Finistère und ist bei Einheimischen und Touristen gleichermaßen beliebt.

Für meinen Roman habe ich ihn ein klein wenig verändert. So existiert das Steinlabyrinth unter dem Felsen leider nicht. Aber wenn ich das nächste Mal wieder an diesem wunderschönen und ein wenig mystischen Ort bin, werde ich ganz sicher danach suchen. Ich könnte es mir so gut vorstellen …

An den Sonntagen während der Hauptsaison wird das Fest-Deiz gefeiert. Es wird Musik gemacht, getanzt und Brot gebacken. Die Künstlerateliers, die sich in den kleinen Räumen der ehemaligen Fischerhäuschen befinden, sind mit sehr viel Liebe zum Detail hergerichtet und einen Besuch wert. Und falls ihr wirklich mal dort sein solltet: Das bretonische Bier im Dorflokal schmeckt vorzüglich!

Dank

Mein ganz besonderer Dank gilt meinen lieben Testleserinnen Ela, Milli, Melli, Tanja, Michaela, Beate, Désirée, Claudia und Sabine. Ohne ein Urteil und die Rückmeldung, ob eine Geschichte lesenswert und schlüssig ist, geht es einfach nicht. Eure Anmerkungen und Vorschläge waren Gold wert und haben mir dabei geholfen, eine Geschichte zu schreiben, die mich rundum glücklich und zufrieden macht.

Einen herzlichen Dank auch an Jaqueline, die mir ein wunderschönes Cover gezaubert hat.

Zur Autorin

Karin Ann Müller wurde 1964 in Aachen geboren und wuchs mit zwei Geschwistern in einem fröhlichen Elternhaus auf. Mit ihrer Familie und zwei Katzen lebt sie in einer alten Hofreite in der Nähe von Darmstadt und verbringt ihre Tage am liebsten im Garten, mit Geschichtenschreiben oder mit Handwerken. Inspiriert wird sie, sobald sie durch Wald und Wiesen läuft, durch die Berge wandert oder sich in der Bretagne den Wind um die Nase wehen lässt. Sie veröffentlicht ihre Bücher verlagsunabhängig.

Wenn dir der Roman gefallen hat, würde sie sich über eine Rezension freuen. Ein paar wenige Worte reichen völlig aus. Gerne auf Amazon.de, LovelyBooks oder wo du sonst unterwegs bist.

Falls du Fragen hast, zum Buch oder allgemein, so nimm gerne Kontakt auf:

Mail: karinann@hotmail.de
Facebook: AutorinKarinAnnMueller
Instagram: karinannmueller
Homepage: www.karin-ann-mueller.de

Weitere Romane:

Tadamun – Für immer verbunden
Liebe, Magie und der Geruch nach Feuer
Das Lied des Prinzen